markus theisen

wer schneller läuft ist länger tot

ELV

markus theisen

wer schneller läuft ist länger tot

eifelkrimi

ELV

Eifeler Literaturverlag 2021

1. Auflage 2021

In der Verlagsgruppe Mainz

Printed in Germany

Eifeler Literaturverlag
Verlagsgruppe Mainz
Süsterfeldstraße 83
52072 Aachen
www.eifeler-literaturverlag.de

Gestaltung, Druck und Vertrieb:
Druck & Verlagshaus Mainz
Süsterfeldstraße 83
52072 Aachen
www.verlag-mainz.de

Umschlaggestaltung: Dietrich Betcher

ISBN-10: 3-96123-016-1
ISBN-13: 978-3-96123-016-7

gewidmet …
… der Freude …
… dem Laufen …
… der Freude am Laufen …
… und meinen Achillessehnen …

»... en de mensen houden van het leven, de regen, de zon, de wind, het weer, de zand, het tij, – de zee – de zee – de zee – het tij, de zand, het weer, de wind, de zon, de regen, het leven ... en de mensen houden van ...

... so is een dag een dag, is een week, is een maand, is een jaar, ... is een jaar, ... is een jaar, is een ..., is, is ... is ...

... goed so!«

»... und die Menschen lieben das Leben, den Regen, die Sonne, den Wind, das Wetter, den Sand, die Gezeiten, – das Meer – das Meer – das Meer – die Gezeiten, den Sand, das Wetter, den Wind, die Sonne, den Regen, das Leben ... und die Menschen lieben ...

... so ist ein Tag ein Tag, ist eine Woche, ist ein Monat, ist ein Jahr, ... ist ein Jahr, ... ist ein Jahr, ... ist ein ..., ist ..., ist ..., ist ...

... gut so!«

2019 – März

Kapitel 1

Anfang März, ein Montag, später Vormittag

Ebbe …

»Typisches Holland-Wetter«, murmelte der Alte vor sich hin und ließ seinen Blick in die Ferne schweifen. Eine steife Brise von Westen hatte den nächtlichen Regen längst in Richtung Festland verscheucht. Heftige Windböen fegten den ewig langen Sandstrand entlang und ließen Nebelschwaden aus feinsten Sandkörnern wie Irrwische auf dem Boden herumtollen. Immer wieder fanden Sonnenstrahlen ihre Lücken in der ziemlich durchlässigen weißgrauen Wolkendecke. Ihr silbriges Licht tänzelte beschwingt über die aufgewühlte Nordsee vor der Küste Zeelands. Ein Strahl mogelte sich klammheimlich wie ein leichter Nadelstich in die gleitsichtbebrillten Augen des Greises. Er blinzelte und musste mehrfach kräftig niesen. So sehr hatte ihn das helle Licht in der Nase gekitzelt. Der Mann langte rasch in sämtliche Taschen seiner dunkelblauen Daunenjacke nach der Sonnenbrille. Aber Fehlanzeige. Das Teil lag höchstwahrscheinlich noch auf dem Küchentisch im Ferienhäuschen. Also genau dort, wo er es gestern Nachmittag hingelegt hatte. Stattdessen fand er auf die Schnelle nur ein paar benutzte, das hieß zusammengeknüllte Papiertaschentücher, ein geöffnetes Tütchen Pfefferminz-Bonbons und das kleine Fernglas, das er vorhin, als er aufgebrochen war, noch rasch eingesteckt hatte. Mit kalten Fingern fieselte er sich eines der gebrauchten Taschentücher auseinander und schnäuzte vorsichtig hinein.

»Gut, dass meine Frau jetzt nicht hier ist, sonst hätte sie bestimmt gemosert, ich solle demnächst neue Tücher mitnehmen. Diese alten Dinger seien ja ekelig … Wenn das die Leute sehen würden.« Und wie so oft hätte er ihr spitzbübisch zur Antwort gegeben, dass er halt für Umweltschutz wäre und nur Ressourcen schonen wolle. Und sie das doch sicher verstehen würde. Ja, und sie hätte höchstwahrscheinlich mürrisch entgegnet: »Ach, du hast immer eine Erklärung für alles Mögliche parat«, dann aber doch, wenn ein paar Sekunden verstrichen waren, ihn wieder lieb angelächelt. Während der Achtzigjährige an seine Frau dachte, mit der er schon unendlich lange, in guten wie in schlechten Zeiten, verheiratet war, durchzog ein sanftes Schmunzeln dessen faltiges Gesicht. Er steckte den Zellstoff-Fetzen wieder ordnungsgemäß ein und gönnte sich ein Bonbon.

Auf einer Sandbank in der aufgewühlten See, nur wenige Hundert Meter vom Strand entfernt, faulenzte eine Schar Seehunde. Mit bloßem Auge waren die Meeressäuger nur als dunkle Punkte auf beigem Untergrund auszumachen. Doch mittels Fernglas sah man sogar wie manche mit weit aufgerissenem Maul und zugekniffenen Augen einen ungeniert angähnten. Ja, für Seehunde war dieser Bereich der Nordsee vor der Küste von Renesse wahrlich ein idealer Lebensraum. Sauberes Wasser. Fisch in Hülle und Fülle. Dazu die Weite und die Ruhe.

»Was will Seehund mehr?«, schmunzelte der Alte, steckte das Fernglas wieder in die Tasche, zog die Wintermütze bis knapp an die Augenbrauen heran und stapfte munter los.

Völlig alleine war man an diesem Strandabschnitt Zeelands zwischen Brouwersdam und Renesse tagsüber quasi nie. Da konnten die Wetterbedingungen noch so scheußlich sein. Doch für einen stinknormalen Vorfrühlingstag herrschte heute, warum auch immer, außergewöhnlich viel Betrieb: Querbeet. Alt und Jung. Männlein wie Weiblein und Diverse … mit und ohne Hund. Angeleinte und Freilaufende. Eine Reitschule hoch zu Ross, aufgereiht wie die Perlen an einer Kette. Drei Damen mittleren Alters in munterem Plausch beim Nordic-Walking. Mehrere Läufer und Läuferinnen, zumeist mit monströsen Kopfhörern auf der Rübe und Smartphones am Oberarm. Fast alle kamen sie dem Greis entgegen. War ja auch irgendwie logisch. Denn mit dem Wind ist halt einfacher als dagegen. Das hieß schlicht und ergreifend eine Teilstrecke mit Rückenwind am Meer entlang und, sofern man sich nicht irgendwo mit dem Auto abholen lassen wollte, die andere Hälfte windgeschützt hinter den Dünen, über die perfekt ausgebauten Wander- und Radwege. Doch es gab hin und wieder auch solche, die sich bewusst gegen die Elemente auflehnten. Und der munter stapfende Greis war einer von dieser hartgesottenen Sorte. Denn obwohl schon reich an Jahren, zeigte sich der betagte Mann körperlich noch gut in Schuss. Nur zu gerne machte er sich einen Heidenspaß daraus, gegen den strammen Wind anzukämpfen. Er liebte es, das Salz auf der Zunge zu schmecken, und das Gefühl, wenn ihm die klare, kühle Luft in die Lunge strömte. Ab und zu hatte er aufgewirbelte Sandkörner zwischen den Zähnen. Okay, darauf hätte er verzichten können.

Bei Ebbe, so wie es aktuell der Fall war, hinterließ die zurückgewichene Nordsee immer für die Zeit bis zur nächsten Flut einen festen, ebenen Untergrund. Der Alte nutzte die Gunst der Stunde, denn gegen den Wind gehen ist das Eine. Doch mit seinen lädierten Achillessehnen größere Entfernungen durch den tiefen Sand zurückzulegen, also da wo das Meerwasser auch bei Flut nicht hingelangte, das musste er sich mit seinen achtzig Lenzen dann doch nicht mehr antun. Hin und wieder stoppte er kurz und genoss die herrliche Aussicht. Er war ja schließlich nicht auf der Flucht, wie seinerzeit ein gewisser Dr. Kimble. Im Gegenteil. Er, der Kripo-Kommissar im Ruhestand, hatte seit fast zwanzig Jahren alle Zeit der Welt. Oder anders ausgedrückt, jene unbekannte Zeit, die ihm die Welt noch zu schenken gedachte. So genoss er jede einzelne Sekunde, als wenn es die Letzte wäre. Er schaute zurück in Richtung des Brouwersdams.

Durch den starken, meerseitigen Wind war es heute überhaupt nicht diesig, wie sonst so oft. Selbst den geschätzt fünfzehn Kilometer entfernten Leuchtturm auf einer Landzunge vor Ouddorp konnte man problemlos erkennen. Ebenso die unzähligen Kitesurfer, wie sie kreuz und quer durch die wellige See jagten. Ihre farbigen Schirme erinnerten den Betrachter ein bisschen an einen Schwarm bunter Schmetterlinge, welche aufgeregt umherflatterten. Der Brouwersdam selbst, also jene 1971 fertiggestellte, sechs Kilometer lange Verbindung zwischen den Gebieten Goree-Overflakee und Schouwen-Duiveland, trennt seitdem die Nordsee vom ruhigen Grevelingenmeer. Aus verkehrstechnischer Sicht ist er ein Teil des sogenannten Rijksweg 57, auch Nationalstraße N 57 genannt. Und so ganz nebenbei, quasi als schmuckes Beiwerk, entstand hier infolge von dessen Errichtung ein wahres Eldorado für die genannten Kitesurfer, Wohnmobilpuristen, Wanderer, Radfahrer, Inlineskater, Läufer, Angler, Taucher, Relaxer, Sandburgenbauer, Muschelsucher, und natürlich auch ihre gegengeschlechtlichen Spiegelbilder, sowie für Familien, Paare und Singles. Und für welche, die sich gerne mit Vögeln beschäftigen. Also kurz gesagt: Alle aus dem In- und Ausland, die gerne draußen sind und sich in der freien Natur wohl fühlen, kommen am Brouwersdam voll auf ihre Kosten.

Die neuste Damm-Attraktion ist ein Aussichtsturm inklusive Infozentrum auf der Seite zum Grevelingenmeer. Manche halten das Bauwerk für einen unnützen hässlichen Betonklotz, der die Gegend verschandelt, anderen gefällt die neue Errungenschaft. Auf jeden Fall kann man von dessen circa 25 Meter hoher Plattform einen tollen Rundumblick genießen. Auch der Alte war neulich die Treppenstufen hinauf und wieder hinunter gekraxelt und hatte sich anschließend een lekker Pilsje gegönnt.

»Das passt ja mal wieder haargenau«, brummte der Greis grinsend beim Blick auf seine Armbanduhr. Denn wie so häufig, wenn er alleine umher spazierte, hatte er Uhrzeit und Strecke genau so ausgewählt, dass er zur Mittagszeit in einem der Strandpavillons am Meer bei Renesse eine Pause einlegen konnte. Denn zum einen war das Frühstück nun auch schon wieder ein paar Stunden her und zudem schob er mächtig Brand. Der starke, salz- und sandhaltige Gegenwind hatte ganz offenbar seine Kehle ausgetrocknet.

Im proppenvollen Gastraum des rustikalen Strandlokals steppte förmlich der Bär. Es herrschte ein ständiges Kommen, Verweilen und Gehen. Die nach frittiertem Essen riechende schwere Luft durchzog ein sonores Stimmengewirr aus Niederländisch, Französisch und vor allem Deutsch. Hin und wieder kurz unterbrochen von plötzlichem Hundegebell von irgendwo her unter einem der Tische oder spitzem Kindergeschrei oder beidem zusammen. Die wenigen von der herausfordernden Gesamtsituation offenbar kaum beeindruckten Service-Kräfte pendelten in aller Gemütsruhe zwischen den an den Tischen wartenden Gästen und dem Thekenbereich hin und her. Sie servierten, kassierten, räumten ab, palaverten lachend untereinander und fanden noch Zeit für einen angeregten Plausch mit ihrer Kundschaft. Und deren gelassene Freundlichkeit schien irgendwie ansteckend zu sein. Denn keiner der Gäste maulte herum, wo denn zum Beispiel das Essen bliebe, oder was mit seinem Getränk wäre. Nichts. Alle blieben trotz des scheinbaren Chaos friedlich.

So auch der Alte. Und das obwohl er normalerweise ziemlich ungeduldig war. Seit gut zwanzig Minuten hockte er an einem kleinen Tisch am Fenster im äußersten Eck des Strandpavillons und harrte entspannt der Dinge, sprich einer Bedienung, die zwecks Aufnahme seiner Bestellung zu ihm kommen möge. Abgelenkt vom allgegenwärtigen Tohuwabohu hatte er völlig vergessen, wie hungrig und durstig er war. Just als er tagträumend aus dem Fenster hinaus übers Meer schaute, wurde er unverhofft von der Seite angesprochen.

»*Kan ik je helpen?*« Er zuckte leicht erschrocken zusammen und drehte sich um.

»*Natuurlijk*«, entgegnete er der jungen Frau lächelnd, die ihn erwartungsvoll ansah. Der Greis stutzte. Erinnerte sie ihn doch unweigerlich an jemanden aus seinem früheren Leben. Blonde, lange, zu einem schlichten Zopf zusammengebundene Haare. Eine Strähne, die seitlich ins blasse Gesicht ragte und einen Teil der rechten Wange bedeckte. Strahlend blaue Augen, welche einen Hauch von Winterkälte im nahenden Frühling versprühten.

Er war dermaßen aus dem Konzept gebracht, dass er die Kellnerin zunächst nur staunend mit offenem Mund anstarrte. Erst ihre nochmalige Frage, ob er denn schon wisse, was er wolle, brachte den sichtlich in Gedanken Versunkenen in die Realität zurück. Selbst, als der Achtzigjährige bald darauf beim kühlen *Pilsje* einen *echt lekkere Pannekoek met Appels en Rozijnen* verspachtelte, musste er an die Frau von damals denken.

»Wo Rosi jetzt nur sein mag«, grübelte er. War ihm das Schicksal dieser gewissen Rosi doch völlig unbekannt. Jene Rosi, mit der er, salopp gesagt, 'ne heiße Nummer schob, obwohl er damals Ende der Sechziger bereits mit seiner späteren Frau Karin verlobt war.

»Mensch, war das 'ne wilde Zeit«, zuckte es durch seine Hirnwindungen und er spürte wie sich leichte Melancholie in ihm breitmachte. Nun entsann er sich an seinen ersten Partner bei der Kripo. Winfried Schuster war dessen Name. Ein ruhiger Kollege von der Alten Schule. Sie beide ermittelten vor über fünfzig Jahren im Dorf Mayberg wegen eines äußerst merkwürdigen Mordes an einem ortsansässigen Großbauern.

»Ja, eine sehr, sehr seltsame Geschichte«, murmelte der Alte vor sich hin. Im Zuge der damaligen Untersuchungen hatte er, der junge ehrgeizige Kommissar, sich über das Wochenende in Mayberg einquartiert. Das schlichte Zimmer lag in der Etage direkt über der Dorfkneipe. Und genau in dieser Kammer hatte er mit Rosi jene leidenschaftliche Nacht verbracht. Erst viele Jahre später, als Anfang der Neunziger wiederum ein mysteriöser Mordfall die Menschen Maybergs erschütterte, wurde er gewahr, dass Rosi eine Tochter hatte. Sandra. Ob Sandra von ihm stammte? Rosi wünschte es sich sehr, hatte sie ihm gesagt. Doch absolute Gewissheit erhielt er von ihr nicht. Gab es doch so manch traurige Geschehnisse in Rosis Leben, welche sie ihm bewusst verschwiegen hatte. Und auch von Sandra hatte er seitdem weder etwas gehört noch gesehen. War vielleicht auch gut so. Denn bislang hatte er Karin nicht auch nur ein Sterbenswörtchen von seinem einmaligen Ausritt in der Provinz erzählt.

»Und höchstwahrscheinlich nehme ich dieses Geheimnis mit in die Kiste, wenn es mal so weit ist«, prostete er sich selbst zu und nahm einen großen Schluck. Wie es der Zufall wollte, besuchte er mit seiner Frau kürzlich ein befreundetes Ehepaar in der Nähe des Laacher Sees. Und weil es den Alten brennend interessierte, hatten sie bei der Rückfahrt einen kleinen Umweg über Mayberg gemacht.

Das Dorf war kaum wiederzuerkennen. Straßen, Häuser … vieles wich doch sehr von seinen Erinnerungen ab. Auch die Tage jener alten Dorfkneipe waren gezählt. Denn genau an der Stelle, an der sie einst stand, lag nur noch ein riesiger Berg Schutt und Steine. Und auch dort, wo Rosi lebte, in einem großen Bauernhof außerhalb des Dorfes umgeben von Wiesen und Feldern, verlief heute eine schnöde Schnellstraße. Offenbar hatte man nach dem monströsen Brand im November 1991 davon abgesehen, das Wohnhaus wiederaufzubauen und auch die Stallungen dem Erdboden gleichgemacht. Nichts erinnerte heutzutage mehr an die Familie, die dort seit Generationen ihr Zuhause hatte. Nur noch in den Gedanken der Zeitzeugen, so wie der ehemalige Kommissar wahrlich einer war, hielten sich zunehmend verblassende Bilder bezüglich der dramatischen Geschehnisse jener Tage.

Beim Verlassen der Ortschaft hatte der Alte fast schon ein wenig erleichtert festgestellt, dass zumindest eine Sache die Jahre überdauerte. Es war der Feldweg auf der anderen Seite der Bundesstraße, wo er vor über fünfzig Jahren früh morgens hergelaufen war. Ja, in der Tat. Der Weg verlief noch immer inmitten der Felder. Heute allerdings feinsäuberlich asphaltiert. Ganz im Gegensatz zu damals, wo der Weg ein zerfurchter Rumpelpfad gewesen war.

Doch nicht nur in Mayberg war der Wandel der Zeit unverkennbar. Auch hier auf Zeeland hatte sich das Erscheinungsbild der Umgebung und auch vieler Ortschaften in den letzten zwanzig Jahren deutlich geändert. Der Alte durfte diese teils tiefgreifenden Umgestaltungen quasi hautnah miterleben. Machte er doch mit seiner Familie bereits seit den späten Neunzigern mehrfach im Jahr in dieser Gegend Urlaub. Uschi, die älteste Tochter seines zweiten Partners Kommissar Rolf Schalupke hatte ihn irgendwann mal auf den Geschmack gebracht.

»Prost Rolf, auf welcher Wolke du auch jetzt sitzen magst«, dachte der Alte wehmütig, leerte das Glas komplett und bestellte sich fix bei der justament anrauschenden Kellnerin ein zweites *lekker Pilsje*.

Kommissar Rolf Schalupke war jener befreundete Kollege, der 1988 am verfluchten Steintaler Galgenhügel durch den Schwertstich eines Wahnsinnigen das Leben deutlich vor seiner Zeit ausgehaucht hatte. Bis dato machte sich der Alte noch immer Vorwürfe, dass er Rolf nicht rechtzeitig zu Hilfe kommen konnte. Klar, er schickte den irren Mörder damals ebenfalls durch einen Säbelstich ins Herz in die ewigen Jagdgründe, aber sein Kollege starb noch vor Ort in seinen Armen. In der Folgezeit hatte er sich fürsorglich um Rolfs Familie gekümmert. War doch auch Nicole, die jüngste der drei Schalupke-Töchter, sein Patenkind.

»Tja, die kleine Nicole«, schmunzelte der Greis, »hat auch schon drei Kinder und wird bald Oma. Unglaublich, wie die Zeit vergeht.« Unweigerlich dachte er an seinen eigenen Sohn Tom. Denn dieser, mit 48 Jahren in Nicoles Alter, war ebenfalls längst verheiratet und Vater von erwachsenen Zwillingen, Sarah und Paul.

Wiederum trank der Alte einen Schluck Gerstensaft. Dieser schmeckte ihm heute wirklich ausgesprochen gut.

Seine Gedanken schweiften wieder zurück zu Uschi und wie sie ihm damals schwärmerisch erzählte, wie schön es doch auf Zeeland sei und wie toll man dort Spazieren, Radfahren und Laufen könne. Gesagt. Getan. Schon bei ihrem ersten Aufenthalt erkannten Karin und er, dass Uschi weiß Gott mit ihren Anpreisungen nicht übertrieben hatte. Stundenlange Spaziergänge am Meer, weite Radtouren und speziell für ihn, da er schon immer gerne lief, lange Läufe durch die Dünen, am Strand oder über den Brouwersdamm. Karin und er hatten sich quasi in Windeseile in die Region verliebt.

Zumindest in das Meiste, was die Gegend zu bieten hatte. Beispielsweise machten sie in den ersten Jahren an Pfingsten und den Wochenenden im Sommer um Renesse einen großen Bogen. Denn der Ort galt lange Zeit als Hollands Antwort auf den Ballermann. Das bedeutete Sex, Drugs und Rock'n'Roll in Reinkultur. Party bis zum Abwinken. »All night long«, so zu sagen. Früher wären sie sicher auch mal hingegangen, waren sich beide einig, doch in ihrem Alter in eine »BumBum Disco« einzukehren, das musste dann doch nicht sein.

Ein Gutes, besser gesagt zwei Gute, hatte die wilde Zeit jedoch, fand zumindest der Alte. Denn flanierte man tagsüber bei warmen Temperaturen und Sonnenschein am Strand entlang, erblickte das erfreute Stielauge viele wunderbare Dinge in all ihrer natürlichen Schönheit: *Lekkere Meisjes*, sich sonnend, wie Gott sie schuf.

»Und um die Schönheiten der Natur zu genießen sind wir doch schließlich hier«, stichelte er augenzwinkernd in Richtung seiner Frau, die ihm daraufhin einen leichten Hieb in die Seite gab und ihn mit den verheißungsvollen Worten rügte: »Na, wart's ab! Heute Abend werden wir die Natur genießen, so wie früher!« Doch nicht nur, dass es mit dem Sex in seinem fortgeschrittenen Alter nicht mehr so recht klappen wollte, nein, auch Renesse steuerte seit ein paar Jahren weg vom »HalliGalli Tourismus«. Zwar gab es in den Sommermonaten noch immer genug für das inzwischen arg getrübte Stielauge am Strand zu bewundern, doch der Ort selbst kam inzwischen durch neu gestaltete Straßenzüge, edle Geschäfte und Lokale wesentlich gediegener daher. Ganz zu schweigen von den unzähligen Bungalowparks, welche ringsum aus dem Boden gestampft worden waren und noch immer werden. Und auch die meisten Strandpavillons waren beileibe nicht mehr die zugigen Bretterbuden, welche fast alle im Herbst abgeschlagen und im Frühjahr wiederaufgebaut wurden. Nein, heutzutage waren sie, wie auch die, in der der Alte hockte, eine ganzjährige, stabile Einrichtung.

»Entschuldigung, ist hier noch frei? Entschuldigung! … Ist hier noch frei?!« Eine aufgetakelte ältere Frau mit knallrot geschminkten Lippen, grell türkisfarbigen Augenlidern, weißgepudertem faltigen Gesicht und energisch in die Hüften gestemmten Händen hatte ihn ziemlich barsch von schräge vorne angelatschert. Die völlig fremde Spinatwachtel wollte sich schon kackdreist zu ihm an den Tisch setzen, als er ihr mürrisch und mit grimmigem Blick entgegnete: »Nö, ist besetzt. Meine Frau, entschuldigung, meine deutlich jüngere Frau kommt gleich.«

Daraufhin zischte die Dame leicht pikiert: »Unverschämtheit«, und stolzierte sogleich mit hocherhobener Nase von dannen. Was hätte sein ehemaliger Kollege Bruno Klopfer, der alte Hallodri von der Sitte, nun gesagt? »Ne Drudschel, so 'ne richtige Drudschel!« Beim Gedanken daran musste der Mann schallend lachen. Keine Chance, es zu unterdrücken. Die Gäste am Nachbartisch drehten sich zu ihm um und starrten ihn verwundert an. Er entgegnete höflich nickend, prostete ihnen zu und leerte das Glas. Welch' ein Glücksfall, dass ausgerechnet jetzt, wo er ausgetrunken hatte, schon wieder die blonde, hübsche Bedienung neben ihm auftauchte und ihn nach einem weiteren *lekker Pilsje* fragte.

»*Natuurlijk!*« Ohne zu zögern orderte er sogleich lächelnd. Es schmeckte heute aber auch unverschämt gut. So ein paar Brocken niederländisch hatten sich Karin und er im Laufe der Jahre angeeignet. Obwohl man, rein objektiv betrachtet, hier oben in Zeeland mit Deutsch bestens parat kam. Die Einheimischen erwarteten offenbar nicht, dass die Touris mit ihnen in ihrer Landessprache kommunizierten. Umso erfreuter zeigten sich dann die meisten Zeeländer und Zeeländerinnen, wenn der Alte mal die eine oder andere Vokabel in Niederländisch raushaute.

Während er auf sein Bier wartete, fiel ihm plötzlich ein, dass vor einem Jahr, genau um die gleiche Zeit, er rein zufällig seine letzte Partnerin Oberkommissarin Stefanie »Steffi« Franck beim gemeinsamen Spaziergang mit seiner Frau am Strand getroffen hatte. In leuchtend gelbem Regenmantel und mit roter wehender Haarmähne war sie ihm schon von weitem aufgefallen. Steffi freute sich sehr, ihren ehemaligen Kripo-Kollegen wiederzusehen. Hatte sie doch seit dessen Abschied von der Polizei rein gar nichts mehr von ihm gehört. Sie wusste nicht einmal, ob er überhaupt noch lebte. Umso glücklicher war Steffi ihn trotz seines hohen Alters wohlauf anzutreffen.

»Und? Was macht die Kunst, Frau Oberkommissarin?« Ebenso erfreut bezügliches des unverhofften Wiedersehens, hatte er sie prompt auf ihren Job angesprochen. Neugierig war der Ex-Kommissar schließlich noch immer.

Steffi antwortete daraufhin spürbar ergriffen: »Schlimme Geschehnisse, ausgelöst durch Mobbing … in Katzenbach und im Sumpf der Katzenbacher Wiesen. Der pensionierte Schutzpolizist Thomas Schink half mir sehr bei der Lösung des Falles. Dabei erzählte er mir auch von dir und 1983.« Durchzog bis dahin ein munteres Lächeln das Gesicht des Alten, verfinsterte sich dessen Miene zusehend, als er ihre niedergeschlagen klingenden Worte hörte.

»Ja, Steffi, Katzenbach 83, eine schreckliche Geschichte … was durch dieses verdammte Drecks-Mobbing alles geschehen kann«, erwiderte er mitfühlend, ohne jedoch weiter auf Steffis Fall einzugehen. Denn just in diesem Augenblick wurde dem Greis wieder bitter vor Augen geführt, mit welchem Leid und Elend sich die Kripo mitunter im beruflichen Alltag konfrontiert sah. Beinahe zwangsläufig hatten danach beide eher bewusst, denn unbewusst noch ein bisschen belangloses Zeug miteinander geplaudert. Ob denn ihre Familie auch hier sei, hatte er sie gefragt. Steffi entgegnete daraufhin bedrückt wirkend, dass sie mal eine gewisse Zeit für sich brauche, um mit »was« klarzukommen.

»Alles Gute und wer weiß, wann wir uns nochmal wiedersehen!«, verabschiedete sie sich schließlich von ihrem ehemaligen Partner und dessen Frau.

»Wer weiß das schon? Und im Zweifel hilft 'ne Tüte Kartoffel-Chips«, gab er augenzwinkernd zur Antwort. Später fragte Karin ihn, was es denn mit den Chips auf sich gehabt hätte. »Nervennahrung«, lachte der Greis, »immer, wenn sich Steffi über mich geärgert hatte, hab ich ihr als kleine Wiedergutmachung 'ne Tüte von der Tanke mitgebracht.«

»Dann waren es bestimmt viele Tüten«, feixte Karin, worauf ihr Mann nur verschmitzt nickte.

Kapitel 2

Es waren inzwischen fast zwei Stunden vergangen, dass sich der Alte am Tisch in der Ecke niedergelassen hatte. Noch immer herrschte im Strandpavillon Hochbetrieb. Er nippte an seinem Bier und beschloss, wenn er es ausgetrunken hatte, zu zahlen und sich wieder auf den Weg zu machen. Schließlich wollte er nicht den halben Tag in der Hütte verbringen, sondern sich lieber noch ein wenig die raue Nordseeluft um die Nase wehen lassen.

Unweigerlich war ihm schon vor einer Weile ein Paar, beide vielleicht Mitte dreißig, aufgefallen. Die Frau und der Mann saßen sich genau in seiner Blickrichtung an einem Tisch nur wenige Meter von ihm entfernt gegenüber. Ganz offenbar hatten die beiden heute ihre Zungen zu Hause vergessen. Verbale Konversation miteinander? Fehlanzeige! Denn kaum, dass sie sich behäbig hingefläzt hatten, packte sowohl sie als auch er ein Smartphone aus, woran dann eifrig herumgefingert wurde. Selbst beim Essen legten sie die Dinger nicht zur Seite. Mit gesenkten Köpfen stierten beide bloß auf die Displays. Selbst als sie zwischendurch mal kurz aufschauten, gingen ihre teilnahmslosen Blicke aneinander vorbei ins Leere.

»Na klasse«, murmelte der Alte kopfschüttelnd vor sich hin, »sie haben sich anscheinend nichts mehr zu sagen. Oder ist es ihnen zu mühsam, sich miteinander zu unterhalten?« Er schüttelte verständnislos den Kopf.

Doch dieses Bild der zur Schau gestellten Gleichgültigkeit eines Paares in der Öffentlichkeit war kein sonderbarer Einzelfall. Im Gegenteil! Schon häufig war Karin und ihm solches Verhalten bei anderen Paaren, egal welchen Alters, aufgefallen. Doch was die Gründe dafür waren, die dieses Desinteresse am Gegenüber bei den Leuten ausgelöst hatten, darüber ließ sich nur spekulieren. Wie zum Beispiel, ob sie sich im Laufe ihrer

Zweisamkeit so nervten, dass sie nur noch ihre Ruhe haben wollten? Oder hatten sie, jeder auf seine Weise, es sich in der eigenen kleinen Welt bequem gemacht und keinen Bock, die Komfortzone zu verlassen? Wer weiß? Auf jeden Fall war es ein Benehmen, das für Karin und ihn nur schwer nachvollziehbar war. Klar, sie redeten natürlich auch nicht pausenlos miteinander. Doch beide liebten sie ihre gemeinsamen Gespräche, Diskussionen und, ja, auch ihre Dispute, von denen es wahrlich unzählige gab, wirklich sehr.

»Na, was soll's, ist deren Sache«, brummte der Alte schließlich vor sich hin und trank einen Schluck Gerstensaft.

Einmal abgesehen von den Gesprächen war auch in ihrer langjährigen Ehe beileibe nicht alles Gold, was glänzte.

»Karin, mein Schatz«, fasste er sich gedanklich an die eigene Nase, »du hattest es sicher nicht immer leicht mit mir verbohrtem Dickschädel.« Seiner Einschätzung nach grenzte es fast schon an ein mittelgroßes Wunder, dass sie überhaupt noch zusammen waren. Denn schließlich lebten Karin und er über zwanzig Jahre räumlich getrennt voneinander. Er als Kripo-Kommissar in einem provinziellen Städtchen am Rhein, aufgrund der Nähe zum Polizeipräsidium. Sie hingegen im pulsierenden West-Berliner Stadtteil Reinickendorf, also dort, woher beide ursprünglich stammten. Sie waren sich einig, dass die meisten anderen Paare an ihrer Stelle längst die Flinte ins Korn geworfen hätten. Zumal Karin ihren gemeinsamen Sohn Tom mehr oder weniger alleine aufgezogen hatte. Während er der ehrgeizige, egoistische Kommissar hunderte Kilometer von ihnen entfernt, in der Eifler Provinz, zumeist sehr erfolgreich irgendwelchen Mördern und sonstigem, zwielichtigem Gesindel hinterherjagte. Außerdem nagte es über lange Zeit an seinem Ego, dass er seinen allerersten Mordfall damals 1967 nicht aufzuklären vermochte.

»Ich kann hier erst weg, wenn ich weiß, was Sache ist«, redete er stets wie besessen auf sich ein. Solange, bis er es viele Jahre später endlich geschafft hatte, Licht ins Dunkel zu bringen. Was fluchte Karin häufig, wenn sie auf die Eifel zu sprechen kamen: »Es ist und bleibt der Arsch der Welt, Punkt!« Und er entgegnete seiner erzürnten Frau zumeist ziemlich starrsinnig: »Arsch der Welt hin oder her! Solange es mein Job von mir verlangt, bleibe ich hier am Arsch der Welt, Punkt!« Okay. Er besuchte Karin und Tom mehr oder weniger regelmäßig. Und es war Anfang '83, als er Frau und Sohn beinahe gefolgt wäre. Denn es war jene bittere Zeit, als Tom in der Schule arge Probleme hatte, weil er von älteren Mitschülern böse schikaniert worden war. Der Alte hatte damals sogar schon sein Versetzungsgesuch nach West-Berlin gefertigt. Saß quasi bereits auf gepackten Koffern. Doch zum Glück besserte sich Toms Situation nach dem Wechsel der Schule erheblich, sodass dessen Vater letztendlich den Antrag zerriss und die Schnipsel im Ofen verbrannte. Ganz sicher. Als Karin ihn im Sommer '76 mit Tom verließ und wieder zurück nach Reinickendorf zog, weil sie einfach nicht mehr in der Scheiß-Eifel leben wollte, war kaum daran zu denken gewesen, dass sie Mitte der Neunziger wieder glücklich vereint sein würden. Ein weiteres Phänomen ihrer für Außenstehende recht speziell anmutenden Beziehung war auch, dass sie sich in den Jahren der räumlichen Trennung liebten wie am ersten Tag und eine Scheidung nie zur Debatte stand. Selbst als Karin mit diesem türkischen Gemüsehändler aus Kreuzberg liiert war und er mit Vera, der blonden, ultrascharfen, zehn Jahre jüngeren Joggingmaus so manche heiße Nummer schob. Letztlich hatten Karin und er wieder zueinander gefunden. Und so sollte es auch bleiben ...

Wenn am ehemaligen Kommissar etwas mächtig nagte, so war dies nicht nur der Zahn der Zeit. Vielmehr war es die bittere Gewissheit, weite Teile von Toms Heranwachsen versäumt zu haben. Daher drängte es ihn förmlich, jede sich bietende Gelegenheit von gemeinsamem Miteinander mit der Familie zu nutzen.

»Die Zeit bleibt für keinen stehen, für keinen … Die Jahre rinnen einem wie feine Sandkörner durch die Finger und wenn man sich dessen bewusstwird, ist es für vieles schon zu spät«, sagte er oft zu sich. Dann überkam ihn Wehmut und er fühlte sich schuldig im Sinne der Anklage, seine Familie so lange alleine gelassen zu haben. Andererseits freute er sich unbändig darüber, dass ihm alten Sturkopp überhaupt noch die Möglichkeit geschenkt wurde, Versäumtes zumindest zu einem kleinen Teil nachzuholen. Der Greis wischte sich eine Träne aus den Augen, trank das Bier aus und bestellte sich rasch noch ein Neues.

»*En nog een jonge jenever, alsjeblieft!*«, rief er der attraktiven, blonden Kellnerin hinterher, die lächelnd zur Bestätigung nickte und alsbald das Helle und den klaren Schnaps servierte. »*Proost!*« Auf ex kippte er den Jenever rasch hinunter. Das Zeug brannte kurz, aber heftig wie aufflammendes Feuer in seiner Kehle. Ein Schluck kühles Bier hinterher sorgte für rasche Linderung. Der Greis lehnte sich zurück in seinen Stuhl und sah mit leicht verklärtem Blick aus dem Fenster hinaus zum Strand.

Die ausgedehnten Urlaube auf Zeeland gehörten fest zu jener gemeinsamen Zeit mit der Familie. Unumstößlich! Schon seit Jahren. Und hier unternahmen sie auch eigentlich alles zusammen. Außer, und das war eine der wenigen Ausnahmen, wenn wie heute Nachmittag ein ausgedehnter Shopping-Bummel zum Beispiel im nahegelegenen Städtchen Middelburg auf dem Plan stand. Dann seilte er sich ab und machte sein eigenes Ding. Denn wenn der Alte etwas nicht war, dann ein ausdauernder Shopping-Begleiter.

Ein paar Mal war er Karin zu Liebe mitgekommen. Doch immer endeten die gemeinsamen Einkaufstrips in einem Fiasko. Er latschte ihr praktisch von Laden zu

Laden wie ein lebloser Zombie hinterher. Und wenn Karin ihn nach seiner Meinung bezüglich eines Kleidungsstücks oder einem Paar Schuhen fragte, rang er sich daraufhin ein leidendes Lächeln ab und antwortete monoton: »Ja, ist schön.« Immer. Egal, was Karin ihm vorführte. Sie hätte ihm sogar den ollen Vorhang einer Umkleidekabine als neuen, topmodischen Umhang präsentieren können. Seine Erwiderung wäre immer »Ja, ist schön« mit jämmerlichem Unterton in der Stimme gewesen. Karin machte dieses Verhalten fuchsteufelswild. Es dauerte Stunden, bis sie sich wieder beruhigt hatte. Und er war nach den Einkaufstortouren platter als nach einem Marathon bei 40 Grad, Gegenwind und bergan. Jedenfalls fühlte es sich so an. Rücken, Beine, Arme, Kopf. Alles schmerzte wie die Hölle.

Daher war es für ihn umso verwunderlicher, dass Tom und dessen Sohn Paul ihm in Punkto Shopping-Abneigung überhaupt nicht nachschlugen. Den beiden machte es unbegreiflicherweise gar nichts aus, von Geschäft zu Geschäft zu tingeln und dem schwindelerregenden Schuh- und Klamottenanprobieren der Ladys mit Rat und Tat beizuwohnen. Unfassbar! Oder ob sie wohl, mit was auch immer, bestochen wurden? Es war dem Alten ein echtes Rätsel. Da alle Familienmitglieder seine Marotten bestens kannten, hatten sie ihm aus besagten Gründen nach dem Frühstück einen schönen Tag gewünscht und waren gen Middelburg aufgebrochen.

Doch einmal abgesehen vom unharmonischen Einkaufsverhalten hatten er und Karin viele gemeinsame Interessen. Sie kochten leidenschaftlich gerne zusammen, schätzten einen guten, toskanischen Chianti und beide mochten schon von je her die Musik der Rockband »Queen«. Selbstredend schauten sie sich im Herbst letzten Jahres »Bohemian Rhapsody« im Kino an. Jenes emotionale, biographische Filmdrama, das restlos begeisterte. Mitsingen und Lachen einerseits. Tränen der Rührung andererseits. Ein echtes Meisterwerk! Beide waren sie angetan von der Leistung der Schauspieler. Besonders die des Darstellers, welcher Freddie verkörperte. Klasse! Wie die Mehrzahl der Besucher im großen Kinosaal waren auch sie völlig gebannt solange in ihren Sesseln sitzen geblieben, bis der allerletzte Takt verklungen und der Abspann komplett durchgelaufen war. Und unisono waren sich beide felsenfest sicher: Lebte Freddie noch und hätte er noch immer Bock auf »Queen«, selbst sie als betagte Leutchen würden sich eines von deren Live-Konzerten reinziehen. Allerdings von Sitzplätzen aus und nicht wie früher stehend im Innenraum. Dieses Zugeständnis würden sie bereitwillig machen.

»God save Queen«, murmelte der Alte vor sich hin, prostete mit dem halbvollen Bierglas gen Himmel und leerte es schließlich in einem Zug. Daraufhin beglich er seine Rechnung und gab der blonden Kellnerin, die auf wundersame Weise von Bier zu Bier immer noch hübscher und hübscher geworden war, ein üppiges Trinkgeld. Beschwingt erhob sich der Greis von seinem Stuhl und zog sich betont lässig Jacke und Mütze wieder an.

»*Tot ziens*«, verabschiedete ihn die junge Frau freundlich. Er zwinkerte ihr lächelnd zu und winkte zum Abschied.

»Läuft«, dachte er sich mit stolzgeschwellter Brust und schwankte leicht angesäuselt nach draußen an die frische Luft.

Allmählich hielt die Flut Einzug und vereinnahmte die festen Strandabschnitte nun zusehends. Wollte man keine nassen Füße bekommen, musste man mehr und mehr mit dem tiefen Sand vorliebnehmen. Das Gehen war wesentlich kräfteraubender in diesen Bereichen, da der lose Untergrund fast bei jedem Schritt nachgab.

Der Alte war noch ein ganzes Stück westwärts am Meer entlang gegen den böigen Wind gestapft. Einerseits, weil er es, wie gesagt, liebte, anderseits, um wieder einen klaren Kopf zubekommen. Denn die *lekker Pilsje* und der Jenever hatten doch seine Sinne leicht vernebelt. Zudem ermüdete der weiche Sandboden seine Wadenmuskulatur doch arg. So beschloss er nach ungefähr einer halben Stunde, den Strand zu verlassen und den Rückweg hinter den Dünen einzuschlagen. Dafür brauchte er zum Glück die Dünen nicht mühselig hinauf und wieder hinunter zu krabbeln. Nein. An vielen Stellen, und nicht nur an denen, wo sich am Meer Strandpavillons befanden, waren mit Betonplatten ausgelegte Schneisen in die Sandberge eingelassen. Diese Wege waren in der Regel so breit, dass ein Auto locker hindurchpasste. Und windgeschützt hinter den Dünen verlief hier in der Gegend um Renesse, wie auch in weiten Teilen Zeelands, ein kilometerlanger Rad- und Wanderweg.

Dessen Untergrund bestand zumeist aus festem Muschelsand. Eine nette Begebenheit, die sowohl das Radfahren als auch das Laufen und Wandern bequem und angenehm gestaltete. Ganz besonders nachdem man, wie der Alte, direkt am Meer, lange gegen den Wind und dazu noch durch den weichen Sand des Strandes marschiert war. Deswegen kam es dem Greis, nun da er die Meerseite der Dünung verlassen hatte, auch so vor, als wandelte er mühelos dahin. Der leichte Rückenwind schob ihn sachte an und er gewann bald den Eindruck, als würde er beschwingt bergab gehen. Obwohl der Dünenweg, einmal abgesehen von sanften Wellen, kein nennenswertes Gefälle hatte. Wie auch? Hier oben am Meer ist alles flach wie ein Brett. So flach, dass man mittwochs schon sieht, wer sonntags zu Besuch kommt, scherzte der Alte gerne.

Am Rand des Pfades luden in unregelmäßigen Abständen von wenigen Hundert Metern massive Sitzbänke, eingebettet in wilde Hecken, zum Verweilen ein. Da seine Achillessehen etwas zwickten, gönnte sich der Wanderer eine Erholungspause. Begleitet von kaum hörbarem Stöhnen setzte er sich hin, lehnte sich zurück und streckte die Gräten aus. Ein paar Mal dehnte er die Sehnen, indem er wechselweise die Füße nach vorne streckte und wieder anzog.

»Uuuh, hzzz, aaaah!« Wäre jemand in der Nähe gewesen und hätte seinen verkniffenen Gesichtsausdruck und die schmerzerfüllte Geräuschkulisse bemerkt, der- oder diejenige müsste unweigerlich gedacht haben: »Oh je, der arme Mann. Was für Schmerzen muss er aushalten!« Doch der arme Mann war alleine. Zumindest im Moment. Zudem kannte er seinen Körper, dessen Gebrechen, was er davon zu halten hatte und wie am besten damit umzugehen war, ziemlich gut. Schließlich hatte er viele Jahre Zeit gehabt, um ihn zu erforschen. »Klappt doch«, sagte er grinsend und sichtlich entspannt, da sich die Schmerzen nach ein bisschen Fußgymnastik in Wohlgefallen aufgelöst hatten.

Die untergehende Sonne blinzelte ihn über den Dünenkamm an und wärmte seine rechte Gesichtshälfte. Der Ruhende steckte sich ein Pfefferminz-Bonbon in den Mund, verschränkte seine Arme vor der Brust und ließ seinen Blick relaxed über die gegenüberliegende Wiesenlandschaft schweifen. Er vernahm linksseitig ein rasch näherkommendes, stakkato-artiges Knirschen des festen Muschelsands. Ohne Kopfdrehung linste er nur aus den Augenwinkeln heraus in die Richtung der Geräusche, die ihm doch sehr bekannt vorkamen. Eine Frau und ein Mann, beide in neongelben Funktionsoberteilen und schwarzen Tights gekleidet, kamen im flotten Tempo angejoggt und waren flugs auf seiner Höhe. Beim Passieren warfen sie ihm ein freundliches »Hallo« zu und verschwanden hinter einer scharfen Biegung, so plötzlich wie sie aufgetaucht waren, aus seinem Sichtfeld.

»Ist schon irre, wie sich alleine die Laufklamotten in den letzten … vierzig, fünfzig Jahren geändert haben«, grübelte der gemütlich auf der Bank Sitzende. »Graue, weiße und blaue Sportsachen aus Baumwolle und Leinen hatten wir bis Anfang der Achtziger. Dazu, wenn es im Winter richtig kalt war, wollene Mützen und Handschuhe. Und als Laufschuhe die guten alten Brüttings!« Er lachte lauthals, als er die damaligen simplen Schlappen mit den hochmodernen Gel-boost-air-»hastenichtgesehen« und mit was sonst noch allem gedämpften Running-Schuh-Modellen, erhältlich in allen nur möglichen Kirmesfarben und leuchtenden Schnürsenkeln der Neuzeit, in Gedanken verglich.

»Wenn Karin die Teile nicht längst in die Tonne gekloppt hat, müssten die Brüttings noch in einer Kiste oben auf dem Dachboden sein. Na, ich werde nach dem Urlaub mal ein bisschen im Gerümpel rumstöbern!«, schmunzelte er leicht melancholisch und dachte daran, wie viele schöne Läufe er damals in den Siebzigern in genau diesen Laufschuhen absolviert hatte.

»Und heutzutage? Ist doch Vieles nur überflüssiger Schickimicki-Kram und schnöde Geldmacherei. Fitness-Armbänder mit Schrittzähler? Wozu braucht man ein Gerät, das einem sagt, wie viele Schritte man am Tag noch zu gehen hat? Was für ein Quatsch! Oder der Unfug, dass die Leute ein Smartphone am Arm durch die Gegend tragen, um stets erreichbar zu sein! Wollen die nicht mal ihre Ruhe haben? Und manche stellen ihre Trainingsleistungen, die wirklich kaum jemanden interessieren, außer sie selbst vielleicht, auch noch ins Internet! Oder beim Laufen Musik hören? Die bekommen überhaupt nicht mit, was um sie herum geschieht. Wenn sich jemand mit bösen Absichten von hinten an sie heranschleicht zum Beispiel. Und wenn sie es bemerken, ist es oft schon zu spät … Alles schon erlebt …« Der Alte hielt für einen Augenblick inne. In seinen Erinnerungen war ein Mordfall, in dem er einst ermittelte aufgeflammt. »Hm, in der Tat, das gab es auch schon früher … Wie es wohl ausgegangen wäre, wenn …?« Der Pensionär wurde nachdenklich und tauchte für ein paar Momente in seine Vergangenheit als aktiver Kripo-Kommissar ein. »Musik auf den Ohren war damals nix und auch heutzutage nix, basta!«, zischte er schließlich voller Inbrunst. »Wenn ich draußen bin, bin ich in der Natur. Da brauche ich keine Musik auf den Ohren.« Er verdrängte vorübergehend die Gedanken an seinen ominösen Mordfall von einst und widmete sich resümierend wieder der begonnenen Fitness-Grübelei: »Wenn man nichts auf der Pfanne hat, nutzt auch der ganze neumodische Tinnef nix. Letztlich ist es doch so, trainierst du viel, biste flott. Hockst du lieber auf dem Sofa und bohrst in der Nase, hast du auch nix auf der Rolle. So einfach ist das. Punkt. Von nix kommt nix! Im normalen Leben nicht und beim Sport erst recht nicht.

Nein, nein, ich habe manchmal den Eindruck, dass heutzutage mehr auf den ganzen Schnickschnack drum herum wertgelegt wird, als auf *das*, worum es beim Sport eigentlich geht. Sich auszutoben, seinen inneren Schweinehund zu überwinden und die bestmöglichen Leistungen zu bringen. Das ist es doch, was zählt!« Der Alte konnte sich köstlich über diese Thematik echauffieren. Er hatte auch schon den allseits bekannten Sinnspruch »Früher war alles besser« auf der Zunge, als er unvermittelt an das damalige Nonplusultra im Bereich der Sporternährung denken musste: »Rotwein – rohes Ei – Traubenzucker – Honig!« Alles miteinander verquirlt und runter damit. Die Mixtur schmeckte wirklich scheußlich und er hasste den widerlichen süßen Geschmack abgrundtief. Doch in den Siebzigern war das Gesöff halt der Renner und man baute darauf, dass es einem mehr Kraft und Ausdauer verlieh. Beim Sport und auf anderen Gebieten körperlicher Ertüchtigung … Jedenfalls hatte er in jener Zeit reichlich Gelegenheit zur Überprüfung gehabt, ob es mit oder ohne einen Unterschied ausmachte. Mit dem Ergebnis, dass er absolut nicht sagen konnte, ob die Plörre ihm wirklich mehr Power verlieh oder alles nur ein Aberglaube war. Ob er sich vielleicht nächste Woche noch mal einen genehmigen soll, um Karin unverhofft zu … verzücken? Schaden kann es ja nicht! Der Alte musste herzhaft lachen.

»Wenn es dieses Mal funktioniert, wer braucht dann schon die blauen Pillen!«, schmunzelte der Greis vergnügt, beim Gedanken an das Schäferstündchen mit seiner Frau. »Andererseits haben sich die Drops bewährt«, verdrängte er die Option der flüssigen Erektionshilfe quasi auf dem Fuße. Denn wie durch Zauberei hatte er sich unverhofft eingebildet, den ekelhaften Geschmack des gepanschten Rotwein-Fusels wieder am Gaumen zu schmecken. »Pfui Teufel noch eins!«, knurrte er und spuckte auf den Muschelsandweg.

In der Tat. Der Alte wusste, gerade was die effektive Ausübung von Sport anbetraf, wovon er redete. Denn bis Mitte zwanzig betrieb er intensiv und erfolgreich den »Modernen Fünfkampf«. Jene Vielseitigkeitssportart, welche die Einzeldisziplinen Pistolenschießen, Degenfechten, Schwimmen, Springreiten und Querfeldein-Laufen beinhaltete. Als talentierter und ehrgeiziger Allrounder stand er aufgrund seiner überragenden Leistungen sogar im bundesdeutschen Kader für die Sommerspiele von Tokio 1964. Und nur arge gesundheitliche Probleme hatten ihm damals die Teilnahme an Olympia vermasselt.

»*Nix is esu schläch, dat et net och för jet jood wör!*« Doch manchmal hatte, wie der Kölsche Volksmund es so treffend formulierte, auch das Negative etwas Gutes an sich. Denn bei einem Krankenhausaufenthalt lernte er seine spätere Frau kennen, die dort als Krankenschwester arbeitete. Fazit: »Sayonara Nippon!« und »Hallo Karin!« Den Modernen Fünfkampf hatte er schließlich an den sprichwörtlichen Nagel gehangen.

Doch eine Teildisziplin, einmal abgesehen von den regelmäßigen Schießübungen im Rahmen seines Berufes bei der Polizei, behielt er bis dato bei. Und dass trotz immer wieder auftretenden Malessen mit den Achillessehnen: Das Laufen! Zum Ausgleich in seinem mitunter stressigen und nervenaufreibenden Job. Oder als ambitionierter Starter in den zahlreichen Rennen der Region. Unzählige Volksläufe zumeist über zehn Kilometer, viele Halbmarathons und zwei Marathons in Hamburg und Köln hatte er in den vergangenen Jahrzehnten bestritten. Selbst jetzt noch mit über achtzig Jahren, frönte er diesem Ausdauersport. Zwar nur noch zwei bis drei kürzere Einheiten pro Woche. Doch die fünf Kilometer unter dreißig Minuten zu schaffen, dafür reichte seine Energie noch immer.

So war es nicht verwunderlich, ja, vielleicht war es sogar zwangsläufig, dass es in der Historie des agilen Greises zu einigen Berührungspunkten zwischen dessen beruflichen Tätigkeit bei der Kripo und seiner Laufleidenschaft kam beziehungsweise kommen musste. Waren die Meisten davon eher nebensächliche Kinkerlitzchen, gab es doch auch ein paar wenige besondere Einzelfälle, welche sich aufgrund ihrer Dramatik und Intensität tief im Gedächtnis des ehemaligen Kommissars verewigt hatten. Es bedurfte in der Tat nicht viel, um jene Ereignisse wieder ins Bewusstsein des Alten zu rufen. Quasi, als hätte jemand einen imaginären Startschuss gegeben, war, ohne dass er es überhaupt beeinflussen konnte, der Fall, an den er sich vorhin im Rahmen seiner »Musik auf den Ohren«-Grübelei kurz erinnerte hatte, nun wieder in seinen Gedanken vorgeprescht. Zunächst noch etwas lückenhaft, fügten sich bald alle Erinnerungen an die Geschehnisse im Kopf des Greises zu einem kompletten Film zusammen. Nachhaltige Erinnerungen, die ihm zunächst leichtes Kopfschütteln, begleitet von einem dahin gemurmelten »Sessesses, manche Sachen vergesse ich wohl nie«, entlockten.

Eine Wolke schob sich unverschämterweise vor die wärmende Sonne. Da er sofort fröstelte, zog er die Wollmütze weit über seine Ohren. Anschließend gönnte er sich ein frisches Pfefferminzbonbon und lehnte sich mit verschränkten Armen zurück. Äußerlich völlig ruhig wirkend, begann es innerlich in ihm zu brodeln. Unweigerlich hatte der Ex-Kripomann das schier unfassbare Los jener Frau, die damals 1986 eine zentrale Rolle in seinen Ermittlungen spielte, vor Augen. Es war wahrlich ein Schicksal, das auf dramatische Art und Weise mit dem Laufsport verwoben war. »Sport ist Mord«, könnte man an dieser Stelle floskelhaft hinausposaunen. Doch würde diese lapidare Aussage nur sehr, sehr oberflächlich die komplette Tragik der Angelegenheit beschreiben.

Denn über zwanzig Jahre später, im Frühling 2017, sorgte eben diese besagte Läuferin in den einschlägigen, regionalen Gazetten noch einmal ordentlich für Schlagzeilen. Es drehte sich in den diversen Artikeln aber mitnichten um erbrachte sportliche Leistungen, wie man vielleicht zunächst hätte vermuten können. Vielmehr ging es in der Sache um Leben und Tod. Wobei die Frau in punkto »Leben« schon eine Weile, wie sich herausgestellt hatte, nicht mehr up to date war. Entsprechend reißerisch kamen die Schlagzeilen in den Zeitungen daher:

»Erschlagen und eingemauert!«

»Ein abscheuliches Verbrechen!«

»Die vor vier Jahren spurlos verschwundene Sabine K. aus Mayen wurde gefunden!«

»Mord! Es war der Ehemann!«

Die Berichterstattung sämtlicher Blätter beruhte ausnahmslos auf den nüchternen Handouts, welche deren Redaktionen von der Pressestelle des Polizei-Präsidiums Koblenz bekommen hatten. So war zu lesen, dass es mehr oder weniger purem Zufall zu verdanken war, dass sich das Rätsel um den Verbleib der 2013 spurlos verschwundenen Sabine K. aus Mayen geklärt habe:

Bei Bauarbeiten in einem der Tunnel des Fahrradweges von Mayen nach Polch wurden ihre sterblichen Überreste und das mutmaßliche Tötungswerkzeug, ein Hammer, gefunden. Die Form und Größe des Hammers passte genau zum Loch im Kopf der Toten. Der Leichenfund war letztlich dem Umstand zu verdanken, da die Kreisverwaltung beabsichtigte, einen weit in den Berg hinführenden alten Materialstollen der ehemaligen Eisenbahnlinie als weiteres High-Light in den angrenzenden Nette-Schiefer-Traumpfad zu integrieren. Mitarbeiter der beauftragten Baufirma hatten den 2013 zugemauerten Materialstollen aufgestemmt und beim Begehen des Schachtes die grausige Entdeckung gemacht. Ohne die merkwürdigen Hintergründe näher zu beleuchten, führte man in den Zeitungsartikeln lediglich noch an, dass es sich beim Täter höchstwahrscheinlich um Thomas K., den Ehemann des Opfers, handelte. Blöd war nur, dass dieser nicht mehr zu den Geschehnissen verhört werden konnte. Denn leichtsinnigerweise war Thomas K., nachdem der Stollen geöffnet wurde, in den Schacht hineingelaufen und von plötzlich herabfallenden Felsbrocken darin erschlagen worden. Am Rande bemerkt … die Kreisverwaltung sah, begründet durch den Deckeneinsturz und dadurch als zu gefährlich eingestuft, von der Öffnung des Stollens für die Allgemeinheit ab, ließ den Eingang nach Abschluss der Ermittlungen wieder zumauern und legte das Vorhaben zu den Akten.

Als der pensionierte Kommissar damals, 2017, in der Presse vom Fund der vermissten Frau las, war sofort ein Gedanke in ihm aufgekeimt. Ein Gedanke, der die düstere Vermutung in sich barg, dass jene Frau bereits eine Rolle in einem seiner weit zurückliegenden Fälle innehatte. Da er aus diesem Grund natürlich mehr Details von den 2017er Ereignissen erhaschen wollte, hatte er kurz überlegt, ob er im Präsidium einmal nachfragen sollte. Doch alleine die Vorstellung irgend so ein besserwisserischer, neunmalkluger Schnösel wäre der ermittelnde Beamte in der Sache gewesen, ließ den Ruheständler sauer aufstoßen. Er hatte wahrlich keinen Bock darauf, sich im geschniegelten Polizei-Jargon erklären zu lassen, wie effektive Ermittlungsarbeit heutzutage funktioniert. Ganz im Gegensatz zu früher, als mit steinzeitlich anmutenden Methoden an den Fällen herumgewerkelt wurde.

»Nein, danke!«, hatte der Ex-Kommissar mürrisch gezischt und das Ansinnen flugs in die Tonne gekloppt. Doch unmittelbar darauf war ihm jemand eingefallen, der prädestinierter bezügliches seines Anliegens hätte kaum sein können: Sein langjähriger Lauffreund Winfried Höttges, der von allen nur »de Winni« genannt wurde. Denn de Winni war ein echtes Lauf-Urgestein in der Leichtathletik-Abteilung des TSV Mayen. Bekannt wie ein bunter Hund war der Endfünfziger schon eine gefühlte Ewigkeit auf sämtlichen Strecken, die der Ausdauersport zu bieten hatte, unterwegs. Und wenn einer wusste, was hinter den Kulissen getuschelt wurde, dann er. Winni hatte sich sehr über den Anruf seines langjährigen Sportskameraden gefreut. Wie sich im angeregten Gespräch der beiden bald herausstellte, war auch Sabine K. schon von Jugend an, das hieß seit Anfang der Achtziger, bis zu ihrem plötzlichen Verschwinden 2013 im selben Verein. Ohne dass der Alte großartig nachbohren gemusst hätte, hielten Winnis lebendige Schilderungen der Geschehnisse, rund um das Schicksal seiner Vereinskameradin, dass was sich der ehemalige Kripomann von der Konsultation versprochen hatte. Und sofern auch nur die Hälfte davon wirklich der Realität entsprach und es sich nicht bloß um reine Spekulationen und Vermutungen handelte, beim Angeln würde man an der Stelle von Anglerlatein sprechen, war es wirklich eine tragische Geschichte.

Und dieses Mal, als das Hirn des Alten nichts weiter zu tun hatte, als in Erinnerungen zu schwelgen, konnte er sich nicht dagegen wehren, noch einmal die ganze Geschichte aufzurollen und in den Gedanken an all die brutalen Details und phantastisch anmutenden Ausführungen Winnis zu versinken …

Ein Satz war dem Greisen all die Jahre im Gedächtnis geblieben. Winni hatte ihm damals scherzhaft, trotz der ganzen Tragik, gesagt: »Mensch, der Thomas, der hatte wohl 'nen richtigen Tunnelblick.«

Tunnelblick

2017 – halb zehn. Es war ein herrlicher Sonntagmorgen im Mai. Bäume und Sträucher standen in voller Blüte. Vögelchen trällerten munter in der Ferne. Hier und da ein wenig Gesummse. Langsam, doch stetig erklomm die wärmende Sonne das blaue wolkenlose Firmament. Ein wahrer Bilderbuchtag bahnte sich an.

Eine Straße am Ortsrand des Eifelstädtchens Mayen … inmitten eines idyllischen Wohngebietes … mit verkehrsberuhigten Verbundsteinpflasterwegen, … und SUVs in den Einfahrten, … auf Hochglanz poliert, … Vorgärten reich an grauen Schottersteinen und getrimmten Buchsbaumsträuchern, platziert wie Zinnsoldaten in Reih und Glied … alles so sauber, alles so gepflegt, kein Staubkorn war zu sehen …

Eine echt spießige und langweilige Ecke … die meiste Zeit …

Thomas K. schnürte sich wie immer Sonntagsmorgens um diese Zeit die Laufschuhe. Der 53-jährige Bahnbeamte ging hinaus und zog die Haustür seines Bungalows hinter sich zu.

Zufrieden mit sich, Gott und der Welt und voller Vorfreude auf die bevorstehende sportliche Betätigung atmete er kräftig durch. Dann steckte er den Haustürschlüssel in die Innentasche seiner Laufshorts und trabte locker los. Während der ersten Schritte fummelte er an seiner neuen digitalen Sport-Armbanduhr herum. GPS, Pulsmesser und was sonst noch hatte das Teil. Trotzdem war Thomas etwas genervt, da sich das Ding trotz aller modernster Technik nicht so komfortabel bedienen ließ wie seine Alte. Insbesondere die Stoppuhr zu starten, war eine Wissenschaft für sich. Doch nach rund 300 Metern hatte er endlich die gewünschte Funktion entdeckt und den Startknopf gedrückt.

Die Strecke, welche heute auf seinem Plan stand, hätte er auch mit verbundenen Augen bewältigen können. Unzählige Male war er sie schon gejoggt. Und sie wurde ihm überhaupt nicht langweilig. Ja, sie war seine absolute Lieblingsrunde. Thomas lief alleine. So wie immer. Denn nur alleine konnte er so richtig abschalten und sich in seine Gedanken vertiefen. Das Gelaber von irgendwelchen Mitläufern brauchte er nun wirklich nicht. Manchmal gesellte sich ein Sportler unterwegs einfach ungefragt zu ihm. Thomas blieb dann zwar freundlich, doch ihm ging das Geschwätz zumeist ziemlich auf den Sack und er war stets froh, wenn er wieder für sich war. Früher hatte er mit dem Laufen absolut nichts am Hut gehabt. Ganz im Gegenteil. Er fand die eintönige Rennerei sterbenslangweilig. Doch vor vier Jahren änderte sich seine Einstellung grundlegend. Dabei war aller Anfang schwer. In den ersten Wochen zwar noch mehr gehend denn laufend, schaffte er es bereits nach wenigen Monaten eine ganze Stunde in gemächlichem Tempo durchzuhalten. Und so steigerte er sich nach und nach. Es lag ihm überhaupt nichts daran, zu rasen oder irgendwelchen Bestzeiten hinterher zu hecheln. Nein. Landschaft und Laufen genießen, das war sein Credo. Ganz im Gegensatz zu Sabine, seiner Frau. Sie brauchte die rasante, ausdauernde Bewegung in der freien Natur fast mehr als regelmäßigen Sex. Schon damals, als sie sich kennenlernten. Und dass war ja nun auch über dreißig Jahre her. Ja, sie musste laufen. Quasi jeden Tag. Nur als Sabine mit ihren beiden Kindern Christian und Christiane schwanger war, unterbrach sie ihre Leidenschaft.

Thomas' Weg führte zunächst übers holprige Kopfsteinpflaster vorbei am Ostbahnhof. Dann unmittelbar danach weiter auf den Radweg. Der »Maifeld-Radweg«. Eine asphaltierte, recht ebene Piste, Anfang der 1990er über ehemalige Bahntrassen gebaut. So gelangte man per Pedes oder mit dem Rad bequem von Mayen nach Polch. Dort gabelte sich die Strecke in zwei Richtungen auf. Eine ging weiter nach Münstermaifeld, die andere nach Ochtendung. Sonntagsmorgens bei solch' tollem Wetter war hier für gewöhnlich mächtig Betrieb. Ein echtes Eldorado für Ausdauersportler verschiedenster Couleur. Und so begegneten Thomas nicht nur Fahrradfahrer und Läufer. Nein, auch scharfe Schnitten in sexy Outfits auf Inlinern sowie ältere, bestockte und unbestockte Walking-Damen tummelten sich in der freien Natur. Auch Sabine liebte es sehr, diese Strecke zu laufen.

Nach kurzer Zeit passierte er den Mayener Vorort Hausen, von wo auch seine Frau stammte. Dann folgten einige bauliche Highlights der Strecke. Ein altes Viadukt und bald dahinter zwei mehrere Hundert Meter lange Tunnel. Im Inneren jener voll beleuchteten Tunnel hatte man 2013 alle mannshohen und ebenso breiten Schächte, die sich in einem Abstand von vielleicht fünfzehn Metern in beiden Tunnelseiten befanden, zugemauert und verputzt. Die meisten dieser Schächte mit Rundbogen, waren nur rund einen halben Meter tief in die Wände eingelassen und dienten einst den Eisenbahnern als Unterschlupfmöglichkeit, wenn zum Beispiel bei Gleisarbeiten plötzlich ein Zug angeschnauft kam.

Wenn es einen Streckenabschnitt des Radweges gab, den Thomas ganz besonders mochte, dann war es von Mayen kommend, der zweite und längere der beiden Tunnel. Er genoss die Kühle darin. Denn stetigen, leichten Luftzug. Die Stille. Immer stoppte er nach gut der Tunnelhälfte und schaute sich beseelt um. Akribisch schnürte er sich dann die Schuhe neu, ehe er seinen Lauf fortsetzte. Das machte er immer, wenn er hier durchlief. Am ehemaligen Polcher Bahnhof angelangt, wendete er und trabte zurück. Und wieder im besagten Tunnel, das gleiche Prozedere wie vorhin beim Hinweg. Er war ja schließlich nicht auf der Flucht. Thomas lä-

chelte. Doch als er sich gerade aufrichtete, um seinen Lauf fortzusetzen, kam es ihm so vor, als flüstere plötzlich jemand mit einer schauderhaften Stimme: »Komm zu mir. Komm zu mir.«

Thomas glaubte zunächst, dass es bloß eine Windböe war, die durch den Tunnel pfiff. Oder vielleicht Geräusche von anderen Leuten, die sich mit ihm hier drin befanden. Er sah sich hektisch um. Doch verdammt! Er war alleine! Völlig alleine! Ausgerechnet jetzt! Da, schon wieder! Und die Stimme, eben noch etwas undeutlich verzehrt, glaubte er, nun erkannt zu haben. Und es schien, als käme sie direkt aus den massiven Tunnelwänden. Was für ein Irrsinn. Doch es konnte nicht sein. Nein, unmöglich! Abermals zischte die orakelhafte Aufforderung hämisch durch die steinerne Röhre. Und noch immer war keine Menschenseele zu sehen. Wie zum Teufel? Er fürchtete sich sehr und rannte wie von der Tarantel gestochen hinaus ins Freie. Begleitet von der beißenden Stimme, die sich gnadenlos in seinen Gehörgängen festgekrallt hatte. Erst, als er draußen im Freien war, verstummte sie. Was um alles in der Welt war das? Er war doch nicht irre! Unerbittlich hallte die schauderhafte Stimme in seinem gemarterten Kopf nach.

»Na, alles im Lack?« Thomas schreckte auf. Es war de Winni vom Mayener Lauftreff, der ihm entgegenkam, ihn locker grüßte, an ihm vorüberjoggte und wie selbstverständlich in den Tunnel lief. Warum sollte er auch nicht? Der Gehetzte, sich japsend mit beiden Händen auf den Knien abstützend, war dermaßen außer Puste, dass er nur die Hand heben, aber nichts antworten konnte. Nervös drehte er sich um und schaute Winni nach, wie dieser im Tunnel verschwand. Sollte er ihm schnell nachhechten und ihn fragen, ob er die Stimme ebenfalls hört? Nach kurzem Innehalten beschloss Thomas es nicht zu tun, sonst würde Winni wohl denken, er habe einen gewaltigen Sockenschuss.

Kreideweis und ziemlich fertig rappelte er sich auf. Äußerst vorsichtig durchschritt er dann den kürzeren der beiden Tunnel und sperrte dabei mächtig seine Lauscher auf. Doch hier war alles wie immer. Keine Stimme, die ihn quälte, nur angenehme Kühle. Thomas atmete tief durch. Erst am Viadukt hatte er sich leidlich von dem Spuk erholt, sodass er wenigstens in der Lage war, mit seinen immer noch butterweichen Knien heim zu laufen. Aber seine Gedanken sollten sich noch sehr lange um dieses unfassbare Erlebnis im Tunnel ranken. Und so sehr er auch über mögliche Ursachen grübelte, er fand einfach keine logische Erklärung für jenes seltsame Phänomen. Es war zum Haare raufen! Nur eines war ihm gewiss: Das nagende Gefühl der Unsicherheit durchzogen von Furcht.

Thomas lag im Bett und versuchte zu schlafen. Er wälzte sich hin und her. Selbst jetzt noch mitten in der Nacht rumorte es ganz gewaltig in seinem Schädel. Die schaurige Stimme vom Morgen im Tunnel hatte ihn noch immer im Beschlag: »Komm zu mir. Komm zu mir.« Zunehmend prügelte eine dunkle Befürchtung ohne Unterlass auf seine Gedanken ein und machte ihn mürbe. Verzweifelt verneinte er diese vehement. Doch so allmählich schwanden seine Kräfte. Tief in ihm tobte ein erbitterter Kampf zwischen Verdrängung und Angst. Sollte die Angst siegen? Die Angst vor der späten Rache?

Thomas war alleine im Haus. Niemand war da, mit dem er hätte reden, sich anvertrauen können. Niemand! Seine beiden Kinder studierten in London und Trier. Sie kümmerte es reichlich wenig, was der Alte in Mayen den lieben langen Tag trieb. Und seine über alles geliebte Frau Sabine hatte ihn verlassen. Damals vor vier Jahren. Thomas sah sie mit ihren blonden langen Haaren und den kleinen Grübchen in den Wangen, wenn sie lachte, noch ständig vor seinem geistigen Auge. Besonders, wenn alles um ihn herum verstummt war. Erinnerungen, wie sie beide zusammen ihren Bungalow renovierten, kamen plötzlich auf und ebbten wieder ab.

Ja, Thomas war handwerklich sehr begabt und Sabine half nach Leibeskräften. Doch trotz der vielen Arbeit fand sie immer noch Zeit fürs Laufen.

Thomas war ein echter Gemütsmensch, den eigentlich nichts aus der Ruhe bringen konnte. Das sagten alle. Aber eine Schwachstelle hatte auch er. Seine Eifersucht. Je länger er mit Sabine zusammen war, umso quälender verfolgte sie ihn, gierig danach, endlich auszubrechen. Die Eifersucht zermarterte sein Hirn. Trieb ihn mit ihrer grimmigen Fratze vor sich her. Fraß ihn förmlich auf. Lange hatte Thomas' Bewusstsein sie unterdrückt. Bis vor vier Jahren.

Nicht etwa, dass seine Frau ein Verhältnis mit einem Anderen angefangen hätte, nein. Es war das Laufen, dem Sabine immer mehr Zeit und Aufmerksamkeit widmete. Sie brauchte es wie die Luft zum Atmen. Und als die Kinder aus dem Haus waren, steigerte sie ihr Pensum weiter. Hatte neue Pläne. Mit ihren Vereinskollegen von der Leichtathletik-Abteilung des TSV Mayen am Berlin Marathon teilnehmen, einmal die Alpen überqueren, oder mal im schweizerischen Biel einen hundert Kilometerlauf schaffen. Alles Sachen, bei denen ihr Mann keine Rolle spielte. Denn er machte sich ja nichts aus dem Sport. Thomas hatte eigentlich nichts gegen Sabines Leidenschaft, war sie doch schon seit den frühen Achtzigern als Jugendliche im TSV aktiv. Hatte schon zahlreiche Titel eingeheimst, wie die vielen Urkunden, Pokale und Auszeichnungen belegten. Doch im selben Maße, wie sie ihre Trainingskilometer mehr und mehr steigerte, erhöhte sich seine beißende Eifersucht auf das Laufen. Er konnte einfach nichts dagegen machen. Ohne Frage, er liebte Sabine wie am ersten Tag. Doch manchmal hätte er töten können. So vernarrt war sie in die Rennerei. Richtig süchtig war sie danach. Ihr Sinn stand nur noch nach laufen, laufen, laufen. Er konnte es nicht mehr hören!

Und dann kam jener Tag vor vier Jahren, als seine latent schwelende Eifersucht jäh aus ihm herausbrach.

Sabine und er stritten wie so oft in den letzten Monaten heftig miteinander. Thomas werkelte gerade im Keller herum. Dann ging alles ganz schnell. Er hatte auf einmal diesen Dachdecker-Hammer in der Hand … und dann eilte Sabine davon. Noch am selben Abend hatte er seine Frau bei der Polizei als vermisst gemeldet. Thomas war sogar nachts den Radweg abgefahren, auf dem Sabine doch immer herlief. In Nettesürsch hatte er extra geparkt und sich auch in den beiden besagten Tunneln umgesehen. Irgendwie komisch. Obwohl Sabine doch fort war, war er sich damals felsenfest sicher, dass seine Frau ganz in der Nähe war. Kein Zweifel! Letztlich jedoch blieben sämtliche Recherchen, Suchaktionen und Ermittlungen der Polizei ergebnislos. Sabine war verschwunden. Spurlos! Und da seine Frau verschollen blieb, begann Thomas tatsächlich mit dem Laufen. »Nur, um bei ihr zu sein«, sagte er, wenn er gefragt wurde. Ja, das war seine Triebfeder.

Draußen schlug der Nachbar die Autotür krachend zu und fuhr zur Arbeit. Thomas wachte auf. Er war tatsächlich in den letzten drei Stunden in einen unruhigen Schlaf gefallen. Sieben Uhr. Um Acht war sein Dienstbeginn am Koblenzer Hauptbahnhof. Doch er hatte darauf heute keinen Bock. Sonst ein echter Musterbeamter, dem nie in den Sinn kam, blau zu machen. Aber heute war es anders. Thomas meldete sich bei seiner Vorgesetzten krank, dass ihm unwohl sei. Danach zog er sofort seine Laufklamotten an und machte sich wieder auf den Weg. Noch einmal in den längeren der beiden Tunnel. Sich Gewissheit verschaffen, dass er gestern bloß einem aberwitzigen Trug aufgesessen war. Er kratzte den letzten Rest seines Mutes zusammen und lief, so schnell er nur konnte. Bestimmt hatte er sich gestern getäuscht. Ganz bestimmt! Er ließ das alte Viadukt hinter sich und durchquerte den kleineren Tunnel. Schon erspähte er den Eingang des Objekts seiner Begierde. Er keuchte und schwitzte. Dann hatte er sein Ziel erreicht. Er stoppte. Hatte man am Tunnelein-

gang doch ein Hinweisschild »Achtung Bauarbeiten« hingestellt. Das war gestern noch nicht da!

Ein Arbeiter in schmutzigen Klamotten tauchte aus dem Gebüsch am Wegesrand auf. Nervös fragte Thomas den grauhaarigen Latzhosenträger, was denn drinnen gemacht würde. Dieser schnäuzte in sein Sacktuch und gab dem neugieren Läufer zur Antwort, dass sie gerade die Mauer des ehemaligen Materialstollens aufgestemmt haben. Denn der 150 Meter lange Schacht solle als weitere Attraktion in den Nette-Schiefer-Traumpfad integriert werden. Seine beiden Kollegen hätten es kaum abwarten können und seien sofort hinein gelatscht, um sich darin mal umzuschauen. Er selbst hatte keine Lust und er sagte zu den Zweien noch, dass da drin doch nur Steine, Würmer und Ratten seien. Und bestimmt kein verborgener Schatz. Während der Arbeiter nach seinen Ausführungen lachend mit dem Kopf schüttelte, war Thomas längst ins Innere des Tunnels los geprescht. Im Schein der Beleuchtung erkannte er schon aus einiger Entfernung, an der rechten Wand einen Schutthaufen, umrahmt von rotweißem Flatterband. Davor stand eine Schubkarre.

Thomas erreichte endlich den geöffneten Stollen. Sein Herz sprang ihm vor Aufregung fast aus dem Hals. Er sperrte seine Ohren auf und lugte in den dunklen Stollen. »Komm zu mir. Komm zu mir.« Da, wieder die Stimme, die gnadenlos nach ihm verlangte. Der gelbliche Schein von Taschenlampen kam auf ihn zu. Es waren die beiden Arbeiter, die bald darauf mit entsetzten Gesichtern vor ihm standen. Thomas hielt inne. Er war völlig erstarrt. Wie gelähmt! Dann sagte der Größere der beiden erschaudert zu ihm: »Sie glauben nicht, was wir drinnen gefunden haben. Ein Skelett in kurzen Sportsachen mit Laufschuhen … und einem Loch im Kopf. Könnte sich um eine Frau handeln. Und neben ihr ein Dachdeckerhammer.«

»Wurde hier nicht mal eine Frau vor ein paar Jahren vermisst?«, fügte der Kleinere fragend hinzu.

»Hören Sie nichts?«, stammelte der Läufer nervös, ohne auf deren Fragen einzugehen. Die Männer verneinten irritiert. Thomas riss dem Kleineren die Taschenlampe aus der Hand und rannte wie von Sinnen in den Stollen.

»Komm zu mir! Komm zu mir!« Gerade als er die Quelle der Worte mit eigenen Augen erblickt hatte, stürzte die Stollendecke ein und begrub ihn. Bis zu seinem letzten Atemzug quälte ihn Sabines rachlüsternes Lachen und ihre zischenden bitterbösen Worte: »In den Tod bist du gelaufen, … durch mich … durch mich … «

Die Abenddämmerung hielt Einzug in ganz Zeeland und die Dünenlandschaft bei Renesse. Es begann zu nieseln. Umstände, die den Greis dazu bewogen, seine Gedankenspielerei zu beenden, von der inzwischen doch ziemlich unbequem gewordenen Bank aufzustehen und den Rückweg zum Ferienhäuschen anzutreten. Sein Rücken schmerzte von der zu niedrigen Lehne und sämtliche Gräten waren stocksteif. Es brauchte einige ungelenke Minuten, ehe seine Knochen wieder geschmeidiger wurden und sich die Rückenschmerzen verflüchtigt hatten.

Waren es nach dem Lesen des Zeitungsberichtes nur bloße Vermutungen gewesen, hatten Winnis tiefschürfende Worte dem Alten die gewünschte Gewissheit in der Sache »Sabine K.« beschert: Es handelte sich zweifelsfrei um die junge Frau, die 1986 bereits eine zentrale Rolle spielte. Also genau in den fragwürdigen Fällen, in welchen der Alte als Kripo-Ermittler im Einsatz war und die sich allesamt auf der bewegten Bühne des boomenden Laufsports zutrugen.

»Mensch 1986, irre Geschichte«, murmelte der pensionierte Kommissar und leidenschaftliche Läufer vor sich hin, da er alles, wie auf Knopfdruck, wieder vor Augen hatte. Quasi genauso, als wenn alles erst gestern geschehen wäre …

1986 – Mai

Kapitel 3

03. Mai – Samstagabend, circa achtzehn Uhr

Klatschnass bis auf die Knochen schloss Kripokommissar Fritz Weller die Eingangstür des mehrgeschossigen Hauses auf. Das weiße Baumwoll-T-Shirt klebte zentnerschwer wie eine zweite Haut an seinem Oberkörper. Die neuen mit Gel gedämpften Laufschuhe hatten sich gierig wie ein ausgetrockneter Schwamm mit Wasser vollgesogen und die kurze Sprinterhose saß angegossen wie eine maßgeschneiderte Badehose. Wassertropfen perlten von der Nasenspitze und den Ohrläppchen hinunter. Fritz hatte seine heutige Laufrunde bei warmen, frühlingshaften Temperaturen, aber im strömenden Regen absolviert. Es machte ihm grundsätzlich nichts aus, dass er bei der Ausübung seines geliebten Ausdauersports manchmal ordentlich gewaschen wurde. Absolut nicht! Dafür war er viel zu gerne draußen in der freien Natur. Das einzige, was ihn im Moment ein wenig nachdenklich stimmte, war die Sache mit Tschernobyl.

Denn genau eine Woche war es her, dass es im Block 4 des dortigen »Lenin Kernkraftwerks« zu einem bislang nie dagewesenen Störfall kam. Die Politiker hatten zwar versichert, dass dieser GAU und die entstandene radioaktive Wolke die Bundesrepublik nie erreichen würden. Aber bereits gestern erzählte man im Radio von ungewöhnlich hohen Werten nach einem Regenschauer in der Nähe von München. Doch Fritz wäre nicht Fritz, wenn er sich von diesen vermeintlichen Hiobsbotschaften von seinem Vorhaben, nämlich eines fünfzehn Kilometerlaufes nach Feierabend, abschrecken gelassen hätte.

»Wird ja bestimmt nicht ausgerechnet dann regnen, wenn ich unterwegs bin und wenn doch, wird schon nicht so schlimm sein. Denn nix wird so heiß gegessen, wie es gekocht wird«, redete er sich abwiegelnd ein, als er gestartet war. Aber aufgrund der Tatsache, dass es den kompletten Rückweg den Rhein entlang, aus dem grauen wolkenverhangenem Himmel niederprasselte, als gäbe es kein Morgen, hatten ihn die Unkenrufe bezüglich der Tschernobyl-Thematik nun doch etwas ins Grübeln gebracht. »Was nur, wenn an den Aussagen der Wissenschaftler doch was dran ist? Nicht, dass mir die Haare ausfallen, ein drittes Auge wächst, oder meine Ohren die Form von Schwammerln, wie die Bayern sagen, annehmen?«, hatte er sich unsicher geworden mit einem Schuss Ironie gefragt. Daher war es sein dringlichstes Vorhaben, sobald er wieder zu Hause war, sich sofort heiß und gründlich abzuduschen. Denn Vorsicht ist die Mutter der Porzellankiste! Fritz hechtete also mit flinken Sätzen durchs Treppenhaus empor zu seiner Wohnung im dritten Stock. Dabei hinterließ er eine unübersehbare Wasser- und Dreckspur auf den hellen Marmorstufen. Vor der Wohnungstür entledigte er sich rasch aller triefendnassen Klamotten samt Schuhen.

Just als er den Schlüssel ins Schloss steckte, räusperte sich jemand hinter ihm und eine Frauenstimme sagte sehr energisch: »Post für einen gewissen Herrn Fritz Weller!« Der Angesprochene drehte sich leicht erschrocken um. Aktuell nur mit seiner Digital-Armbanduhr bekleidet, entgegnete dieser sichtlich überrascht, doch freundlich: »Hallo Johanna! Das ist aber echt nett von dir!«

Es war Frau Mayr aus dem ersten Stock, die verschmitzt lächelnd vor ihm stand und einen Brief im DIN-A4-Format reichte. Ganz offenbar war sie gerade dabei, ihre Fußnägel zu lackieren und hatte wohl gehört, dass ihr Nachbar nach Hause gekommen war. Denn alle Zehennägel ihres linken Fußes erstrahlten bereits in einem knalligen Rot-Ton. Und zwischen den Zehen steckten, bestimmt als eine Art von Abstandshalter, weiße, zusammengefaltete Tempos. Am rechten Fuß hingegen fehlten sämtliche Papiertücher und nur der große Onkel war halb bepinselt. Fritz nahm den Umschlag hastig entgegen und verdeckte damit flugs seinen besten Freund. Schon des Öfteren war seine Post fälschlicherweise im Briefkasten von Frau Mayr gelandet. Und immer ließ sie ihm die fehlgeleiteten Sendungen zukommen. Doch noch nie hatte er die Briefe, Karten und was sonst noch, graspudelnackisch in Empfang genommen.

»Dein Brief wurde in meinen Schlitz gesteckt«, hauchte Johanna augenzwinkernd. Fritz spürte urplötzlich, wie sich hinterm Umschlag das Leben regte. Und das trotz eines gerade absolvierten fünfzehn Kilometerlaufes. Tja, Johanna Mayr war aber auch in der Tat ein verdammt heißer Feger. Genau diese Art Frau, die es verstand, ihre Reize geschickt einzusetzen.

Sie wohnte nun schon seit drei, vier Jahren gemeinsam mit ihrer erwachsenen Tochter Svenja hier im Haus. Während Svenja aufgrund ihres Sozial-Pädagogik-Studiums die Woche über für gewöhnlich in Köln residierte und meistens nur samstags und sonntags daheim war, traf man ihre Mutter regelmäßig an. Und wo der Herr Mayr abgeblieben war? Fritz hatte keine Ahnung und es war ihm auch ziemlich schnurz. Jedenfalls hatte er schon eine ganze Weile den Eindruck, als würde Johanna ihn heftig anflirten. Und sehr gerne spielte er das Spielchen mit. Denn die schlanke, großgewachsene Mittvierzigerin mit den dunkelbraunen, glatten, langen Haaren war überaus attraktiv. Ein wenig aufgebrezelt wirkte sie locker um zehn Jahre jünger, sodass Johanna auch anstandslos als Svenjas ältere Schwester durchgegangen wäre. Ja, beide, Mutter wie Tochter, waren wirklich eine echte Augenweide. Irgendwann hatte Johanna ihm, auf seine Nachfrage hin, davon erzählt, dass sie in einer Steuerberaterkanzlei hier in der Stadt arbeite. Denn man sah sie immer top gestylt in High-Heels, edlen Business-Klamotten wie Hosenanzug oder adrettem Kostümchen früh morgens mit der schwarzen Aktentasche aus Leder in der Hand das Haus verlassen und in den Abendstunden wieder zurückkehren.

Es muss letztes Jahr irgendwann im Sommer gewesen sein. Fritz kam gerade morgens aus dem Haus gestiefelt, um sich auf den Weg ins Polizeipräsidium zu machen, als ihm Johanna auf dem Trottoir begegnete. Sie war leicht in die Hocke gegangen und fingerte an ihren Pumps herum. Diese Körperhaltung gewährte ihm zunächst eine atemberaubende Sicht auf ihre blanken, wohlgeformten Brüste. Dann, quasi als Schmankerl obendrauf, hatte der hochgerutschte dunkle, enge Rock, nachdem sie wieder aufgestanden war, dem ohnehin schon restlos begeisterten Betrachter noch einen Blick auf die rattenscharfen, schwarzen Strapse, die sie trug, gewährt. Als sie den Rock, überhaupt nicht hastig, wieder in Form rückte, schenkte Johanna ihm damals eben jenes verheißungsvolle Lächeln, wie vorhin bei der Briefübergabe. Jedenfalls rankten sich noch Stunden später im Büro Fritz' Gedanken um die wahrlich verlockenden Reize seiner Mitbewohnerin.

»Und sie soll Steuerberaterin sein? Kaum zu glauben«, grübelte er noch lange vor sich hin und spielte in seiner Fantasie ekstatisch durch, wie es wohl wäre … sie, die strapstragende Zahlenfee und er … Ohne Übertreibung, Frau Mayr war so scharf wie ultra-feurige Peperoni! Wie würde Kollege Bruno Klopfer der alte Sitten-Hallodri sagen: »Sie ist der pure Sex!« Und wenn er Recht hat … Selbst dann noch, wenn sie wie jetzt barfuß war, nur eine schlabberige, graue Jogging-Hose und darüber ein schlichtes pinkfarbenes T-Shirt trug, hatte sie das gewisse »Etwas«, das Fritz tierisch anmachte.

»Ich denke, die Sache mit dem Brief und dem Schlitz sollten wir doch endlich mal vertiefen. Vielleicht nachher so gegen acht bei mir und einem guten Chianti?«, sprudelte es, ohne dass er groß überlegte, aus ihm heraus.

»Natürlich, das müssen wir. Ich werde bestimmt kommen …«, folgte ihre laszive Antwort postwendend.

Dann küsste Johanna ihn innig auf den Mund und entschwand elfengleich durchs Treppenhaus.

»Läuft«, sagte er zu sich, als er unter der Dusche stand, und grinste breit. Hatte er bis vor wenigen Minuten noch befürchtet, den Abend mal wieder alleine verbringen zu müssen, freute er sich nun diebisch auf das völlig unerwartete Rendezvous mit Johanna. Beim anschließenden Essen, welches aus einem medium gebratenen Steak, grünem Salat und Schwarzbrot mit gesalzener Margarine bestand, öffnete er seine Post.

Der Inhalt des Briefes waren die bereits sehnsüchtig von ihm erwarteten beiden Eintritts-Karten für das »Queen«-Konzert, der »Magic-Tour« am 21.06. auf dem Mannheimer Maimarkt-Gelände. Ein Ticket war natürlich für ihn selbst als langjährigen Fan der Rockgruppe und das Zweite ein verspätetes Weihnachtsgeschenk für sein Patenkind Nicole. Der Fünfzehnjährigen gefiel »Queen« ebenfalls und sie mochte deren Top-Hits »Radio Gaga« und »I want to break free« sehr. Doch ganz besonders fieberte sie »Marillion« mit Leadsänger »Fish« entgegen. Sie liebte deren aktuellen Song »Kayleigh« regelrecht, konnte den kompletten Liedtext auswendig. Und neben »Level 42«, »Gary Moore« sowie »Craaft« waren »Marillion« eine der Vorgruppen beim Mannheimer Event. Nicole hatte sich riesig gefreut, als ihr Patenonkel versprochen hatte, die Tickets zu besorgen und gemeinsam das Konzert zu besuchen. Denn ihre Eltern waren, was den Musikgeschmack anbetraf, total langweilig und wären niemals mit ihr zu Queen oder einer anderen Rockband gefahren. Doch Fritz hingegen war echt cool!

Für den coolen Patenonkel war das Versprechen indessen auch nicht so ganz uneigennützig, hatte er die Gruppe zuletzt vor sieben Jahren beim Open Air im Saarbrücker Ludwigsparkstadion live gesehen. Außerdem hielt sich ein seltsames Gerücht rund um »Queen«. Nämlich jenes, dass sich die Band auflösen wolle … weil Freddie keinen Bock mehr habe … Aber nur wegen Lustlosigkeit eine der erfolgreichsten und beliebtesten Bands seit ihrer Gründung Anfang der Siebziger zu verlassen? Fritz konnte es sich kaum vorstellen. Er grübelte, falls die Gerüchte tatsächlich real waren und es sich dabei nicht nur um bloße Scheißhausparolen handelte, ob Freddie unter Umständen andere Beweggründe hatte, die ihn zu einem solch drastischen Schritt veranlassten?

»Na, man wird es vielleicht nie erfahren«, schätzte er nachdenklich.

Brandneue Bluejeans. Frisch gebügeltes, blassgelbes Polohemd. Weiße, gründlich polierte Mokassins. Tennissocken, ebenfalls in Weiß. Rasierter Drei-Tage-Bart. Betörende Aftershave-Wolke. Ordentlich gekämmt. Gründlich geputzte Zähne. Der Atem somit frisch wie Gletschereis. Ganz wichtig, die Gummis jederzeit griffbereit im Wohnzimmerschrank beziehungsweise im Nachttisch platziert. Dann noch den Chianti entkorkt, damit der gute Wein schon mal atmen konnte. Und zu guter Letzt noch die Scheibe mit Santanas »Samba Pa Ti« und diversen anderen kuscheligen Songs abspielbereit aufgelegt. Nichts, aber auch rein gar nichts, stand einem ausschweifenden Abend voller zügelloser Ekstase mit Johanna nun noch im Wege. Zumindest war sich Fritz dessen felsenfest sicher, bis kurz vor Acht das verdammte Dreckstelefon urplötzlich bimmelte und es partout keine Ruhe geben wollte. Ihm schwante sofort, dass dieser späte Anruf bestimmt nichts Gutes verhieß, was seine geplanten Aktivitäten rund um das Thema »seine Post in Johannas Schlitz zu stecken« anbetraf.

Dementsprechend rang der Angerufene sehr mit sich, ob er tatsächlich den Hörer abnehmen soll. Nach kurzem Zaudern ging er schließlich widerwillig ran und grummelte ziemlich unfreundlich in die Muschel: »Was gibt's? Ich hoffe, es ist wichtig!«

»Das ist es, Kommissar Weller! Wir haben einen Toten! Daher ist ihre umgehende Anwesenheit am Fundort des Leichnams von eminenter Dringlichkeit und duldet keinen Aufschub. Begeben Sie sich bitte unverzüglich in die Eifel nach Mayen. Dort dann stadtauswärts ins Nettetal zum Brechwerk an der Landstraße L83 zwischen Freizeitpark und Kloster Helgoland. Die uniformierten Kollegen erwarten sie bereits!« Fritz hatte mit seiner Vorahnung leider richtiggelegen. Denn am anderen Ende der Telefonverbindung wartete ausgerechnet sein äußerst unbeliebter Vorgesetzter Hauptkommissar Gero von Hübenthal, der von allen im Präsidium aufgrund seines selbstherrlichen Habitus nur »der Lord« genannt wurde, mit einer dienstlichen Order auf.

»Ja, ja, geht klar«, hatte er nur kurz angebunden zur Antwort gegeben und den Hörer anschließend auf die Gabel gepfeffert. »Sackgesicht, dämliches! … Und während du dir auf dem Sofa genüsslich die Eier schaukelst, darf ich mal wieder los. Na klasse!«, schob Fritz angefressen nach. Von Hübenthal war quasi das Paradebeispiel eines Chefs, welchen man so sehr brauchte, wie das sprichwörtliche Loch im Kopf. Denn ihre »blaublütige Überflüssigkeit« hatte wahrlich manch unrühmliche Eigenschaft, mit denen er sein dienstliches Umfeld großzügig bedachte. Wie zum Beispiel jene, nach unten ordentlich Druck zu machen, damit er selbst beim Polizeipräsidenten als der »erfolgreiche Macher« brillieren konnte. Aber in kniffligen Situationen sich schutzgebend vor seine Mitarbeiter zu stellen … glatte Fehlanzeige. Der Lord hatte in der Tat so viel Rückgrat wie ein glitschiger Aal. Nur die nervige Stimme der ausgemachten Flachpfeife an seinem wohlverdienten Feierabend hören zu müssen, hätte schon völlig ausgereicht, um Fritz' Laune gründlich zu vermiesen. Ohne die unerwartete Tatsache, jetzt noch ins über dreißig Kilometer entfernte Mayen gurken zu müssen.

Es war aber auch wirklich zum Mäusemelken! Denn sein Partner Kommissar Rolf Schalupke, der eigentlich heute Dienst gehabt hätte, war unpässlich. Ihn hatte es am Morgen im Garten böse zerbröselt. Genauer gesagt, da das fünf Monate alte Hauskätzchen der Familie Schalupke auf den hohen Mirabellenbaum geklettert war und den Weg hinunter alleine nicht mehr fand, stellte Rolf kurzerhand die uralte, wurmstichige Holzleiter, frei nach dem Motto »die hält schon, so schwer bin ich ja nicht« am Baum an und kletterte zur Rettung hinauf. Und fast hätte sich sein Motto auch bewahrheitet. Aber nur fast ... Denn der Rückweg mit der Mietze unterm Arm ging schneller als gedacht … Was war geschehen? Das morsche Ding von Leiter war mit einem lauten Knacken ziemlich genau in der Mitte durchgebrochen. Dies hatte zur Folge, dass Rolf recht unsanft auf dem Boden aufgekommen war.

Ergebnis dieses unfreiwilligen Stunts: »Die Katze lebt, der Fuß ist tot!« Will heißen, die undankbare Mietze peste auf und davon. Ihr Retter hingegen war bei der Landung umgeknickt. Zwar hatte er sich gottlob nichts gebrochen oder gerissen, doch der rechte Fuß schwoll sofort so sehr an, dass er in keinen Schuh mehr hineinpasste. Schalupke hatte sich, wie umgangssprachlich gerne bezeichnet, ein echt schönes »Hämmchen« eingehandelt. Ernüchterndes Fazit der Rettungs-Aktion »Mietze«: vierzehn Tage »gelber« Urlaub auf Krankenschein für den Verletzten.

Fritz nahm einen kräftigen Schluck Chianti aus der Pulle und steckte den Korken wieder in die Flasche.

»Mist! Das wird sicher das Einzige gewesen sein, das ich heute Abend irgendwo hineinstecke«, zischte er mürrisch. Doch ihm war natürlich auch bewusst, dass sich darüber zu ärgern absolut nichts nutzte. Schließlich war er Kripokommissar und bekanntlich galt auch für ihn: Dienst ist Dienst und Schnaps ist Schnaps. Rasch schnappte er sich also das Schulter-Holster samt Dienstwaffe, den Autoschlüssel und seine Jeans-Jacke. Just als er die Wohnungstür öffnete, stand Johanna Mayr top gestylt in einem atemberaubenden schwarzen Minikleid und irren Lack-High-Heels vor ihm und schaute ihn überrascht an.

»Sorry, mein Job, ich muss noch mal los«, entschuldigte er sich kleinlaut bei ihr und ärgerte sich aufgrund des verheißungsvollen Anblicks nun noch mehr darüber, ans Telefon gegangen zu sein. »Vielleicht klappt es später noch«, schob er schulterzuckend hinterher.

»Nachher oder morgen Abend. Ich habe immer Zeit für Sie, Herr Kommissar«, entgegnete Johanna in einer Mischung aus leichter Enttäuschung und frivol angehauchtem Verständnis für Fritz' plötzliches Verduften. Er lächelte angestrengt zurück, zog die Tür zu und eilte sodann das Treppenhaus hinab von dannen.

»Na klasse, anstelle einer heißen Nummer mit der scharfen Zahlenfee, hab' ich nun ein Rendezvous mit 'ner kalte Leiche in der öden Eifel. Wenn das mal nix ist?«, knurrte Fritz angefressen vor sich hin.

Im normalen Tagesgeschäft benötigte man mit dem PKW für die rund 35 Kilometer bis nach Mayen zwischen, grob geschätzt, einer dreiviertel Stunde und fast dem Doppelten. Der Grund für die enorme Spanne lag am Angebot der möglichen Routen. Recht flott ging es zum Beispiel über die Autobahn A 48 in Richtung Trier. Mittelprächtig schnell, da diese Verkehrswege werktags von unzähligen LKW befahren wurden, via den Bundesstraßen B 9 und dann ab Andernach über die B 256. Und war einem die Fahrzeit ziemlich schnuppe, bot sich selbstverständlich auch eine Landpartie im Windschatten von Traktoren über Rübenach, Bassenheim, Ochtendung, vorbei am Straßburger Hof ins besagte Eifelstädtchen an.

Zur letzten Fraktion gehörte der Kommissar zumindest am heutigen Abend nun wirklich nicht. Fritz war sogar so fix unterwegs, dass er in Gedanken versunken an der Auffahrt zur A 48 vorbei rauschte und dadurch genötigt war, die Variante B-9-B-256 zu nehmen. Dieses kleine Missgeschick sollte im Gegensatz zu wochentags jedoch keine nennenswerten Auswirkungen auf sein angeschlagenes Tempo haben, da Samstagsabends auf den genannten Strecken kaum Laster und nur wenige andere Autos unterwegs waren. Er nutzte also die Gunst der späten Stunde und heizte quasi im Tiefflug mit seinem 115 PS starken Dienstboliden, einem silber-metallic farbigen Opel Ascona C SR 1.8 mit Fließheck, gen Eifel. Unter anderem auf der B 9 vorbei am umstrittenen Kernkraftwerk Mülheim-Kärlich. Der Atommeiler war nach rund zehnjähriger Bauzeit tatsächlich am ersten März dieses Jahres hochgefahren worden. Aktuell noch im Probebetrieb, köchelte das monströse Ding seitdem am Rheinufer vor sich hin.

Fritz war ein bisschen mulmig zumute, als er den dampfenden Kühlturm passierte. Misstrauisch aufgrund möglicher Sicherheitsrisiken beäugte er das Kraftwerk. Denn bei diesen Aussichten war ihm unweigerlich wieder die Tschernobyl- Katastrophe in den Sinn gekommen.

»Wir können nur beten, dass uns das Teil hier nicht auch um die Ohren fliegt! Klar ist Atomstrom sauber, doch nur solange wie alles ordnungsgemäß funktioniert. Und wenn nicht, heißt es gute Nacht Marie! Dann wachsen nur noch Pilze … Atompilze!«, zischte Fritz sarkastisch in die Leere seines Autos hinein. »Außerdem frage ich mich, wohin sie die Unmengen von ollen Brennstäben verfrachten. Den ganzen Atommüll will niemand freiwillig in seiner Nähe haben. … Ein Hoch auf unsere strahlende Zukunft, sag' ich nur!«

Fritz stand der Stromgewinnung durch Kernkraft ziemlich skeptisch gegenüber. Wesentlich sinnvoller fand er die Ansätze der »Grünen«, die auf erneuerbare Energien wie Wasser, Sonne oder Wind setzten. Doch mit dieser Einstellung war er häufig alleine auf weiter Flur. Wenn er bei Diskussionen darüber, zum Beispiel mit Präsidiumskollegen, seine Meinung vehement vertrat, wurde er zumeist nur als idealistischer Träumer müde belächelt. Doch Fritz, um eine entsprechende Antwort selten verlegen, hatte auch hierfür etwas Passendes in der Hinterhand. So lag für solche Fälle jener »Atomkraft? Nein Danke«-Button griffbereit in seiner Schreibtischschublade, den er irgendwann mal Samstagsmorgens in der Fußgängerzone von einer juteumschmeichelten Ökoaktivistin geschenkt bekommen hatte. Und mit der lachenden, roten Sonne, dem Logo der Anti-Atomkraft-Bewegung, an Hemd, Pullover oder Shirt, tauchte er wenig später wieder im Kreise der betreffenden Kollegen auf. Er verschränkte seine Arme kommentarlos unterhalb des Ansteckers, schaute provozierend in die Runde, sagte jedoch kein Sterbenswörtchen. Postwendend erntete er zwangsläufig die Retourkutsche der anderen, die ihn und seine Macken lange genug kannten.

»Ja klar, er nun wieder, typisch der Fritz«, feixten alle unisono, winkten ab und verdrückten sich anschließend augenverdrehend, da sie doch urplötzlich sehr, sehr wichtige Termine hätten. Eine der Wenigen bei der Polizei, die in Punkto Kernkraft mit Fritz auf einer Wellenlänge lag, war Uschi Schalupke, Rolfs älteste Tochter. Aber ansonsten Fehlanzeige! Überhaupt war es der überwiegenden Mehrheit, so erweckte deren Verhalten zumindest den Eindruck, ziemlich schnurz, aus welcher Quelle der Strom sprudelte und in ihre Steckdosen gelangte.

»Ich hoffe, dass die Kiste eines guten Tages wieder abgerissen wird. … Hätte nichts dagegen«, grummelte Fritz vor sind hin und warf noch einen letzten, misstrauischen Blick im Rückspiegel auf den rauchenden Mailer.

Nach den Gedankenspielchen rund um Sinn und Unsinn der Atomkraft funkte Fritz die Leitstelle wegen weiterer Details bezüglich seiner anstehenden Aufgabe an. Viel Neues erfuhr er allerdings von den Kollegen nicht. Nur, dass es sich beim Opfer um einen Mann Mitte dreißig handelte, den der Tod wohl beim Joggen ereilt hatte. Alles Weitere würde er vor Ort erfahren, denn sowohl Rechtsmedizin, als auch KTU seien ebenfalls bereits verständigt und auf dem Weg zum Fundort der Leiche.

»Okay, dann bin ich doch mal sehr gespannt, wen es dort in Mayen erwischt hat! Nicht das ich denjenigen am Ende kenne«, grübelte Fritz, hatte er doch zahlreiche Bekannte in der regionalen Laufszene. Diese Info ließ seine ohnehin schon schlechte Laune aufgrund des zumindest vorerst geplatzten Dates mit der heißen Johanna noch ein Stückchen mieser werden.

Der einzige kleine Lichtblick für ihn war, dass er haargenau wusste, wo sich die besagte Fundstelle befand. Das hieß ausnahmsweise Mal kein lästiges Schauen in den Straßenplan beziehungsweise nerviges Durchfragen bei irgendwelchen Leuten. In der Tat, jene Ecke des Nettetals kannte er sehr gut. So lag das Basalt-Brechwerk nur geschätzt anderthalb Kilometer entfernt vom Mayener Stadion, auf dessen gut gepflegter Aschenbahn er beim letztjährigen Seniorensport die 3000 Meter in brütender Hitze gerannt war.

Es war ein Rennen aus jener Kategorie, welches man so schnell nicht vergessen würde. Duellierte er sich doch mit Seppo Igel, einem der ortsansässigen Topläufer vom Start bis auf die Zielgerade. Wie automatisiert hallten in Fritz' Ohren die frenetischen Anfeuerungen des Stadionsprechers nach. Naja, Igel hatte zwar am Ende hauchdünn die Nase vorn, doch verausgabte der sich beim beinharten Schluss-Spurt so sehr, dass, kaum, dass er die Ziellinie überquert hatte, er formvollendet reihern musste.

»Dann doch lieber nur Zweiter«, dachte sich der Unterlegene damals beim Anblick seines leidenden Kontrahenten, der sprichwörtlich alles rausgehauen hatte. Außerdem war das Areal des Nettetal-Stadions schon immer der Ausgangspunkt beziehungsweise das Ziel der Volksläufe im Frühling und Herbst sowie der diversen Rennen im Rahmen der winterlichen Cross-Serie. Und die Tatsache, dass Fritz auch an jenen Wettbewerben bereits mehrfach teilgenommen hatte, kam ihm nun in Bezug auf seine Ortskenntnisse zu Gute. Denn wenn er sich recht entsann, grenzte die Crosslauf-Strecke, welche unter anderem durch den Freizeitpark und wieder zurück führte, am oberen Rande des Parks an die Basalt-Splitthügel des Brechwerkgeländes an.

Ohne Übertreibung konnte man sagen, dass er die Mayener Rennen, egal ob auf der Bahn oder dem hügeligen, anspruchsvollen Gelände sehr mochte. Nur mit den Stadion-Duschen stand er regelmäßig auf Kriegsfuß. Denn aus irgendeinem unerklärbaren Grund hatten sich die seltsamen Brausen ganz offenbar gegen ihn verschworen. Denn immer, wenn Fritz in Mayen lief, sprudelte aus den Drecksdingern nur eiskaltes Wasser heraus. Bei warmen Außentemperaturen mag es vielleicht noch erfrischend sein, sich das kühle Nass nach der körperlichen Anstrengung über den Körper laufen zu lassen. Doch im Winter macht es nun wirklich gar keinen Spaß.

Obwohl es kuschelig warm im Ascona war, überkam ihn beim Gedanken daran wie aus dem Nichts ein Schauer, der ihn kurz frösteln ließ.

Fritz kurvte schwungvoll durch Mayen. Rasant bog er vom Habsburgring kommend nach rechts in die Wittbende ab. An deren Ende, Blinker links und ab in die Bürresheimer Straße, dann schnurstracks unterm alten Eisenbahnviadukt hindurch hinein ins Nettetal. Nacheinander passierte er nun die ehemalige Hutfabrik, danach jenes riesige, in die Jahre gekommene, graue Gebäude, das wie der stumme Zeuge einer längst vergangenen Epoche wirkte. Schließlich entlang des weitläufigen Freizeitparkareals und Punkt 20:35 Uhr war der Kommissar an seinem avisierten Ziel angelangt.

Unmittelbar nach ihm trudelten auch die Kriminaltechnik und die Rechtsmedizin vor Ort ein. Wie die bereits anwesenden Kollegen von der Schupo zuvor parkten alle Neuankömmlinge ihre Fahrzeuge auf der asphaltierten Brechwerk-Freifläche rechtsseitig der L 83 im Bereich des beeindruckenden Hangsilos. Also genau dort, wo normalerweise die LKW mit Basaltsplitt beladen wurden. Die beiden uniformierten Kollegen standen auf der anderen Straßenseite vielleicht zwanzig Meter vom Fahrbahnrand entfernt auf einer ebenen Schotterfläche. Mit auffordernden Armbewegungen winkten sie Fritz und die anderen zu sich hinüber.

Kapitel 4

Hinter den Baumwipfeln im Westen verabschiedete sich die Sonne, zumindest für heute. Es hatte vor einer Stunde endlich aufgehört zu regnen. Ein kühler Wind frischte schlagartig im engen Tal auf, durch welches sich das Flüsschen »Nette« schlängelte. Mystisch anmutend stieg einerseits der dunkle Mayener Stadtwald in Richtung Kürrenberg empor. Schroff, steil und karg andererseits die steinigen Hänge unterhalb von St. Johann.

Die abendliche, feuchte Kälte kroch einem ungemütlich in die Knochen. Fritz hatte sich daher vorhin die uralte, schwarze Kunstlederjacke übergezogen, die er im Kofferraum seines Dienstwagens seit über einem halben Jahr spazieren fuhr. Denn eigentlich wollte er das ramponierte Teil längst in die Tonne gekloppt haben … eigentlich! Nun jedoch war er heilfroh, es bis dato verpennt zu haben. Und wenn er recht überlegte, fand er die Jacke eigentlich auch noch ziemlich okay. Karin, seine Frau, wäre sicher anderer Meinung gewesen und hätte gemosert, wie er wieder rumläuft.

Doch sie war ja nicht dabei, als er, der Kripokommissar, gemeinsam mit den beiden Schutzpolizisten Ernst Hamann und Konrad Witzel sowie der Rechtmedizinerin Frau Doktor Anja Hasenfurth-Kimmel oben am Rande der Schotterfläche standen und vorsichtig hinabschauten. Erst von dieser Position aus sahen die geneigten Betrachter, dass sie sich quasi auf dem Plateau artigen Gipfel einer geschätzt fünfzehn Meter hohen und gut und gerne fünfzig Meter breiten Basaltsplitt-Halde befanden. Unten am Fuße des mächtigen Splitthügels waren vier Männer in ein mehr oder weniger reges Gespräch vertieft.

Der Erste, so ein hagerer, dunkelhaariger Typ mit »Bata Illic Frisur« und in kurzen Sportsachen, redete dabei auf Nummer zwei und drei, es waren weitere

Polizisten der Schupo, wie ein Wasserfall ein. Zudem gestikulierte er mit weit ausladenden Armbewegungen wild in der Gegend herum. Mann vier hingegen war, mal abgesehen von der ähnlichen Kleidung, das absolute Gegenteil der Nummer eins. Dieser Knilch hatte es sich so mir nix dir nix, wenn auch in einer nicht unbedingt bequemen Lage, gemütlich gemacht. Kopfabwärts auf dem Rücken liegend lümmelte er sich unmittelbar oberhalb der Dreier-Gruppe auf dem Basaltsplitt herum und schaute relaxed in den Abendhimmel. Auch machte er überhaupt keine Anstalten, sich an der Unterhaltung beteiligen zu wollen. Sein rotzfrech zur Schau gestelltes Desinteresse lag wohlmöglich daran, dass ein gelber Wurfspeer, wie er für gewöhnlich in der Leichtathletik verwendet wurde, kerzengerade in seinem Oberkörper steckte. Ein Umstand, der folglich nur eine Schlussfolgerung gestattete: Als Toter hat man einfach keinen Bock aufs Quatschen!

Hamann und Witzel führten die Rechtsmedizinerin und den Kommissar über eine staubige Piste außen um die Halde herum, hinab zu den anderen. Die KTU unter der Leitung von Hans Müller, aufgrund seines enormen Afros nur »Lockenkopf« genannt, hatte, bevor sie ihre standardmäßigen Arbeiten aufnahmen, auf die Schnelle einige Strahler zur Ausleuchtung des Areals aufgestellt. Kaum angeschaltet wimmelte es rund um die Lampen von unzähligen Motten und anderem schwirrenden Viehzeugs. Während Lockenkopf und Co. zunächst das obere und das untere Ende der Halde auf mögliche Spuren absuchten, widmete sich Frau Doktor Hasenfurth-Kimmel, in Polizeikreisen besser bekannt als »Hasi«, umgehend dem Toten. Die 33-jährige Wissenschaftlerin war die Urlaubsvertretung Doktor Jakobs – Spitzname Gruft Jaki, dem etatmäßigen Rechtsmediziner. Der alte Leichenfledderer hatte sich letzten Freitag bei Fritz für zwei Wochen mit seiner Familie gen Kreta verabschiedet. »Mal ein paar Tage keine geöffneten Brustkörbe, Schädel, was auch immer. Sondern einfach nur entspannen. Oliven, Ouzo, Strand und Sonne«, waren Jakis letzte gesäuselten Worte, ehe er sich vom Acker gemacht hatte. Hasi, zurückgebundener Zopf, drahtige Figur, strenger Blick und zumeist mit dem Scharm einer Kratzbürste ausgestattet, konnte allerdings von ihrer Arbeitsleistung her dem guten Jaki durchaus das Wasser reichen. Geradlinig, schnörkellos und fokussiert ging sie ihrem Job nach und wich bei den diversen Ermittlungsuntersuchungen nicht auch nur ein Millimeterchen von ihrer eingeschlagenen Linie ab. Lachen oder wenigstens lächeln sah man sie quasi nie. Immer eine korrekte Pflichterfüllung, lautete ihre Devise. Und sich bloß nicht von irgendeinem Firlefanz, der sich gerne mal um sie herum abspielte, aus der Fasson bringen lassen. Auch auf Fritz' lockeren Spruch, dass die Eisenwerte im Blut des Toten aktuell wohl ziemlich gut seien, reagierte sie nur mit leisen »Tze«, ohne den Kommissar dabei anzusehen. Ja, das war Hasi, wie sie leibte und lebte.

Nun verhielt es sich beim Opfer so, dass der besagte Wurfspeer tief in dessen Brustkorb eingedrungen war. Zwangsläufig wurde dadurch nicht nur sein gelbes T-Shirt böse durchlöchert, sondern insbesondere um die Eintrittsstelle des Wurfgerätes herum vom Blut seines mausetoten Trägers dunkelrot eingefärbt. Selbst als medizinischer Laie konnte man leicht erahnen, dass der Läufer mit an Sicherheit grenzende Wahrscheinlichkeit ins Herz getroffen wurde.

»Ich sage es ja immer. Sport ist Mord«, schnaufte der schwergewichtige KTUler Gunther Glöbmann kurzatmig. So als würde seine weitreichende Abstinenz von körperlichen Ertüchtigungen ihm ein ewiges Leben garantieren, bedachte er den aufgespießten Läufer und kurz darauf seinen Kollegen, wissend, dass Fritz ebenfalls aktiv diesem Ausdauersport frönte, mit einem oberlehrerhaften Blick.

»Na, so ein bisschen Bewegung könnte dir auch nicht schaden, oder?«, entgegnete Fritz grinsend und musterte den fülligen Techniker mit einem Augenzwinkern.

»Nee, nee, rennt ihr nur«, konterte dieser kopfschüttelnd. Dann ließ Gunther die gefalteten Hände, geradeso wie es ein dicker Pastor beim sonntäglichen Gang durch die Gemeinde zu tun pflegte, auf seinem voluminösen Bauch ruhen und legte mit äußerst zweifelhaftem, geschichtlichen Halbwissen protzend nach: »Ich für meinen Teil halte es mit Sir Winston Churchill … no Sports, eine gute Zigarre und das ein oder andere Gläschen Rotwein … nur so wird man steinalt. Glaub' es oder lass' es.« Dann wischte sich der korpulente KTUler mit einem Stofftaschentuch über seine schweißnasse Stirn, schnappte nach Luft und stolperte seinen Kollegen zum obenliegenden Plateau mühsam hinterher.

»Wenn du meinst«, murmelte Fritz, der nur noch mit einem halben Ohr hingehört hatte, vor sich hin. Vielmehr beschäftigte er sich bereits in Gedanken mit der Identität des Toten: »Kenne ich den Läufer nun, oder nicht?« Um eine rasche Antwort darauf zu finden stellte sich der Kommissar fix neben die hockende Pathologin, die den Leichnam gerade akribisch begutachtete. Fritz war gezwungen seinen Hals ordentlich zu verdrehen, weil eine Über-Kopf-Identifikation des Liegenden einfach nicht funktionieren wollte. Doch mittels dieser gymnastischen Einlage gelang es ihm. Und ja, er kannte den toten Läufer.

Es war »Schlappi«. Ein Athlet der ihm bereits bei vergangenen Volkslaufveranstaltungen wegen dessen eigenwilligen Laufstils aufgefallen war. Denn der verschroben wirkende Knabe war einer jener Sorte, welche ihre Gräten kaum anhoben. In Fachkreisen wird dieses Dahinschleichen scherzhaft auch als Schlappschritt oder Marathonsparschritt bezeichnet. Wahrlich keine sonderlich ästhetisch anmutende Art des Laufens, aber eine enorm Kräfteschonende, gerade auf langen Distanzen. Ohne zu übertreiben, musste man, wenn Schlappi lief, jeden Augenblick befürchten, dass er über ein Staubkorn stolpern könne. Doch trotz seines geringen Kniehubes war Schlappi, wie er allenthalben scherzhaft genannt wurde, gar nicht so langsam, wie man hätte vermuten können. Fritz grübelte angestrengt bezüglich dessen eigentlichen Namens. Aber so sehr er sich auch mühte, es wollte ihm ad hoc, verdammt nochmal, nur Schlappi einfallen.

»Hügelläufe hat er gemacht! Immer und immer wieder! Damit er endlich die Knie hochkriegt. … obwohl, dafür ist es ja jetzt leider zu spät …«, hörte der Kommissar plötzlich hinter seinem Rücken eine geheimnisvoll klingende, männliche Stimme sagen und wusste direkt, von wem diese Worte stammten. War die Sprechweise des Mannes doch mindestens genauso markant wie der Laufstil des Dahingeschiedenen. Fritz drehte sich um und entgegnete mit einem ehrlich gemeinten: »Mensch, sorry, ich war so sehr auf die Leiche fixiert, dass ich dich vorhin gar nicht erkannt hatte.« Was vollends der Wahrheit entsprach. Denn der mysteriös Tuende war sein langjähriger Laufkontrahent Seppo Igel. Also eben jener Sportler mit der »Bata-Illic«-Frisur, welcher vorhin mit den uniformierten Beamten redete, als Weller und die anderen am Fundort eingetroffen waren. Seppo indessen ließ sich nicht lange bitten und klärte den Ermittler auf, dass Schlappis richtiger Name Bernd Gans sei und dieser wie er selbst auch beim TSV läuft beziehungsweise in Schlappis Fall halt lief.

»Das habe da vorne den Mayenern alles schon verklickert«, fügte er noch hinzu und deutete mit seiner Nase in die Richtung der heimischen Schutzpolizisten.

Obwohl es inzwischen ziemlich kühl geworden war, schien Seppo in seinen kurzen Sportklamotten überhaupt nicht zu frieren. Keine Hühnerhaut. Kein Verschränken der Arme oder nervöses Herumtippeln.

Nichts dergleichen. So, als wenn ihm die sinkenden Temperaturen überhaupt nichts ausmachten, trat er dicht an Fritz heran, sah sich verstohlen um und flüsterte bewundernd: »Ich wusste gar nicht, dass du bei der Kripo bist. Kommissar. Alle Achtung! Ich hab's von deinen uniformierten Kollegen. Chef-Ermittler Kommissar Fritz Weller. Respekt!«

»Ist schon okay, Seppo, halb so wild«, wiegelte der Angesprochene mit einer Handbewegung ab, »so doll ist mein Job nun auch nicht. Du siehst ja, womit ich es regelmäßig zu tun habe. Während andere einen gemütlichen Abend zu Hause auf dem Sofa verbringen oder sonst was machen, treibe ich mich halt an einem Schotterhügel rum. Aber so ist es halt. Augen auf bei der Berufswahl, sag' ich nur!« Fritz tat sich mit dem Lächeln etwas schwer, war ihm doch justament sein verpasstes Date mit der scharfen Johanna wieder in den Sinn gekommen. Außerdem kamen ihm Igels schmeichelnde Worte reichlich übertrieben vor.

Eines jedoch hatte er mit seiner Antwort erreicht: Offenbar war der 45-jährige Mayener dadurch dermaßen beeindruckt, dass er nur große Augen machte, sachte nickte und tatsächlich für einen Moment den Rand hielt. Für Sekundenbruchteile hörte man im Tal nur das sanfte Rauschen der Nette und hoch droben von St. Johann hinab das liebliche Rufen eines Kuckucks.

Doch Fritz selbst war es, der die abendliche Idylle abrupt beendete. Schließlich wollte er nun doch möglichst rasch ein paar handfeste Fakten rund um den Toten aus erster Hand erfahren. Klar. Natürlich hätte er auch das Protokoll lesen können. Doch er bevorzugte von je her das direkte Gespräch, sofern es denn möglich war. Denn oftmals waren es gerade die Kleinigkeiten, die winzigen Bemerkungen, manche kaum mehr als ein Räuspern, die ihn auf die richtige Fährte in verzwickten Fällen geschickt hatten. Und ein toter, aufgespießter Läufer, Samstagsabends an einem Schotterhügel, könnte sich durchaus in die erlauchte Kategorie dieser merkwürdigen Kisten einreihen. Je schneller er den Einzelheiten bezüglich des Opfers gewahr wurde, umso besser.

»Du hast den Toten also gefunden, stimmt's? Und was genau muss ich mir unter ›Hügelläufen‹ überhaupt vorstellen?« Auf Fritz kerniges Nachhaken hin, war die beschauliche Ruhe nun endgültig wieder passé. Igel verfiel prompt in sein für ihn so typisches agiles Artikulationsschema und schien dabei auch nur wenig vom skurrilen Ableben seines ehemaligen Vereinskameraden berührt zu sein. Vielmehr drängte es ihn, sein loderndes Mitteilungsbedürfnis umgehend zu stillen und begleitet von ausladenden Armbewegungen legte er sodann wie die sprichwörtliche Feuerwehr los: »Ich hatte abgewartet, bis der Regen aufhörte und bin um neunzehn Uhr losgelaufen. Eigentlich macht Regen mir nix aus. Aber wegen dem Mist mit Tschernobyl war ich lieber vorsichtig … nicht, dass mir wegen diesem Atomzeugs noch die Haare ausfallen.«

»Weichei«, dachte sich Fritz, war er vorhin doch ordentlich gewaschen worden. Trotzdem fuhr er sich sicherheitshalber durch seine Haare und warf danach einen prüfenden Blick in seine Hand. Gott sei Dank! Sein Schopf war noch komplett. Fritz atmete erleichtert auf.

Seppo, der den Kontrollgriff seines Gegenübers nicht registriert hatte, berichtete indessen davon, wie er vorhin am Stadion vorbeigelaufen war und dabei das geparkte Auto des Opfers bemerkte: »Als ich Bernds scheußlich braunen Dschedda-Diesel mit dem ›Phantasieland‹-Aufkleber auf der Heckscheibe sah, war mir sofort klar, dass er Hügelläufe macht. Ich wusste es, weil er mir vor ein paar Tagen erzählt hatte, dass sie am kommenden Samstag, also heute, bei ihm auf dem Trainingsplan standen.«

Mehr oder weniger ohne Punkt und Komma erklärte der Mayener dem Kommissar nun, was es mit den Hügelläufen auf sich hatte: »Unser Vereinstrainer Heiner Glaser hat diese spezielle Methode quasi erfunden. Ich habe auch schon mitgemacht. Diese Bergaufsprints waren zwar ursprünglich nur für die Mittelstreckler gedacht, doch schaden tun sie auch uns anderen nicht.«

»Mal abgesehen vom Opfer«, hakte Weller ironisch ein, »für Schlappi waren die Hügelläufe eindeutig zu hart.« Er konnte sich beim Fingerzeig zum Toten ein leichtes Schmunzeln nicht verkneifen. Völlig unbeeindruckt von dem kleinen Scherzchen sprudelte Seppo einfach weiter. Fritz konnte sich dabei des Eindrucks nicht erwehren, dass sein Gegenüber auch palavert hätte, wenn gar niemand mehr anwesend gewesen wäre. In der Tat. Seppo wirkte, als wäre er komplett im Tunnel.

»Fünf Mal den Hügel hochsprinten, und ich meine wirklich sprinten, weil der Schotter bei jedem Schritt nachrutscht, sonst hat man überhaupt keine Chance, oben anzukommen, dann ab nach nebenan in den Freizeitpark, zwei Runden, das ist ungefähr ein Kilometer, volle Pulle rennen. Und dann noch zwei Wiederholungen. So kommt man nachher auf fünfzehn Hügelsprints und drei Tempoläufe. Musst du auch mal machen! Ist ganz schön anstrengend, die Oberschenkel brennen höllisch, aber es bringt was!«, jauchzte Igel euphorisch. Fritz bestaunte die recht unkonventionelle Trainingsweise. Er konnte sich jedoch durchaus vorstellen, dass sie effektiv war. Doch bevor sich sein Gesprächspartner zur sehr ins läuferische Fachchinesisch verstieg, bedankte sich Fritz bei ihm für die genaue Beschreibung und dass er es später sicher mal ausprobieren würde.

»So, und als du dann wusstest, dass Schlappi trainiert, bist du zu ihm hingelaufen, stimmt's?«, drängte der Kommissar den Finder des Toten energisch, mit dem Bericht fortzufahren. Schließlich wollte er nicht die halbe Nacht im ungastlichen Nettetal an einer Geröllhalde verbringen.

»Ja, klar«, fuhr Igel gottlob ohne weitere Umschweife fort. »Ich bin also wie üblich vorbei an der alten Hutfabrik die Nette entlang in den Freizeitpark gelaufen. Hier angekommen musste ich dringend mal pinkeln. Flott hinter die Hütte, dachte ich mir!« Mit einer weitausholenden Armbewegung, ähnlich eines Diskuswerfers kurz vor dem schwungvollen Wegschleudern der Scheibe, deutete er in Richtung des Parks.

Im kargen Licht erkannte Fritz hinter einem angrenzenden hohen Gebüsch das Dach und Teile der hölzernen Rückwand jener Hütte. Igel führte den Kommissar daraufhin zu einem kaum wahrnehmbaren, zugewucherten, schmalen Trampelpfad, der wenige Meter von den Halden entfernt durchs angrenzende dichte Gestrüpp in den besagten Park führte. Vorsichtig schob er mit seinen Armen die mannshoch in den Weg ragenden dornigen Zweige zur Seite.

»Ich hatte gerade der Natur ihren freien Lauf gelassen, da sah ich plötzlich vorne am Hügel den Bernd liegen. Und … ein Speer steckte in ihm!« Er drehte sich hektisch um und wies mit der Nase auf den Leichnam. »›Bernd, Bernd!‹, habe ich ihn angesprochen, ›sag doch was!‹«

»Aber Bernd sagte nix mehr, so war es doch?«

»Ja, mausetot war er«, antworte Seppo nachdenklich auf Fritz' Zwischenfrage, kratzte sich am Kopf und hielt inne. Für einen winzigen Moment. Dann allerdings legte er wieder furios nach: »Wie der Teufel bin ich hoch zur Straße gerannt. Dann schnell nebenan ins Kloster Helgoland. Dem sturen Nönnchen, das mir aufmachte, musste ich erstmal verklickern, was geschehen ist. Als Schwester ›Nixnutzia‹«, diesen verhohnepiepelten Namen hatte Seppo auf die Schnelle erfunden, weil er den wahren Namen der Ordensfrau nicht kannte, »schließlich begriffen hatte, was Sache war, konnte ich endlich die Polizei verständigen.«

»Okay, okay! Danke dir für die rasche Benachrichtigung«, zeigte sich Fritz fürs Erste zufrieden. »Ich hoffe, du hast hier am Fundort nichts angefasst, Seppo!«, schob er allerdings mit skeptischer Miene nach. Schätzte er den rührigen Eifelaner doch als überaus neugierig ein.

»Nein, nein, natürlich nicht!«, beteuerte dieser postwendend. »Ich schaue doch regelmäßig den Tatort mit ›Dschimmi‹. Daher weiß ich genau Bescheid, dass man das nicht machen darf. Glaub mir! Ich habe nichts angefasst … Und, und der Bernd war schon tot, als ich fand!«, wiederholte er aufgeregt seine vorhin getätigte Aussage. »Nicht, dass ihr denkt, ich hätte ihn umgebracht!« Vor Anspannung erreichten Seppos Pulswerte unvermittelt solch enorme Höhen, wie sie sich eigentlich nur bei einem knüppelharten Endspurt eines sauschweren Rennens einstellten.

»Das, mein Lieber, muss sich noch herausstellen. Zunächst ermitteln wir in alle Richtungen. Und wenn ich alle sage, dann heißt das auch alle«, legte Fritz noch eine Schippe drauf. Er ging zwar instinktiv davon aus, dass nicht der agile Seppo, sondern jemand anderes Schlappi auf dem Gewissen hatte. Doch ob sich seine Annahme auch als richtig erwies, das würden mit Sicherheit erst die weiteren Ermittlungen zeigen.

Ob Gans vielleicht Feinde habe, oder dieser sich in der letzten Zeit merkwürdig verhalten habe? Oder ob er hier am Tatort etwas Sonderbares bemerkt habe, beziehungsweise ob ihm rein zufällig eine verdächtige Person aufgefallen sei? Auf Fritz' weitere polizeiliche Standard-Fragen antwortete der inzwischen aufgrund seiner dünnen Laufbekleidung frierende Mittvierziger nur noch ziemlich einsilbig mit: »Weiß nicht« oder »Keine Ahnung« oder schlicht und ergreifend nur mit »Nein«. Fritz kam es so vor, als wäre Seppo leicht pikiert darüber, dass er als Verdächtiger eingestuft wurde. Im Rahmen der bald darauffolgenden recht unterkühlten Verabschiedung lehnte Seppo Fritz' Angebot, dass er ihn aufgrund der inzwischen herrschenden Dunkelheit gerne heimfahren könne, dankend ab.

»Ich kenne alle Wege um Mayen herum so gut, die laufe ich mit verbundenen Augen. Tschööh dann!«, verabschiede er sich kurz angebunden und lief zwischen den angrenzenden Büschen hindurch davon.

»Tschööh dann«, erwiderte Weller murmelnd und runzelte aufgrund Igels skurriler Art die Stirn. Doch kaum, dass sich der Mayener durch den schmalen Trampelpfad gen Freizeitpark verdrückt hatte, erschien er nochmals auf der Bildfläche.

»Hey Fritz, ich habe 'ne Idee!«, rief er dem etwas überraschen Kommissar von der Hecke aus zu. »Übermorgen, Montagabend achtzehn Uhr ist für gewöhnlich unsere komplette Laufgruppe beim Training!«

»Alle, außer Schlappi, der kann ja nun leider nicht mehr«, dachten beide, als sie ziemlich synchron einen Blick, auf den in grellem Scheinwerferlicht liegenden Toten warfen.

»Komm' doch einfach ins Stadion! Dann kannst du alle befragen und gleichzeitig noch eine Runde mit uns drehen.«

»Alles klar! Danke für den Tipp. Wir sehen uns!«, freute sich Fritz über die unverhoffte Einladung. Seppo hob die Hand zum Abschiedsgruß und trollte sich für heute endgültig seiner Wege.

Kapitel 5

Kommissar Weller führte die vorhin unterbrochene Lagebesprechung mit Frau Doktor Hasenfurth-Kimmel und Lockenkopf, dem KTUler, wieder fort.

»Sorry! Also nochmal. Was könnt ihr mir denn schon zu unserem … Spießbürger sagen?«

»Einen ordentlichen Spießroutenlauf hat er hinter sich, würde ich meinen«, setzte Lockenkopf grinsend noch einen drauf.

»Warum muss ich dauernd an Spießbraten denken?«, schnaufte der dicke Glöbmann im Vorbeigehen. Noch ehe jemand auch nur ansatzweise überhaupt auf die Idee kam, einen weiteren platten Kalauer auf Kosten des Dahingemeuchelten rauszuhauen, zischte die Rechtsmedizinerin genervt: »Es reicht, meine Herren! Schluss mit dem Affentheater! Wir sind ja hier nicht im Kindergarten! Ehrlich gesagt wundert es mich sowieso, wie Sie mit dieser Einstellung und Respektlosigkeit überhaupt schon Fälle gelöst haben. Ich will jetzt bitteschön endlich zur Sache kommen!«

Das Grinsen fror den drei Männern erst im Gesicht fest und schmolz dann sehr schnell hinweg. Betreten schauten sie überall hin, nur nicht in die Richtung der Medizinerin, deren klare Kante punktgenau getroffen hatte. Gunther Glöbmann tauchte sicherheitshalber irgendwo im abendlichen Dunkel ab und sowohl Weller als auch Lockenkopf beschränkten sich fortan, auch wenn es ihnen ziemlich schwerfiel, auf die rein sachliche Besprechung der vorliegenden Fakten. Aber trotz dass sie auf weitere spaßige Einlagen komplett verzichteten, beäugte sie die strenge Rechtsmedizinerin bei jedem ihrer nunmehr mit Bedacht gewählten Worte oder Regungen äußerst argwöhnisch.

Die Hände energisch in die Hüften gestützt. Dazu den rechten Fuß in Schrittstellung auf einem treppenstufenhohen Basaltbrocken herrisch aufgesetzt. Ihre krass zu einem Zopf zusammengebundenen dunklen, glänzenden Haare. Ihre verkniffenen Augen, die wie gewetzte Messer im grellen Lichtschein der ringsum positionierten Strahler blitzten. Just in jenen Momenten, da sie Hasis kompromissloser Observation unterzogen wurden, konnte sich Fritz des Eindrucks nicht erwehren, dass Frau Doktor etwas mysteriös Verruchtes an sich hatte. Fast wie eine … Domina!

»Kommissar … Kommissar Weller … Kommiiissaaar Welleeeer!« Der Angesprochene erschrak fürchterlich und brüllte lauthals: »Kamillentee!« Durch den Ausruf »Kamillentee« waren seine Gedankenspielchen schlagartig weg. Von jetzt auf gleich. So, als hätte es sie nie gegeben! Er atmete erleichtert auf.

Die anderen Anwesenden, insbesondere Frau Doktor Hasenfurth-Kimmel schienen die Freude nicht so recht mit ihm teilen zu wollen. War ja auch kein Wunder. Denn woher sollten die beiden schon davon wissen, welch merkwürdige Ereignisse sich vorhin in seinen Hirnwindungen zugetragen hatten. Fritz beschloss sicherheitshalber kein Sterbenswörtchen darüber zu verlieren.

»Klappe halten. Einfach nur Klappe halten«, schrieb er sich diesbezüglich auf die Fahne und hielt sich auch daran. Die genervte Rechtsmedizinerin warf ihm bezüglich des in ihren Augen absolut unsinnigen Ausrufes »Kamillentee« und seiner offensichtlichen Unaufmerksamkeit einen missbilligenden Blick zu, während Lockenkopf einfach nur breit grinste.

»Ich glaube, es ist besser, wenn Sie nochmal von vorne anfangen, Herr Müller.« Frau Doktor hatte jenen bestimmten Unterton in ihrer Stimme, welcher Weller unmissverständlich zu verstehen gab, dass er jetzt gefälligst aufzupassen habe. Er fühlte sich ein wenig wie einst als Grundschul-Pimpf, wo er von der luchsäugigen Lehrerin Fräulein Ziergiebel beim Nichtaufpassen in ihrem langweiligen Unterricht regelmäßig gerügt worden war.

»Entschuldigung. Ja, das ist vielleicht besser. Bitte nochmal von vorne, Herr Müller. Und nochmals Sorry für meine Unaufmerksamkeit. Sorry, sorry«, entgegnete der Ertappte sichtlich kleinlaut.

Apropos Herr Müller. Fritz wie auch der gemeinte KTUler selbst konnten sich überhaupt nicht mehr erinnern, wann der Kommissar ihn das letzte Mal mit »Herr Müller« angesprochen hatte. Schließlich war der Herr Müller doch für alle im Präsidium, abgesehen von Frau Doktor Hasenfurth-Kimmel, einfach nur »Lockenkopf«. Auch Lockenkopf selbst fand die förmliche Anrede »Herr Müller« ziemlich befremdlich. Fast so, als wenn jemand anderes und nicht er gemeint wäre. Doch sei's drum!

Der Mitarbeiter des Erkennungsdienstes startete also erneut seinen schnörkellosen Statusbericht. Im Zuge dessen erläuterte er zunächst, dass nicht nur einige Blutspuren an der Fundstelle des Toten gefunden wurden, sondern unter anderem auch oben, circa zwei Meter unterhalb der Hügelkannte des Plateaus. Um sich die Sache näher zu betrachten, habe er sich entlang einer gedachten Geraden, welche die Blutspuren oben mit der Leiche unten verbindet, behutsam von Glöbmann abseilen lassen und die noch immer regennassen Basaltsteinchen gecheckt. Ein Unterfangen, welches aufgrund des ständigen Nachrutschens des Gerölls sehr kräfteraubend war.

»Doch die mühsame Plackerei hat sich gelohnt«, strahlte Lockenkopf zufrieden, »denn aufgrund meiner Sorgfalt, meinen guten Augen und, okay, auch wegen der Stirnlampe, die ich bei der Aktion trug, sichtete ich mehrere Blutflecke unterschiedlicher Größe auf dem feuchten Schotter.«

»Ich nehme an, dass die Menge des Blutes, sprich die Größe der Blutflecke von oben nach unten zunahm, oder?«, hakte der Kommissar ein und erntete Lockenkopfs Nicken zur Bestätigung. Daher schlussfolgerte Fritz weiter: »Also ist anzunehmen, dass dem Opfer oben an der Kante zum Plateau der Speer in den Oberkörper *gerammt* wurde und nicht unten an der Fundstelle.«

»Hm … in den Oberkörper gerammt wurde?«, hinterfragte die Rechtsmedizinerin nachdenklich die Einschätzung des Kripomanns. »Könnte der Speer nicht auch auf das Opfer geworfen worden sein?«

»Guter Einwand«, entgegnete Fritz, »das hatte ich mich vorhin zunächst auch gefragt. Doch wenn der Speer tatsächlich geworfen worden wäre, dürfte er wohl kaum im neunzig Grad Winkel in den Oberkörper des Läufers eingedrungen sein, sondern eher schräg. Dann stellt sich noch die Frage, von wo aus der vermeintliche Werfer den Speer abgefeuert haben könnte. Von der gegenüberliegenden Straßenseite? Oder von irgendwo oberhalb her? Zudem ist es meiner Meinung nach wirklich nicht einfach, solch ein schwer zu beherrschendes Wurfgerät jemandem bewusst und zudem zielgenau ins Herz zu schleudern. Und an die Möglichkeit eines tragischen Unglücks, also Tod aus Versehen, will ich bei der Sachlage nicht so recht glauben.«

»Klingt einleuchtend«, entgegnete Frau Hasenfurth-Kimmel zustimmend. Die Gerichtsmedizinerin schien ihre ursprüngliche Meinung bezüglich der Fähigkeit des Kommissars und des Kriminal-Technikers zu revidieren. Zumindest schienen sich ihre verhärmten Gesichtszüge ein wenig zu entspannen. Der Erkennungsdienstler untermauerte des Kommissars »Rammstoß-These« indessen mit weiteren Fakten. So fanden sich beim Begutachten des Areals, unmittelbar an der Plateaukante, frische Schuhabdrücke, Größe circa 44 oder 45 in Gehrichtung zum Abhang hin. Fritz berichtete von seiner Unterhaltung mit Seppo Igel, dem Finder des Toten, und Seppos Beschreibung der etwas eigentümlichen Trainingseinheit. »Das würde ja bedeuten, unser Opfer sprintet den Hügel hoch, drei Mal, vier Mal, kommt oben an, ausgepowert, die Muskulatur der Beine voller Laktat …«

»… und der Mörder nutzt die Gunst der Stunde«, setzte der Kommissar das Resümee der Pathologien fort, »er überrascht den müden, arglosen Läufer, stößt zu –«

»Mitten ins Herz«, fügte die Medizinerin forsch ein.

»Genau«, entgegnete Fritz lächelnd. »Dann gab es eine Rutschpartie und das Ergebnis liegt vor uns.«

»Bezüglich des Themas ›Laktat‹ habe ich sicherheitshalber vorhin eine Blutprobe beim Opfer entnommen«, hatte sie schließlich in diesem kleinen verbalen Schlagabtausch das letzte Wort.

Danach verständigten sich die Drei darauf, dass wenn die gesamten Untersuchungsergebnisse vorliegen würden, also morgen im Laufe des Tages, sie sich treffen, um diese zu besprechen. Allerdings nicht wie zunächst vorgesehen in der Pathologie, sondern in den Räumlichkeiten der KTU. Diese kleine Planänderung lag daran, dass Fritz, oder besser gesagt dessen Magen, gegen den morbiden Charme innerhalb der Rechtsmedizin für gewöhnlich ziemlich energisch aufbegehrte. Einfach ausgedrückt, Fritz fand die Gerüche dermaßen ekelerregend, dass ihm in der Pathologie quasi immer speiübel wurde, und das noch nach inzwischen fast zwanzig Jahren bei der Kripo.

»Ich finde die Methodik der Hügelsprints übrigens sehr effektiv«, stellte Hasi bei der Verabschiedung nüchtern fest.

»Ja ja, die bringen bestimmt was«, wiegelte Fritz irritiert aufgrund ihrer scheinbaren Kenntnis dieser Trainingsart ab. Er schaute der Mittdreißigerin grübelnd nach, als diese fix wie ein Häschen außen um die Schotterhalde herum davon hoppelte. Ob Hasi auch in ihrer Freizeit joggen ging? Oder sah sie es nur rein vom sportmedizinischen Blickwinkel aus?

Während sich sowohl KTU als auch Frau Doktor Hasenfurth-Kimmel gegen 22:30 Uhr auf den Rückweg begaben, hatte der Kommissar noch eine Aufgabe in Mayen vor der Brust. Eine Aufgabe, die ihm wahrlich keine Freude bereitete, doch eine, die getan werden musste: Die Überbringung der Todesnachricht an Bernd Gans' Familie.

Eskortiert von den beiden ortskundigen Streifenbeamten Ernst Hamann und Konrad Witzel kurvte der Kommissar am späten Samstagabend durch Mayen, hin zum am südlichen Standrand gelegenen Wohnhaus des Opfers. Weller war froh darüber, dass er einfach hinter dem Dienstwagen der Uniformierten herfahren konnte und sich nicht zu dieser späten Stunde mühselig via Straßenkarte durchhangeln musste. Freilich kannte er sich etwas im Eifelstädtchen aus. So wusste er nicht nur, wo sich die außerhalb gelegenen Sportstätten befanden, sondern natürlich auch, wo die örtliche Polizei-Wache beheimatet war. Nämlich im zentral gelegenen Rathaus unweit des Marktplatzes. Und auch der innerstädtische Bereich mit seinen unzähligen Geschäften, Kneipen und Cafés war ihm nicht fremd. Inklusive den Wahrzeichen Mayens, der St. Clemenskirche mit ihrem verdrehten Turm und der alles überragenden Genovevaburg.

Über den skurril ausschauenden Kirchturm hatte Fritz erst vor kurzem in einem Käseblättchen einen Artikel gelesen. Dieser beinhaltete sogar zwei Versionen, warum dessen Spitze so merkwürdig verdreht war. Zum einen, den tatsächlichen, realen Grund, den Fritz allerdings ziemlich langweilig fand. Denn dieser besagte schlicht und ergreifend, dass der Spitzhelm des nördlichen Westturms wegen eines schnöden Konstruktionsfehlers des Dachstuhls sein spiralförmig, verdrehtes Aussehen zu verdanken hatte. Zum anderen hingegen, und das war die für ihn wesentlich spannendere Variante, jene uralte Sage, welche noch bis heute in der Eifel kursierte. Denn darin wird geschildert, dass der Teufel höchstpersönlich den Menschen Mayens half, die schweren Basaltblöcke, welche zum Bau der Kirche dringend notwendig waren, aus den umliegenden

Grubenfeldern in die Stadt zu buckeln. Er tat ihnen den Gefallen jedoch nur, weil ihm die Leute erzählt hatten, dass sie einen Tanzsaal mit Wirtshaus bauen wollten. Der Teufel war selbstredend sofort Feuer und Flamme bei der Vorstellung von herrlich unsittlichem Treiben im neuen Sündenpfuhl. Doch er hatte die Rechnung ohne die tiefgläubigen und bauernschlauen Mayener gemacht. Denn bei der Einweihung des vermeintlichen Wirtshauses erkannte der von den Höhen des Hochsimmers heranrauschende Teufel plötzlich, dass sie ihn reingelegt hatten. Ihn, ausgerechnet ihn, den Leibhaftigen! Erzürnt hatte er daraufhin versucht, den hohen Turm abzubrechen oder gar auszureißen. Mit aller Macht daran gezerrt und gedreht. Doch egal, was er auch anstellte, das Gotteshaus hielt stand. Letztlich hatte der wütende Teufel resigniert und sich jaulend davongemacht.

»Und Jedermann richten nach seinem Teil. Wo bist du Tod, mein starker Bot? Tritt vor mich hin …«, zitierte Fritz gedankenverloren vor sich hin.

In der unweit vom städtischen Krankenhauses gelegenen Genevovaburg, besser gesagt in deren Innenhof, schaute sich Fritz vor ein paar Jahren mit seiner damaligen Kurzzeit-Liaison, einer Kunstgaleristin aus Bonn, das Theaterstück, den »Jedermann« an. Nina, Mina, Lina … an den Namen seiner langbeinigen, blonden Freundin konnte er sich zwar nicht mehr genau entsinnen, dafür jedoch umso lebhafter an ihren Besuch der abendlichen Aufführung. Schönes Ambiente, toller Ort für eine Inszenierung und die Schauspielerinnen und Schauspieler waren echt klasse. Ganz besonders beeindruckend fanden beide die Leistungen der Akteure, welche den »Jedermann« und den »Tod« verkörperten. Im TV hätte sich Fritz das Theaterstück wohl kaum angesehen. Doch hockend in einer der vordersten Sitzreihen, also quasi hautnah dran am Geschehen, kam die beeindruckende Gestik und Mimik der Protagonisten ungefiltert rüber und zog einen wahrhaft in den Bann. Aber all die hochklassige Schauspielkunst konnte nicht davon ablenken, dass sie im schattigen Burghof tierisch froren. Insbesondere »Ninaminalina«, die nur ein dünnes Sommerkleidchen trug, hatte sich dabei eine heftige Erkältung eingehandelt. Hätte Fritz eine Jacke dabeigehabt, hätte er natürlich, ganz der Kavalier, sie seiner fröstelnden Begleitung überlassen. Doch hätte, hätte, Fahrradkette! Und woher sollten sie verdammt noch eins schon ahnen, dass es in dem alten Gemäuer dermaßen frisch sein würde. Zumal es tagsüber brütend heiß gewesen war. Na, jedenfalls wussten die beiden spätestens nach einer halben Stunde, warum fast alle anderen im Publikum dicke Klamotten trugen und warme Wolldecken mitgebracht hatten.

Ja, und seine Ortskenntnisse bezüglich des innerstädtischen Areals mit Marktstraße und Marktplatz beruhten weiß Gott nicht darauf, dass Fritz regelmäßig zum Einkaufsbummel in die Eifel kutschiert wäre. Vielmehr stammte dieses Wissen aus der Zeit vor bald zehn Jahren, als Frau und Söhnchen noch bei ihm lebten. Damals waren sie einige Male in Mayen beim größten Volksfest der Umgebung gewesen, dem Lukasmarkt. Also bei jenem traditionsreichen Treiben, das bereits seit dem 15. Jahrhundert für eine Oktoberwoche die Massen ins Herzen der Stadt lockte. Söhnchen Tom liebte den Lukasmarkt. Kinderkarussell, Pony-Reiten, Auto-Scooter mit Mama oder Papa und Unmengen Zuckerwatte. Für Karin gab es gebrannte Mandeln und für ihn selbst Kräuterkamellen. Sofort glaubte er den intensiven Geruch gebrannter Mandeln, der in der Lukasmarktzeit durch die halbe Stadt waberte, in der Nase zu haben und den herben Geschmack der eckigen Bonbons im Mund zu schmecken. Wehmut überkam Fritz, da er die Bilder der gemeinsamen, glücklichen Jahre mit seiner Familie wieder vor Augen hatte. Doch Zeit um weiter in seinen nostalgischen Erinnerungen zu schwelgen, gab es nun nicht mehr. Denn offenbar hatten sie ihr avisiertes Ziel erreicht.

Wie die Streife voraus stoppte auch der Kommissar seinen Wagen. Vorne stiegen die Schupos Witzel und Hamann aus. Eilig setzten sie im Scheinwerferlicht von Fritz' Ascona ihre Dienstmützen auf, stiefelten dabei auf ihn zu und deuteten auf das Häuschen unmittelbar links von ihnen. Zwei Dinge standen für Fritz jetzt bereits fest: Hier in diesem, höher gelegenen Viertel Mayens, stadtauswärts in Richtung Alzheim und Kehrig, war er bis dato noch nie. Und ohne das Geleit der beiden Streifenbeamten hätte er das schlicht anmutende Gebäude im allgegenwärtigen Wirrwarr der engen Gässchen und Sackgassen zumindest auf Anhieb kaum gefunden. Außerdem erzeugten die meisten Straßenlaternen ein solch lausiges Licht, vergleichbar mit Opis oller Taschenfunsel. Dann kam noch erschwerend hinzu, dass die Häuser in dieser Ecke fast alle im gleichen Baustil gebaut waren. Sie glichen sich beinahe wie ein Ei dem anderen. Ohne dass Weller die beiden Uniformierten danach gefragt hatte, gaben sie dem ortsunkundigen Kripomann rasch ein bisschen Nachhilfe bezüglich der Entstehungsgeschichte dieser Wohngegend.

»Hier oben wurden in den 50er Jahren die sogenannten Siedlungshäuser gebaut. Nach Schema F, schlichte Bauweise, 100 bis 120 Quadratmeter Wohnfläche, drum herum ein bisschen Garten. Sozialer Wohnungsbau im Nachkriegsdeutschland. Halt für alle, die trotz Wirtschaftswunder nicht so viele Moneten hatten, aber eigene vier Wände haben wollten«, erklärte Hamann eilig. »Und nicht reiche Leute gab es damals viele. In der ganzen Gegend hier. Taubenberg, Berresheimer Straße, Gevelsberg. Überall«, ergänzte Witzel streberhaft und erntete mit: »Heute gibt es die auch noch, … wenn ich an meine Besoldung denke …«, den gemurmelten, leicht mürrischen Konter seines Kollegen.

Die Straßenlampe am Bürgersteig tauchte die Frontseite des Einfamilienhauses in ein morbides, bleiches Licht und erzeugte mithilfe der zarten, windbewegten

Zierkirsche im Vorgarten ein bizarres Schattenspiel auf der Wand. Mit viel Fantasie konnte man in einem Moment tatsächlich Drachen, Hexen und Krokodile darauf herumwirbeln sehen. Eine Sekunde später, einen alten, zerfledderten Hut. Und wieder eine Sekunde später, eine barbusige Radfahrerin mit *riesen* … Fritz riss sich aus seinen Gedanken. Es war nun wirklich nicht die Zeit, über sowas nachzudenken. Die Beamten waren nicht hierher in die Straße »Am Taubenberg« gekommen, um sich den mitunter recht anregenden Schattenspielen zu widmen.

Die Rollläden der Vorderseite hatte man heruntergelassen. Völlig normal, denn es war fast 23 Uhr. Durch das getönte Sichtfenster im oberen Bereich der Haustür sah man drinnen einen schwachen, punktuellen Lichtschein.

»Ein kleines Tischlämpchen«, dachte sich Weller beiläufig. Kaum das die drei Polizisten bis auf wenige Meter an das einstufige Podest im Eingangsbereich herangekommen waren, schaltete ein Bewegungsmelder die rechtsseitig in Kopfhöhe montierte Tür-Leuchte scharf. Erhellt erkannten sie sogleich die am Gebälk des geschieferten Vordachs prangenden Schriftzeichen der Sternsinger von deren diesjährigen Drei-Königs-Trip durch die Gemeinde sowie die Türklingel mit eingelegtem weißem Papierstreifen. »GANS« stand handschriftlich in fetten dunklen Lettern darauf geschrieben.

Unweigerlich fühlte sich Fritz in diesem Augenblick ein wenig wie der Tod im »Jedermann«. Als ein Bote, der Unheil, das hieß eine traurige Nachricht, im Gepäck hatte. Wie würde die Familie des Opfers auf die Hiobsbotschaft reagieren? Wie üblich in solchen Fällen mit Entsetzen und unfassbarer Trauer? Höchstwahrscheinlich! Tja, von diesem normalen Verhalten war auch bei den Angehörigen des umgebrachten Bernd Gans stark auszugehen, schätzte der Kommissar beim Drücken der Schelle.

Kapitel 6

»Tot? Tatsächlich? Was habe ich immer geschimpft mit ihm. Dass ihn diese blöde Rennerei noch mal ins Grab bringt, habe ich gesagt. Hundert Mal. Ach, Tausend Mal! Aber bei Wind und Wetter ist er gerannt. Dick erkältet, was auch immer! Er hat einfach nicht auf mich gehört, so fanatisch, wie er war. Ich wusste es, dass es irgendwann passiert und er umkippt. Ich wusste es! Und jetzt stehe ich alleine da und kann mich um alles kümmern. Aber nicht mit mir, Herr Gans. Nicht mit mir! Diese scheiß Lauferei. Nä, nä, näääääh!«

Kommissar Weller wurde im Laufe seiner langen Kripo-Karriere gewiss schon mit so manch komischer Reaktion konfrontiert. Eigentlich war er sich felsenfest sicher, konnte ihn aufgrund seines beruflichen Erfahrungsschatzes quasi nichts mehr überraschen. Doch die Frau im pink-lila-grünen Nickistoff-Hausanzug mit voluminösen Schulterpolstern und den puscheligen beigen Pantöffelchen hatte es mit ihrer echauffierten Antwort tatsächlich geschafft. Sie hatte vorhin die Tür geöffnet und sofort, nachdem sich die drei Polizisten ordnungsgemäß ausgewiesen und ihr den betrüblichen Grund für deren spätabendliches Erscheinen erklärt hatten, aufgebracht drauf los gezetert.

»Von wegen Trauer und Bestürzung«, dachte sich Weller verblüfft. »Ich nehme an, sie sind die Ehefrau, korrekt?«, richtete er fix seine nicht unwesentliche Zwischenfrage an die untersetzte, hübsche Frau, geschätzt Anfang dreißig, damit auch diese Formalität geklärt war.

»Ja, wer sonst! Mein Name ist Cornelia, Cornelia Gans und bin Bernds Frau. … Besser gesagt, nun seine Witwe! So ein Mist.« Sie schüttelte wie ein Irrwisch ihr von voluminösen, blonden Dauerwellen umrahmtes Haupt. »Bestimmt hat ihn der Schlag getroffen! Oder ein Herzinfarkt!«, zeterte die Dame des Hauses munter weiter und starrte die Beamten an, als erwarte sie von ihnen selbstverständlich eine Bestätigung ihrer Vermutung. Doch keiner der Angesprochenen ging seltsamerweise darauf ein. Stattdessen entgegnete Weller mit ernstem Blick und betont gedämpfter Stimme: »Glauben Sie mir, Frau Gans, wir alle sind sehr traurig darüber, Ihnen diese schlimme Nachricht überbringen zu müssen. Um alles Nähere zu besprechen, wäre es besser, wenn wir hineinkommen dürfen. Denn Ihr Ehemann ist keines natürlichen Todes gestorben. Soviel steht fest.« Cornelia Gans hielt aufgrund dieser ungeheuerlichen Information tatsächlich für einen Moment inne.

»Ja, natürlich. Selbstverständlich. Kommen Sie schon rein.«

Im winzigen, mit allerlei zeitgenössischem Kitsch und Tinnef überladenem eicherustikalen Wohnzimmer angekommen, sank sie langsam in einen der beiden Sessel. Sie griff sich die Fernbedienung, die vor ihr auf dem braungekachelten Wohnzimmertisch lag, stellte das Gejodel im TV stumm, ließ die Kiste jedoch weiter vor sich hin flimmern. Mehr oder weniger in einer Bewegung forderte sie die drei Polizisten per Handzeichen auf, doch auf dem Zweisitzer rechts von ihr Platz zunehmen. Die Beamten indessen verneinten ihre gutgemeinte Offerte und blieben stehen.

»Wie ist Bernd denn gestorben?«, fragte Cornelia Gans mit gesenkter Stimme und sah den Kommissar an. Aufgrund ihres Tonfalls glaubte Weller, dass nun doch die Trauer bezüglich des plötzlichen Verlustes die Oberhand im Bewusstsein der Frau gewonnen hatte. Doch nur eine Millisekunde später sah er sich genötigt, seine Wahrnehmung zu relativieren, linste Cornelia doch mit mindestens einem Auge sichtlich interessiert zum laufenden Programm hinter der Mattscheibe. Offenbar war ihr der Grand Prix Eurovision De La Chanson nicht weniger wichtig als der tragische Tod ihres Mannes.

Angenervt von ihrem Verhalten stellte sich Weller mit verschränkten Armen mitten vor den Fernseher und entgegnete in ruhigem Tonfall: »Man fand seinen Leichnam im Nettetal am Brechwerk, an einem der Kieshügel. Alles deutet darauf hin, dass er dort trainierte und dabei auf seinen Mörder traf. Einer seiner Vereinskameraden hatte ihn gefunden. Seppo Igel. Kennen Sie ihn?«

Spürbar verärgert aufgrund der verbauten Sicht auf das TV-Gerät, ließ sich Cornelia in die Sessellehne fallen und entgegnete schnippisch: »Den Seppo kennt in Mayen jeder. Auch so ein Jeck wie die anderen Dollen, die durch den Wald stolpern. ›Schlappi‹ haben sie Bernd genannt. Schlappi! Veräppelt haben sie meinen Mann. Schlappi! *Na, na naaah dau!* Können Sie sich vorstellen, was ich mich in unserem Bekanntenkreis geschämt habe … für ihn?«

»Schämen? Was ist denn am Laufen und an einem Spitznamen so schämenswert?«, wollte Weller wissen.

»Das kann ich Ihnen sagen«, antwortete Cornelia postwendend, »bis vor ein paar Jahren spielten wir beide Tennis. Ja, Tennis! Da gucken Sie! Den weißen Sport!« Sie reckte erhaben ihr Näschen in die Höhe und säuselte mit vornehmer Stimme: »Für ehrenwerte Leute, die etwas auf sich halten. Daher werde ich im Gegensatz zu Bernd das edle Tennis niemals aufgeben.« Dann verfiel sie wieder in ihre inzwischen recht gewöhnlich anmutende Sprechweise. Gewöhnlich, da sich ihre Stimme mit fortschreitender Rededauer immer kehliger anhörte. Außerdem, und das war überhaupt nicht edel, ging Cornelia ganz offenbar der Contenance bezüglich ihrer Wortwahl allmählich verlustig. Schlich sich doch in ihr bis dato recht geschliffenes Hochdeutsch, nun vermehrt Vokabular aus den Untiefen des verschrobenen Mayener Dialektes ein: »Doch Bernd, der *schwäre Maggrinsfrääääßer* hat vor ein paar Jahren *be dol* angefangen zu rennen. Meinte er so mir nix dir nix, dass er keinen Spaß mehr am versnobten Getue der Möchtegern besseren Gesellschaft, der Schönwetter-Tennisschlägerwedler habe. Der *ahl Böllesefrääääßer*. Das kann ich bis heute nicht begreifen. Und dat, wo wir doch seit letztem Sommer Wimbledon-Sieger sind! Stattdessen drehte er Runden im Stadion, *be en Ettringe Dilledapp*. Dauernd im Kreis *lauwa*! Da wird man doch völlig bekloppt von. Ich glaube, ich muss *breja*, wenn ich daran denke. *Unn batt hann* ich mich *jeschammt be der Döllpes* beim City-Lauf durch *de Moadstroos* gerannt ist. *Su jeschammt*! *Tzomm Jespött* der Leute machte er sich! *Na, na, naaah dau!*«

»Aha, so also artikuliert sich die ehrenwerte Tennis-Gesellschaft hier in der Eifel«, dachte sich Weller leicht verwundert und konnte ein schelmisches Grinsen einfach nicht verbergen.

Der Dame des Hauses war sein Schmunzeln nicht entgangen. Daher meckerte sie den arroganten Kripo-Schnösel an, dass er ihr noch immer nicht gesagt habe, wie Bernd denn bitteschön umgekommen sei.

Damit die Angelegenheit hier zur späten Stunde am Taubenberg nicht eskalierte, machte der vermeintliche Kripo-Schnösel die Sicht zum TV rasch wieder frei und antwortete betont sachlich: »*Wie*? Ja, Frau Gans, das Wie ist im Fall ihres Mannes schon sehr ungewöhnlich. Denn ein Speer steckte in seinem Oberkörper. Traf ihn ins Herz.« Unvermittelt schaltete Cornelia den Fernseher aus. Obwohl Sonnenbank gebräunt wirkte sie plötzlich ziemlich blass.

»Denken Sie, dass der Mörder ebenfalls Sport macht?«, fragte sie leise und verzichtete fortan im weiteren Verlauf des Gespräches, welch spontane Wandlung, gänzlich auf den Gebrauch von Begriffen des Mayener Dialektes. Unbewusst hatte sie sich ein Sofakissen vom Zweisitzer genommen und drückte es, beinahe wie einen Schutzpanzer, mit beiden Händen gegen ihren Oberkörper.

»Ob der Mörder ebenfalls sportlich tätig ist oder vielleicht sogar beim TSV Mayen läuft, was auch immer, wir werden es herausbekommen. Eine definitive Spur haben wir zwar momentan noch nicht. Aber das wird. Das wird. Vertrauen Sie uns. Zunächst ermitteln wir deswegen in alle Richtungen«, erklärte der Angesprochene und fuhr fort, »es sieht jedoch sehr danach aus, dass der Täter die Trainingsgewohnheiten Ihres Mannes bestens kannte und zudem noch über die nötigen Ortskenntnisse verfügte.«

In weiterhin ruhigem Tonfall wollte Weller von Cornelia wissen, ob sich seine uniformierten Kollegen im Haus etwas umsehen dürfen. Vielleicht fänden sich mögliche Indizien oder Hinweise, die mit dem Tod ihres Mannes in Verbindung gebracht werden könnten.

»Schon die kleinste Kleinigkeit kann uns weiterhelfen.«

Sie nickte und murmelte wie automatisiert: »Unser Büro ist oben, gleich rechts und sein Sportzimmer ist unten im Keller neben der Waschküche.« Witzel und Hamann stiefelten sodann aus dem Wohnzimmer und begaben sich auf die Suche.

»Fühlen Sie sich in der Lage, mir noch ein paar Fragen zu beantworten?«, fügte er beim Anblick der grübelnden Frau sachte hinzu. Sie bejahte und gab an, selbstverständlich alles beantworten zu wollen. Hauptsache, es würde helfen, denjenigen in den Knast zu bringen, der ihren Mann auf dem Gewissen habe. Behutsam führte er die Unterhaltung fort, wobei er so empathisch zu Werke ging, wie er nur konnte. Sofern es bei Fragen wie »Hatte Ihr Mann Feinde?« und »Wer könnte Ihn umbringen wollen?« und »Entschuldigung, dass ich Sie das frage, wo waren Sie heute Abend, sagen wir zwischen achtzehn Uhr und jetzt?« überhaupt möglich war.

»Wollen Sie etwa behaupten, ich hätte Bernd umgebracht?«, konterte Cornelia Gans aufbrausend und warf das Sofakissen zur Seite.

»Entschuldigen Sie, aber ich muss Sie das fragen, damit ich Sie als mögliche Täterin direkt ausschließen kann«, bat der Kommissar um Verständnis.

Anscheinend seine Erklärung akzeptierend schilderte sie daraufhin ohne Murren und Knurren den Verlauf des Abends aus ihrer Sicht: »Gut. Verstehe. Also, als Bernd wegfuhr, das muss so gegen sechs, halb sieben gewesen sein, bin ich ins Bad gegangen. Gegen Viertel nach Sieben fuhr ich nach Thür in den Tennisclub. Sie müssen wissen, ich spiele dort im Verein. Und einmal im Monat treffen wir uns Samstagsabends mit unseren Ü-Dreißig-Tennis-Damen, um ein bisschen zu klönen. Daheim bin ich noch nicht allzu lange … vielleicht zwanzig Minuten, bevor Sie klingelten, war ich wieder hier.«

»Dankeschön. Wir überprüfen natürlich noch Ihr Alibi, ist quasi nur eine Formalität, und gut ist es. Die Daten Ihrer Vereinskolleginnen, die heute anwesend waren, geben Sie bitte gleich noch meinen Kollegen. Alles reine Formsache.«

»Natürlich«, bestätigte Frau Gans merkwürdig verhalten.

»Haben Sie sonst noch etwas hinzuzufügen?«, hakte er daher nach.

»Äh, nein«, kam etwas fahrig zurück. Sichtlich angestrengt schwenkte sie nun um zur Beantwortung der weiteren Fragen: »Wer meinen Mann umgebracht haben könnte? Mir fällt da echt niemand ein! Ich meine, Bernd erzählte oft davon, dass unter den Läufern im Verein eine große Rivalität herrscht. Aber ihn deswegen umbringen? Nur weil er ein bisschen flotter ist? Das kann ich mir beim aller besten Willen nicht vorstellen! Wenn Sie für Siege bei der Rumrennerei, wie im Fußball oder im Tennis ordentlich Preisgeld bekommen würden, dann wäre bestimmt der ein oder andere tierisch neidisch. Doch bitteschön, schlabberige T-Shirts, Werbe-Handtücher, Billig-Duschgels, mal 'ne Medaille, oder selten mal 'nen Pokal, auf diesen Tinnef den Bernd nach seinen Erfolgen anschleppte, kann doch wirklich keiner so erpicht sein, dass er dafür morden würde!«

»Na, ich schätze, es ist weniger das Materielle, was reizt, sondern eher das sehnsüchtige Ziel, in den diversen Ergebnislisten möglichst weit vorne zu stehen. Schwarz auf weiß. So, dass es alle lesen können. Und diesbezüglich gibt es wirklich sehr, sehr verbissene Zeitgenossen, glauben Sie mir. Ich kenne mich in dem Metier aus«, entgegnete der Kommissar und erklärte leicht untertreibend, dass er ebenfalls als Ausgleich zum beruflichen Alltag ein bisschen durch die Wälder joggen würde. »Apropos Geld verdienen«, griff er sodann den Aspekt des Mammons auf, »wo und als was arbeitete Ihr Mann?«

»Bernd war nur ein kleiner Sachbearbeiter bei der Verbandsgemeinde Mayen-Land in der Kelberger Straße. Abteilung Eigenbetrieb, Bereich Abwasser-, Wasser-Rechnungen und solche Sachen. Ein ruhiges Beamtenpöstchen halt. Wahrlich nichts, wofür man sterben muss.« Cornelia erzählte, dass sie selbst seit ihrer Lehre bei der Osteifel-Sparkasse angestellt sei. Und neuerdings in der Filiale am Markt am Schalter für Ein- und Auszahlungen arbeiten würde. Irgendwann später sollte Schutzpolizist Ernst Hamann dem Kommissar beiläufig erläutern, dass es in der Eifelstadt neben vielen, kleinen Handwerksbetrieben nur eine Handvoll großer Arbeitgeber gibt. Davon sei neben »OMEG-Alu«, einem der deutschlandweit führenden Aluminium-Unternehmen, die Osteifel-Sparkasse jenes mit den meisten Beschäftigten.

»Gehen Sie abends in eine x-beliebige Mayener Kneipe, völlig egal welche, stellen sich in den Saal und rufen ›OSK und OMEG-Alu raus‹, Sie werden sehen, eine Minute ist die Bude quasi menschenleer. Wenn Sie Glück haben, sind noch Wirt oder Wirtin anwesend!«, würde der Uniformierte augenzwinkernd hinzufügen und sollte vom Kripomann ein Schmunzeln, kombiniert mit einem schlichten: »Danke für die Info«, als Antwort erhalten.

»Lebt außer Ihnen noch jemand hier im Haus? Kinder, Eltern?«

Auf Wellers Nachfrage hin hob Cornelia kurz ihre Schultern an und entgegnete trotzig: »Jetzt wohne ich alleine hier.«

Witzel erschien auf der Bildfläche und blieb im Türrahmen stehen.

»Entschuldigung für die Störung. Kommissar Weller, können Sie mal eben mitkommen?« Der Kripomann folgte dem Uniformierten sogleich die schmale Treppe hinab in den spärlich beleuchteten Keller und weiter in jenen Raum mit den Sportsachen. »Achtung! Vorsicht!«, wies Witzel vor dem Hineingehen auf die recht niedrige Höhe des Eingangs hin, damit sich Weller nicht, wie es vorhin seinem Kollegen leider passiert war, am grob verputzen Sturz die Rübe verbeulte. Verschrammte Dienstmütze. Pochender Schädel. Mit wehleidigem Blick und einer gewissen Portion Unmut aufgrund der eigenen Dusseligkeit, empfing Hamann die beiden Ankömmlinge in der beengten Kammer.

Die muffige Luft hier drinnen war ein betörendes Gemisch aus kaltem Schweiß, Moder und Fäulnis. Deutliche Salpeterspuren auf der Außenwand. Der Boden ausgelegt mit zerschlissenen Teppichen. Ein Wäscheständer behangen mit diverser Sportbekleidung. Dazu links in der Ecke ein proppenvolles Blechregal mit bunten Laufschuhen für diverse Strecken und Untergründe. All jene Gründe, welche für typischen Kellerflair, angereichert mit dem Duft leicht miefiger Laufbekleidung, verantwortlich zeichneten. Auf die Wand neben dem Schuhregal war ihn Augenhöhe ein Brett montiert, worauf einige Pokale, teils mit, teils ohne Staubschicht, thronten. Direkt unterhalb baumelten einige an ihren Bändern aufgehängte gold-, silber- und bronzeglänzende Medaillen. Dazwischen ein paar angenagelte Urkunden von Volkslaufveranstaltungen aus den vergangenen Jahren. Auch Weller hatte bei Rennen schon einige Pokale, Medaillen und Urkunden gewonnen. Doch im Gegensatz zu Bernd Gans stellte er die Trophäen nicht aus oder auf. Nein, ihm ging es in erster Linie nur um den Sport. Die Pokale und Medaillen landeten daher stets in einem alten Pappkarton, welcher sich in der hintersten Ecke des Speichers befand, und die Urkunden, bis auf wenige Ausnahmen, im Altpapier.

»Schauen Sie hier!« Polizeimeister Hamann zog einen Cross-Spike aus dem Regal. Am eigentlich dunkelroten Schuh pappten noch getrockneter Dreck sowie Grasreste an den Dornen als stumme Überbleibsel der matschigen Winterwettbewerbe. Vorsichtig hielt der Polizist den Sportlatschen schräg, sodass ein schlichtes, weißes Plastikdöschen ohne Label oder Aufschrift rasselnd zum Vorschein kam.

»Handschuhe!«, forderte der Kommissar augenblicklich. Galt es doch die möglicherweise auf dem Behältnis vorhandenen Fingerabdrücke nicht zu verwischen, beziehungsweise sie nicht durch die eigenen Tatschen zu überlagern und somit unkenntlich zumachen. Witzel reichte ihm rasch ein Paar. Entsprechend geschützt, betrachtete Weller das mysteriöse Döschen nun etwas näher. Sachte drehte er das Deckelchen am geriffelten Rand ab, linste sodann hinein und schüttete sich sehr behutsam einige der darin befindlichen weißen Tabletten in die Handfläche.

»Na, Kollegen, was denken Sie? Traubenzucker? Magnesium?«, scherzte er mit vielsagendem Augenrollen, runzelte dabei die Stirn und hielt den Schutzpolizisten den Inhalt hin. »Oder doch etwas mit ein bisschen mehr … Bums? Und ich denke hier nicht an spanische Fliegen, sondern eher an ein Mittelchen, das unserem Opfer bei seinen läuferischen Glanztaten Beine gemacht hat!«

»Also, spanische Fliegen sind doch blassgrün, habe ich mal gehört. Stimmt doch, Ernst, oder?«, foppte Konrad Witzel seinen Kollegen und grinste breit.

»Ne Konni, blassgrün sind Pillen aus getrockneten Ziegen-Eiern. Die fördern den Bartwuchs!«, konterte

Hamann postwendend, trug sein Partner doch einen üppigen Kinnbart.

»Okay, meine Herren, nachdem auch das geklärt ist, bitte unser Fundstück sofort eintüten und ab damit zur KTU!« Der Kommissar schmunzelte, ließ die Pillen zurück ins Döschen kullern, drehte den Deckel drauf und reichte es Polizeimeister Witzel.

»Es gibt aber noch was Interessantes! Schauen Sie mal in die Pokale, auf denen kein Staub liegt … Ich wusste gar nicht, dass Laufen so lukrativ ist«, frotzelte Hamann grinsend und deutete zum Regal. Der Reihe nach lüftete Weller also die Deckel der insgesamt acht gemeinten Pötte und staunte wahrlich nicht schlecht. Befand sich doch in jedem ein Geldbündel, überwiegend bestehend aus Fünfziger- und Hunderterscheinen. Alles zusammen addiert, belief sich die Summe auf rund 5000 D-Mark.

»Ist es auch nicht, Kollegen«, antwortete Weller verwundert, eines der Bündel nachdenklich in der Hand wiegend, »zumal unser Opfer wahrlich kein Topathlet, sondern maximal ein besserer Wald- und Wiesenläufer war.«

»Außerdem sind 5000 Mücken auch nicht gerade wenig für einen kleinen Verbandsgemeinde-Sachbearbeiter«, kam ihm der Gedanke.

»Also dann, meine Herren«, wies er die Uniformierten umgehend an, »Pokale und Zaster ebenfalls eintüten und auch damit ab in die KTU.«

»Nahm Ihr Mann Medikamente? Wissen Sie, woher das Geld stammt?« Wieder oben bei Frau Gans fragte der Kommissar sofort nach, ob sie sich einen Reim auf die entdeckten Pokal-Moneten und die seltsamen Schuh-Tabletten machen könne.

»Medikamente? Nein. Bernd schluckte nur täglich sein Magnesium. So ein Pulver, dass er sich ins Leitungswasser rührte. Sonst nichts«, antwortete Cornelia über jeden Zweifel erhaben und fuhr sichtlich aufgeregt fort, »und 5000 Mark! Bei uns im Keller! Keine Ahnung, woher Bernd *so* viel Geld hat! Glauben Sie mir. Ich kümmere mich bei uns um die Haushaltsführung und weiß daher über die Höhe seines lausigen Beamtenverdienstes genauestens Bescheid.« Sie hielt kurz die Luft an, grübelte und legte sodann reichlich bauernschlau nach: »Das Geld gehört doch jetzt mir, oder etwa nicht … Die Pillen können Sie ruhig mitnehmen, doch so viel Geld … mit dem warmen Regen wäre endlich der schöne Club-Urlaub mit eigenem Tennis-Lehrer drin. Endlich!« Mit geröteten Wangen strahlte Cornelia den Kripo-Beamten verzückt an. Geradeso, als müsste er natürlich Verständnis dafür haben, dass sie mit dem unverhofften Geldsegen nun ihren sehnsüchtig gehegten Traum verwirklichen kann.

»Nicht so hastig«, bremste dieser die euphorische Frau allerdings wieder ein, »zunächst sind sowohl die Tabletten als auch die Banknoten Beweisstücke in einem Mordfall, im Mordfall Ihres Mannes, Frau Gans, und wenn sich nach Abschluss der Untersuchungen tatsächlich herausstellen sollte, dass Ihr verstorbener Gatte rechtmäßig in den Besitz des Geldes gekommen ist, dann, ja, dann und nicht vorher, können Sie darüber verfügen.« Cornelias muntere Stimmung verflachte zusehend.

»Und wie lange, schätzen Sie, dauert die Untersuchung?«, fragte sie aufgrund der doch ernüchternden Aussichten mürrisch nach.

»Erfährt, dass ihr Mann ermordet wurde, und macht sich Gedanken um Geld«, dachte Weller zwangsläufig. Er hatte überhaupt kein Verständnis für ihr Verhalten. Schienen Frau Gans ein paar lumpige Mark doch mehr zu berühren als der tragische und plötzliche Tod ihres Gatten. Leicht sarkastisch anmutend entgegnete er deswegen: »Sie wissen doch … Beamtenmühlen mahlen mitunter langsam, sehr langsam. Meine höchste Priorität liegt in der Aufklärung des Mordfalles. Und wenn sich in diesem Rahmen auch die Herkunft des gefundenen Geldes klären lässt, soll es mir recht sein.«

Cornelia fühlte sich wohl ertappt. Kleinlaut wiegelte sie ab, sich nur missverständlich ausgedrückt zu haben und dass sie Bernd sehr, sehr vermissen würde. Das Geld sei wirklich nicht wichtig. Irgendwie mochte Weller ihr diesbezüglich nicht so richtig glauben.

Zum Ende des mitunter skurril anmutenden Gesprächs bat der Kommissar die lustige Witwe in spe, doch morgen im Laufe des Tages, bitte nach Koblenz in die Rechtsmedizin zu kommen, um dort ihren Mann zu identifizieren.

»Muss es wirklich sein, dass ich morgen extra nach Koblenz kommen muss? Sie wissen doch schon, dass der Tote mein Bernd ist«, stöhnte Cornelia leicht genervt. Weller riss sich zusammen und machte eine Faust in der Tasche. Auch wenn es ihm schwerfiel, erklärte er sehr sachlich und ruhig, dass die Identifikation eine notwendige Routinemaßnahme sei. Und ja, sie daher die Reise auf sich nehmen müsse.

»Ist vielleicht besser, wenn Sie heute nicht alleine sind. Haben Sie jemand, der sich etwas um sie kümmern könnte?«, erkundigte er sich schließlich bei Cornelia Gans. Sein fürsorgliches Nachhorchen war absolut ehrlich gemeint. Leise, doch gefasst entgegnete sie, dass Christa, ihre Schwester, nur drei Minuten entfernt in der Gevelsbergstraße wohnen würde und sie sie gleich direkt anriefe.

»Nochmals unser herzliches Beileid«, kondolierten die Polizisten Cornelia Gans zum Abschied. Sie nickte nur, sagte nichts. Als die drei Beamten wenige Schritte vom Haus entfernt waren, hörten sie, dass die Haustür zufiel und von innen abgeschlossen wurde.

Kapitel 7

Fritz befand sich auf dem Heimweg. Wie geplant, war er an der Anschlussstelle Mayen auf die A 48, umgangssprachlich auch die Eifel-Autobahn genannt, aufgefahren. Außer ihm gurkten nur wenige andere Fahrzeuge noch mitten in der Nacht hier herum. Er passierte die Maifeldorte Polch und etwas später Ochtendung. Halb eins. Der Radio-Knilch mit den Verkehrsnachrichten laberte monoton davon, dass es aktuell keine Staus im Sendegebiet gäbe.

»Ach«, kommentierte Fritz diese erstaunliche Info einsilbig.

Piepton. Ein gewisser Roger Whittaker begann, »Albany« zu singen. Der Fahrer konnte die Musik nicht ab. Er schaltete das Radio aus, kurbelte das Seitenfenster seines Asconas etwas hinunter, ließ sich die kühle, erfrischende Luft um die Nase wehen.

»Wieder mal ein perfekter Abend«, murmelte er mit einer ordentlichen Portion Sarkasmus vor sich hin. Zumindest hatte er vorhin seinen tierischen Hunger stillen können. Denn der zentral am Mayener Stadtring gelegene Schnell-Imbiss, dessen Name eine gewisse Ähnlichkeit mit dem von Schimanskys Partner hatte, war gottlob noch geöffnet. Fritz bestellte eine Currywurst, Pommes und eine Cola dazu. Ob es ihm schmeckte, weil das Essen tatsächlich gut war oder weil ihm jeder neue Todesfall wieder zeigte, wie schön das Leben doch war, konnte er nicht sagen.

Zwar gesättigt, doch insgesamt reichlich unzufrieden fuhr Fritz nun durch die Nacht und rieb sich mit Daumen und Zeigefinger der Rechten die müden Augen.

»Ein geplatztes Date. Ein aufgespießter, toter Läufer. 'Ne ziemlich abgedrehte Witwe. Und ein ganzer Sack voller Rätsel … jede Menge Rätsel … Herz, was willst du mehr!«, zischte er mürrisch und atmete tief durch.

In seinem Kopf tummelten sich Fragen, Einschätzungen und Folgerungen. Darin ging es um Gedankenspiele wie zum Beispiel: Würde die KTU tatsächlich im Detail analysieren können, aus welch wundersamen Inhaltsstoffen die seltsamen Tabletten bestehen? Was nur hatte es mit dem merkwürdigen »Preisgeld« auf sich? Jene rund 5000 Mark, die ein erkleckliches Sümmchen darstellten. Aber dafür einen abmurksen? Riskieren, für die paar Kröten eingebuchtet zu werden? Fänden sich auf den Banknoten überhaupt verwertbare Spuren? Und wenn es den Wissenschaftlern wirklich gelingen sollte, sowohl den Pillen als auch den Moneten ihre verborgenen Geheimnisse zu entlocken, würden ihn die gewonnenen Erkenntnisse der Lösung des Falles näherbringen oder nur hinein in eine verschissene Sackgasse führen? Wer um alles in der Welt hegte überhaupt einen solch enormen Groll auf Schlappi und welches Motiv war bloß der Auslöser für den Mord? Neid? Eifersucht? Wut? Hass? Es braucht wahrlich eine starke Emotion, um einen dermaßen bizarr um die Ecke zu bringen. Zudem war diese perfide Tat mit Sicherheit geplant. Eine Aktion mit Vorsatz, also ein eiskalter Mord! Und wahrlich keine Affekthandlung, in der man in Rage nach irgendeinem Gegenstand griff und blindlinks zuschlug, zustach, was auch immer. Nein! Hier im Fall des getöteten Bernd Gans deuteten die Umstände seines unfreiwilligen Ablebens doch sehr darauf hin, dass der Täter oder die Täterin wahrlich gut bezüglich dessen Trainingsgewohnheiten Bescheid wusste und zudem auch über die notwendigen Ortskenntnisse verfügte. Verborgen dem schwer trainierenden Läufer, vermutlich in unmittelbarer Nähe der Basalthügel, auflauerte und dann, quasi wie es eine grässliche Muräne mit ihrer Beute macht: »Zack!«, im passenden Augenblick erbarmungslos zuschnappte. Der bemitleidenswerte Schlappi hatte mutmaßlich keine Chance, sich zu wehren oder abzuhauen.

Fritz hatte längst für sich beschlossen, irgendwann im Laufe des Tages, den ominösen Basalthügeln im Nettetal einen weiteren Besuch abzustatten, um sich das Areal noch mal bei Tageslicht anzusehen. Denn mit ein bisschen Glück, so hoffte er, hatte ihm der Mörder beziehungsweise die Mörderin aus Unachtsamkeit, Hektik, was auch immer, einen unfreiwilligen Hinweis hinterlassen. Also die sprichwörtliche Spur aus Brotkrumen gelegt, die ihn als zuständigen Ermittler auf die richtige Fährte führte. Außerdem stand auf Wellers sonntäglichen Plan, gemeinsam mit den Verantwortlichen der TSV-Leichtathleten, das hieß Vereinsvorstand, Trainer et cetera jene Räumlichkeiten im Mayener Stadion zu sichten, in denen für gewöhnlich Sportgeräte wie Kugeln, Bälle, Sprintblöcke, Hochsprunglatten und halt eben auch Wurfspeere aufbewahrt wurden. Denn es war doch durchaus vorstellbar, dass Täter oder Täterin jenen Speer, also das Mordwerkzeug, stickum aus dem Vereinsfundus geklaut hatte. Was, wenn es sich wirklich so abgespielt hatte, dann zwangsläufig die Frage aufwarf, ob die gesuchte Person ein Vereinsmitglied war und auch der Laufgruppe angehörte.

»Oder liegt die Sache unter Umständen doch komplett anders?«, dachte sich der Kommissar abschätzend und erweiterte den Kreis der möglichen Verdächtigen. »Was, wenn der ganze Hokuspokus am Basalthügel nur eine geschickte Scharade war? Wenn man uns durch den geschickten Einsatz des Speeres als Tatwaffe arglistig zu täuschen versuchte? Damit wir praktisch überhaupt keine andere Wahl haben sollten, als unsere Ermittlungen auf das Sportumfeld zu konzentrieren? Sind wir womöglich bei der Annahme, der gesuchte Jemand ist ein Sportler beziehungsweise eine Sportlerin völlig auf dem Holzweg? Wie verhält es sich mit Bernd Gans' beruflichem Umfeld bei der Verbandsgemeinde Mayen-Land? Oder der Nachbarschaft? Gab es unter

Umständen Streit mit Kollegen oder Anwohnern? Oder … oder wurde er am Ende von seiner eigenen Frau dahingemeuchelt? Dazu in der Lage schien sie durchaus zu sein, energisch und durchtrainiert wie sie war. Doch welches Mordmotiv sollte Cornelia Gans nur haben?« Sie hatte sich heute immerhin reichlich merkwürdig präsentiert, aber für Weller stand sie weit hinten in der Schlange der möglichen Verdächtigen. »Außerdem hat sie auch ein Alibi, dass nur noch überprüft und bestätigt werden muss … Und wie soll sie in den Besitz des Speeres gekommen sein? Und … und wo zum Geier fahre ich Hirni eigentlich hin?«

In seine Gedankenspielchen versunken, war er doch glatt an der Ausfahrt Koblenz vorbeigerauscht. Genervt heizte er seinen Ascona mit Karacho über die Rheinbrücke, Abfahrt Bendorf, etwas Herumkurverei, Auffahrt Bendorf, zurück mit Karacho über die Rheinbrücke, Abfahrt Koblenz und nach dieser unfreiwilligen Extrarunde schnurstracks heimwärts. Dann, gegen eins, war ein hundemüder Kommissar Weller endlich daheim.

Im hell erleuchteten Treppenhaus kam Fritz eine schlanke, groß gewachsene dunkelhaarige Frau entgegen. Auf den ersten Blick dachte er, dass es Johanna sei, die ihn erwartungsvoll empfing. Er suchte schon krampfhaft nach einer halbwegs passablen Notlüge. Hatte sich doch das für ein Date mit »Happy End« nicht ganz unwichtige Körperteil, im Gegensatz zu ihm, bereits schlafen gelegt. Doch beim zweiten Hinsehen erkannte der erschöpfte Ankömmling ein wenig erleichtert, es war nur Svenja, Johanna Mayrs Tochter.

»Hab' gehört, dass Sie und meine Mutter eigentlich einen schönen Abend miteinander verbringen wollten«, sprach die junge Frau ihn unverblümt an und blieb kurz stehen.

»Ja, so hatten wir es mal geplant«, entgegnete Weller, »ich hoffe, wir können es irgendwann nachholen.« Träge rang er sich ein Lächeln ab.

»Sie hat sich gegen neun Uhr hingelegt. Ihr war nicht gut. Meine Mutter fühlt sich schon seit Wochen so müde. Meint dauernd, sie sei erkältet und hustet herum. Naja, am Montag hat sie einen Termin bei ihrem Hausarzt.«

»Hm, krank? Den Eindruck hatte ich nicht. Ganz im Gegenteil«, dachte Fritz etwas verwundert. Er erinnerte sich an ihre innige Unterhaltung und schätzte, dass Johanna vielleicht nur keine Lust mehr auf einen nächtlichen »Bullenritt« gehabt hatte.

»Dann richte ihr gute Besserung von mir aus und dass sie sich einfach melden soll, wenn es ihr wieder bessergeht. Ich würde mich sehr darüber freuen, sie bald wiederzusehen«, entgegnete er aufmunternd, obwohl er leise Zweifel an Johannas Unwohlsein-Version hegte.

»Danke. Sag' ich ihr«, versprach Svenja seine guten Wünsche ihrer Mutter auszurichten und verabschiedete sich in die Nacht.

»Tja, bin ich ja mal gespannt, wie es mit der scharfen Frau Mayr weitergeht«, dachte Fritz etwas wehmütig bei sich, als er die Wohnungstür hinter sich schloss. Dann zog es ihn, ohne sich noch einen Schlaftrunk in Form von leckerem Chianti reinzuziehen, direkt in die Koje.

»Genug für heute! Pennen, einfach nur pennen«, murmelte er, knipste das Licht aus und schlief sofort ein.

1986 – März

Kapitel 8

Rückblende, Trainingslager: TSV Mayen auf Texel, vor Ostern

Es war der 20. März. Der Donnerstag vor Palmsonntag. Ziemlich genau sechs Uhr. Morgendämmerung. Still ruhten weite Teile des Nettetals noch auf dem sanften Ruhekissen einer kühlen Nacht. Bei einer Außentemperatur von lausigen drei Grad fiel es einem nicht leicht, daran zu glauben, dass heute tatsächlich Frühlingsanfang war. Offenbar hatte der Winter, dieser hartnäckige Geselle, noch Bock auf eine kleine Verlängerung. Einmal abgesehen von den armen Socken, die man zu dieser frühen Stunde zu ihrer Arbeit kutschieren sehen konnte, herrschte in den Straßen und auf den Plätzen Mayens noch gähnende Leere. Doch es gab, wie so oft, auch in der Eifelstadt eine Ausnahme.

Eben jenes kleine gallische Dorf, das den Römern, sprich der unchristlichen Tageszeit und der grimmigen Kälte, unbeeindruckt getrotzt hatte. Heute waren die Widerspenstigen aber keine aufmüpfigen Gallier wie in den Abenteuern von Asterix und Obelix, sondern ambitionierte Läuferinnen und Läufer, inklusive deren ehrgeizigem Trainer und dessen Ehefrau. Allesamt von der ortsansässigen Leichtathletik-Abteilung des TSV Mayen. Die fünfzehn Personen umfassende Gruppe hatte sich, wie vereinbart, auf dem am Stadtrand gelegenen Schützenplatz, in der Nähe des alten Eisenbahn-Viaduktes eingefunden. Nicht etwa, um so früh am Tag gemeinsam eine lockere Runde durch den Wald zu joggen. Nein, es ging heute los zur niederländische Nordseeinsel Texel, ins vorösterliche Trainingslager.

So wie viele andere Lauf- und Leichtathletik-Vereine der Republik zog es auch einen Teil der Ausdauersportler aus der Eifelstadt für gut eine Woche auf die größte und westlichste der Westfriesischen Inseln. Genau auf jenes beschauliche Eiland, welches sich bereits seit einigen Jahren als das wahre Eldorado der nationalen Laufszene zu dieser speziellen Zeit des Kalenders etabliert hatte. Selbst die namhaften Clubs wie solche aus Leverkusen, Uerdingen oder Wattenscheid mit reichlich Spitzen-Cracks in ihren Reihen schlugen dort ihre Zelte zur intensiven Saisonvorbereitung auf. Wobei die Bezeichnung »Zelte«, gerade was die großen, finanziell gut aufgestellten Vereine anbetraf, nicht wörtlich zu nehmen war. Logierten diese Teams doch entweder in einem der wenigen Insel-Hotels oder in komfortableren Bungalowparks gehobenen Standards. Für die provinzielle Laufgruppe aus Mayen mit ihrem schmalen Budget reichte es indessen, wie schon im letzten Jahr, nur für drei schlichte Hütten in einer Anlage mit Selbstverpflegung. Die einzigen Annehmlichkeiten der biederen Behausungen waren Duschen, aus denen warmes Wasser sprudelte, funktionierende Heizungen, brummende Kühlschränke und, als absolute Highlights, je einen Farbfernseher mit ausschließlich holländischem TV-Programm im Gemeinschaftsraum der einzelnen Unterkünfte. Alles in allem wirklich sehr spartanisch, doch zumindest einigermaßen sauber und für ihren achttägigen Aufenthalt würde man sich schon mit den Gegebenheiten arrangieren können. Außerdem wollte die Gruppe auf Texel trainieren, sehr hart trainieren und nicht irgendwelchem überkandideltem Schickimicki, wie Fango und »Jakkutzi«, frönen.

Vereinstrainer Heiner Glaser hatte auch dieses Mal, wie schon in den vergangenen Jahren, wieder weite Teile der Organisation bereitwillig übernommen. Das hieß, nicht nur die Erstellung der individuellen Trainingspläne für seine Schützlinge, sondern auch solche Sachen wie die Buchung der Unterkunft, An- und Abreise-Modalitäten, Essen, Trinken und so weiter und so weiter. Einerseits stresste es ihn, sich neben seinem Beruf als Dachdecker und der

Trainertätigkeit auch noch darum zu kümmern, doch er hielt gerne die Fäden in den eigenen Händen. Nicht etwa, dass er es den anderen nicht zutrauen würde. Keineswegs! Heiner als Paradebeispiel eines Machers in Trainingsklamotten fühlte sich so, wie es war, einfach wohler.

Außer ihm selbst und seiner Frau Rosamunde, die auch heuer wieder als Köchin und Mädchen für alles fungierte, waren dreizehn Athletinnen und Athleten im Alter zwischen sechszehn und 48 Jahren mit von der Partie. Alle trugen sie die fuschneuen Vereins-Trainingsanzüge aus glänzender Ballonseide. Das hieß kobaltblaue Hosen und dreifarbige Jacken unterteilt in Knallrot, Türkis-Grün und wieder Kobaltblau. Das bunte Oberteil erinnerte entfernt an das auffällige Gefieder eines Papageien oder an ein schrilles Bühnenoutfit eines gewissen Freddie Mercury. Auf der Jackenrückseite prangte der aufgeflockte Vereinsnamen in Großbuchstaben. Vorne rechts auf der Brust, das Logo eines regionalen Sportgeschäftes. Man konnte, ohne zu übertreiben, sagen, dass alle mächtig stolz auf ihr neues Dress waren, wenn sich auch der eine oder die andere zunächst noch etwas an die knalligen Farben gewöhnen musste.

In eben dieser leicht exzentrisch anmutenden Vereins-Kluft und in uralten ausgelatschten Laufschuhen aus den frühen Siebzigern hielt Heiner Glaser zur Begrüßung eine kurze Ansprache. Darin ging es im Grunde genommen nur darum, dass er sich sehr auf die vor ihnen liegende Woche freue. Er zudem hoffe, dass alle gesund bleiben und sich niemand verletzen würde. Während der 42-jährige Übungsleiter seinen Blick reihum durch die Gesichter der Anwesenden wandern ließ, ergänzte er abwinkend, dass die Meisten eh schon wüssten, was sie erwarte, weil sie bereits in den letzten Jahren auf Texel gewesen seien.

»Und du, Bine«, motivierte er eine Sportlerin zwinkernd, »findest dich sicher auch sehr schnell zurecht. Kein Problem, wirst sehen!«

Mit »Bine« war Sabine Häusler gemeint. Sie war in der Tat die Einzige in der Gruppe, die das erste Mal mit von der Partie war.

»Kein Problem«, entgegnete sie freundlich lächelnd. Die 23-jährige Verwaltungsfachangestellte der Stadt Mayen lief für ihr Leben gerne. Ganz besonders sämtliche Mittelstrecken von 800 bis 3000 Meter. Doch irgendwann würde sie auch einmal bei einem der großen Stadtmarathons starten, das hatte sie sich fest vorgenommen. Nicht wenige aus der Laufgruppe hatten ihr andauernd in den vergangenen Monaten vorgeschwärmt, wie toll das Trainingslager auf Texel doch immer sei. Daher hatte sich Sabine bis Ostern Urlaub genommen und freute sich nun diebisch auf den Trip. Sabine sowie alle anderen kletterten in die vollgepfropften Autos und der Tross setzte sich sodann in Bewegung. Die Reisenden hatten sich so gut es ging mit der Enge in den PKWs zu arrangieren.

Denn in den Fahrzeugen mussten nicht nur die Teilnehmer des Trainingslagers Platz haben, sondern auch deren mitunter üppiges Gepäck. Neben reichlich Proviant beinhaltete dieses unter anderem natürlich viele, viele Laufschuhe und jede Menge Sportbekleidung für nahezu alle vorstellbaren Wetterkonditionen. Texel war eben eine Insel in der wankelmütigen Nordsee. Auf der, besonders zu dieser Jahreszeit, es an einem tristen, grauen Tag bei lausigen Temperaturen durchgängig regnen konnte. Doch bereits tags darauf konnte einem eine strahlende Sonne vom wolkenlosen Himmel wohlig warm entgegenlachen.

Die vorgesehene Reiseroute verlief zunächst über die Autobahn bis Venlo. In der Stadt unmittelbar hinter der deutsch-niederländischen Grenze angekommen, zockelte man dann zwangsläufig als Bestandteile einer ziemlichen Blechkolonne die Ortsstraßen entlang. Vorbei an zahlreichen Gärtnereien mit ihren riesigen Gewächshäusern.

»Tja, Bine, und von hier kommen sie, die echt *lekker* Holland-Tomaten«, grinste Heiner Glaser und deutete auf die Glaspaläste.

»Okay«, kam eine schlaftrunkene Antwort von der Rückbank. Sabine war vorhin, irgendwo bei Viersen, weggedusselt. Müde rieb sie sich nun die kleinen Augen und staunte wahrlich nicht schlecht beim Anblick der enorm weitläufigen Treibhaus-Anlagen. Unweigerlich erinnerte sie sich daran, dass besagtes Gemüse, welches hier in den Venloer Gefilden offenbar in rauen Mengen gezüchtet wurde, zwar schön aussah, doch so gut wie nach nichts schmeckte. Sie glaubte sogar den leichten Hauch einer jener wässerigen Tomaten in ihrem Mund zu schmecken.

Der Mayener Konvoi bog von der Durchgangsstraße auf den spärlich gefüllten Parkplatz eines der größten, regionalen Gartenmärkte ab. Acht Uhr. Angesagt war die erste, eingeplante kurze Pinkelpause. Denn neben einer Cafeteria verfügte dieses »Bloemen en Planten Paradies« auch über kostenfreie Toiletten. Alle, egal, ob nun ein dringendes Bedürfnis bestand oder nicht, kletterten aus den Fahrzeugen. Frei nach der Devise: Mal eben die Beine etwas vertreten, bevor man die Fahrt fortsetzte. Oder man nutzte die Gunst der Stunde und zog sich wie Rainer Holzmann schnell ein Lungenbrötchen rein.

Obwohl der Vierzigjährige als absoluter Laufenthusiast galt, kam er von den geliebten Glimmstängeln nicht so recht los. Genüsslich nahm er einige tiefe Züge. Selbstredend erntete er sofort entsprechende Kommentare der anderen.

»Ein Joint und der Tag ist dein Freund«, feixte Bernd Gans lachend.

»Haste Haschisch in der Blutbahn, kannste fliegen wie ein Truthahn«, legte Peter Hirsch, ein Industriekaufmann-Azubi im dritten Lehrjahr, noch einen oben drauf.

Rainer machten die Frotzeleien der anderen nichts aus. Ihm war schon klar, dass blauer Dunst und Ausdauersport nicht so recht zusammenpassten.

»Irgendwann lasse ich die Qualmerei bestimmt sein. Irgendwann!«, redete er sich ab und an beschwörend ins Gewissen. Doch der Zeitpunkt der völligen Tabak-Entsagung, tja, den kannte wohl nur der liebe Gott. Denn noch schmeckten Rainer die Kippen sehr. Irma, seine Frau rauchte ebenfalls. Und schnell genug, um mit den meisten anderen der Laufgruppe mitzuhalten, war er trotz seines Nikotin-Genusses auch. Die mögliche Gefahr für seine Gesundheit nahm er billigend in Kauf.

»Was soll's! Wer will schon ewig leben«, wiegelte der rauchende Läufer beziehungsweise laufende Raucher, wie man es eben will, lässig ab. Und da Rainer nicht nur ein ausdauernder Athlet und Liebhaber gefilterter Zigaretten, sondern auch ein fröhlicher Zeitgenosse war, verzog er als Antwort auf die Sprüche der beiden Vereinskollegen eine Grimasse, so als wäre er komplett zugedröhnt, und zischte beim Anblick seiner Kippe: »Hey, das ist guter Shit. Ob die hier in der Gärtnerei auch Gras haben? Bestimmt, oder? Und wenn nicht, oben auf Texel haben sie viele Wiesen.«

Nach und nach kamen all jene von den stillen Örtchen zurück, die vorhin, mitunter ziemlich verkniffen, dorthin geeilt waren. Unter ihnen waren auch Sabine und ihre etwas jüngere Lauffreundin Katja Jäger.

»Heiß, die zwei. Vor allem die Bine«, raunte Bernd dem neben ihm stehenden Mario Wild augenzwinkernd zu, als sich die jungen Frauen näherten.

»Ja, heiß«, plapperte der angehende Zivi gedankenlos nach. Sie musterten ihre Vereinskolleginnen von oben bis unten.

Sabine bemerkte deren Fleischbeschau und konnte für den Moment nicht einschätzen, ob das Lächeln der Beiden ein freundlicher Gruß oder bloß lüsterne Anmache war. Bis dato fand sie, dass Schlappi ziemlich in Ordnung war. Hatte sie sich doch schon einige Male während des Trainings oder bei Volksläufen nett mit ihm unterhalten. Dieses komische Verhalten hier allerdings löste zwiespältige Gefühle in ihr aus. Einerseits empfand sie das Abscannen ihres Körpers als stilles Kompliment für ihre tolle Figur, die sie unbestritten hatte. Doch andererseits fühlte sie sich dadurch etwas unwohl in ihrer Haut. Weitere Gedanken verschwendete Sabine nicht mehr daran. Was auch daran lag, dass Rosamunde Glaser die gesamte Gruppe lautstark zur geöffneten Heckklappe von Heiners Granada rief, dort belegte Butterbrote verteilte und warmen Kaffee ausschenkte.

Katja Jäger war das Begaffen durch die zwei Hansel ebenfalls nicht entgangen. Grübelnd biss sie ein paar Mal in ihr Käsebrot. Dann, ehe die Gruppe ihre Fahrt fortsetzte, nahm sie Sabine kurz beiseite.

»Der Mario ist ja nur doof. Aber der Gans ist richtig ekelig. Den kann ich nicht ab. Meint wohl, ich würde es nicht merken, wenn er mir andauernd auf den Arsch glotzt«, flüsterte sie und machte ein angewidertes Gesicht.

»Dauernd?«, fragte Sabine überrascht. »Ich habe sein Arschglotzen bis eben überhaupt noch nicht bemerkt!« Die 23-Jährige sah Katja wohlwollend an und strich ihr sanft über den linken Oberarm. »Mach dir einfach nix draus. Freu' dich lieber auf Texel. So wie ich!«, sagte sie aufmunternd.

»So, Sportsfreunde und -freundinnen! Alle einsteigen! Vorsicht an der Bahnsteigkante! Der Zug fährt ab!«, schallte es auffordernd aus des Trainers Munde.

Weiter ging es für die vier Pkws aus der Osteifel, nachdem sie Venlo hinter sich gelassen hatten, nun über niederländische Autobahnen. Will heißen: Tempolimit 120 Kilometer pro Stunde.

»Das nenne ich mal entspanntes Fahren und nicht so eine Drängelei und Geschiebe wie auf unseren Straßen. Wo einem andauernd, wenn man sich auch nur halbwegs an die vorgeschriebene Geschwindigkeit hält, irgendwelche Proleten die TÜV-Plakette ablesen«, murmelte Heiner hinüber zu seiner Frau. Er lehnte sich bequem zurück in den Fahrersitz und machte ein sichtlich zufriedenes Gesicht. Doch trotz aller Gelassenheit war er ein aufmerksamer Reiseleiter. Immer wieder vergewisserte er sich mittels kontrollierender Blicke in den Rückspiegel, dass die anderen Mayener Autos ihm folgten und bloß niemand abgehängt wurde.

Im Laufe der Tour passierten sie mit Eindhoven die fünftgrößte Stadt der Niederlande über deren stark befahrenen Stadtring. Es folgten hübsch aneinandergereiht, quasi wie Perlen an einer Kette, s'-Hertogenbosch, Utrecht, Amsterdam sowie Alkmaar. Sicher hätte man auch die etwas kürze Route via Arnheim nehmen können. Doch da sich Heiner in der Ecke vor Jahren ordentlich verfranzt hatte, mied er seitdem diese Variante, ganz so wie der Teufel das Weihwasser. Zwischendurch legten sie zwei weitere, wiederum vom Trainer minutiös eingeplante Zwischenstopps zur eigenen Verfügung, nicht wieder in Gartenmärkten, sondern an Autobahnraststätten, ein. Es waren Aufenthalte, welche im Grunde genommen, einmal abgesehen vom Betanken der PKW, in ähnlicher Art und Weise vonstattengingen wie ihre erste Rast.

Dazu eine kleine Anekdote am Rande: Beim Halt in der Nähe des beliebten, westlich von Amsterdam an der Küste gelegenen Urlaubsortes Zandvoort beglückte Gregor Linden die anderen der Laufgruppe mit einem seiner schrägen Kalauer: »In Zandvoort haben sie keinen Sand mehr … dort ist der Sand fort …« Er erntete daraufhin zwangsläufig ein buntes Potpourri an Emotionen: Leises Lachen, verschmitztes Grinsen, Unverständnis frei nach dem Motto: »Wo ist denn da der Witz bitte schön?«, oder einfach nur beiläufiges Nicken.

Eine Gefühlsregung jedoch und diese hatte nun überhaupt nichts mit Gregors Jux zu tun, war bei jedem und jeder gleich: Alle zeigten sich erleichtert darüber, dass die Anreise, einmal abgesehen von einer leichten Verzögerung, aufgrund des üblichen hohen Verkehrsaufkommens rund um Utrecht, gefluppt hatte wie geschmiert.

Von solch elendigen Horrorszenarien wie kilometerlangen Staus waren sie gottlob verschont geblieben.

So gelangte die Mayener Sportgruppe schließlich, wie vorgesehen, am Fähranleger in Den Helder um die Mittagszeit an. Auch hier direkt an der rauen Küste der Provinz Nordhollands war ihnen das Glück wohlgesonnen, stand ihr Kahn doch schon bereit. Die Glasers eilten geschwind zum Schalter. Fix kramten sie einige jener niederländischen Gulden heraus, welche sie letzte Woche bei der Mayener-Ost-Eifelsparkasse im Tausch gegen D-Mark erhalten hatten. Dann rasch die notwendigen Billets gekauft, »tot ziens«, und nur eine Minute danach fuhren die Fahrzeuge mit Kennzeichen D, ohne eine leidige Wartezeit in Kauf nehmen zu müssen, in den geöffneten Bauch ihres Transportmittels ein. Hinter ihnen machte man sogleich dessen Schotten dicht und die Fähre legte ab. Eine erwartungsvolle Mayener Truppe schipperte nun für rund sechzig Minuten durch die wellige Nordsee gen Texel.

Doch wie die Erfahrungen der letzten Trips lehrten, können einem oder einer diese sechzig Minuten unterschiedlich lang erscheinen. Im speziellen Fall der Eifler Läuferinnen und Läufer teilte sich diese Wahrnehmung in zwei Gruppen. Jene, denen das Geschaukele auf dem Meer schnurzpiepenegal war, und jene, wie zum Beispiel Sabine Häusler, die schon kurz nachdem das Schiff den Hafen verlassen hatte, von der Seekrankheit mehr oder weniger heftig erfasst worden waren. Entsprechend blass im Gesicht kauerte Sabine an Deck und ließ sich den erfrischenden Wind ums Näschen wehen.

»Na, geht's denn?«, wollte Rainer Holzmann von ihr wissen, der unverhofft neben ihr an der Reling aufgetaucht war. Ehe sie ihm antworten konnte, hatte er sich, seinen Rücken als Windschutz nutzend, von ihr abgewandt, eine leichte Duck-Haltung eingenommen und etwas mühsam aufgrund der steifen Brise eine Zigarette angezündet. Er nahm einen ordentlichen Zug und schaute nun wieder mit einem mitfühlenden Blick zu seiner Laufkameradin. Leidend rang sie sich ein gequältes Lächeln ab. »Ist ja nicht mehr weit!«, brüllte der Raucher gegen die lauten Wind- und Motorengeräusche an. Mit klimmender Kippe zwischen Zeige- und Mittelfinger der Rechten deutete über den Schiffsbug hinaus, auf die aufgewühlte See. Und tatsächlich konnte man in der Ferne schon die Konturen des ersehnten Eilands ausmachen. Sabine atmete mehrfach tief durch. Sie riss sich gewaltig zusammen und sollte es tatsächlich auch bei der verbleibenden Fährfahrt schaffen, dass sie die Fische nicht zu füttern brauchte.

Unterdessen hockten die vom ordentlichen Wellengang völlig unbeeindruckten Bernd Gans, Mario Wild und Peter Hirsch an einem der schmierigen Tische im Bord-Restaurant. Sie hatten ihre Köpfe zusammengesteckt und palaverten angeregt über das Laufen. Wie so häufig, wenn sich Sportler dieser Klientel unterhielten, ging es dabei um Erlebtes in vergangen Wettkämpfen, um irgendwelche Bestzeiten, die ihnen auf irgendwelchen Strecken gelungen waren und auch bei welchen Wettbewerben sie ihre nächsten Starts planten.

»Ist ja alles gut und schön«, meinte Bernd schließlich und verschränkte die Arme majestätisch vor seiner Brust, »die Altersklasse oder von mir aus auch einen Volkslauf zu gewinnen. Doch ich will mal so richtig schnell rennen können, wie die Kenianer! Und dann ordentlich absahnen. Das wär's! Und nicht bloß mit Handtüchern, Duschgels oder billigen Pokalen abgespeist werden!«

»In Deutschland gibt es doch kaum jemand, der oder die vom Laufen gut leben kann«, merkte Mario grübelnd auf.

»Für Geld zu verdienen, musst du Fußball spielen. Zumindest schon mal in einer solchen Liga wie unsere erste Mannschaft vom TSV«, kommentierte Peter reichlich altklug von der Seite.

»Fußballer«, zischte Gans daraufhin abfällig. »Hört mir bloß mit Fußballern auf! Schaut sie euch doch an, die Rumpelkicker! Treten maximal zwei Mal pro Woche den Ball übern Platz. Das bezeichnen sie dann als *Training*. Sie besaufen sich Samstagsabends und stehen sonntags, noch immer hackedicht vom Vorabend, auf dem Platz und sind nach drei Sprints groggy … und als *Aufwandsentschädigung* kriegen sie dafür noch Geld … sogar in der Bimsklasse und nicht erst in der Oberliga! Was für eine Farce! Allein für den Trainingsaufwand, den wir als Läufer betreiben, müssten wir quasi im Geld schwimmen. Wie Dagobert Duck! Nee, nee, Sportsfreunde, entweder ist man Kenianer, oder wenigstens hochgradig talentiert mit unendlichem Ehrgeiz. Sonst wird das nix.«

»Und jung!«, feixte Mario.

»Und hat einen ordentlichen Laufstil mit raumgreifenden Schritten, nicht wahr, Schlappi?«, ergänzte Peter frotzelnd.

Das leichte Verhohnepiepeln der Beiden war nicht böse gemeint.

»Ja, ja, veräppelt ihr mich nur. Aber ihr habt ja Recht. Bloß, dass ich an meinem Alter leider nichts ändern kann. Doch meinen miesen Laufstil zu verbessern, das schaffe ich noch. Wartet es nur ab. Und beim nächsten Zehner zeigt euch der alte Schlappi, was er so draufhat«, erwiderte Bernd lachend, der schleichende Mitdreißiger, mit bitterem Beigeschmack. Denn ihm war völlig bewusst, dass er nur durch Training, sei es auch noch so intensiv, verbessertem Laufstil, idealer Ernährung und Unmengen von Vitaminen niemals im Leben ein richtiger Spitzensportler werden würde. Es sei denn, man könnte irgendwie … nachhelfen.

»Was also kann ich unternehmen? Was nur?«, fragte er sich nachdenklich und schaute durchs von der Salzwassergischt verschleierte Seitenfenster hinaus auf die Nordsee.

An einem der Nachbartische beglückte Trainer Glaser derweil eine Handvoll seiner Schützlinge mit mehr oder weniger interessanten Fakten. Wie zum Beispiel, dass die Distanz zwischen Den Helder und Texel genau 14,4 Kilometer oder, wie er penibel anmerkte, 7,78 Seemeilen beziehungsweise nautische Meilen sei. Eine Seebeziehungsweise nautische Meile entspräche ziemlich exakt 1852 Metern. Und da sie sich ja auf dem Wasser und nicht an Land befänden, müsste er nun, strenggenommen, alles in den Längeneinheiten der Schifffahrt angeben. So sei hier an Bord eine gewöhnliche Stadionrunde keine 400 Meter lang, sondern 0,216 Seemeilen. Das habe er eben auf die Schnelle mal ausgerechnet. Und wäre Jesus einen Marathon übers Wasser gelaufen, hätte er nicht etwa 42,195 Kilometer in sein Lauftagebuch schreiben dürfen, sondern richtigerweise 22,783 Seemeilen. Während sich Heiner über seine wie aus dem Nichts entstandene Jesus-Parabel köstlich amüsierte, rollte Rosamunde aufgrund der mal wieder äußerst pedantischen Ausführungen ihres Mannes nur mit den Augen. Doch sie regte sich nicht deswegen auf. Denn das war ihr Heiner, wie er leibt und lebte.

»Meine Eltern kommen übrigens morgen Nachmittag auch nach Texel. Für ein verlängertes Wochenende«, sagte Katja Jäger zu Glaser, wenige Minuten, bevor sie anlandeten.

»Soso. Ich dachte, sie hätten ihren Texel-Urlaub erst für Pfingsten vorgesehen«, entgegnete er verwundert, aufgrund dieser für ihn nicht unbedingt erfreulichen Botschaft. Hatte Katjas Vater Jürgen mitunter die leidige Angewohnheit, sich in sein Training mehr oder weniger qualifiziert einzumischen. Deswegen gab es in der Vergangenheit schon einige Dispute zwischen den beiden Männern.

»Mit Pfingsten wird es dieses Jahr nichts. Daher haben sie kurzfristig umdisponiert und ein Zimmer in einer Pension in De Koog gebucht. Also nur ein paar Minuten von unserem Bungalow-Park entfernt«, berichtete die Gymnasiastin weiter.

»Okay«, entgegnete ihr Trainer sparsam.

»Na, prima, vor dem Quatschkopf hat man auch nirgends seine Ruhe«, dachte er angesäuert aufgrund dieser wenig berauschenden Aussichten bei sich, ließ sich Katja gegenüber jedoch nichts anmerken.

Bald darauf legte die Fähre am Texeler Anleger an. Besonders jene, die bei der Überfahrt ein gewisses Unwohlsein in der Magengegend verspürt hatten, freuten sich wie Bolle über den festen Boden unter ihren Füßen. So wie Sabine. War sie noch bis vor ein paar Minuten blass wie eine Kalkleiste, kehrte lebensbejahende Farbe, kaum, dass sie den schaukelnden Kahn verlassen hatten, wieder in ihr Gesicht zurück.

Nach rund zwanzig Minuten gemächlicher Fahrt über die Insel hatte die Mayener Laufgruppe ihr Mitte-West gelegenes Domizil schließlich erreicht. Die vier vollbeladenen PKW bogen der Reihe von einem schmalen Seitensträßchen auf den kleinen Schotterparkplatz der Bungalowanlage ab. Gute acht Stunden waren vergangen, seitdem sie sich heute Morgen in aller Herrgottsfrühe vom Schützenplatz im Nettetal auf den Weg nach Texel begeben hatten. Das bis Karfreitag dauernde Trainingslager konnte endlich steigen.

Kapitel 9

Bevor die erste Laufeinheit in Angriff genommen wurde, standen zunächst noch ein paar unumgängliche organisatorische Maßnahmen auf dem Programm. Wie zum Beispiel das Anmelden bei der Parkverwaltung. Der Empfang der Tür-Schlüssel der einzelnen Bungalows, inklusive sämtlichen Bettzeugs, sowie der sofortigen Verteilung der erhaltenen Utensilien an die Gruppe. Rasch räumte man sodann das Gepäck aus den Wagen und bezog jene gebuchten drei Hütten.

Zwei der besagten Unterkünfte waren dabei für sechs und eine für vier Personen ausgelegt. Neben den drei beziehungsweise zwei Doppelzimmern gab es in allen Bungalows der Anlage standardmäßig je einen geräumigen Gemeinschaftsraum mit Kochnische, eine winzige Nasszelle mit Dusche, Waschbecken, Toilette und Kippfensterchen. Dazu noch direkt hinter der Bungalowtür ein schmales Flürchen mit Garderobe. Wer mit wem in welcher Behausung und in welchem Doppelzimmer logierte, hatte die Truppe wie ähnlich der Belegung der PKW bereits im Vorfeld untereinander abgestimmt. Demnach wohnten im ersten Sechser: Heiner und Rosamunde Glaser, Sabine Häusler und Katja Jäger sowie die sechszehnjährigen Zwillinge Pia und Monika Wilms. Den zweiten Halbdutzender okkupierten Rita und Horst Schummrig, Doris Schlosser nebst Gregor Linden sowie Rolf Friedrich und Rainer Holzmann. Peter Hirsch, Mario Wild und Bernd Gans belegten wie vereinbart den Vierer, wobei in Gans' Kammer ein Bett frei blieb. War doch hinlänglich bekannt, dass Schlappi schnarchte wie ein Berserker.

Sabine ließ ihre zwei prallgefüllten Sporttaschen neben sich auf den Fußboden fallen. Etwas ermattet von der langen Anreise sank sie auf das Vordere der beiden Betten. Wobei die vorgefundenen Liegen die Bezeichnung

»Betten« allesamt kaum verdienten. Denn aufgrund der steinharten Matratzen wäre dafür der Titel »Pritschen, auf den man sich den Rücken ramponiert« sicher angebrachter gewesen. Sabine teilte sich für die Dauer des Aufenthaltes ein Zimmer mit Katja. Die beiden jungen Frauen verstanden sich trotz des Altersunterschieds von rund fünf Jahren und ihrer sportlichen Konkurrenzsituation ziemlich gut. Waren sie doch in Wettkämpfen sehr häufig über dieselben Distanzen am Start.

»Der pure Luxus, nicht wahr?«, spöttelte Katja lachend. »Und die Betten ganz besonders! Doch nach ein, zwei Nächten hast du dich dran gewöhnt. Glaub's mir!« Sie war heuer bereits das vierte Mal auf Texel und musste es ja eigentlich wissen.

Stöhnend richtete sich ihre Zimmerkollegin wieder auf und warf einen skeptischen Blick auf die total unbequeme Schlafstelle. Noch traute sie Katjas beruhigenden Worten nicht so ganz über den Weg. Es mangelte Sabine im Moment einfach an der nötigen Fantasie, wie sie acht endlos lange Nächte darauf nur vernünftig pennen soll.

»Okay, dann bin ich ja mal gespannt. Und zur Not kann ich mich noch auf das Sofa im Gemeinschaftsraum legen«, antwortete sie ernüchtert.

»Kannst du schon, ist aber nicht unbedingt besser«, entgegnete Katja lachend, »die Sofas sind so was von ausgeleiert, da kriegst du vom Liegen höchstens einen Bandscheibenvorfall. Habe ich auch bereits ausprobiert! Nee, nee, gewöhn' dich einfach an dein *echt lekker* Bett!«

»*Dank u wel!*«

»*Alstublieft!*«

Nachdem die Unterkünfte bezogen, im nahegelegenen Supermarkt ein paar Kästen Bier und Wasser, ein Riesenkarton randvoll mit Großpackungen Vla diverser Geschmacksrichtungen, Berge von Honigwaffeln, Jumbo-Tüten Kamellen und sonstige kohlenhydratreiche Köstlichkeiten eingekauft und anschließend die

Eifler Neuankömmlinge noch ein Stündchen relaxed hatten, versammelte man sich pünktlich um siebzehn Uhr vor des Trainers Hütte, um von dort aus zum ersten gemeinsamen Läufchen zu starten.

Heiner verzichtete bewusst auf eine seiner üblichen ausschweifenden Ansprachen. Ein schlichtes »Auf geht's!« genügte völlig, dass sich die Gruppe sofort lautstark miteinander palavernd in Bewegung setzte. Bei milden, vorfrühlingshaften Temperaturen joggten die Mayener Aktiven, mit Ausnahme von Rosamunde Glaser, die sich derweil um die Zubereitung des Abendessens »Nudeln mit Tomatensoße« kümmerte, zunächst entlang weitreichender Felder mit gelb blühenden Osterglocken und Narzissen.

»Die Tulpen zieren sich noch. Dauert wohl noch vierzehn Tage, ehe die blühen«, peilte Gregor Linden mit geschultem Blick die Lage. War der dreißigjährige Hobby-Gärtner doch im April letzten Jahres mit Doris Schlosser, seiner Verlobten, zwecks Stippvisite im »Keukenhof« gewesen.

»Dafür blühen die Nulpen aber schon«, stichelte Horst Schummrig und deutete voraus auf eine sich schnell nähernde Laufgruppe.

»Sind aber ziemlich flott unterwegs, deine Nulpen«, kommentierte Rolf Friedrich von hinten und klopfte Horst auf die Schulter, denn besagte Nulpen, rund zwanzig an der Zahl, waren durchtrainierte Athletinnen und Athleten in den Farben von Bayer Leverkusen. Doch nichtdestotrotz grüßte man sich freundlich, wie es unter Sportlern zumeist üblich ist, als die Vereine aneinander vorbeiliefen.

Unmittelbar danach bogen die Mayener vom Fußweg in Richtung Strand ab. So, dass wirklich alle gut mithalten konnten und sich nicht bereits bei der ersten Einheit den Zahn zogen, ging es in lockerem Trab noch einige Zeit über einen schmalen Pfad durch eine Art Heidelandschaft mit niedrigen Büschen und weiß beziehungsweise rosa blühenden Erikagewächsen. Der Trainer vorne auf, folgten ihm seine Schützlinge hübsch aufgereiht wie Perlen an einer Kette. Hinter der Heidelandschaft erwartete die Gruppe ein welliger Dünenstreifen. Zu Beginn konnte man das Meer zwar deutlich hören, jedoch noch nicht sehen. Der Weg, an den Seitenrändern mit Zäunen von den Dünen abgegrenzt, wurde nun wieder breiter. Problemlos war es nun möglich zu zweit oder gar zu dritt nebeneinander her zu laufen. Sanft schlängelte er sich weiter und weiter bis hin zum endlos anmutenden Strand. Es war Ebbe! Auch die Gezeiten meinten es heute gut mit den Eiflern. Denn dieser erfreuliche Umstand bedeutete, dass man nur kurz durch den tiefen Sand zu eiern brauchte. Die meiste Zeit jedoch, und dass war nicht nur für die Mayener Sportskanonen ein echter Genuss, liefen sie sehr geschmeidig über den festen Untergrund des aktuell wasserfreien Strandes.

»Na, Bine, ist doch wirklich herrlich hier!«, strahlte Heiner beseelt. Beeindruckt von der klaren Luft, dem goldenen Sonnenuntergang und der superschönen Landschaft, bejahte sie beschwingt seine Frage. Verflogen war ihr anfänglicher Unmut wegen des harten unbequemen Bettes. Ohne Übertreibung: Das Texel-Wetter zeigte sich von der allerbesten Seite. Doch wie von den Wetterunken im Radio prognostiziert, sollte sich das in den kommenden Tagen noch drastisch ändern.

Heiner Glaser war ein Trainer mit Sachverstand. Doch er war auch ein Übungsleiter jener seltenen Sorte, die diese Funktion mit sehr viel Herzblut ausübten. Ähnlich wie sich ein umsichtiger Vater um seine Familie kümmerte, betreute er die Mitglieder der TSV-Laufgruppe. So leitete er schon seit Jahren äußerst engagiert deren sportliche Geschicke. Besonderen Wert legte er darauf, dass die Seinen ordentlich mitzogen. Wenn Heiner irgendetwas absolut nicht verknusen konnte, dann Schlendrian und Unstetigkeit. Ein zu kalt, zu heiß, zu viel Wind, zu starker

Regen und was es sonst noch für fadenscheinige Gründe gab, um nicht zu trainieren, ließ er partout nicht zu. Darin war er echt gnadenlos. Denn Erfolge im Mittel- und Langstreckenlauf kommen, wie er stets betonte, gewiss nicht über Nacht. Das funktioniere nur mit Gewissenhaftigkeit, Ausdauer und Konstanz.

Und wenn sich dann, wie bei Sabine Häusler der Fall, zu den geforderten Eigenschaften noch eine gehörige Portion Talent hinzugesellte, freute ihn das ganz besonders. Denn diese Kombination traf man wahrlich nicht so häufig an. Schon als Sabine mit vierzehn Jahren dem Verein beigetreten war und die ersten Läufchen mitmachte, hatte er sofort das große Potential der Schülerin erkannt und einen mächtigen Narren an ihr gefressen. Auch Bine, wie er sie immer rief, vertraute ihrem Trainer, der sich wahrhaftig für den Laufsport aufopferte, blind.

Heiner war glücklich darüber, hier und da Athletinnen und Athleten dieser besonderen Güte trainieren zu dürfen. Was aber auf keinen Fall bedeutete, dass er die Asse bevorzugte und die normal Begabten vernachlässigte. Nein! Heiner hatte wahrlich in seiner langen Tätigkeit als Übungsleiter schon jede Menge kommen und gehen sehen. Manche, völlig vom Ehrgeiz zerfressen, jedoch mit null Komma nix Veranlagung für diesen Ausdauersport gesegnet. Und manche dagegen echt talentiert, aber stinkend faul. Heiner fand es unbegreiflich, wie fahrlässig letztere ihre Begabung vergeudeten. Über Jahre dem Sport treu zu bleiben, komme, was da wolle, das war eine echte Kunst und die ständige Herausforderung.

Am Horizont im Westen tauchte die wärmende Sonne allmählich ab und ein leichter See-Wind frischte auf. Man spürte unweigerlich wie die abendliche Kühle ihren Einzug hielt. Horst, Rolf, Rainer und Gregor, also die Schnelleren der Mayener Laufgruppe, war das ruhige Tempo vorhin zu ruhig geworden. Wie nicht anders zu erwarten, hatten sich die Granaten, kaum, dass man am Strand angelangt war, nach vorne verabschiedet. Der

Rest hingegen hielt an der eingeschlagenen Geschwindigkeit fest. Sicher hätten beispielsweise auch Bernd, Peter und Mario mit den Vieren mitrennen können. Doch aufgrund Schlappis Animation tingelten sie stattdessen lieber in letzter Reihe hinterher.

»Um die schöne Aussicht zu genießen«, sagte Gans augenzwinkert zu seinen jüngeren Vereinskollegen. Dann fuhr er mit deutlich gedämpfter Stimme fort: »Mensch, Mensch, dass Binchen und die Katja haben auch wirklich unverschämt heiße Popöchen in ihren engen Laufhöschen. Wirklich unverschämt. Da könnte man glatt schwach werden.«

»Hey, du hast doch noch ein Bett frei in deinem Zimmer. Frag' sie doch mal, ob eine von ihnen bei dir übernachten will«, schlug Peter dem alten Spitzklicker grinsend vor. Während er seinen nicht ernst gemeinten Vorschlag als reinen Scherz betrachtete, denn Schlappi war ja schließlich verheiratet, fand der alte Spitzklicker an Peters Idee durchaus Gefallen.

»Na, mal abwarten, was das Trainingslager noch so bringt. Mal abwarten«, grübelte Bernd erwartungsfroh vor sich hin.

Später am Abend drängte es Katja Jäger nochmal nach draußen. Es regnete. Sie eilte zur Telefonzelle in unmittelbarer Nähe der Park-Einfahrt. Unbedingt musste sie bei ihren Eltern in Mayen anrufen. Angespannt nahm die Achtzehnjährige den Hörer ab. Sie steckte hektisch einen Gulden in den Münz-Schlitz und wählte mittels Drehen der Wählscheibe deren Rufnummer. Fahrig sah sie sich dabei verstohlen um.

»Warum dauert der Scheiß so lange?« giftete Katja ungeduldig. Es fühlte sich für sie wie eine Ewigkeit an, bis endlich das verschissene Rufzeichen in der versifften Hörmuschel ertönte.

»Margot Jäger«, erklang bald darauf die warme Stimme ihrer Mutter am anderen Ende der Leitung. Aus

Katjas anfänglichem, nervösem Monolog entwickelte sich rasch ein Dialog zwischen Mutter und Tochter.

»Dein Vater hat alles abgeklärt. Samstagabend treffen wir Huub in dessen Imbiss. Du weißt schon. Es wird keiner was merken. Mach' dir keinen Kopf.«

»Sicher?«

»Ja, sicher!«

»Okay.«

»Dann bis morgen Nachmittag. Wir kommen zu euch in den Park. In welchem Bungalow wohnst du?«

»Nummer Fünfzehn. Einfach rechts am Empfang vorbei. Ihr könnt ihn nicht verfehlen.«

»Gut.«

»Und wenn ich beim Training bin?«

»Kein Problem. Dann treffen wir uns halt vorher oder danach.«

»Okay, dann bis morgen. Sag' Papa einen lieben Gruß.«

»Mach' ich. Bis morgen, Katja. Und schlaf schön. Wirst sehen, es wird alles klappen.«

Noch bevor der Gulden aufgebraucht war, hatten die beiden ihr kurzes Telefonat beendet. Katjas Ängste hatten sich infolge der beruhigenden Worte ihrer Mutter fast vollständig verflüchtigt. Nur ganz, ganz tief in ihrem Inneren waberten Zweifel an der Richtigkeit ihres Vorhabens. Aufgrund des stärker werdenden Regens lief sie schnell zurück zum Bungalow. Die anderen lagen bereits in ihren Betten. Katja schlich ins Schlafzimmer und rubbelte sich mit einem der parkeigenen rauen Frottee-Handtücher notdürftig die langen blondroten Haare trocken. Dann tauschte sie die Trainingsklamotten gegen ihren geliebten flauschigen rosa Schlafanzug und kroch sachte unters Plumeau.

»Warst du noch draußen?«, fragte ihre Zimmergenossin schlaftrunken.

»Mir war vorhin noch eingefallen, dass ich meine Eltern doch anrufen wollte. Fragen, wann sie morgen kommen und so«, antwortete die Angesprochene betont leise.

»Ach so. Dann gute Nacht«, murmelte Sabine daraufhin ins Kopfkissen und erntete ein leises: »Dir auch.«

Obwohl die Liegen die Bequemsten waren, es in unregelmäßigen Abständen, mal lauter, mal leiser, in der schlichten Hütte knirschte und knackte und der Regen unaufhörlich auf das flache Dach ihrer Behausung hernieder prasselte, fielen die zwei jungen Frauen beide in einen mehr oder weniger ruhigen Schlaf.

Kapitel 10

Freitag. Neun Uhr. Wolkenverhangener, grauer Himmel. Frischer Wind vom Meer. Knapp zehn Grad Celsius. Kein Regen.

Noch nicht einmal zwanzig Stunden waren vergangen, seitdem sie auf Texel angekommen waren, und doch stand bereits am Morgen des zweiten Trainingslager-Tages für alle Aktiven der Mayener Laufgruppe eine erste harte Trainingseinheit auf dem Plan. Galt es doch nach Trainer Glasers Vorgabe, die zur Verfügung stehende Inselzeit so effektiv wie möglich zu nutzen. In Anbetracht der Tatsache, dass Rita und Horst Schummrig, Doris Schlosser, Gregor Linden, Rolf Friedrich und Rainer Holzmann am 20. April beim London-Marathon starten wollten, bedeutete das für sie: Intervalltraining, in Form von fünf Mal 2000 Metern mit drei Minuten Trabpause.

Nachdem Glaser den angehenden Marathonis seine detaillierten Anweisungen bezüglich maximaler Geschwindigkeit der Tempoläufe, so wie es seine Art war, haarklein unterbreitet hatte, machten diese sich sodann auf den Weg.

»Achtet auf die Zeit und lauft bloß nicht zu schnell!«, rief Heiner ihnen nach, worauf diese sich umdrehten und unisono: »Ja, Trainer! Geht schon klar! Du kennst uns doch!«, antworteten. Der Unterton in deren Stimmen ließ jedoch erahnen, dass sie an ihre Aussage wohl selbst nicht so recht glaubten. Denn sowohl sie als auch ihr Übungsleiter kannten die Gesetze der Eigendynamik in Laufgruppen. Das hieß, des Trainers Zeitvorgabe verstand man eher als Richtwert, denn als ein in Stein gemeißeltes Gesetz. Genauer gesagt, sobald einer der Läufer sein Tempo forcierte, weil er beispielsweise einen guten Tag erwischt hatte oder er die anderen einfach mal langmachen wollte oder weil ihm schlicht und ergreifend danach war, ließen sich seine Trainingskollegen zumeist nicht lange bitten und zogen zwangsläufig mit. Dadurch schaukelten sie sich hoch, bis man am Ende wesentlich flotter unterwegs war, als des Trainers penibel errechnete Direktive. So war es zumindest bei den vier Männern häufig der Fall. Doris und Rita hingegen ließen sich zu dieser Art von Tempohatz nur sehr selten verleiten.

Der Rundkurs, auf dem das Intervall-Training stattfinden würde, lag übrigens in Dünennähe gute vier Kilometer vom Bungalowpark entfernt. Also eine ideale Distanz um sich ordentlich warmzulaufen und nach absolvierter Einheit locker auszulaufen.

Gans hatte Glaser etwas verwundert gefragt, warum er heute nicht, wie sonst auch, mit den Langstrecklern trainiert. Er habe ja schließlich vor, im Frühjahr den ein oder anderen Halbmarathon zu laufen.

»Genug Ausdauer hast du, Bernd. Wir müssen jetzt an deiner Grundschnelligkeit und vor allem an der Verbesserung deines Laufstils arbeiten«, erläuterte ihm Heiner daraufhin seine Entscheidung und fügte schmunzelnd hinzu: »Daher habe ich mir überlegt, dass es für dich nicht schlecht wäre, einmal neue Reize zu schaffen und du heute die kurzen knackigen Hügelläufe mitmachst. Okay?«

Bernd nickte. Er schätzte die Idee seines Trainers als durchaus sinnvoll für sein sportliches Weiterkommen ein. Außerdem freute er sich, dass sich die in Aussicht gestellten Reize nicht nur auf das Laufen beschränkten.

Unmittelbar darauf machte sich auch die Hügellauf-Gruppe, bestehend aus Sabine Häusler, Katja Jäger, den Zwillingen Pia und Monika Wilms, Peter Hirsch, Mario Wild und eben Bernd Gans in Glasers Begleitung auf den Weg zur besagten Erhebung. Einzig Rosamunde blieb wieder in der Park-Anlage zurück.

Sie winkte den Davonlaufenden zum Abschied und warf die Bungalow-Tür hinter sich zu. Dann rasch einen Kaffee gekocht und mit einer warmen Decke auf dem Sofa eingemümmelt. Rosamunde lächelte zufrieden. Sie genoss die Ruhe und begann den dicken Wälzer, einen Liebesroman, zu lesen, den sie sich extra für Texel gekauft hatte.

Gegen halb zehn erreichte die Truppe um Übungsleiter Glaser ihr avisiertes Ziel, welches sich mitten in einem dichten Kiefern-Wäldchen befand. Jenen Hügel, der bei Texel-Läufern aufgrund seines Profils berühmt berüchtigt war. Denn es verhielt sich halt so, dass einem die moderate erste Hälfte der gut 300 Meter langen Steigung eine trügerische Leichtigkeit vorgaukelte. Dann jedoch wartete dieser hundsgemeine Knüppel, direkt hinter der leichten Rechtskurve, mit einer unerwarteten, brutalen Steilheit auf. Auch weil es auf der Insel ansonsten keine anderen nennenswerten Erhebungen gab, erfreute sich dieser einzigartige »Berg« bei Trainern und Aktiven aller Colour größter Beliebtheit … na, zumindest bei den Trainern.

Heiner Glaser war in dieser Beziehung keine Ausnahme. Da er wusste, dass die bevorstehende Übungseinheit für seine Schützlinge in einer ziemlichen Schinderei gipfeln würde, war er sehr, sehr gemächlich mit ihnen hierher gejoggt. Doch bevor die eigentliche Plackerei begann, machten sie unten am Fuße der Steigung wie üblich sehr intensive Dehnübungen. Im Anschluss daran folgten drei sachte Steigerungsläufe noch in flachem Terrain. Bestens aufgewärmt bekamen anschließend alle von Heiner die individuellen Zeitvorgaben genannt. Dann endlich war jede und jeder seiner Gruppe ausreichend präpariert, um in den angesagten Tempi flott hoch zu rennen und zwecks Erholung *ganz* entspannt wieder herunterzutippeln. Mit einem leicht süffisanten Grinsen im Gesicht fügte Glaser fast ein wenig beiläufig anmutend hinzu, dass das Intervall-Training *nur* zehn Wiederholungen umfassen würde. Dann, und das war dann wirklich seine vorläufig letzte Ansage, betonte er mit ernstem Blick, dass sich alle genau an seine Vorgaben halten sollen. Denn nur bei ordnungsgemäßer Ausführung sei durchs Hügeltraining eine Steigerung von Kraft und Schnelligkeit möglich.

»Also nochmal. Ich will keinen sehen, der herumzockelt. Laufen ist nichts für Weicheier. Doch genauso wenig will ich sehen, wie es jemand die ersten drei Mal übertreibt und dann platt ist. Konstanz ist Trumpf. Also haltet euch an meine Vorgaben und viel Spaß.«

»Das war doch mal 'ne klare Ansage«, schmunzelte Sabine in sich hinein. Sie mochte es, Steigungen zu laufen. Im Mayener Wald gab es schließlich reichlich davon. Daher war sie im Gegensatz zu den meisten anderen richtig heiß darauf, den Hügel endlich in Angriff nehmen zu können.

Da Sabine heuer Texel-Premiere hatte und das Streckenprofil selbstredend bis dato nicht kannte, war sie sicherheitshalber, bevor richtig die Post abging, einmal bedächtig hoch- und wieder hinabgetrabt. Respekt! Es stimmte wirklich. Katja hatte nicht übertrieben. Das Ding war zwar recht kurz, dafür aber gerade hintenheraus eine echte Wand. Sabines Gefühlsleben bestand aktuell aus einer Mischung aus heller Vorfreude und tiefem Respekt. Mit fokussiertem Blick auf den Weg der Wahrheit und angespannter Muskulatur brannte sie förmlich darauf loszulegen. Auch die leichten Rückenschmerzen aufgrund des miesen Bettes waren komplett verflogen.

Wie fast alle der Mayener Laufgruppe trug auch Sabine neuerdings eine topmoderne Multifunktions-Armband-Uhr mit Sieben-Segment-Anzeige. Rasch stellte sie das Quarz-Teil von der Tageszeit-Anzeige auf die Start/Stopp-Funktion um. Dann die angezeigte Endzeit des gestrigen Strandläufchen per Reset-Knopf zurück auf 0:00:00 gesetzt und … *Start*!

Heiner Glaser hatte sich längst am äußeren Wegesrand im Scheitelpunkt der Kurve positioniert. Dieser Platz ermöglichte dem gewieften Trainerfuchs einen idealen Blick auf die komplette Strecke. Mit der vorsintflutlich anmutenden, analogen Zeiger-Stoppuhr in der Hand, kontrollierte und kommentierte er sodann die Leistungen seiner Aktiven. Beschränkte er sich bei deren schnellem Hochlaufen auf das Zurufen von Schlagworten wie »Gut so!« oder »Arme mitnehmen!« oder »Schneller!« oder auch »Nicht zu schnell!«, bedachte er sie in den Erholungspausen mit knappen, unmissverständlichen Erklärungen. Heiner freute sich darüber, dass es im Großen und Ganzen für ihn nur wenig an der Performance seiner Schützlinge herum zu mäkeln gab. Es brachten bis auf zwei alle die von ihm erhofften Leistungen.

Völlig überraschend für ihn war jedoch Katja Jäger eine der beiden Schwächelnden. Die junge Athletin schien mit der schweren Strecke kaum parat zukommen. Bei deren Anblick drängte sich Heiner unweigerlich der Eindruck auf, dass die sonst so agile Achtzehnjährige am heutigen Morgen seltsam gehemmt wirkte. Anstatt die Intervalle so kraftvoll wie üblich abzuspulen, tingelte sie bei den Tempoläufen ihrer Zeit-Vorgabe ein gutes Stück hinterher. Glaser, fürsorglich wie er nun mal war, hatte die Schülerin schon nach dem vierten Hügelsprint gefragt, ob mit ihr alles okay wäre, oder ob sie lieber aussteigen wolle. Doch da ihn Katja daraufhin ziemlich zickig wissen ließ, dass sie das Training selbstverständlich bis zum Ende durchziehen werde, hatte er abgewinkt und sie gewähren lassen. Zum einen schätzte er Katja so vernünftig ein, dass sie gewiss auf ihren Körper hörte und zum anderen hatte er absolut keinen Bock auf einen nervigen Disput mit ihrem Vater. Ehrlich gesagt stank es Heiner Glaser ganz gewaltig, dass die Jägers ihnen nach Texel hinterher gereist kamen.

Beim zweiten Athleten, welcher sich mit der besonderen Trainingsart etwas schwertat, lag es wahrlich nicht an dessen Willen und Einsatzbereitschaft. Diese Eigenschaften waren bei ihm mustergültig ausgeprägt. Doch hier und heute reichte ein redliches Bemühen alleine nicht aus. Andererseits, und das fand Heiner an der Sache wieder positiv, konnte er den offensichtlichen Schwächen des Athleten mit seiner gezielten Trainingsmethodik sicher beikommen.

»Bernd, lauf' auf dem Vorderfuß. Heb' die Knie an! Nicht ins Kreuz fallen! Tempo, Tempo, Tempo! Das nennt sich schließlich Bergsprint und nicht Long-Jog!«

Adressat seiner gutgemeinten Tipps und Korrekturvorschläge war der gute Schlappi. Aber so sehr sich Schlappi auch abrackerte, um des Trainers Ratschläge zu beherzigen, es wollte ihm kaum gelingen. Vielmehr machte er seinem Spitznamen wieder alle Ehre. Denn schon nach wenigen schnellen Schritten zu Beginn eines jeden Tempolaufs verfiel er darin wieder mit dem ganzen Fuß aufzuplatschen. Jedes verflixte Mal! Außerdem gelang es ihm nicht, die verdammten Gräten wie gewünscht anzuheben. Was er auch unternahm, heraus kam letztlich stets sein leidiger Schlappschritt.

Trainer Glaser wäre nicht Trainer Glaser, wenn er nicht noch kurz vor dem Ende der Übungseinheit ein Schmankerl für seine Aktiven aus dem Hut gezaubert hätte. Devise: Reize setzen, ehe es zu eintönig wird. Da seine Schützlinge nach dem neunten Hügellauf einen zumindest noch halbwegs brauchbaren Eindruck auf ihn gemacht hatten, scharte er sie kurzerhand um sich herum und verkündete ihnen seinen plötzlichen Geistesblitz: »So Leute, beim letzten Lauf gibt es kleine Änderungen. Ihr schaut nicht auf die Uhr, stoppt also keine Zeit, sondern lauft, so schnell ihr noch könnt. Also volle Pulle!«

»Alles klar, Chef«, murmelte die Truppe unisono und trabte langsam die Steigung hinunter zum Ausgangspunkt. Jeder und jede mobilisierte die Reserven für den Schlussakkord.

Start! Dieses letzte Mal heizten Männlein wie Weiblein den verschissenen Hügel hinauf, als stünde der Olympiasieg auf dem Spiel. Auch Schlappi mühte sich wie bei den vorherigen Läufen redlich und haute nun die allerletzten Körner raus. Er rannte sich förmlich die Augen vor den Kopf. Doch so sehr sich Schlappi auch anstrengte, wieder waren die anderen, mit Ausnahme von Katja, ein gewaltiges Stück vor ihm im Ziel. Klar, mit Peter, ein bärenstarker 3000-Meter-Hindernis-Spezialist, der selbstredend stets als erster oben war, konnte er über diese Distanz nicht mithalten. Dass auch Mario und Sabine flotter bergauf rannten, damit hatte er nicht unbedingt gerechnet. Doch dass selbst die erst sechszehnjährigen Zwillinge Pia und Monika ihn abhängten, das wurmte Bernd schon mächtig. Einzig Katja hatte sich ähnlich wie er, auch dieses verdammte letzte Mal schweratmend nach oben gequält.

Bernds aufbauendes Zureden, frei nach dem Motto »geteiltes Leid ist halbes Leid«, war an der doch so ambitionierten Athletin abgeprallt wie Wasser von Fels. Weder ließ sie sich dazu herab, ihm eine Antwort zu geben, noch würdigte Katja ihn, wie schon während des gesamten Trainings, auch nur eines Blickes.

»Die eingebildete Wachtel hält sich wohl für was Besseres«, dachte Gans ernüchtert bei sich. »Na ja, der Apfel fällt nicht weit vom Stamm!« Ihn hatte diese knallharte und für ihn ungewohnte Übungseinheit so sehr beansprucht, dass ihn andere mögliche Reize aktuell nicht sonderlich juckten.

Beim sehr entspannten Auslaufen zurück zum Bungalowpark nahm Heiner den sichtlich geschafften, 36-jährigen Sportler beiseite.

»Bernd, also, wenn du schneller werden willst, musst du daheim eben solche knackigen Intervalle in dein Training einbauen. Nur mit langen ruhigen Läufen wird das nichts. Glaub' mir! Dir fehlt es einfach an Grundschnelligkeit. Du bist unten herum nicht spritzig genug. Daran müssen wir arbeiten und an deiner Schnelligkeitsausdauer. Wenn du dann noch deinen schleichenden Laufstil abstellst und längere, raumgreifende Schritte ziehen kannst, werden sich deine Zeiten, egal, ob über fünf oder zehn Kilometer oder Halbmarathon, deutlich verbessern.«

»Was rätst du mir, soll ich tun?«, fragte Gans müde und nachdenklich.

»Na, du kennst doch die Kieshügel am Brechwerk im Nettetal«, entgegnete der Trainer postwendend.

»Hinterm Freizeitpark?«

»Ja!«

»Da soll ich hoch?«

»Natürlich! Zehn bis fünfzehn Wiederholungen. Einmal pro Woche. Sagen wir bis Ende Mai. Dann schauen wir weiter.«

»Okay …«

»Du wirst sehen. Im Kies ist man gezwungen, schnell zu sein und geschwind die Beine anzuheben. Ansonsten kommst du überhaupt nicht erst oben an. Ich selbst habe es getestet. Und mit meinen Mittelstrecklern werde ich die Kieshügel auch beehren. Warts ab, Bernd, mit meinen Trainingsmethoden wirst du so flott, dass du hi und da bei Volksläufen ordentlich mitlaufen kannst.«

»Was? Nur mitlaufen? Ich will doch die großen Rennen gewinnen und nicht bloß unter ferner liefen sein!«, entgegnete Gans geknickt. All die Schinderei auf sich zu nehmen, nur um bei popeligen Wald- und Wiesenrennen eine passable Platzierung zu belegen? Diese Vorstellung missfiel ihm zutiefst.

Der Trainer gab ihm auf seine Fragen keine Antworten. Von jetzt auf gleich wandte sich Heiner von ihm ab und begann, mit Sabine zu plaudern. Seinem Liebling, seiner Musterathletin!

Indessen reifte in Bernds Kopf die ernüchternde Gewissheit, dass er auch durch noch so hartes Training wohl niemals der Top-Läufer werden würde, als der er sich in naher Zukunft sah. Doch kampflos sich seines grauen Mitläufer-Schicksals zu ergeben, stand für ihn nicht zur Debatte.

»Wenn trainieren alleine nicht ausreicht, dann muss ich halt anderswie nachhelfen«, dachte er sich trotzig. »Ich muss nur noch schauen, wo ich das Zeug herbekomme. Und dann wartet ab, Sportsfreunde und -freundinnen. Dann zeigt euch der alte Schlappi, wie spritzig er untenherum ist!«

Heiner Glaser hatte sich zwischenzeitlich zu den Zwillingen gesellt und bequatschte mit den beiden seine Trainingseindrücke. Katja und Sabine joggten am Ende der Gruppe eine Weile wortlos nebeneinander her. Die jungen Frauen waren jede für sich in ihre Gedanken vertieft. Die Eine, Sabine, freute sich wie Bolle, dass sie die anstrengenden Hügelläufe gut hinbekommen hatte. Die andere, Katja, kotzte es noch immer tierisch an, dass ihr Gans, dieser widerliche Asi, während des kompletten Trainings förmlich an ihren Hacken geklebt und sie zu allem Überfluss auch noch blöd belabert hatte.

»Geteiltes Leid ist halbes Leid! Idiot, dämlicher!« Angewidert zischte sie Bernds Spruch leise vor sich hin und bedachte ihn mit derben Schimpfworten. Dass es der 36-jährige Vereinskamerad vorhin nur gut gemeint haben könnte, kam ihr erst gar nicht in den Sinn. Sabine warf ihrer Laufpartnerin einen Blick von der Seite zu.

»Was meinst du?« Sie hatte zwar mitbekommen, dass die Jugendliche gerade etwas gebrabbelt hatte, das sich irgendwie mürrisch anhörte, den genauen Wortlaut jedoch nicht verstanden.

»Ach nix«, entgegnete Katja abwinkend, »hab' mich nur etwas über mich selbst geärgert, dass ich eben am Hügel nicht so gut drauf war, wie ich es von mir erwartet hätte.« Weshalb sie nicht einfach ihre aktuellen Gedankengänge preisgab, sondern den leichten Frust bezüglich ihrer nicht gerade berauschenden Leistung von vorhin vorschob, wusste Katja in diesem Augenblick selbst nicht genau.

»Hey, das ist doch kein Drama! Sowas erlebe ich eigentlich regelmäßig einmal im Monat«, antwortete Sabine augenzwinkernd.

»Daran kann es bei mir aber nicht gelegen haben. Denn Stöpsel-Time war letzte Woche«, sagte Katja leise und schaute sich dabei verstohlen um. Ihre speziellen körperlichen Befindlichkeiten brauchten die anderen der Gruppe schließlich nicht zu interessieren. Dann fuhr die Achtzehnjährige, zum Ende hin fast schon flehend klingend, fort: »Nee du, ich glaube, es hat daran gelegen, dass ich seit gestern meine Spezial-Vitamin-Tabletten nicht genommen habe. Blöderweise hab' ich sie zu Hause liegen gelassen. Naja, ist aber kein Problem, denn meine Eltern wollen die Dinger mitbringen. Nur hoffentlich denken sie auch daran, so zerstreut wie die beiden manchmal sind!«

»Spezial-Vitamin-Tabletten?«, staunte Sabine. Sie selbst nahm bloß schlichte Magnesium-Präparate aus dem Drogeriemarkt ein. Und das auch nur, wenn es im Wettkampf oder Training besonders anstrengend gewesen war. Ansonsten aß sie halt viel Obst und Gemüse, vermied den übermäßigen Genuss von Fleisch und trank reichlich Mineralwasser.

Katja zögerte einen Moment, ehe sie antwortete: »Hm ja, … mit Vitamin C, E und noch mehr. Ich verbrauche halt bei der ständigen Schinderei so viel Energie, so viele Orangen und Bananen könnte ich gar nicht essen.«

»Du meinst also die Tabletten bringen was?«, bohrte Sabine etwas skeptisch nach und erntete von ihrer Mitläuferin prompt eine total logisch scheinende Erklärung: »Ja absolut! Bei mir auf jeden Fall. Siehste ja, wie ich hinter euch her hecheln muss, wenn ich sie mal 'ne Weile nicht genommen habe.« Böiger Wind vom Festland kam auf und trieb den heftiger werdenden Regen vor sich her.

»Was ein Mistwetter! Wird echt höchste Eisenbahn, dass wir ins Trockene kommen«, grummelte Sabine missmutig und zog den Reißverschluss ihrer dünnen Laufjacke bis unters Kinn zu. Ein paar Minuten später trudelte die Truppe um Heiner Glaser schließlich im Bungalowpark ein.

»So, Leute. Vielen Dank, dass ihr vorhin am Hügel ordentlich mitgezogen habt. Die nächste kleine Einheit findet heute Nachmittag statt. Sechszehn Uhr, Treffpunkt wieder hier vor Haus Fünfzehn. Dann drehen wir alle, inklusive der Langstreckler, ein lockeres Ründchen. Dauer maximal vierzig Minuten. Zwischendurch machen wir etwas Lauf-ABC. Ich wünsche euch einen schönen Tag, bis später und nun ab unter die heiße Dusche!« Mit dieser Vorschau verabschiedete der Trainer seine Schützlinge in den weiteren Tag.

Kapitel 11

Sabine war froh darüber, dass sie gleich als Erste unter die besagte heiße Dusche hüpfen konnte. Doch im Gegensatz zu daheim, wo sie sich liebend gerne richtig viel Zeit dabei ließ und es wahrlich genoss, wenn ihr das Wasser über den Körper ran, hatte sie sich nun mächtig beeilt. Sie wollte sich halt bei den Anderen nicht unbeliebt machen. So saß sie bald darauf in ihrem flauschigen Jogginganzug, quasi frisch wie der irische Frühling, am Küchentisch und schlürfte ihre selbst angerührte Magnesiumbrause.

»Und du meinst wirklich, so ein bisschen Magnesium reicht aus, um schneller zu werden?«, grinste Katja ungläubig. Auf Socken und mit Duschzeug sowie Handtuch bewaffnet war sie nun auf dem Weg zur Nasszelle.

»Natürlich«, entgegnete Sabine überzeugt, »wie ich eben schon sagte, Magnesium plus Obst plus Gemüse, ab und zu ein schönes Steak, Salat und *viel* Mineralwasser … und sicher nicht diese ekelig süße isotonische Plörre aus der Werbung. ISO-Bäh! Sag' ich nur! Mit dem Zeug kannst du mich jagen, Fräulein Jäger.« Sie zog eine Grimasse, als hätte sie gerade in eine saure Zitrone gebissen. Katja lachte spitz auf und musterte ihre fünf Jahre ältere Laufkollegin skeptisch.

»Und du glaubst echt, das genügt, um richtig schnell zu werden?« Sie zweifelte stark daran, dass man nur mit mehr oder weniger herkömmlichem Essen und Trinken tatsächlich in der Lage war, flotter zu rennen. Denn ihr Vertrauen beruhte in der Effektivität von sehr viel wirksameren Mitteln, die weiß Gott nicht nur Vitamine und Mineralien beinhalteten. Äußerst effektive Mittel, die ihr Vater, trotz dass diese ihn eine Stange Geld kosteten, bereitwillig für sie besorgte. Regelmäßig und streng geheim natürlich. Denn jene Präparate gab es nicht beim Apotheker an der Ecke oder in der Drogerie und schon gar nicht im Supermarkt. Nein, dieses besondere Zeug beschaffte Jürgen Jäger aus einer streng geheimen Quelle. Eine Quelle, die sich vor drei Jahren, während des ersten Trainingslagers, bei dem Katja in Begleitung von ihren Eltern teilnahm, unverhofft aufgetan hatte und hier auf Texel üppig sprudelte.

Eigentlich war von ihren Eltern geplant, erst an Pfingsten wieder einen ordentlichen Schluck daraus zu nehmen. Doch aus irgendeinem Grund klappte es an dem Termin nicht. Daher hatten sie mit dem Quellgeist, sprich dem Lieferanten des wundersamen, doch höchst illegalen Zeugs, rasch eine entsprechende Übergabe am Abend des Palmsonntags vereinbart. Die offizielle Begründung für den spontanen Kurzurlaub: »Wir möchten bei unserer Tochter sein«, diente für sie als willkommenes Deckmäntelchen ihres kriminellen Vorhabens.

Sabine stutzte aufgrund Katjas merkwürdig klingender Nachfrage und stellte das leere Glas vor sich ab.

»Was meinst du damit? Selbstverständlich reicht mir das!«, konterte sie streng, denn sie hatte plötzlich den Eindruck, dass sich ihre junge Vereinskollegin wohlmöglich irgendwelcher Pillen bediente, die nicht ganz koscher waren. Aber Katja und Doping? Das konnte sich Sabine beim Anblick der blassen, schmächtigen Achtzehnjährigen einfach nicht vorstellen. Sie fuhr daher mit ruhiger, fast mütterlich anmutender Stimme fort: »Ich denke, man braucht natürlich auch Ehrgeiz und Talent. Doch am aller Wichtigsten ist der Spaß am Laufen! Denn ohne Spaß macht man den Sport nicht lange. Ja, ich bin mir sicher, dass gerade der Spaß sehr, sehr wichtig ist!«

Übungsleiter Glaser, der noch mit den Langstrecklern in deren Bungalow 'ne Flasche Bier getrunken hatte, kam just in diesem Moment in die Hütte gestiefelt.

»Und ein guter Trainer ist wichtig! So einer wie Heiner! Das reicht doch völlig, oder etwa nicht?«, fügte Sabine schmunzelnd hinzu und deutete auf den Ankömmling, der natürlich überhaupt nicht wusste, worum es gerade ging. Entsprechend fragend schaute er die beiden jungen Frauen mit großen Augen an.

»Sag einfach *Ja*«, forderte Sabine lachend.

»Ja«, entgegnete Heiner wunschgemäß. Er nahm an, dass es in deren Gespräch um typischen Frauenkram ging, ließ es daher dabei bewenden und trottete verschmitzt grinsend ins Glasersche Schlafzimmer. Katja indessen zuckte nur ungläubig mit ihren schmalen Schultern und verschwand sodann in der Dusche.

Die anschließenden Stunden bis zur nächsten Laufeinheit verbrachten die Meisten der Mayener Sportgruppe im Bungalowpark oder in dessen unmittelbarer Nähe. Dabei frönten sie Beschäftigungen wie essen, trinken, lesen, locker plaudern, per Walkman Musik hören, schlafen, alleine oder gemeinsam mal eine Runde spazierengehen oder sich nichts tuend vom niederländischen TV-Programm berieseln lassen. Hauptsache, alles ganz relaxed, denn es galt nach dem harten Training vom Vormittag wieder ausreichend Kraft für die kommenden Aufgaben zu tanken. Und Kraft liegt ja bekanntlich in der Ruhe! Nur Rosamunde und Heiner waren zwecks einkaufen von Lebensmitteln wie Brot, Butter, Käse und Eiern zum Supermarkt aufgebrochen. Außerdem ging der erst gestern besorgte Vorrat an Vla und Honigwaffeln unglaublicher Weise schon zu neige. Die fünfzehn Eifler hatten halt enormen Appetit! Doch die Glasers, gewieft wie sie waren, verbanden das Notwendige geschickt mit dem Angenehmen. So gönnte sich das Ehepaar, im Anschluss an den Shopping-Trip, leckere Pfannekuchen und Kaffee in einem gemütlichen Bistro im Herzen De Koogs. Denn besonders Rosamunde liebte frischen Pfannekuchen. Und ganz speziell den mit heißen Kirschen.

Während Sabine mit den Zwillingen im Gemeinschaftsraum von Bungalow Nummer fünfzehn Mau-Mau spielte, hatte sich Katja ins spartanische Schlafgemach zurückgezogen. Die Gymnasiastin wollte, wenn es ihr die Zeit ermöglichte, auch hier auf Texel für die Schule büffeln. Standen doch nach den Osterferien wichtige Arbeiten in Bio, Mathe und Chemie auf dem Plan. Griffbereit lagen die einschlägigen Schulbücher bereits neben ihr und warteten nur darauf, dass sie endlich in Beschlag genommen wurden. Doch noch mussten sich die ollen Lehr-Schinken gedulden. Denn gerade widmete sich Katja etwas völlig anderem.

Mit verträumtem Blick hockte sie im Schneidersitz auf dem Bett und löffelte köstlichen Erdbeer-Vla aus einer Schale. Die Achtzehnjährige genoss es regelrecht, dass sie mal für ein paar Tage nach Herzenslust Süßigkeiten schlemmen konnte. Und zwar alles und so viel sie nur wollte. Im Gegensatz zu daheim, wo Chips, Schokolade und Co. ziemlich verpönt waren. Was zugegeben Maßen ein wenig ihren eigenen sportlichen Ambitionen geschuldet war, es doch hauptsächlich an der Einstellung ihrer fanatischen Eltern lag. Katja fühlte sich diesbezüglich unter ständiger Beobachtung. Wie neulich zum Beispiel, als sie sich erdreistete, eine Tüte Gummibärchen zu kaufen. Was hatten ihre Alten deswegen rumgemosert! Dass sie bitteschön auf ihre Ernährung achten solle. Dass das süße Zeug nicht gut für den Sport sei. Bla Bla Bla! Sie fand deren Gemecker echt lachhaft. Na, jedenfalls war das Ende vom Lied, dass Katja ihren Eltern des Familienfriedens willen vorlog, die Tüte weggeworfen zu haben, die Gummibärchen jedoch in der Schule naschte.

Bei einer speziellen Süßigkeit hingegen, die es in rauen Mengen hier in Holland gab, sagten jedoch auch ihre Erziehungsberechtigen nicht Nein: Napoleons! Jene ultrageilen, prickelnden Fruchtbonbons mit zitroniger Brausefüllung. Tja, damit würden sich die Jägers wie immer, wenn sie bei den »Oranjies« weilten, wieder ordentlich eindecken.

Katja stellte die leere Keramikschale zur Seite und schlug das Chemiebuch etwas widerwillig auf. Irgendwie fiel es ihr gerade ziemlich schwer sich auf den Unterrichtsstoff konzentrieren. Denn nicht etwa »Fette und Tenside« oder »Kohlehydrate und Stereoisomerie« oder »Aminosäuren und Proteine« standen an erster Stelle ihrer Gedankenwelt. Diese vordere Position hatte Sabines Häuslers Motto »Spaß ist das Wichtigste« hartnäckig inne. Die Stimme der älteren Laufkollegin hallte in ihren Ohren nach. Unweigerlich fragte sich Katja, ob sie wirklich Spaß an der ganzen Quälerei für ihre großen sportlichen Ziele hatte. Eigentlich schon, schätzte sie, denn sonst würde sie das harte Training und die Einnahme der geheimen Spezial-Mittel, von denen sie immer Pickel im Gesicht und auf dem Rücken bekam, bestimmt nicht auf sich nehmen. Andererseits hasste sie es mehr und mehr, dass an ihren Wochenenden neben dem Lernen für die Schule der Sport stets die höchste Priorität hatte. Während ihre Gleichaltrigen freitags, samstags, sonntags in coolen Discos oder bei geilen Partys abfeierten. Sie selbst hingegen war nur dann mal mit dabei, wenn kein Wettkampf anstand. Was selten genug der Fall war.

»Rennen, Lernen, Rennen, Lernen! Ist das wirklich alles?«, fragte sie sich zweifelnd. Klar war sie talentiert und hatte gute Chancen in den Kader eines renommierten Vereins zu gelangen. Aber war es das, was sie selbst wollte? Oder nur das, was ihre Eltern wollten, seitdem diese das Lauf-Talent ihrer Tochter vor gut acht Jahren bemerkt hatten? Die Jugendliche erinnerte sich spontan an die Hügel-Schinderei von heute Morgen. »Mensch, hatte ich daran echt Spaß?« Nach einem Moment des Abwägens schüttelte sie den Kopf.

Katja beneidete die anderen ihrer Klasse regelrecht. Denn sie unternahmen alles das, was man mit achtzehn halt so macht. Saufen, rauchen, bumsen! Und wenn es rum ist, wieder von vorne! Tja, Thema »Liebe«. Alle ihre Freundinnen waren zwischenzeitlich in festen Händen und auch sie wünschte sich einen Freund. Nun war es nicht so, dass sie noch nie einen gehabt hatte und Jungfrau war sie auch keine mehr. Doch aus einem Grund, den sie nicht kannte, hatte Lukas vor einem halben Jahr mit ihr Schluss gemacht. Einfach so! Beim Gedanken daran kullerte Katja eine Träne über die Wange. Fühlte sie sich damals doch sehr verletzt. Party machen bis in den frühen Morgen und das Leben einfach nehmen, wie es kommt, das war es, was sich Katja seitdem sehnsüchtig wünschte. Auch hier während des Trainingslagers.

»Oder mal mit einem heißen Typen rummachen. Einen geilen One-Night-Stand! Einfach so!«, kicherte sie leise und malte sich in Gedanken aus, wie es wäre, eine Nacht mit einem knackigen Typen zu verbringen. Plötzlich musste sie an Bernd Gans denken und wie dieser sie immer angaffte. Der alte Schwerenöter, der spitz wie Nachbars Lumpi nicht nur hinter ihr, sondern quasi jedem Rock hinterher hechelte. Offenbar wurde er von seiner Frau wohl nicht oder nur sehr selten rangelassen. Doch für Katja stand fest, der notgeile Schlappi war für sie keine One-Night-Stand-Option. Sie schüttelte sich angeekelt und verbannte den Mittdreißiger sofort wieder aus ihren amourösen Gedankenspielchen.

Gegen 14:30 Uhr fuhr ein silberner Audi 100 Avant am Bungalow mit der Nummer fünfzehn hupend vor. Im Fahrzeug saßen Katjas Eltern Margot und Jürgen. Wie angekündigt waren sie Nachtmittags auf Texel eingetroffen. Nach einer knappen, teils ziemlich unterkühlten Begrüßungsrunde, gerade, was Heiner Glaser und Jürgen Jäger anbetraf, verabschiedete sich Katja für den Moment von ihren Mitbewohnern: »Bis gleich. Ich bin auf jeden Fall pünktlich um sechzehn Uhr fürs Training wieder zurück.« Dann stieg die komplette Familie Jäger wieder in ihr Auto und fuhr davon.

Sabine Häusler schaute ihnen noch einen Augenblick hinterher und begab sich rasch wieder ins Haus. Denn so richtig gemütlich war es draußen im kühlen

Nieselregen wahrlich nicht. Wie den meisten anderen der Laufgruppe des TSV Mayen kamen auch ihr Katjas Eltern ziemlich eigenartig vor.

Besonders Vater Jürgen war als überehrgeiziger Sonderling und echter Unsympath verschrien. So ließ der Inhaber einer kleinen Versicherungsagentur gerne bei jeder sich bietenden Gelegenheit den Großkotz raushängen, der nicht auf die Mark zu schauen brauchte. »Kein Problem! Der Dschäädschääh macht das schon«, prahlte er dann vollmundig. Mit Vorliebe stellte er sich aufgrund desselben Anfangsbuchstabens seines Ruf- und Familiennamens »JJ« als Dschäädschääh vor. Und so wollte er natürlich auch von allen gerufen werden. Nur ein schlichtes »Jürrrgen« oder ein formelles »Herr Jäger« war Dschäädschääh einfach zu bieder. Zudem inszenierte sich der alte Schaumschläger in der regionalen Presse als edler Spender von Trikots und Trainingsanzügen für Jugend-Mannschaften diverser Mayener Sport-Vereine.

Im öffentlichen Umgang mit seinem einzigen Kind mimte er für gewöhnlich den versessenen Pedanten mit hochstrebenden Zielen. Einer, der bei so manchen Trainings und ausnahmslos allen Wettkämpfen seiner Tochter anwesend war und sie lautstark mit mannigfaltigen Anweisungen bedachte. Einige davon durchaus sinnvoll und mit echtem Sachverstand. Etliche jedoch völlig hirnlos und absolut daneben. Fakt war: Solange Katja Topleistungen brachte und idealerweise ihre Rennen gewann, war Jäger vor Enthusiasmus und Freude komplett aus dem Häuschen und mächtig stolz auf seine Kleine. Partout nicht verknusen konnte er hingegen, wenn sie mal einen schlechten Tag hatte oder vermeintlich schwächere Kontrahentinnen schneller waren oder ihm das Maß ihrer Leistungsbereitschaft nicht passte. Wenn dies der Fall war, kannte er oftmals keine Verwandte. Dann striezte der verbohrte Fanatiker das arme Ding so richtig nach Strich und Faden. Verbal und mit verschärften Laufeinheiten. Katjas Trainingsplan von Heiner Glaser scherte ihn in den Situationen einen feuchten Kehricht.

Dem schonungslosen Despoten war es ziemlich schnurz, was andere von ihm dachten. Einmal, bei einem Läufermeeting in Troisdorf im Sommer letzten Jahres, hatte es Sabine selbst live und in Farbe miterlebt, wie unmöglich Jürgen Jäger mit seiner Tochter nach einem verkorksten 800-Meter-Rennen umgesprungen war. Denn kaum dass sich Katja mit letzter Kraft ins Ziel geschleppt hatte, kam ihr erzürnter Vater wie ein Berserker von der Tribüne in den Innenraum gestürzt. Lautstark fuhr er seine weinende Tochter an, obwohl sie völlig ausgepowert mit gesenktem Kopf auf der Tartanbahn hockte. Dass sie ihn enttäuscht habe und sie sich gefälligst mehr anstrengen solle! Denn so würde das nie was werden mit ihrer Laufkarriere! Und dass sie sich bitte schön doch vor Augen halten solle, was er schon alles für sie getan habe und noch werde, damit sie groß rauskommt! Fremdschämen war das Gefühl, welches sich sogleich in Sabines Bewusstsein eingestellt hatte, als sie das sah.

»Was für ein dämlicher Idiot!«, dachte sie sich. Katja selbst hatte offenbar keine Kraft oder keinen Mut sich zu wehren. Ohne ein Widerwort zu geben, ließ sie das völlig überzogene Gepolter ihres Vaters über sich ergehen.

Wer vielleicht noch ein kleines Fünkchen Hoffnung gehabt hatte, dass Jäger nach seiner deftigen Ansprache zumindest ein paar wenige Worte von Trost oder Aufmunterung für seine Tochter übrighatte, wie zum Beispiel, dass es bestimmt beim nächsten Wettkampf wieder besser klappen würde und sie sich die Sache nicht so zu Herzen nehmen solle, wurde rasch eines Besseren belehrt. Denn nicht eine Silbe, welche auch einen winzigen Hauch von Herz versprühte, gelangte über seine Lippen.

Allerdings hatte Jäger, dieser empathielose Rüpel, an dem besagten Tag die Rechnung ohne den Wirt, das hieß in seinem speziellen Fall ohne den Vereinstrainer der TSV-Leichtathleten gemacht. Denn Heiner Glaser, der wie noch ein paar andere Eifler Aktive ebenfalls hier im Troisdorfer »Aggerstadion« war, bekam mit, wie ungehobelt der blöde Prolet seine wimmernde Tochter angemault hatte. Der sonst so besonnene Trainer war sogleich auf Jürgen Jäger losgestürmt und hatte den Grobian, ohne laut zu werden, doch sehr eindringlich zur Rede gestellt. Was er sich überhaupt erlauben würde? Und was er glaube, wer er sei? Er, der beim Laufen selbst nie etwas auf die Reihe bekommen hätte. Dass er seine Fresse halten und bitteschön die Kirche im Dorf lassen solle. Und wenn er sich nicht benehmen könne, er doch gefälligst mit seinem Arsch zuhause bleiben soll. Er habe die verdammte Pflicht und Schuldigkeit seine Tochter tröstend in den Arm zunehmen und nicht hirnlos auf sie einzudreschen!

Und Jäger, um eine schnöselige Antwort nicht verlegen, giftete darauf hin zurück: »Heiner, was willst du überhaupt? Früher oder später läuft meine Katja sowieso für Bayer Leverkusen. TSV Mayen! Lächerlich! Das ist für uns nur eine Durchgangsstation auf dem Weg zu Größerem. Was ist schon der Titel einer Bezirksmeisterin in der weiblichen Jugend B gegen eine Deutsche Meisterschaft? Wart' ab. Nur mit meinen knallharten Methoden erreichen wir das gesteckte Ziel. Und ganz sicher nicht mit deinen antiquierten Trainingsplänen von vorgestern! Während du dich weiter mit deinen … Amateur-Luschen beim TSV vergnügen darfst, laufen wir längst professionell und dort, wo es richtig zählt.«

Eine Woche nach diesem Eklat schien es tatsächlich so, als hätten sich die Wogen zumindest halbwegs wieder geglättet. Denn Jäger und Glaser führten am Rande eines Sportfestes auf dem Koblenzer Oberwerth miteinander ein vernünftiges und in weiten Teilen klärendes Gespräch. Freunde wurden sie dadurch zwar keine, doch man beschloss, die Meinung des anderen zu respektieren.

Auch gestand ein vermeintlich geläuteter Dschäädschääh ein, dass er sich letztens in Troisdorf bei Katja im Ton arg vergriffen habe. Der Gaul sei halt mit ihm durchgegangen, weil ausgerechnet letzte Woche wichtige Leute aus Leverkusen im Stadion gewesen seien. Und es wäre halt eine gute Gelegenheit für sie gewesen, dass sich Katja entsprechend fit präsentiere. Doch nichtsdestotrotz tue ihm sein Verhalten wahnsinnig leid und er hätte sich schon auf der Rückfahrt bei seiner Kleinen aufrichtig dafür entschuldigt. Auch habe er Katja sein Versprechen gegeben, dass er sich in Zukunft zusammenreißen würde.

Glaser versuchte wirklich, Jägers Worten zu vertrauen, doch richtig gelingen wollte es ihm nicht. Dafür kannte er den Dschäädschääh einfach schon zu lange. Letztlich lautete das Fazit der Unterhaltung zwischen Vater und Trainer: Künftig würden sie sich bezüglich Katjas Förderung abstimmen. Ohne das einer von ihnen es laut ausgesprochen hatte, war beiden insgeheim bewusst, dass die getroffene Vereinbarung eher ein loses Arrangement, denn ein in steingemeißeltes Gesetz darstellte. Doch es war immerhin besser als nichts, denn letzten Endes ging es um Katja und deren sportliche Zukunft.

Im Übrigen waren die Eltern der Achtzehnjährigen keine Mitglieder der TSV-Leichtathletik-Abteilung. Sabine hatte irgendwann mal während des Trainings von Seppo Igel erzählt bekommen, dass Dschäähdschääh in den Siebzigern richtig viel gelaufen sei. Dass er zwar wie ein Bekloppter unzählige Kilometer gefressen habe, es trotzdem bei ihm aber nie zu Titeln oder Top-Zeiten reichte. »Trainingsweltmeister« wäre er genannt worden.

»Im Training hui, im Wettkampf pfui!«, hatte Seppo gefeixt. »Manche bekommen es Kopfmäßig einfach nicht hin, ihre gute Form auch im Rennen abzurufen. Und der Dschäädschääh war so ein Kandidat. Na, jedenfalls hat er den Wettkampfsport irgendwann drangegeben und joggt seitdem nur noch für sich oder halt mit seiner Tochter durch den Wald.«

Gerade in der Folgezeit nach der Unterhaltung mit ihrem älteren Vereinskollegen, kam es Sabine häufig so vor, als wenn Katja nun alles das beim Laufen erreichen müsse, was ihrem Vater früher verwehrt geblieben ist.

»Welch ein Irrsinn! Und was für ein enormer Druck muss auf dem Mädel lasten«, schätzte sie und hatte echtes Mitleid mit der Jugendlichen. Sabine war sich ziemlich sicher, dass es eigentlich nur eine Frage der Zeit sein würde, bis Katja speziell gegen ihren Vater aufbegehrte und sie die Laufschuhe für immer in die Ecke pfefferte. Weil ihr aufgrund seiner überzogenen Anforderungen schlicht und ergreifend der Spaß am Laufen genommen wurde.

Von Katjas Mutter Margot hingegen wusste Sabine nicht viel. Gelegentlich war die leicht burschikos anmutende Frau mit dem grauen Kurzhaarschnitt bei Wettkämpfen ihrer Tochter auch mit dabei, hielt sich aber stets dezent im Hintergrund auf. Sie machte, ganz im Gegensatz zu ihrem Göttergatten, einen recht introvertierten Eindruck. Eine stille, natürliche Frau, die sich offenbar nur sehr sparsam schminkte und eher in Jeans und Pullover, denn überkandidelten Schickimicki-Klamotten aufkreuzte. Mit dem Laufen an sich hatte die Mittvierzigerin überhaupt nichts am Hut. Sie ging stattdessen lieber schwimmen. Lag ja auch nahe, da Margot Jäger eine Teilzeitstelle als Bademeisterin im Mayener Hallen- und Freibad bekleidete. Und nebenbei kümmerte sie sich noch um den Schreibkram in der Agentur ihres Mannes. Auf Sabine wirkte Katjas Mutter sympathisch. Das lag wohl an ihren freundlichen Augen, am warmen Lächeln und nicht zuletzt daran, dass sie, zumindest in der Öffentlichkeit, bei weitem nicht so fanatisch war wie ihr Mann. Bloß dass Margot ihr Kind in Schutz genommen hatte, wenn Jürgen mal wieder ausgerastet war, davon hatte sie noch nie gehört, geschweige denn es selbst erlebt. In der Tat war Katjas Mutter für Sabine wie eine Sphinx. Schwer zu durchschauen und eine Frau, die sich wohl nicht gerne hinter die Fassade blicken ließ.

Kapitel 12

Sechszehn Uhr, vor Bungalow Nummer Fünfzehn. Zum lockeren Jogging-Ründchen hatten sich alle TSV-Aktive, das hieß Marathonis, Mittelstrecken-Spezies und der Trainer, wieder eingefunden. Gemeinsam trabte die Gruppe gemächlichen Schrittes los, hin zum nahen Nordsee-Strand. Für manche waren die ersten Meter nach der harten Trainingseinheit vom Morgen zwar noch etwas mühsam, doch aufgrund des nun angeschlagenen ruhigen Tempos, wurden auch deren Beinmuskulaturen schon bald wieder recht geschmeidig.

Zum xten Male und voller Enthusiasmus erzählten sich Horst Schummrig und Rolf Friedrich von ihren Heldentaten in Rennen, die ihnen besonders wichtig waren. Gregor Linden kalauerte mit Rainer Holzmann zur Belustigung von Rita Schummrig und Doris Schlosser um die Wette. Mario Wild hatte, wie so oft, wenn es gemächlich daher ging, seinen flammneuen Walkman dabei. Mit den Kopfhörern auf den Ohren war er in seine eigene Welt abgetaucht und lauschte entspannt der Musik, die gerade »In« war. Er hatte keine bestimmten Bands, Sängerinnen oder Sänger, die er favorisierte. Nein. Der angehende Zivi mochte fast alles was aktuell über den Äther dudelte und das querbeet: »Like a virgin« von »Madonna«, »Cherry, Cherry Lady« von »Modern Talking«, »Midnight Lady« von »Chris Norman«, »Maria Magdalena« von »Sandra«, »Sleeping Bag« von »ZZ Top«. Dazu noch Songs von »CC Catch«, »Tina Turner«, »Falco«, »Billy Idol«, um nur einige aus diesem unerschöpflichen Reservoir zu nennen. Selbstredend hatte er mehrere Musik-Kassetten und, sehr wichtig, auch reichlich Ersatz-Batterien für den Walkman für die Zeit auf Texel mitgenommen. Mit dem Kopfhörer auf den Lauschern war Mario in der Tat so sehr von den Umgebungsgeräuschen oder den Gesprächen der anderen abgeschirmt, dass er quasi überhaupt nichts davon mitbekam.

Schlappi malte sich in Gedanken aus, wie es wohl wäre, wenn er, der pfeilschnelle Läufer aus Mayen, dem niemand das Wasser reichen können, der die dicken Preisgelder einsacken würde und dem die anderen bewundernd applaudieren würden, vom obersten Platz des Siegertreppchens huldvoll zu ihnen hinabblicken und zuwinken würde.

Selbst Katja, die vor wenigen Stunden noch ziemlich miesepetrig gewesen war, schien nach dem Treffen mit ihren Eltern nun besser gelaunt zu sein. Und als wenn all das nicht des Glückes schon genug gewesen wäre, meinte es auch das Wetter mit der Mayener Truppe und allen, die sich sonst noch auf Texel tummelten, gut. Denn frischer Wind vom Meer hatte die doofen Regenwolken vertrieben und am Himmel der wärmenden Nachmittagssonne genügend Platz verschafft. Also alles Friede, Freude, Eierkuchen? Oder trog der schöne Schein?

»Na, haben deine Eltern an die Spezial-Vitamin-Bonbons gedacht?«

Katja antwortete Sabine nicht direkt und grübelte angestrengt, was sie ihrer Laufkollegin nur auf deren Frage sagen soll. Nach einer gewissen Pause entgegnete sie schließlich: »Ja, schon. Ich Dussel habe nur schon wieder vergessen, sie mitzunehmen. Na, dann bekomme ich die Tabletten halt morgen. Ist ja auch kein Beinbruch.« Aus reiner Verlegenheit zog sie leicht die Nase hoch, wandte sich prompt ab und begann sogleich ein belangloses Gespräch mit Rita Schummrig. Sabine ärgerte sich etwas über Katjas kleine Unhöflichkeit, ließ sich jedoch nichts anmerken.

Bald darauf legten die Mayener Läuferinnen und Läufer im weichen Sand des dünennahen Strandabschnittes den Zwischenstopp für die von Heiner »angedrohte« Gymnastik- und Koordinationseinheit ein.

»So, Sportsfreunde und -freundinnen, Stretching, Stabi und Lauf-ABC ist angesagt. Das heißt, zuerst wird gründlich gedehnt, damit sich eure Sehnen nicht verkürzen. Und bevor es nachher wieder locker zurück zum Bungalowpark geht, machen wir dann noch, nicht hier im tiefen Sand, sondern wo der Strand etwas fester ist, ein bisschen was für einen besseren Laufstil. Skippings, Anfersen, na, ihr wisst schon. Ist ja nix Neues für euch. Das wird ein Heidenspaß!« Beim Vortragen der Anweisungen hatte Heiner ein schelmisches Grinsen im Gesicht. Prompt erntete er von der Truppe einige monotone, wenig enthusiastisch klingende »JaJas«. Die Meisten seiner Schützlinge mochten Gymnastik und Co. nicht. Läufer wollen halt am liebsten … laufen … Das Drumherum betrachten viele eher als lästiges Anhängsel. Heiner wusste das natürlich, schließlich kannte er seine Pappenheimer lange genug. Denn besonders die älteren, männlichen Aktiven konnten sich für gymnastische Einlagen und diese komischen Stabi-Übungen nur wenig erwärmen, obwohl sie paradoxer Weise sehr gut um deren Notwendigkeit wussten.

Doch niemand drückte sich mit irgendwelchen fadenscheinigen Ausreden um die ungeliebte Übungseinheit herum. Denn getreu nach dem Motto »gejammert wird nicht« machten ausnahmslos alle im Rahmen ihrer Möglichkeiten mit. Für den Trainer war das Schöne an der Truppe, dass sie bis auf seltene Ausnahmen recht pflegeleicht war. Völlig egal, ob ihnen die von ihm kredenzte Suppe schmeckte oder nicht.

»Die Beine durchgestreckt lassen, Schlappi! Mensch, du wirst von Jahr zu Jahr immer steifer. Nimm' dir mal ein Beispiel an Bine,« monierte Heiner Bernds ungelenke Verrenkungen, als er sah, dass dieser beim Abrollen doch tatsächlich noch nicht mal mit den Fingerspitzen den Sand berühren konnte, ohne dass er die Knie krummachte.

Bernd seinerseits nahm die Kritik des Trainers sehr gelassen auf. Er war schon von je her beweglich wie die sprichwörtliche Eisenbahnschwelle und glaubte ehrlich gesagt nicht, dass sich daran, auch durch noch so intensive Dehnungsübungen in seinem Alter etwas grundlegend ändern ließ. Sogleich spielte er bei der nächsten Beugung den Pausenclown. Er stöhnte übertrieben kläglich, als würde er höllische Schmerzen erleiden müssen und sorgte dadurch für allgemeine Heiterkeit in der Gruppe. Bernd bemerkte, dass Bine ihn freundlich anlächelte und zwinkerte ihr zu. Später beim Rückweg sollten sich die beiden erstaunlich freundlich miteinander unterhalten.

Die folgenden Stunden, bis sich irgendwann alle in ihre unbequemen Kojen hauten, verliefen ohne nennenswerte Vorkommnisse. Manche telefonierten wieder mit daheim. Das Abendessen wurde in den jeweiligen Hütten eingenommen. Man spielte wieder Karten, schaute fern, quatschte miteinander, las irgendwas … Hauptsache, alles ganz entspannt. Katja hatte am Nachmittag mitbekommen, wie angeregt sich Sabine mit dem komischen Bernd unterhielt. Schon den ganzen Abend brannte es ihr förmlich unter den Nägeln, endlich zu erfahren, worum es in deren Gespräch ging. Denn dass ihre Zimmerkollegin den Typen am Ende noch toll fand, diese Vorstellung wollte ihr nicht so recht in den Sinn.

»Na, Bine, hast du dich gut mit Schlappi unterhalten?«, fragte sie neugierig, als sich die beiden gerade in ihre Betten verkrochen und das Licht im Zimmer ausgeknipst hatten. Sabine wunderte es zum einen, dass die Achtzehnjährige sie mit ihrem Spitznamen ansprach, was sie sonst nie machte. Und zum anderen hatten Katjas Worte einen gewissen Tonfall, der sie an eine Mischung aus Veräppelei und Unverständnis erinnerte.

Aber da sie erstens keinen Bock und zweitens zu müde war, um ein mühseliges Zwiegespräch zuführen, entgegnete sie bloß: »Na, so verkehrt ist Schlappi gar nicht. Okay, er macht gerne Fleischbeschau. Doch welcher normale Mann macht das nicht? Und Hand aufs Herz. Uns Frauen gefällt es doch, wenn die Kerle schauen oder nachpfeifen. Oder etwa nicht?«

»Naja«, antwortete Katja knapp. Zwar liebte auch sie es, bewundert zu werden, aber nicht von solchen Typen wie Schlappi.

»Und bevor irgendwelche Gerüchte aufkommen«, fuhr Sabine fort, »ich will nichts von Bernd, denn ich habe vor zwei Wochen einen coolen Typen kennengelernt. Außerdem ist Bernd glücklich verheiratet, wie er erzählt hatte. Nur, dass seine Frau dem Laufen nichts abgewinnen kann und stattdessen lieber Tennis spielt.«

»Ich dachte schon«, kicherte Katja frech. Danach wünschten sich die beiden eine gute Nacht. Während Sabine nur wenig später eingeschlafen war, gingen Katja noch eine Weile tausend Sachen durch den Kopf.

Kapitel 13

Samstag und Sonntag verliefen wie geplant. Bei typisch wechselhaftem Holland-Wetter spulten die Mayener Athletinnen und Athleten ihr vorgesehenes Pensum ab. Das hieß Dauerläufe, je nach Saisonzielen von fünf bis fünfzehn Kilometern Länge und in unterschiedlicher Intensität. Im Fachjargon, Training im aeroben beziehungsweise anaeroben Bereich oder Grundausdauer eins beziehungsweise zwei, auch kurz GA 1 und GA 2 genannt. Allgemeinverständlich ausgedrückt und ohne weiteres Fachchinesisch zu bemühen, handelte es sich bei GA 1 um Läufchen in ruhiger Gangart, bei denen man sich problemlos miteinander unterhalten oder ein gar liebliches Liedchen trällern konnte. Bei GA 2 hingegen rannte man so schnell, dass einem schlichtweg die Lust und die Luft für eine ausschweifende Konversation oder einen überbordenden Gesang fehlte. Maximal konnte man bei diesen intensiven Einheiten Seufzer, Flüche oder Stoßgebete vernehmen. Mehr nicht. Gut, es mag vereinzelte Athleten geben, die selbst bei höchstem Tempo noch ein Pferd totquatschen konnten. Doch diese Spezies war dünn gesät …

Heiner Glaser hatte in seinem ausgeklügelten Trainings-Konzept alles minutiös notiert. Selbstverständlich auch wann, wie lang und wie flott jedes seiner Schäflein die Einheiten absolvieren sollte. Schließlich war es für ihn enorm wichtig, dass alle, egal ob stärker oder schwächer, die Trainingswoche mehr oder weniger gesittet überstanden. Er achtete daher, so gut es ging, darauf, dass sich die Mayener Cracks nicht bereits nach drei Tagen auf Texel solch ein Hörnchen gelaufen hatten, das sich deren verbleibende Inselzeit auf Naseboren, Hallenhalma oder Taschenbillard beschränkte. Im Klartext bedeutete das: Niemand soll sich nachhaltig kaputt rennen oder gar verletzten. Speziell Rolf, Gregor, Rainer und Horst nahm Heiner diesbezüglich ins Gebet, regelmäßig und mit überschaubarem Erfolg. Denn die vier Widerborste neigten gerne dazu, in jedem ihrer Trainingsläufe ordentlich zu brettern.

Rolfs augenzwinkernde Antwort traf den Nagel quasi auf den Kopf, wenn er mal wieder vom Trainer auf Besonnenheit bekniet worden war: »Heiner, du weißt doch. Ich mach' mir da überhaupt keinen Stress. GA 1, GA 2 ist bei mir gleich schnell. Denn ich lauf' einfach immer auf Anschlag. Schuhe an und ab geht die Post!« Der Enddreißiger erntete von Glaser stets mürrisches Kopfschütteln und den verzweifelten Appell, doch bitteschön ein bisschen an die Gesundheit zu denken und sich Erholungsphasen gönnen.

Apropos Erholungsphasen.

Fast alle Jüngeren der Mayener Gruppe inklusive Bernd Gans erholten sich am Samstagabend für ein paar Stündchen in De Koog in einer urigen Rock-Kneipe, namens »De Zon«. *Lekker Pilsje drinke, een beetje Tafelvoetbalen en Biljart spele, mooje Meisjes kijke.* »Die Sonne« verfügte wahrlich über ein reichhaltiges Angebot für den entspannten Zeitvertreib und zur Vorbeugung eines möglichen Lagerkollers.

»Hatte Katja keinen Bock mitzukommen?«, wurde Sabine von Peter Hirsch gefragt.

»Ich glaube, Bock hatte sie schon, doch ihre Eltern standen, kaum, dass wir heute Nachmittag wieder vom Laufen zurück waren und geduscht hatten, auf der Matte und haben sie mitgenommen. Wohl zum Abendessen in irgend so ein piekfeines Fisch-Restaurant, soweit ich weiß«, antwortete die Angesprochene.

»Ja, die Jägers, das Beste ist für sie gerade gut genug. Der Dschäädschääh macht das schon«, entgegnete Hirsch leicht zynisch, trank sein Glas aus und bestellte sich bei Dafne, der hübschen, blonden Bedienung, rasch ein weiteres Bierchen.

»Sei's ihnen gegönnt«, sagte Sabine daraufhin und schob grübelnd nach, »irgendwie hatte ich bei Katja den

Eindruck, dass sie vorhin nur widerwillig mitgefahren ist. Aber vielleicht habe ich mich auch getäuscht.«

»Ich könnte es verstehen, wenn sie von ihren merkwürdigen Alten angenervt ist und drei Hallelujas gen Himmel schickt, wenn Dschäädschääh nebst Gattin wieder die Flatter gemacht hat«, orakelte Peter grinsend.

»Ich auch«, bestätigte Sabine lächelnd, »ich auch.« Dann riefen beide zur allgemeinen Verwunderung dreimal laut »Halleluja«, prosteten sich zu und lachten herzhaft.

Zur Erholung am Sonntagabend stand für ausnahmslos alle ein etwas fragwürdiges »Muss« auf dem Programm. Dieses ominöse »Muss« hatte nicht direkt was mit dem Laufen zu tun, doch es gehörte seit ein paar Jahren einfach dazu. Denn einmal in jedem Trainingslager galt es, das Abendessen in einer der wahrhaft schmuddeligsten Imbiss-Stuben Texels einzunehmen. Jene, die schon auf der Insel gewesen waren und in der besagten Kaschemme diniert hatten, nannten den Wirt nur »de Schmeeres«, also den Schmierigen. Dieser Schmeeres hatte sich seinen erlauchten Titel durch das Tragen einer echt verranzten Schürze und der Vermutung, dass er seine schüttere schwarze Matte anstelle mit Haargel mit Pfundweise Frittenfett zurückklatscht, redlich verdient. Doch trotz dieser wenig verheißungsvollen Aussicht auf ein appetitliches Abendmahl waren alle sehr gespannt darauf, was sie heuer erwartete. Zudem hatte sich der nette Zufall eingestellt, dass Katjas Vater, den gesamten Mayener Tross zu besagtem Abendessen einlud.

Gegen neunzehn Uhr trudelten sie im spärlich besetzten Schnell-Imbiss ein. Angepriesen auf vergilbten Plakaten, wurden solch typisch holländische Spezialitäten, wie »Kibbeling«, »Frietjes« und *natuurlijk* »Frikandel Spezial«. Sabine als unerfahrene Holland-Erstbesucherin wusste zumindest, dass es sich bei *Kibbeling* um in Backteig frittierte Fischstücke und bei *Frietjes* um Pommes handelt. Doch auf dieses obskure wurstähnliche Gebilde namens *Frikandel Spezial* konnte sie sich absolut keinen Reim machen. Sie fragte daher Gregor Linden, woraus das komische Teil bestand. Doch richtig schlauer war sie nach dessen Antwort auch nicht. Entgegnete Gregor nur in seiner für ihn eigenen, schelmischen Art: »Frag' nicht. Das weiß eh keiner. Doch mit reichlich Mayo, Ketchup, Zwiebeln und hinterher 'nem Jenever geht's schon!«

»Na geil, worauf habe ich mich denn da eingelassen?«, schoss es ihr unweigerlich in den Sinn. »Aber okay, wenn man es nicht ausprobiert hat, kann man nicht mitreden.«

Während sich alle anderen an die mehr oder weniger sauberen Tische hockten, redete Dschäädschääh mit dem Imbisswirt. Bernd Gans schaute unweigerlich hinüber zu ihnen, standen die beiden doch genau in seiner Blickrichtung. Es hatte für ihn den Anschein, als würden sich die Zwei kennen.

»Worüber sich Jäger mit Schmeeres wohl unterhält? Na, bestimmt sagt er dem Holländer nur, dass er den ganzen Kladderadatsch bezahlt. Aber weshalb tuscheln sie dann so geheimnisvoll miteinander? Es sieht ja fast so aus, als würden sie irgendwas … Verbotenes aushecken. De Dschäädschääh und de Schmeeres.« Mit Interesse beäugte Schlappi die Beiden messerscharf, konnte sich auf die Schnelle jedoch keinen Reim auf deren etwas seltsam anmutendes Verhalten machen. Wenige Augenblicke später kamen die zwei vermeintlichen Geheimniskrämer an die Tische der Eifler.

»Darf ich euch vorstellen: Mein alter Kumpel Huub van de Grashoek. Ihm und seinem Bruder Jaap gehört der Imbiss«, machte Katjas Vater, den in der Tat auch heute wieder echt schmierigen Schmeeres, der Gruppe vollmundig bekannt.

»Wusste ich es doch, dass die sich kennen!«, dachte Gans mit Genugtuung. Er freute sich diebisch über seine gute Beobachtungsgabe.

»Hallo *zusamme en goedenavond*«, hieß der Texeler die deutschen Gäste in ihrem Etablissement ziemlich locker willkommen, während sein Bruder deren Bestellungen aufnahm.

Auch Jaap, in Gestalt einer dürren Vogelscheuche, stand Huub in Punkto ungepflegtem Erscheinungsbilds übrigens um nichts nach. Im Gegenteil, er übertrumpfte ihn sogar noch: Fehlender Schneidezahn, abgekaute Fingernägel, mehrere silbrige Totenkopfringe an den knochigen Griffeln, blasses, faltiges Gesicht, als hätte er eine Woche durchgesoffen und gekifft, gelbes, mindestens eine Nummer zu großes T-Shirt, auf dem linken Unterarm das Wort »Mum« in einem Herz, auf dem Rechten, von roten Rosen umrahmt »Jolanda – Love« tätowiert, schuppiger Pferdeschwanz, verdreckte Blue-Jeans mit weitem Schlag. Die Gebrüder van de Grashoek mochten laut den Angaben in ihren Pässen vielleicht erst Mitte dreißig sein, doch besonders Jaap sah aus, als stünde er kurz vor der Rente. Aber trotz seines fragwürdigen Aussehens war der Jüngere der beiden Grashoeks doch stets sehr freundlich zur Kundschaft und palaverte mit ihnen gerne in nahezu perfektem Deutsch herum. Und das zählte ja schließlich auch etwas im Gastrogewerbe. Aussehen hin oder her.

»Ich muss mit Huub noch kurz besprechen, ob heute Hund, Katze oder Maus in der Frikandel ist, bin aber gleich wieder zurück«, verabschiedete sich Dschäädschääh augenzwinkernd und verschmitzt grinsend von den Mayenern. Er wand sich um und folgte dem Wirt. Flugs verschwanden sie durch die, zwischen dem Zigarettenautomaten und der Theke befindliche Tür, in Richtung der sanitären Anlagen.

»Komisch! Was Jäger, der alte Schwadlappen, wohl mit dem schmuddeligen Holländer ausgerechnet im Lokus zu besprechen hat? Sicher nicht woraus 'ne Frikandel besteht …«, grübelte Bernd Gans angestrengt.

Er platzte vor Neugier und musste unbedingt herausfinden, was die beiden trieben. Um sein geheimes Vorhaben fix in die Tat umzusetzen, brauchte sich der gerissene Gans den anderen gegenüber auch keiner Notlüge zu bedienen. Denn wie gerufen verspürte er plötzlich einen gewissen Druck auf der Blase. So ließ er rasch den neben ihm sitzenden Peter Hirsch wissen, dass, bevor das Essen kommt, er noch dringend 'ne Stange Wasser in die Ecke stellen müsse und machte sich umgehend auf zu den Toiletten.

Hinter der Tür aus dem Lokal befand sich ein schmaler, grell beleuchteter Flur mit leichtem Urinalsteinflair in der ansonsten von Frittenfett und Zigarettenrauch geschwängerten Atmosphäre. Linkerhand lagen die anrüchigen Toiletten für »Dames« und »Heren«. Auf der gegenüberliegen Flurseite das Imbiss-Büro. Auf jeden Fall war der Raum so deklariert, prangte doch auf der Wand rechts neben dem Eingang gut sichtbar ein Schild mit der niederländischen Bezeichnung »Kantoor«. Die Tür war nur angelehnt.

Bernd hielt inne. Jäger und van der Grashoek waren nicht wie von ihm zuerst angenommen im Lokus abgetaucht, sondern unterhielten sich im Büro. Die gedämpften Stimmen der beiden Männer waren auch im Flur zu vernehmen. Nur worum es in deren Gespräch ging, das konnte Gans nicht verstehen. Daher zog er die Tür sehr sachte einen Spalt breit auf, sodass er unbemerkt in das winzige Zimmer hineinlinsen konnte. Die Tür war so im Raum gelegen, dass er einen erstaunlich guten Blick auf das Geschehen hatte. Nervös versuchte der Kiebitz auch seine Umgebung nicht außer Acht zulassen. Denn was würde wohl jemand sagen, der ihn dabei ertappte, wenn er hier herumschnüffelte? Aber sein Hauptaugenmerkt lag natürlich auf den höchst interessanten Geschehnissen im beengten, mit allerlei Krimskrams vollgepfropften Kantoor. Stickum spinkste Bernd also durch den Spalt und stellte die Lauscher auf Empfang.

»Ja, da sieh einer an. So geht das also«, staunte er nicht schlecht, aufgrund dessen, was sich gerade drinnen abspielte.

Denn offenbar betrieb der Holländer neben seinem heruntergekommenen Imbiss noch eine Art von Arznei-Handel. Denn wie wäre sonst Folgendes zu erklären: Zuerst bekam Schmeeres von Dschäädschääh mit den Worten »Okay, wie vereinbart, 1500 Gulden« ein fettes Bündel Banknoten in die Hand gedrückt. Daraufhin schob der Empfänger der Piepen das hinter ihm an der Wand hängende, weiß-rote »Ajax Amsterdam«-Trikot etwas beiseite. Gans erkannte nun einen kleinen eingemauerten Wandtresor. Der Wirt öffnete das Panzerschränkchen geschwind per Zahlenkombination. Er legte die erhaltene Knete hinein, nahm zwei faustgroße, weiße Plastikdöschen heraus, verschloss den Tresor und hängte das Vereinsshirt wieder feinsäuberlich als Sichtschutz darüber. Huub fuchtelte mit den Döschen in der Luft herum, als würde er mit Rasseln beim Karneval in Rio für Stimmung sorgen. Für den heimlichen Beobachter ließ das erzeugte Rassel-Geräusch nur eine Vermutung zu: Tabletten. Verdammt teure Tabletten. Nach dieser lustig gemeinten Einlage reichte van de Grashoek seinem deutschen Kumpel die beiden kleinen Behältnisse. Dieser hatte jedoch im Gegensatz zu ihm keinen Bock aufs Rasseln. Stattdessen drehte Jäger den Deckel eines Döschens geschwind ab und kippte sich einen Teil des Inhaltes behutsam in die Hand. Es waren Tabletten, genau wie Bernd Gans angenommen hatte.

»Und die sind totsicher noch besser als die letzten?«, fragte Jäger und musterte die schneeweißen Pillen kritisch.

»Ja, total. Damit kann dein *Meisje* dann *so snell renne, dat glaubst du niet*«, antwortete der Lieferant voller Überzeugung und legte nach: »*Ik hab van andere gehört*, die haben ihre *Snellheit* um dreißig Prozent damit gesteigert. Dreißig Prozent! *Is dat niet en echt lekker* Wahnsinn?!«

»Okay Huub, ich vertraue dir. Nachweisen kann man das Zeug doch auch nicht, oder?«

»Nee, Dschäädschääh, is *niet* möglich! Sind wie Vitamine, bloß mit mehr Bums!«

»Und du hast die … Vitamine auch wieder von deinem Cousin aus Zeeland, wenn ich fragen darf?«

»Ja, *natuurlijk*! Deswege musste wir de Deal ja auch jetzt vor Ostern mache. Denn an Pfingste is in Renesse imme viel Party. Und viel Party heißt viel Polizei. Zu viel Polizei. Da wird alles kontrolliert. Nee, nee. An Pfingste is dat Risiko zu groß gewese!«

»Verstehe! Habt ihr euch diesmal auch wieder in diesem komischen Zug getroffen?«

»*Natuurlijk*. Mein Cousin hält das für absolut siche. Er spielt gern de James Bond … in geheime Mission … bekloppt, *niet* wahr.«

Jäger nickte schmunzelnd. Zufrieden ließ er die Pillen wieder ins Döschen zurück kullern, schraubte den Deckel drauf und steckte es wie das andere zuvor in seine Jackentasche. Dann gaben sich Dschäädschääh und Schmeeres die Hände, tranken einen oude Jenever und lachten dabei herzhaft. Was die Zwei nicht ahnten, war, dass sie jemand bei ihrem Geschäft wie ein Luchs beobachtet hatte. Dieser gewisse Jemand, bis vor einer Sekunde am Türspalt noch alles mitverfolgend, stand nun mit einem breiten Grinsen in der Herrentoilette an der Pinkelrinne.

»Soso, Katja Jäger dopt also. Und ihr Vater besorgt das Zeug. Und Dschäähdschääh will bestimmt nicht, dass das Doping publik wird«, brachte Bernd Gans die Sache gedanklich auf den Punkt. Im sicheren Gefühl seines baldigen Triumphs murmelte er leichtsinnig geworden vor sich hin: »Tja, Freunde der Nacht und der leichten Muse. Jetzt weiß ich, was zu tun ist, jetzt weiß ich es! Von dem Kuchen bekomme ich ein großes Stück ab, ein sehr großes! Dann wird sich auch meine *Snellheit* um mindestens dreißig Prozent steigern. Und vielleicht noch etwas mehr!«

»Du willst schneller werden? Um dreißig Prozent? Mit welchem Kuchen willst du das denn anstellen?«, fragte Peter Hirsch neugierig. Der Neunzehnjährige war wie aus dem Nichts am Urinal aufgetaucht und ließ gerade der Natur ihren freien Lauf. »Hat es was mit Jäger und dem Holländer zu tun?«, hakte er hartnäckig nach, ehe sich Gans mit einer fadenscheinigen Erklärung aus der Sache herauswinden konnte.

Etwas perplex stammelte der Angesprochene nur: »Äh, was?« Er verstaute seinen Dödel und wusch sich die Hände.

Doch Hirsch blieb ihm blöderweise auf den Fersen: »Komm, sag' schon. Ich halte auch die Klappe.«

Bernd überlegte kurz: »Okay, Peter ist aufgrund seines Alters und der kürzeren Laufdistanzen, die er rennt, kein direkter Konkurrent für mich. Außerdem ist er kein übler Typ.« Schließlich sah Bernd seinen jungen Vereinskollegen mit ernster Miene an und entgegnete eindringlich: »Aber es bleibt unter uns, verstanden?«

»Ja, klar.«

»Und kein Wort zu irgendeinem!«

»Ja, sicher. Komm', mach es nicht so spannend!«

»Auch nicht zu Mario!«

»Ja, zu keinem. Nicht ein Sterbenswort wird über meine Lippen kommen. Ich schwör's!« Nach Peters wiederholter, inbrünstiger Beteuerung, nichts auszuposaunen, berichtete Gans also von dem schier Unglaublichen, was er vorhin rein zufällig aufgeschnappt hatte. Da der Neunzehnjährige zum einen ziemlich unbedarft war und zum anderen wie Gans selbst auch nicht die geringsten Skrupel hatte, mit unlauteren Mittelchen seinen Laufleistungen auf die Sprünge zu helfen, beschlossen die Zwei hier und jetzt im stinkigen Lokus von Huubs Imbiss, ihren Profit aus Dschäähdschäähs Machenschaften zu schlagen. Komme, was da wolle.

Als Bernd und Peter wieder zurück ins Lokal kamen, hockte Jäger bereits bei seiner Familie und den anderen

Mayenern. Er schwadronierte wie üblich großspurig in der Gegend herum. Huub jonglierte hinterm Tresen gekonnt mit Frietjes, Kibbelinge und Frikandeln, während Jaap den deutschen Freunden die bestellten Leckereien kredenzte.

»*Eet smakelijk*!«, schallte es schließlich unisono aus den Kehlen der Gebrüder van de Grashoek.

»Na, dann mal guten Appetit«, dachte sich Sabine skeptisch. Sie beäugte die sich vor ihr auf dem Tisch befindliche Mahlzeit, bestehend aus einer jener ominösen »Frikandeln Spezial«, Pommes und einer Büchse Bier etwas misstrauisch. Doch verweigert wurde nicht. Denn zum einen hatte sie einen tierischen Kohldampf und zum anderen animierte sie der Geruch der frittierten »Sachen« durchaus dazu, diese zu kosten. Und nach ein paar, zunächst noch vorsichtigen Happen musste sie Gregors Einschätzung unumwunden beipflichten: Mit Ketchup, Mayo und Zwiebeln war das gereichte Menü gar nicht so schlecht.

»Hey Dschäädschääh, weißt du, was holländisches Doping ist?«, rief Schlappi über zwei Tische hinweg Jäger zu.

Dessen Gesichtszüge standen sogleich unmittelbar vor der Entgleisung. Entgeistert starrte er Bernd Gans an. Ihm wurde es ziemlich warm in seiner Jacke. Die beiden Tablettendöschen wirkten urplötzlich, als wären sie schwer wie Blei und zögen ihn mit aller Macht hinein in den Doping-Sumpf. Sollte dieser unverschämte Schwätzer doch etwas vom seinem vorhin getätigten Deal mitbekommen haben? Was sicher, wenn es tatsächlich so wäre, für ihn einem Super- Gau gleichkommen würde. Denn Mitwisser brauchte er wie ein Loch im Kopf. Und erst das Gerede in Mayen, wenn herauskäme, dass er seine Tochter mit Dopingmittel versorgt. Mit den Fingern würden alle auf sie zeigen und über sie herziehen. Aus wäre sein Traum, mit Katja als Top-Läuferin bei Bayer Leverkusen. Alles aus! Für immer! An den Pranger würden sie ihn stellen. Sich ihre Mäuler zerreißen mit Sprüchen wie »Jürgen Jäger bescheißt beim Sport, dann bescheißt er sicher auch bei seinen Versicherungen!« und »Der will uns nur was andrehen, damit er die fetten Provisionen kassiert. Er soll seinen Dreck behalten, es gibt schließlich noch genügend andere«. Allein die bloße Vorstellung dieser Horrorszenarien trieb Schweißperlen auf Jägers Stirn. Er sah schon sein gutes Leben und das seiner Familie unweigerlich den verdammten Bach runtergehen.

Als Bernd merkte, welche Wirkung schon ein einfaches Sticheln und der Nennung des Wortes »Doping« bei Katjas Vater erzeugte, lachte er nur zufrieden und antwortete lässig: »Jeden Tag 'ne Frikandel und Kibbelinge essen, dann wird man richtig schnell! Wenigstens dreißig Prozent schneller als ohne. Was hast du denn gedacht?!«

»Quatschkopf«, winkte Dschäädschääh zunächst erleichtert ab und atmete tief durch. Ihm fiel ein wahrer Berg vom Herzen. Doch fragte er sich bald darauf, ob der Steigerungswert »dreißig Prozent« nur aus purem Zufall von Gans genannt wurde oder ob der dämliche Idiot nicht doch was wusste, von seinem vermeintlich perfekt eingefädelten Tablettendeal mit Huub. Zudem spürte er, dass Gans ihn auch Sekunden nach der komischen Anmache recht humorlos aus schmalen Augen heraus fixierte. Es war ein dermaßen eiskalter Blick, dem er aktuell nichts entgegenzusetzen hatte. So machte sich die nackte Ungewissheit jäh in Jürgen Jägers Bewusstsein breit. Konnte er doch verflixt noch mal nicht einschätzen, ob es nur ein blöder Spruch von Schlappi war oder doch mehr dahintersteckte.

Wie den meisten der Gruppe war auch Peter Hirsch Bernds schelmische Frotzelei und Dschäädschäähs ungewohnt zurückhaltende Reaktion nicht entgangen. Mit großem Interesse hatte er besonders Jägers Verhalten verfolgt. Schließlich wusste er ja von Gans, wo der Hase tatsächlich hinlief. Katja hatte die Sache ebenfalls mitbekommen. Still warf sie ihren Eltern ängstliche, gar verstörte Blicke zu. Während ihre Mutter Margot wie zumeist keine Miene verzog und reglos verharrte, sah ihr Vater durch Schlappis doofen Spruch sehr eingeschüchtert aus. Es war ein Zustand, den sie bei ihm in dieser Form Zeit ihres Lebens noch nie erlebt hatte. Sein Anblick machte Katja einerseits traurig. Doch andererseits auch unsagbar wütend. Wütend auf Bernd Gans, der spätestens jetzt bei ihr komplett unten durch war. Nicht nur, dass sie ihn nicht mochte, nein. Ab jetzt hasste sie den dreckigen Sausack abgrundtief. Nach dieser kleinen Einlage verlief das Abendessen ohne weitere Auffälligkeiten. Sabine hatte am Rande bemerkt, dass sich Margot Jäger wie üblich nur zurückhaltend und fast ausschließlich mit Rita Schummrig unterhielt. Ein Verhalten, das für sie nicht ungewöhnlich war. Hatte sie doch Dschäädschäähs introvertierte Frau bisher nicht anders kennen gelernt. Bloß Katja, die zuvor noch recht rege plapperte und herumalberte, sagte nach Schlappis lockerem Witzchen quasi nichts mehr. Nur wenn sie direkt angesprochen wurde, rang sie sich einsilbige Antworten mühevoll ab. Doch ansonsten blieb die Achtzehnjährige still. Sie starrte fast nur noch nach unten. Es fiel ihr offensichtlich sehr, sehr schwer einem in die Augen beziehungsweise ins Gesicht zu schauen. Katja tat Sabine irgendwie leid.

Kapitel 14

Am Montagmorgen gleich nach dem Frühstück stand für das Ehepaar Jäger schon wieder die Heimreise nach Mayen an. Das hieß: In der Pension auschecken, das Gepäck im Kombi verstauen, dann rasch zum nahen Supermarkt, um pfundweise kugelrunde, leckere, prickelnde, zitronige »Napoleon«-Bonbons einzukaufen und sich schließlich bei ihrer Tochter verabschieden.

Jürgen und Margot mussten sich etwas beeilen, wenn sie Katja noch antreffen wollten. Denn der Beginn des morgendlichen Trainings war für 09:30 Uhr angesetzt. Rund zehn Minuten vor der besagten Startzeit fuhr ähnlich wie am letzten Freitag wieder ein silberner Audi 100 Avant am Bungalow mit der Nummer fünfzehn vor. Allerdings verzichtete der Fahrer heute darauf, ein Hupkonzert zu veranstalten. Danach stand ihm nach den merkwürdigen Geschehnissen des gestrigen Abends wahrlich nicht der Sinn. Katja hatte bereits am Fenster stehend auf das Eintreffen ihrer Eltern gewartet. Schließlich wollten sie sich doch Tschüss sagen und außerdem brauchte sie unbedingt die Spezial-Tabletten, um sich für die noch ausstehenden Übungseinheiten zu puschen. Rasch eilte sie die Bungalowtür hinaus zum Auto. Während ihr Vater ausstieg, blieb ihre Mutter zunächst bei heruntergekurbelten Seitenfenster drinnen sitzen. Jürgen reichte seiner Tochter eine beigefarbige Jutetasche und sagte mit einem Augenzwinkern betont leise zu ihr: »Hier, deine Vitamine. Morgens, mittags und abends, je eine Tablette. Nicht mehr! Verstanden?!« Katja nickte zaghaft und warf einen kurzen Blick in die Stofftüte. Außer einem Beutel »Napoleon«-Bonbons war nur ein schmales Brause-Tabletten-Röhrchen mit Vitamin-C-Aufkleber darin.

»Ähh, danke für die Napoleons. Aber nur Vitamin C?«, antwortete die Achtzehnjährige sichtlich verwundert.

»Nicht immer, wenn Vitamin C draufsteht, ist auch Vitamin C drin, Kleines. Ich habe sie natürlich gegen Huubs Pillen ausgetauscht. Mit dieser Verpackung erregen wir kein Aufsehen. Vitamin C gibt's schließlich an jeder Ecke«, klärte Jäger sein Kind auf.

»Bitte gib acht, dass keiner was merkt. Auch nicht deine Zimmergenossin, die Bine«, bekniete ihre Mutter sie mit gedämpfter Stimme von der Seite.

»Ja, klar, wie sonst auch«, antwortete Katja. Dann schaute sie ihre Eltern ängstlich an: »Und was ist mit Gans?« Unsicherheit bestimmte ihre Frage. Verkrampft drückte die Jugendliche den Jutebeutel an sich. Margot kletterte aus dem Wagen und nahm ihre besorgte Tochter in den Arm.

»Mach' dir keine Gedanken, Kleines. Papa und ich kümmern uns um alles was kommen mag. Konzentriere du dich auf den Sport und die Schule. Alles andere ist unsere Sache.«

»Du kannst uns vertrauen«, murmelte Jürgen aufmunternd. Das Lächeln ihres Vaters strahlte solch eine unendliche Zuversicht aus, dass Katja keinen Grund hatte, an seinen Worten oder denen ihrer Mutter zu zweifeln. Jäger strich seiner Kleinen sanft über den Kopf. Margot küsste ihr Kind auf die Stirn. Danach verabschiedeten sich Eltern und Tochter bis Karfreitag voneinander.

Just als sich der silberne Audi 100 Avant auf dem knirschenden Splitt wieder in Bewegung setzte, kamen Bernd, Peter und Mario angestiefelt. Schlappi winkte den aufbrechenden Jägers dreckig grinsend zu. Das Ehepaar reagierte auf dessen dreiste Provokation zunächst nicht. Erst als sie den Park hinter sich gelassen hatten, sagte Jürgen wütend zu Margot: »Jetzt verhöhnt uns der Sack noch. Aber wir werden uns von diesem Hanswurst nicht für dumm verkaufen lassen. Und wenn der Dämel zu Hause gerade so weitermacht, dann sorge ich dafür, dass er sein Fett wegkriegt und zwar formvollendet. Das schwöre ich dir, so wahr ich Dschäädschääh heiße!«

»Egal, was zu tun ist, ich bin bei dir«, entgegnete Margot festentschlossen. Die zwei schauten sich kurz, doch tief in die Augen. Es waren jene Blicke, die mehr sagten als tausend Worte.

Kapitel 15

Die verbleibende Zeit bis zur Abreise der Laufgruppe am kommenden Freitag, geschah dann bis auf wenige Ausnahmen nichts mehr sonderlich Erwähnenswertes. Morgens beziehungsweise nachmittags spulte man fleißig die vom Trainer vorgegeben Einheiten ab. Zu Glasers Freude lief es dabei für Katja von Tag zu Tag besser. Er fand die Leistungssteigerung der Jugendlichen unglaublich beeindruckend.

»Ein Unterschied wie Tag und Nacht, wenn man sich ihr schwerfälliges Auftreten bei den Hügelläufen noch zu Beginn des Trainingslagers vor Augen hält«, staunte er beim Blick auf die Stoppuhr. In der Tat, Katja wirkte aufgedreht wie das unermüdliche »Duracell-Häschen« aus der Fernseh-Werbung.

Auch das divenhafte Nordsee-Wetter zeigte sich hier und da von seiner freundlicheren Seite. Soll heißen, zwischen Regen, Wind und Kälte verwöhnte es alle auf Texel mit aufgehellten Phasen. Dann ließ eine bereits kraftvolle Sonne die vorösterlichen Temperaturen auf angenehme Werte ansteigen. Läufe in kurzen Klamotten sowie windgeschütztes Relaxen in den Dünen oder hinterm Plexiglas eines Strandpavillons sorgten für gute Laune. So etwas wie Urlaubsfeeling keimte auf. Die Mayener Athletinnen und Athleten nebst Trainer und Köchin genossen es in vollen Zügen. Frühlingsgefühle sprossen wie Knospen eines Fliederbuschs, zumindest bei einigen, trotz der enormen, körperlichen Belastung des Trainingsalltags.

Stichwort: Frühlingsgefühle! Die Abende und Nachstunden verliefen für die meisten der Eifler Sportgruppe ziemlich unaufgeregt. Aber nicht für alle. Am Mittwochabend beispielsweise statteten Sabine und Katja in Begleitung von Bernd, Mario und Peter der Rock-Kneipe »De Zon« in De Koog nochmals einen Besuch ab.

Katja schien es dabei überhaupt nichts auszumachen, dass ausgerechnet Gans, den sie doch so sehr verabscheute, ebenfalls mit von der Partie war. Die Achtzehnjährige vermochte ihre wahren Gefühle gut vor den anderen zu verbergen, denn durch Kichern hier und munteres Plappern da überspielte sie ihre grenzenlose Abneigung geschickt. Zum Schein redete sie mit dem Verhassten sogar ein paar Worte belangloses Zeug übers Laufen. Tief in ihr drin brodelte es allerdings gewaltig. So sehr, dass sie diesen Drecksack hätte töten können.

Schlappi seinerseits, in der trügerischen Gewissheit, die Jägers in seiner Hand zu haben, bemerkte das Damokles-Schwert nicht, welches schnurstracks auf ihn zusteuerte. Vor Naivität strotzend gab er den lustigen August, im Kreise seiner deutlich jüngeren Sportsfreunde und -freundinnen. Er kam sich dabei wahnsinnig cool vor, mit seinen altklugen Sprüchen übers Laufen, das Leben und die Liebe.

Na, jedenfalls war es so, als die fünf vorhin aufgebrochen waren, dass sie eigentlich nur beabsichtigt hatten, sich ein bisschen ihre Zeit außerhalb des Parks zu vertreiben. Ein, zwei Bierchen trinken, Kicker und Billard spielen und ein bisschen lachen. Eigentlich … Aber wie es häufig so war, wenn man keine großen Erwartungen an irgendwas hatte, sollte es auch hier und heute anders kommen. Denn in den folgenden Stunden passierten wahrlich Dinge, deren dramatische Auswirkungen keiner der Beteiligten hätte vorhersehen können. Dinge, die sich in ihren Leben, speziell in den Wochen unmittelbar nach dem Trainingslager, mitunter ziemlich krass bemerkbar machen würden. Und zwar nicht unbedingt erfreulich … Hätten sie es geahnt, was sie durch ihr Tun auslösten, manche von ihnen wären froh gewesen, wenn es den heutigen Abend auf Texel in dieser Art und Weise nie gegeben hätte. Doch hätte, hätte, Fahrradkette …

Denn irgendwann am späten Abend meinten Bernd und Sabine, dass sie müde seien und zurück in den Bungalowpark fahren würden. Schließlich stünde ja am nächsten Morgen ein intensives Training auf dem Plan, wofür sie ausgeschlafen sein müssten. Die anderen drei hatten jedoch überhaupt noch keinen Bock darauf mitzukommen. Bierselig winkten sie mit einem netten Abschiedsgruß ab und lachten sich dabei kaputt: »Ja, alte Leute gehören nun mal früh ins Bett, Schlappi! Wir nehmen uns später einfach ein Taxi oder gehen zu Fuß. Ist ja nicht weit!«

Katja, Peter und Mario folgten Bernd und Sabine tatsächlich später nach. Sehr viel später. Denn als die drei im Bungalow-Park eintrafen, ging bereits die Sonne auf. Aber wodurch wurden sie aufgehalten beziehungsweise was war in den Nachtstunden geschehen?

Objektiv betrachtet war Peters Interesse an der hübschen Kneipenmitarbeiterin der Auslöser für deren frühmorgendliches Auftauchen. So hatte er im »De Zon« die heiße Dafne nach allen Regeln der Kunst angegraben. Und auch die kecke Kellnerin ihrerseits fand den dünnen *Loper uit Duitsland echt lekker*. Nachdem also im Lokal kurz nach Mitternacht Schicht war, waren sie alle noch mit in Dafnes Wohnung, unweit des Schuppens, gegangen. Die langbeinige, blonde Holländerin und der Mayener Pitter hielten sich nicht groß mit Vorgeplänkel auf, sondern verschwanden sofort im Schlafzimmer. Mario und Katja genehmigten sich im Wohnzimmerchen noch einen Schluck Bacardi aus der Flasche. Wie unschwer zu überhören war, ging es nebenan bei Dafne und Peter ruckzuck ordentlich zur Sache. Angetörnt von den lustvollen Geräuschen, berauscht vom Alkohol und rattenscharf wie ultrafeurige Peperonis zogen Katja und Mario nach. Völlig hemmungslos fielen Hüllen und Moralvorstellungen. Endlich konnte Katja das ausleben, was andere Gleichaltrige ständig taten: Bumsen, Saufen, Party machen und wenn es vorbei war, wieder von vorne! Ohne Kontrolle! Ohne Zwänge! Ohne Gedanken! Katja ließ alles raus, was sich in ihr aufgestaut hatte, und tat, was sie sich sehnlichst erträumt hatte.

»Pennen können wir noch genug, wenn wir tot sind«, hatte ihr Mario zwischendurch ins Ohr geflüstert und ihren nackten Körper sanft gestreichelt. Die beiden wurden auf Dafnes durchgeorgeltem Sofa in dieser irre verschwitzten, geilen Nacht ein Liebespaar. Im Gegensatz zu Peter, für den es beim nicht minder geilen One-Night-Stand blieb. Dafne verstand es aber, die Flöte so virtuos zu spielen, dass einem schwindelig wurde. Zu erwähnen blieb in diesem Zusammenhang noch die Tatsache, dass sämtliche Kondome von den beiden Pärchen aufgebraucht worden waren. Vorausschauend darauf, auf was es in Dafnes Bude hinauslaufen könnte, hatten sich Peter und Mario noch kurz vorm Verlassen der Kneipe am Kondom-Automaten entsprechend großzügig mit Lümmeltüten eingedeckt. Devise: Sicher ist sicher, in vielerlei Hinsicht!

Sabine war es indessen etwas anders ergangen. Stinksauer auf Bernd und dessen unerwartet, widerliches Benehmen lag sie in ihrem unbequemen Bett. Hatte sie ihn bisher gegenüber Katja stets in Schutz genommen und gesagt, dass er in Ordnung sei, musste sie ihre Meinung nun grundlegend revidieren. Denn Gans wollte ihr, kaum, dass sie vor Bungalow fünfzehn angekommen waren, an die Wäsche, oder vielmehr darunter! Sabine schaffte es noch gerade so den aufdringlichen Grabscher abzuwimmeln. Hatte ihr die Zeit auf Texel bislang einen riesen Spaß gemacht, konnte sie es nun kaum erwarten, dass es bald wieder nach Hause ging und sie Schlappis blöde Visage nicht mehr jeden Tag sehen musste. Sie war dermaßen sauer auf den notgeilen Proleten, dass sie beschloss, daheim einige Zeit nicht in der Laufgruppe zu trainieren. Sabine musste ihm einfach aus dem Weg gehen.

Schlappi seinerseits lag nun also alleine im Bett. Ein Umstand, der ihm absolut nicht schmeckte.

»So ein Mist! Was stellt sich die Bine auch so an? Wäre doch nur 'ne harmlose Nummer gewesen. Einfach mal einen wegstecken bei der Bine. Rein, raus wie der Wind!«, grummelte er angefressen vor sich hin. »Na, was soll's. Wer nicht will, der hat schon.« Unweigerlich musste Bernd an seine Frau denken und daran, wie sich Cornelia in seiner Abwesenheit höchstwahrscheinlich mit Luigi Scopardoni, diesem windigen Tennislehrer, vergnügte. Er verfluchte die beiden. Dann bemitleidete sich der bei Bine nicht zum Zug Gekommene noch kurz selbst und schlief schließlich unverrichteter Dinge ein.

Was Bernd Gans allerdings nicht wusste, war, dass jemand seinen missglückten Annährungsversuch rein zufällig mitbekommen hatte. Denn Heiner Glaser war aufgrund eines dringenden Bedürfnisses auf der Toilette. Er stellte der frischen Luft wegen das kleine Fensterchen auf kipp und vernahm, dass sich Bine und Bernd in dessen Wagen kurz, aber heftig stritten. In der Stille der Nacht war jedes einzelne Wort der Auseinandersetzung gut zu verstehen. Wäre Bine nicht nach wenigen Augenblicken ausgestiegen und in den Bungalow geeilt und hätte sich Gans nicht augenblicklich vom Acker gemacht, Heiner wäre dem alten Spitzklicker formvollendet an den Kragen gegangen. Er fand Bernds Verhalten unerhört! Doch wie er mit seinem erlangten Wissen umgehen sollte, darauf hatte Glaser ad hoc noch keine Antwort parat.

Vom sportlichen Blickwinkel her betrachtet, bildeten traditionsgemäß Läufe über lange Distanzen den krönenden Abschluss eines jenen Mayener Trainingslagers. So auch in diesem Jahr. Am Donnerstagmorgen, also einen Tag vor Abreise, hieß es ein letztes Mal: Laufsachen an und ab! Die angehenden Marathonis der Gruppe gönnten sich dabei ein geschmeidiges Läufchen vom Fähranleger bis zum Leuchtturm, sprich einmal der Länge nach über die Insel. In nüchternen Zahlen ausgedrückt, lagen rund 25 zumeist flache Kilometer über Geh- und Radwege vor den Aktiven, für welche sie, wenn alles normal verliefe, rund zwei Stunden benötigen sollten. Heiner spielte deren Chauffeur. Er kutschierte Rita und Horst Schummrig, Doris Schlosser, Gregor Linden, Rolf Friedrich, Rainer Holzmann und Bernd Gans zum Parkplatz am Fähranleger. Obwohl der Innenraum seines Granada Turniers im normalen Alltagsgebrauch Platz genug bot, platze »die Bütt'«, wie er sein kastiges Vehikel titulierte, bei sieben Passagieren fast aus allen Nähten.

»Jetzt weiß ich auch, wie sich Heringe in der Dose fühlen«, stöhnte Doris scherzhaft auf dem überfüllten Rücksitz. Sie hockte eingekeilt zwischen Gregor und Rainer. Um alle Zweifler zu besänftigen, hatte Heiner zwar Optimismus ausstrahlend zuvor gesagt, dass es natürlich klappen würde, alle in seinem geräumigen Wagen unterzubringen. Aber ganz einerlei war ihm die Sache dann doch nicht und er zeigte sich sichtlich erleichtert darüber, dass sie von der Polizei nicht angehalten wurden. Denn dermaßen überfüllt wie die Bütt' war, hätte es sicher ein saftiges Knöllchen gegeben. An mögliche Folgen bei einem Unfall gar nicht zu denken! Doch trotz dieser »kleinen« Risiken erledigte er den Taxi-Dienst für seine Leutchen wirklich gerne. Außer für Gans. Den elenden Hund hätte er am Liebsten nicht mitgenommen und ihn sich selbst überlassen.

Außer Rosamunde Glaser, die es vorzog, im Bungalow zu bleiben und zu lesen, fuhren die übrigen der Mayener Laufgruppe, sprich die Jüngeren, die Mittelstreckler sowie der Trainer, direkt zum Leuchtturm. Dafür nutzte man alle Autos und nicht nur Heiners Bütt'. Schließlich war vereinbart, dass die Marathonis nach deren Insel-Trip wieder mit zurück zum Park genommen werden sollten. Am Leuchtturm angekommen, machte der Übungsleiter keine großartigen Vorgaben. Je nach körperlichem Befinden durfte jede und jeder eine Strecke zwischen zehn und fünfzehn Kilometern Länge in eigenem Wohlfühltempo laufen. Wichtig für ihn war nur, dass seine Schützlinge eine schöne letzte

Einheit absolvierten und dabei einfach die Landschaft und die frische Meeresluft genossen. Mehrfach betonte er dies ausdrücklich.

Nun war das mit dem Genießen so eine Sache. Denn bei den einen war der Lauf-Genuss am heutigen Morgen etwas stärker ausgeprägt, bei anderen eher weniger. Sabine Häusler zum Beispiel fühlte sich echt fit. Schließlich hatte sie letzte Nacht keinen draufgemacht. Anders ihre Zimmerkollegin. Katja Jäger waren die körperlichen Anstrengungen der vergangenen Stunden deutlich anzusehen. Mächtig blass ums Näschen, Augen wie Sehschlitze, zockelte sie mit Mario Wild, der ihr übrigens in Punkto lebensbejahender Gesichtsfarbe und Agilität aktuell um nichts nachstand, den Anderen hinterher. Peter Hirsch, der ebenfalls die Nacht zum Tag gemacht hatte, war dagegen ein echtes Phänomen. Zwar mit einer Fahne, als hätte er den kompletten Jenever-Bestand im »De Zon« alleine gebechert und mit entsprechend Restalkohol im Blut, machte er seinem Namen wahrlich alle Ehre. Ganz so, als sei er glockennüchtern und völlig ausgeruht, peste er wie ein Hirsch mir nix, dir nix vorneweg. Auch, dass die langbeinige Dafne wirklich den allerletzten Tropfen aus ihm herausgeholt hatte, schien sich auf sein Stehvermögen nicht auszuwirken.

Indessen machten die starken Langstreckler, wie nicht anders erwartet, noch mal richtig Betrieb. Abgesehen von den ersten, halbwegs lockeren zehn Minuten, in denen man zum Einrollen die Gräten sortierte, drückten sie ordentlich auf die Tube. Schnell hatte sich deren Geschwindigkeit bei einem Schnitt von vier Minuten pro Kilometer eingependelt. Tendenz schneller werdend. Rita und Doris verabschiedeten sich bei dieser Hatz nach rund zehn Kilometern von der Gruppe. Obwohl ihre männlichen Mitläufer, mit Ausnahme von Gans, gestern Abend noch groß herumgesprudelt hatten, dass es natürlich einen ruhigen Lauf geben würde, hatten sie schon geahnt, was tatsächlich passiert. Schließlich kannten sie die Marotten der Knilche lange genug. Die beiden Frauen verlangsamten daher ihr Lauftempo etwas und trabten gemäßigten Schrittes weiter.

Nicht sprechen. Schwer atmen. Verkrampfter Oberkörper. Leidender Gesichtsausdruck. Vernebelter Tunnelblick. Schlappschritt. Es gab wahrlich eine Reihe untrügliche Merkmale, an denen ein Wettkampf erprobter Athlet erkannte, dass seine Konkurrenz konditionell abbaute und, sofern selbst noch dazu in der Lage, sich dessen Schwäche dann zu Nutze machte. Sofern, was eher selten der Fall war, die besagte Konkurrenz nicht über ein ausgeprägtes schauspielerisches Talent verfügte, um ihrerseits die Wettbewerber in scheinbare Sicherheit zu wiegen und letztlich selbst gnadenlos zuzuschlagen. Nun waren Rainer, Gregor, Horst und Rolf solche erfahrenen Recken, Bernd aber zu seinem Leidwesen kein ausgefuchster Mime. Mit geschulten Augen hatten sie selbstverständlich gemerkt, dass Schlappi bereits seit geraumer Zeit komplett am Anschlag war. Schwer pumpend bemühte er sich nach Leibeskräften, an den flotten Jungs dranzubleiben. Für ihn ein schier aussichtsloses Unterfangen. Kilometer für Kilometer nahm sein Leiden zu. Kilometer für Kilometer hauten die Vier heftiger auf die Kacke. Sie kannten echt keine Gnade! Nicht mit sich, nicht mit den schnellen Laufkollegen und nicht mit ihrem designierten Opfer. So kam schließlich, was kommen musste.

Ungefähr in der Mitte des Naturgebietes »De Slufter«, so etwa nach siebzehn, achtzehn Kilometern war Schlappi dermaßen blau, dass er abreißen lassen musste und einfach stehen blieb. Der Puls hoch wie der Eifelturm. Oberschenkel, die wie Feuer brannten. Gierig rang der Gepeinigte nach Luft. Die vier Sportskameraden indessen kümmerte sein Schicksal offenbar nicht. Ob sie nun mitbekommen hatten, dass er nicht mehr bei ihnen war oder auch nicht, gute Frage! Jedenfalls bretterten Rainer, Rolf, Horst und Gregor scheinbar ungerührt auf und davon. Bald waren sie aus Bernds Sichtfeld verschwunden. In seinen nassgeschwitzten Klamotten begann er, im böigen, kühlen Westwind zu frieren. Mühsam, sehr mühsam zwang er sich dazu, langsam weiterzutippeln, auch wenn jeder Schritt am Anfang schmerzte. Schließlich war der Leuchtturm das anvisierte Ziel. Und das musste er doch unbedingt erreichen! Komme, was da wolle! Denn abgehängt werden, ist eine Sache. Aber aufgeben und sich wohlmöglich am Straßenrand auflesen lassen, das kam für Bernd, zäh und hartnäckig wie er war, absolut nicht in die Tüte.

Die Stimmen von zwei Frauen näherte sich rasch von hinten. Es waren Doris und Rita, die soeben zu ihm aufliefen.

»Komm' mit uns mit«, forderten sie ihn gutgemeint auf. Bernd versuchte es tatsächlich und lächelte gequält. Doch bereits nach ein paar hundert Metern musste er sich eingestehen, dass auch das gemäßigte Tempo der beiden Mädels noch zu schnell für ihn war.

»Lauft schon, ist ja nicht mehr weit. Ich komme nach«, japste er ihnen kurzatmig zu und ließ sich total entkräftet abermals zurückfallen. Irgendwie gelang es Gans, sich durch zu hangeln. »Alles reine Kopfsache! Die letzten lumpigen Meter schaffe ich jetzt auch noch«, stachelte er sich trotzig an, als der Leuchtturm endlich zum Greifen nahe war.

Blöd war nur, dass es just in diesem Moment mit dem ersehnten Ziel vor Augen anfing zu schütten wie aus Eimern. Steife Windböen peitschten ihm den Regen in die Fresse. Während alle anderen Mayener bereits gemütlich in den Autos hocken wurde Schlappi, der arme Teufel, kurz vor Toresschluss formvollendet gewaschen. Frag' nicht nach Sonnenschein! Oder doch? Eiskalt quälte er sich die letzte kleine Steigung hoch, die eigentlich kein besonderes Hindernis darstellte. Doch hier und jetzt war es für ihn, als kämpfte er sich die steilen Hügel ihrer Bergläufe hoch. Er fühlte sich echt beschissen.

Nicht nur, weil er völlig am Arsch war. Sondern auch, und das wog noch wesentlich mehr, weil er von seinen Lauffreunden nach allen Regeln der Kunst abgekocht worden war. Beim Anblick der Mayener Autos mit den beschlagenen Scheiben zischte er böse: »Na wartet, euch zeige ich es noch. Euch zeige ich es!«

Am Morgen des Karfreitags ging es wieder nach Hause. Beim Zusammenzählen der gelaufenen Kilometer während der Woche Texel stellte Bernd Gans fest, dass er es auf 196 gebracht hatte. Was ja nicht schlecht war. Nun verhielt es sich vereinsintern bei den Langstrecklern so, dass man doch bitteschön die 200er-Marke in der besagten Zeit knacken müsse. Seit einigen Jahren gab es für 200 Kilometer in einer Woche auf Texel sogar eine spezielle Maßeinheit: »Ein Hupter«! Hupter lautete der Spitznamen eines ehemaligen Mayener Läufers, der sich bei der Erreichung jener Marke formvollendet aufgerieben hatte.

»Was? Du hast keinen Hupter geschafft? Also wer den Hupter nicht schafft, ist auch kein richtiger Langstreckler«, wurde Bernd aufgezogen. Schummrig, Linden, Friedrich und Holzmann hatten diese ominöse Schallmauer natürlich durchbrochen. Auch als sie am Anleger auf die Autofähre warteten, hörte deren Fopperei nicht auf. So lange, bis Gans sichtlich angefressen, seine Laufschuhe rauskramte und in Jeans und Pullover auf dem Parkplatz rund 25 Minuten kreuz und quer, noch mit dicken Beinen aufgrund der gestrigen Tortur, umher eierte. Dass er sich dabei komplett zum Narren machte, war ihm schnurz.

»So, da habt ihr euren verdammten Hupter! Nun zufrieden?«, schnauzte er seine Lauffreunde an, als er fertig war, »vier verschissene Kilometer waren es in jeden Fall!« Die Aktion auf dem Parkplatz waren für Schlappi der letzte bittere Tropfen, der das Fass zum Überlaufen gebracht hatte. Sein Entschluss stand spätestens jetzt unerschütterlich fest.

1986 – Mai

Kapitel 16

04. Mai – Sonntagmorgen, kurz nach acht

Einen Pott Kaffee – schwarz. Eine Scheibe Brot – bestrichen, dünn mit Margarine und dick mit Erdbeermarmelade. Nach seinem, wie üblich recht kargen Frühstück fuhr Fritz Weller in den Dienst. Der 47-jährige Kriminalbeamte war zwar eigentlich kein ausgesprochener Morgenmuffel, doch dass er ausgerechnet am heiligen Sonntag ranmusste, wo andere ihre arbeitsfreie Zeit in vollen Zügen genossen, wurmte ihn heute mittelschwer.

»Augen auf bei der Berufswahl«, knurrte er mürrisch, als er seinen Ascona auf dem Parkplatz im Innenhof des Präsidiums abstellte. Doch es war halt, wie es war. Dieses selbstmitleidige Lamentieren nutzte keinem was. Ihm erst recht nicht. Denn Fritz Weller war schließlich Kommissar und in dieser Funktion hatte er die Aufklärung eines ziemlich bizarren Mordfalls vor der Brust. Insgeheim war ihm natürlich bewusst, dass es genau solche herausfordernden Aufgaben waren, weswegen er sich damals Ende der 1960er für eine Kripo-Karriere entschieden hatte. Tagein, Tagaus immer dasselbe zu machen, dafür war Fritz nicht geschaffen. Nein! Sich schnell neuen, mysteriösen Herausforderungen zu stellen, seltsame Fälle zu lösen, sich mit abgedrehten Verdächtigen und deren abstrusen Motiven auseinanderzusetzen, das war für ihn das sprichwörtliche Salz in der Suppe. Hauptsächlich aus diesen Gründen liebte er seinen Beruf, wenn es ihm auch ab und an schwerfiel, sich derer zu erinnern. Wie zum Beispiel jetzt, an einem milden Sonntagmorgen des Wonnemonats Mai, da die Vöglein lieblich tirilierten.

»Apropos Vöglein und lieblich«, dachte Fritz schelmisch grinsend, »wenn es heute Abend nicht wieder zu spät wird, werde ich mal bei Johanna vorsprechen. Vielleicht können wir dann unser ausgefallenes Date nachholen. Doch eins nach dem anderen.« Er schob die Vorstellung eines amourösen Stelldicheins mit Frau Mayr aus dem ersten Stock vorerst in den Hintergrund seiner Gedankenwelt und widmete sich seinem aktuellen Fall. Denn einen aufgespießten Läufer als Mordopfer hatte auch ein Kommissar Fritz Weller nicht jeden Tag. Besser gesagt bisher noch nie. Und höchstwahrscheinlich auch in Zukunft nicht wieder. Aber wer weiß das schon genau?

Jedenfalls gab es in diesem Zusammenhang zwei triftige Gründe, weshalb es ihn in aller Herrgottsfrühe ins Polizeipräsidium verschlagen hatte. Grund eins war die für heute vereinbarte Zusammenkunft mit Kriminaltechnik und Rechtsmedizin in den Räumlichkeiten der KTU. Der erfahrene Kripomann war sehr gespannt darauf, ob Ergebnisse, und wenn ja, welche, ihm von Lockenkopf und Hasi präsentiert werden würden. Gab es wohlmöglich schon eindeutige Hinweise auf einen Täterkreis? Oder gar mit viel, viel Glück eine heiße Spur zu bestimmten Personen? Trotz aller Euphorie, die sich in Weller bei der Vorstellung einer raschen Auflösung des Falls breitgemacht hatte, war ihm natürlich bewusst, dass selbst die besten Leute, zu denen Hasi und Lockenkopf zweifelsfrei zählten, leider nicht hexen konnten. Denn seit dem Fund der Leiche bis jetzt waren nicht einmal zwölf Stunden vergangen.

»Lassen wir uns einfach mal überraschen«, peilte der Kommissar die Sachlage abschätzend und runzelte die Stirn.

Grund Nummer zwei stimmte Fritz ein wenig verdrießlich. Sich einfach davor zu drücken war auch keine echte Option. Denn ihm sollte das zweifelhafte Vergnügen zu Teil werden, bei seinem durchlauchten Vorgesetzten, Hauptkommissar Gero von Hübenthal den Kratzfuß machen zu dürfen. Einfach ausgedrückt, der

Lord hatte vorhin, ausgerechnet als er gerade genüsslich ins Marmeladenbrot gebissen hatte, bei ihm angerufen. Sofort als Fritz hörte, wer dran war, wusste er, was ihm blühte. Von Hübenthal hatte ihn, wie immer recht oberlehrerhaft angewiesen, doch unbedingt zuerst, wenn er denn gleich im Präsidium wäre, zu ihm ins Büro zu kommen. Denn er als sein weisungsbefugter Vorgesetzter müsse selbstverständlich stets im Bilde sein, was diesen äußerst merkwürdigen Fall des toten Läufers vom Mayener Nettetal angehe. Auch brauche er Kenntnis darüber, was sein leitender Ermittler in der kniffligen Sache denn bitteschön als Nächstes zu unternehmen gedenke. Zum Ende des eher einseitigen Telefonates, in dessen Verlauf quasi nur der Lord geredet hatte, betonte dieser ausdrücklich, wie eminent wichtig es überhaupt sei, dass er selbst und zwar unverzüglich, seinem hochgeschätzten Polizeipräsidenten, bezüglich des Status, Bericht erstatten wolle. Nach Beendigung des fernmündlichen Chef-Monologs hatte Fritz den Hörer zunächst bewusst sehr, sehr sachte aufgelegt, dann wieder abgehoben und in die Hörmuschel gehorcht: Freizeichen. Gut!

»Jawoll, Chef! Natürlich, Chef! Darf ich ihnen die Tasche tragen, Chef? Flitzpiepe!« Einfach mal Dampf ablassen, verkünden, was man denkt und den Hörer mit Schmackes auf die Gabel donnern. Klasse! Welch ein befreiendes Gefühl! Fritz ging's nun wieder gut.

Der Lord hätte nicht extra ausführen müssen, dass sein Beamter als erstes zu ihm kommen soll. Denn Weller handelte stets nach der Devise »erledige unangenehme Angelegenheiten direkt, dann gibt's auch kein Magengeschwür«!

Er stiefelte also flugs durchs Treppenhaus hinauf in den ersten Stock des Präsidiums, wo sich neben den Büros anderer Abteilungen auch jene des Kriminalkommissariats befanden. Er öffnete die Tür aus geriffeltem Glas, die das Treppenhaus vom Etagenflur trennte. Hier auf dem Gang herrschte ein für diese Tageszeit unerwartet reges Treiben. Nicht etwa, dass sich Heerschaaren von Vollzugsbeamten die Klinke in die Hand gaben. Nein! Ein Trupp Hauselektriker werkelte eifrig herum. Offenbar zogen sie irgendwelche hellgrauen Kabel in die Bodenschächte ein. Zudem war der große, in die rechte Flurwand eingelassene Telefon-Verteilerkasten geöffnet. Heraus quoll ein unüberschaubarer Wirrwarr an bunten, feinen Drähtchen. Ein Mann in blauem Arbeitskittel, Jeans und klobigen, schwarzen Sicherheitsschuhen stand davor, beäugte das Tohuwabohu akribisch und pfriemelte immer jeweils zwei der fisseligen Drähtchen zusammen.

»Mensch, Kurti, das müssen ja Tausende sein. Ich frag' mich, wie du bei dem Chaos da noch durchblickst.«

»Das frage ich mich manchmal auch, Fritz«, entgegnete der Techniker augenzwinkernd und grinste den Kommissar an. Es war Kurti Marschall, der mit seinen Kollegen schon seit fünf Uhr damit beschäftigt war, Strippen für die neue Telefon-Anlage zu verlegen. Der Handwerker erklärte, dass sie die notwendigen Arbeiten bewusst auf Sonntag gelegt hätten.

»Die Woche über stolpern uns die ganzen Beamten nur in den Füßen herum, Fritz. Du weißt ja, wie das ist.«

»Ja nee, ist klar«, kommentierte Weller schmunzelnd. Er wusste, dass es eine scherzhafte Anspielung war, denn die beiden kannten sich schon eine halbe Ewigkeit. Familie Marschall wohnte früher sogar für einige Zeit in seiner Nachbarschaft.

»Nein, ohne Blödsinn, heute ist es halt deutlich ruhiger. So können wir schalten und walten, wie es uns passt«, fügte Kurti nüchtern hinzu. Er kippte sich dampfenden Kaffee aus seiner alten Thermoskanne in den verschrammten Plastik-Becher und trank einen Schluck. »Aber Fritz, ich sag's dir. Ich glaube, ich werde alt. Denn wenn ich zulange auf die Drähtchen schaue, verschwimmt alles. Hab' mir daher eine Brille bestellt.«

»Okay. Ich bräuchte auch mal wieder eine Neue. Bei welchem Optiker bist du gewesen?«

»Hm, wie heißt der noch, wie heißt der noch … ich komm nicht drauf. Es war auf jeden Fall ein Burgstadter Optiker, so viel steht fest.« Unvermittelt öffnete sich die Bürotür in Fritz' Rücken.

»Ah, guten Morgen, Kommissar Weller. Da sind Sie ja. Kommen Sie rein!« Der Angesprochene rollte mit den Augen, zwinkerte Kurti zu und antwortete zackig: »Jawoll, Herr Hauptkommissar von Hübenthal. Ich eile!«

Ohne großes Vorgeplänkel stand der Kommissar seinem Vorgesetzten wie gefordert Rede und Antwort. Weller berichtete schnörkellos vom gestrigen Abend – wie zum Beispiel von der Tatortbeschau am Kieshügel im Nettetal hinter Mayen, dem Gespräch mit Bernd Gans eigenartiger Witwe, sowie dem Fund der ominösen Mittelchen im Wohnhaus des aufgespießten Opfers – und von den Schritten, die er als nächstes plante. Während er so erzählte, saß der Lord wie üblich mit verschränkten Armen hinterm Schreibtisch. Auch wenn bei ihm bis auf güldenem Siegelring und protzigen Manschettenknöpfen mit Familienwappen die typischen monarchischen Insignien wie Krone, Zepter und Hermelinmantel längst Kuli, Aktenmappe und grauem Anzug gewichen waren, umwaberte Gero von Hübenthal stets ein hochherrschaftliches Flair alten, rheinischen Landadels. Majestätisch wie immer thronte der knapp eins achtzig große Mittfünfziger in seinem hochgefahrenen Premium-Bürostuhl mit Rückenverstärkung, Armstützen und schwarzem Lederbezug. Hockte man ihm auf dem unbequemen, sitzkissenlosen Holzstuhl an dessen Schreibtisch gegenüber, blickte man zwangsläufig stets zu ihm auf. Ein Umstand, der dem leicht versnobten Lord durchaus gefiel. Weller fand dieses kleine Machtspielchen lächerlich und drehte den Spieß bezüglich des Aufschauens kurzerhand um. So blieb er, wenn er dem Durchlauchten seine Aufwartung machen durfte, einfach stehen. Ein rebellisches Verhalten, das von Hübenthal zu Beginn ihrer Zusammenarbeit etwas gewurmt, doch an welches er sich im Laufe der Zeit gewöhnt hatte. Außerdem war der gute Kommissar Weller schließlich auch der Einzige in der Abteilung, der sich diese Ungeheuerlichkeit herausnahm.

Der Lord hatte jeden Satz seines Beamten kommentarlos verinnerlicht und zwischendurch nur zwei, drei Mal zustimmend genickt. Dann nachdem der leitende Ermittler in Sachen »Kieshügel-Mord« mit seiner Schilderung fertig war, entgegnete Gero von Hübenthal in einer für ihn untypisch, weichgespülten Manier: »Sehr gut, Kommissar Weller. Genauso machen Sie es. Binden Sie ruhig weitere Kräfte zu Ihrer Unterstützung ein und halten mich einfach ein bisschen auf dem Laufenden. Sie wissen ja, unser hochgeschätzter Polizeipräsident will hin und wieder informiert werden.« Fritz staunte über die ungewöhnlich laissez-faire Antwort seines Vorgesetzten, war dieser doch sonst einer von der ungeduldigen Sorte. Also einer von jenen, die alles am besten schon gestern erledigt haben wollten.

»Eine Nervensäge, wie sie im Buche steht«, hatte Fritz schon hunderte Male gepoltert, wenn ihm sein Vorgesetzter wieder auf den Sack gegangen war. Doch nicht heute Morgen!

Als ihm der Lord dann sogar noch gönnerhaft kundtat, dass das Schreiben des Berichtes nun wirklich keine Eile hätte und es vollkommen in Ordnung sei, wenn er sich damit Zeit ließe, wurde Fritz langsam misstrauisch. Er kam sich ein bisschen vor wie Mogli, wenn Kaa, die Schlange, versuchte, ihn zu umgarnen … Und das obwohl sich die beiden nicht etwa inmitten von Disneys Phantasie-Dschungel befanden, sondern in der kargen Realität eines zweckmäßig eingerichteten Polizeipräsidiumbüros. Fritz, reich an Lebenserfahrung, ahnte, dass solch eine zuckersüße Herumsäuselei oftmals nur die Ouvertüre einer eher unliebsamen Angelegenheit war. Also so was von jener leidigen Sorte, an die sich entweder freiwillig keiner gerne ran traute, weil sie nichts als Ärger verhieß, oder niemand Bock hatte, sich die sauberen Finger daran schmutzig zu machen. Wie sich bald darauf herausstellte, hatte ihn sein Gespür nicht im Stich gelassen. Denn Hauptkommissar Gero von Hübenthal kam mit einer gar sonderbaren, als Vorschlag getarnter, Aufforderung um die Ecke. Eine ziemlich spezielle Aufforderung, die Fritz nicht einmal im Traum eingefallen wäre.

»Mein lieber Kommissar Weller«, legte der Lord los, stiefelte um den Schreibtisch herum und blieb vor ihm stehen, »mir ist nicht entgangen, dass Sie ein schneller Läufer sind. Und auch Ihre sehr beachtliche Fünf-Kampf-Karriere in den frühen sechziger Jahren als bundesdeutscher Spitzenathlet und Beinahe-Tokio-Olympionike ist mir hinlänglich bekannt. Es erfüllt mich mit Stolz, und ja, es ist mir eine große Ehre, einen Beamten mit solch herausragenden Fähigkeiten und erbrachten sportlichen Höchstleistungen in meinen Reihen zu wissen. Auch wenn ich das im üblichen Alltag nicht immer sage, mein lieber Weller, an Ihnen sollten wir uns alle orientieren. Tja, und wie Sie mir eben vom toten Läufer und so weiter berichteten, ereilte mich eine spontane Idee!«

»Ach du meine Fresse! Was kommt denn jetzt?«, fragte sich der sichtlich perplexe Beinahe-Olympionike. Einerseits wunderte es ihn doch sehr, dass ausgerechnet der leicht egozentrische Lord Kenntnis bezüglich seiner privaten Aktivitäten hatte und andererseits stand ihm überhaupt nicht der Sinn nach einer ausufernden Konversation mit seinem verschrobenen Vorgesetzten. Weller wurde etwas mulmig zu Mute, weil von Hübenthal ihn seltsam beseelt anlächelte und zu allem Überfluss noch die Patschehand auf seine Schulter legte. »Wenn das so weitergeht, macht er mir gleich noch 'nen Heiratsantrag.« Ironie machte sich in seinem Hirn breit.

»Denn wissen Sie, mein lieber Herr Weller, ich selbst bin, als ich in der Ausbildung war, auch gelaufen. Damals war ich natürlich etwas schlanker, versteht sich.« Er legte die Handflächen auf seinen üppigen Wohlstandsbauch. »Elvira, meine Frau, nörgelt dauernd an mir herum, dass ich abnehmen soll. Na, was sich Ihnen sagen will, ist, dass ich mir soeben vorgenommen habe, mit dem Laufen anzufangen.«

»Gute Idee«, antwortete Fritz verhalten, denn ihm schwante, dass das noch nicht alles war, was sich sein Gegenüber ersonnen hatte. Wieder lag er mit seiner Vermutung richtig.

»Und damit ich das Vorhaben auch mit Sinn und Verstand angehe, habe ich mir gedacht, dass wir unsere Präsidiums-Betriebssportgruppe wiederaufleben lassen und gemeinsam joggen … Ja, joggen, wie laufen doch jetzt auch genannt wird! Und das Ganze unter Ihrer oder besser gesagt unter deiner fachkundigen Anleitung, lieber Fritz. Denn in Läuferkreisen duzen wir uns alle. Deswegen, … ich bin der Gero! … Aber nur beim Sport, versteht sich.« Gero haute seinem designierten Übungsleiter locker lässig gegen den Oberarm.

»Ja, ja, versteht sich«, murmelte Fritz, der aktuell nicht wusste, wie ihm geschah. Er, der Trainer der Betriebssportgruppe? Seinen nervigen Vorgesetzten noch nach Feierabend bespaßen?

»Das ist aber ein toller Vorschlag, Hauptkommissar von Hübenthal!« Regina Weber, Sekretärin des Kommissariats und Rechtsmedizinerin Frau Doktor Anja Hasenfurth-Kimmel hatten die letzten Sätze mit angehört und pflichteten dem über alle Backen strahlenden Lord lachend bei.

»Regina und ich joggen auch mit, Herr Kommissar Weller! Ich meine natürlich, Fritz!«, stieß die Doktorin den Kommissar mit den Ellenbogen in die Seite und zwinkerte ihm zu.

»Und ich auch, Herr Fritz«, krakelte Kurti Marschall aus dem Hintergrund.

»Alles klar, dann ist es abgemacht«, resümierte Gero von Hübenthal freudig, »wenn der ominöse Mayener Mordfall aufgeklärt ist, legen wir sofort los und zeigen dem inneren Schweinehund, was eine Harke ist, nicht wahr, Kommissar!«

»Meinetwegen!«, entgegnete Weller sachte nickend. Sein erster Frust hatte sich verflüchtigt, denn Regina, Hasi und Kurti wollten ja nun auch mit von der Partie sein.

»Ich war übrigens beim Laufen früher gar nicht so schlecht«, lobte sich der Lord im Taumel der zu erwarteten Glücksgefühle selbst. »Richtig flink war ich. Flink wie ein Wiesel. Ja, in der Tat. Das Wiesel wurde ich genannt.«

»Frettchen wäre besser gewesen«, murmelte sich Fritz in den nicht vorhandenen Bart. Die Frauen hatten seinen ironischen Kommentar trotzdem verstanden und mussten sich sehr zusammenreißen, dass sie nicht laut drauf loslachten.

»Wie bitte?« Von Hübenthal schaute den Kommissar durchdringend an. Mit den rosaroten Bildern seiner kurzen Laufkarriere vor Augen hatte er nur mitbekommen, dass Weller etwas vor sich hin gebrubbelt hatte, dass ihn vom Tonfall her leicht an eine Verhohnepipelung erinnerte.

»Klasse Idee, Gero, echt klasse!«, reagierte der Angesprochene direkt. »Ich wollte nur sagen, dass ich auch schon weiß, wo wir laufen werden. Am Stadion Oberwerth gibt's eine schöne flache Runde. Die ist echt ideal!«

»So sei es! Also dann Fritz, ich meine, Kommissar Weller, frisch ans Werk, damit wir bald mit unserem Training loslegen können«, antwortete sein Vorgesetzter vergnügt und tippelte einige Sekunden auf der Stelle. »Einszwo, Einszwo, Einszwo …«

»Ja, frisch ans Werk, Herr Kommissar«, stichelten die beiden Frauen, als sie wieder draußen auf dem Flur waren. Regina, die eigentlich Urlaub hatte, war nur kurz ins Präsidium gekommen, um die Zimmerpflanzen in ihrem Büro zugießen. Sie wünschte der Rechtsmedizinerin und Fritz rasch noch einen schönen Sonntag und machte sich mit dem Abschiedsgruß, »dann bis morgen in einer Woche«, wieder davon.

»Apropos Werk. Gibt's denn schon neue Erkenntnisse bezüglich unseres aufgespießten Läufers?« Nach dem völlig unerwarteten sportphilosophischen Intermezzo ging Weller nun wieder sachlich zur eigentlichen Tagesordnung über.

»Sagen wir … in einer Stunde in der KTU. Dann habe ich meine Labor-Resultate komplett vorliegen«, entgegnete Frau Doktor Hasenfurth-Kimmel.

»Wissen Sie rein zufällig, ob Lockenkopf auch schon was herausgefunden hat?«, hakte der Kommissar nach.

»Ich nehme an, Sie meinen den Kriminaltechniker Hans Müller.« Weller nickte. »Mit ihm habe ich vorhin telefoniert«, fuhr die Rechtsmedizinerin fort. »Er sagte mir, ich solle dem Fritz ausrichten, da er bestimmt schon ungeduldig sei, dass er mit den Untersuchungen am Mordwerkzeug, also dem Wurfspeer, ebenfalls so um zehn rum fertig sei.«

»Okay, dann bis gleich so um zehn rum in der KTU«, verabschiedete sich der Kommissar schmunzelnd für den Augenblick von der Wissenschaftlerin und verschwand in seinem Büro.

Kapitel 17

Etwa zur gleichen Zeit am Stadtrand Mayens

Mario Wild legte eine seiner selbst aufgenommenen Musikkassetten in den Walkman ein und befestigte ihn mittels daran befindlichen Clips am Bund seiner Jogginghose. Dann setzte er sich den Kopfhörer auf die Ohren und drückte die Play-Taste des tragbaren Abspielgerätes. Dessen Sound-Qualität war zwar nicht so toll wie bei seinen beiden Stereo-Anlagen im Auto beziehungsweise zu Hause. Auch fabrizierte das Teil ab und zu einen ordentlichen Bandsalat. Doch diese kleinen Mankos nahm der Anfang Zwanzigjährige gerne in Kauf. Denn seitdem er den fuschneuen Walkman hatte, konnte er endlich seine bevorzugte Musik praktisch überall genießen. Sogar beim Laufen …

»West End Girls« von den »Pet Shop Boys« erklang. Noch etwas müde, doch bestens gelaunt trabte Mario gemächlich los. Für die Müdigkeit und seine gute Stimmung gab es eine logische Erklärung. Er hatte letzte Nacht tatsächlich mit Katja verbracht. Irgendwie konnte er sein Glück noch gar nicht richtig fassen. Sie, die bildhübsche Gymnasiastin, und er der öko-mäßig angehauchte Zivi waren seit dem heißen Schäferstündchen auf Texel ein Pärchen. Das hieß seit dem 26. März beziehungsweise, strenggenommen, dem 27. Denn es war damals schon eine Weile nach Mitternacht, als Katja und er auf Dafnes durchgeorgeltem Sofa zusammengekommen waren. In jeder Hinsicht … So war etwas geschehen, dass beide zu Beginn des vorösterlichen Trainingslagers niemals vermutet hätten. Frei nach dem Motto »tausendmal zusammen trainiert und es war nix passiert … doch dann hat's Boom gemacht« … und wie!

In der Tat wurde in jener irre heißen Nacht auf Texel aus lockerer Freundschaft innige Liebe. Und als für alle sichtbares Zeichen ihrer Zusammengehörigkeit trug er seit kurzem ein silbernes Halskettchen mit flachem Namensanhängerchen auf dem »Katja« eingraviert war und sie selbstredend das Gleiche, bloß mit seinem Vornamen. Nur, dass sie sich nicht so oft sehen konnten, wie es beide gerne gehabt hätten, fanden sie schade. Klar, in Katjas Leben hatten momentan zumindest zwei Dinge Vorrang: Die Schule und der Sport. Darauf achteten ihre Eltern wie Schießhunde. Wobei ihm seine Freundin neulich gestand, dass sie in der letzten Zeit häufig keinen Bock mehr aufs Laufen habe und dass ihr die Schinderei auf den Geist ginge. Mario hatte sie daraufhin in den Arm genommen und geantwortet, dass Spaß am aller Wichtigsten sei, egal, ob man nun schwimmt, läuft oder, »zwinker, zwinker«, man auch immer schönes, »zwinker, zwinker«, anstellt … Katja verstand sein Augenzwinkern. Die beiden hatten daraufhin jede Menge Spaß … in Hülle und Fülle.

Dem Laufsport frönte Mario seit geschätzt vier Jahren und er war auch durchaus talentiert, besonders für die Mittelstrecken. Doch er nahm sein Hobby bei Weitem nicht so bierernst, wie viele andere es aus dem Verein taten. Wenn er ein ordentliches Wettrennen absolviert hatte, freute er sich natürlich. Doch wenn es mal nicht so lief, war es für ihn auch kein Beinbruch. Katja beneidete ihren Freund aufgrund seiner Einstellung und auch deswegen, weil Marios Eltern nicht den geringsten Druck auf ihn ausübten. Sie ließen ihn einfach gewähren. Das war beim Sport der Fall wie auch im Beruf. So hatte sich Mario auch schon früh gegen die Ableistung der Wehrpflicht bei der Bundeswehr und für eine Tätigkeit im Sozialwesen entschieden. Folglich wirkte er nun mit viel Engagement als Zivi im Klösterchen, einem Altenheim in der Mayener Innenstadt.

Allerdings, und das war noch ein Grund dafür, dass sich Katja und er nicht so häufig wie gewünscht sahen, musste er hin und wieder an Sonntagen ran. So wie heute. Und weil ihre gemeinsame Zeit aktuell ziemlich begrenzt war, genossen sie die Augenblicke der Zweisamkeit in vollen Zügen. Bis letzte Nacht vornehmlich entweder auf der Rückbank von Marios rostigem C-Kadett oder bei ihm zuhause. Dass er von gestern auf heute bei seiner Freundin pennen durfte, war schon eine riesen Überraschung für sie beide gewesen. Denn Katjas Eltern hatten der Liebelei ihrer Tochter zunächst etwas kritisch gegenübergestanden. Besonders Jürgen äußerte Bedenken, dass die Leistungen in der Schule und Sport wohlmöglich absacken könnten. Welche sich jedoch bis dato als unbegründet erwiesen hatten. Andererseits kannten Katjas Eltern den neuen Freund ihrer Tochter vom Sport her. Sie wussten, dass Mario kein Hallodri war und, was für sie von eminenter Wichtigkeit war, dass er halt auch lief. Jedenfalls durfte Mario in der ersten Zeit nach besagtem Trainingslager, wenn überhaupt, nur Sonntagsnachmittags zum gemeinsamen Kaffeetrinken bei Familie Jäger aufschlagen. Wobei »gemeinsam« leider nicht bedeutete, dass er »gemeinsam alleine« nur mit seiner Liebsten die diversen Formen des »Kaffeetrinkens« vollführte. Mitnichten! Gemeinsam bedeutete an dieser Stelle, dass er mit Katja, deren Eltern und Opa Hermann pünktlich um halb vier, darauf wurde im Hause Jäger großen Wert gelegt, bei löslichem Kaffee und Kirschstreusel vom Bäcker Fuhrmann am gedeckten Wohnzimmertisch zu hocken hatte. Katja erzählte ihm einmal, dass der sonntägliche Kirschstreusel, neben den »Napoleon«-Bonbons, welche sie tütenweise von Texel mitgebracht hatten, die einzig erlaubte Süßspeise war, die sie naschen durfte.

Tja, auch diesbezüglich herrschte bei den Jägers ein strenges Regime, musste Mario feststellen. Sowieso fühlte er sich unter den strengen Blicken der Eltern und ganz besonders unten denen ihres Opas, der Sonntagnachmittags immer mit von der Partie war, reichlich unwohl in seiner Haut. Obwohl er wahrlich nichts ausgefressen hatte, kam er sich wie ein Schwerverbrecher auf der Anklagebank vor. Speziell der Großvater mit seinem zerfurchten Gesicht und den tiefliegen schmalen Augen hinterm monströsen Kassengestell ließ ihm den eigentlich leckeren Kuchen nicht so recht munden. Starrte ihn der alte Zausel doch zumeist recht griesgrämisch an.

Hermann Jäger wohnte übrigens mit im Haus. Der Senior lebte in der kleinen Einliegerwohnung im Erdgeschoß. Sein eigenes kleines Häuschen hatte er vor rund acht Jahren verkauft, nachdem sich seine langjährige Ehefrau Marlene, Jürgens Mutter, von ihm hatte scheiden lassen. Der offizielle Grund für die Trennung nach knapp vierzig Ehejahren war, dass die stadtbekannte Mayener Lebefrau auf einer ihrer ominösen Damentouren ins Moselörtchen Kobern-Gondorf den windigen Alleinunterhalter, Künstlername »Mäcki Tanzelätti«, normal Heinrich Brähmel, kennengelernt und ihren ollen Langweiler zuhause kurzerhand in den Wind geschossen hatte. Seitdem tourte und turtelte Katjas Oma mit ihren 66 Jahren als Mäckis Groupie durch die einschlägigen Lokalitäten an Rhein, Mosel und Ahr und ward am Mayener Nette-Ufer nicht mehr gesichtet.

Inoffiziell allerdings hatte für Marlenes Entschluss noch ein weiterer Aspekt eine entscheidende Rolle gespielt. Ein Aspekt, den sie unmittelbar, nachdem die Scheidung rechtskräftig war, ihrem Ex als Abschiedsgeschenk um die Ohren gehauen hatte: »Jägers. Außen hui, innen pfui! Pfui Teufel! Dass ich von der Sache durch Zufall erfahren habe, ist ärgerlich. Doch dass ihr nicht mal den Mumm gehabt hattet, es dem Kind zu sagen! Was seid ihr drei doch für eine verlogene, scheinheilige Bande! Unsere komische Schwiegertochter, die ich übrigens nie mochte, ist auch keinen Deut besser als du und unser Waschlappen von Sohn! Bin ich froh, dass ich euch drei nicht mehr ertragen muss. Nur die Kleine tut mir wirklich leid.«

Hermann wusste natürlich genau, worauf Marlenes bitterböse Worte abzielten. Aber Erklärungen, um sich zu rechtfertigten, Reuebekenntnisse oder gar das Einräumen von Schuldgefühlen – niemals! Er beharrte stoisch darauf, dass so wie Margot und er es gemacht hatten, es die einzig richtige Lösung gewesen war. Außerdem blieb doch alles in der Familie! Hermann war nach Marlenes finaler Attacke still geblieben und stur seiner Wege gegangen. Nach dem Fiasko, wie er seine Ehe und deren jähes Ende abfällig titulierte, wollte er keine neue Beziehung mehr eingehen. Das war für den alten Jäger so sicher wie das Amen in der Kirche.

»*Och, wenn dat Sophia Loreen ankumme dääť, esch däät heuttzedaach sescha nimmi heiroda. Naa, naa dau, hüe me bluus of, met dänna Weiwa. De Saulääda woollen ähnem bluus de letzte Grosche aus de Tösch zehja!*«, schimpfte er wie ein Rohrspatz in tiefstem Platt, wenn er diesbezüglich angesprochen wurde. Der gebürtige Mayener verfiel wirklich nicht oft in den heimischen Dialekt. Eigentlich passierte es nur, wenn ihn etwas mächtig wurmte. Dann jedoch sprudelte es einfach so aus ihm heraus. Ungebremst, ungefiltert, unkontrolliert!

Am Rande bemerkt war der inzwischen 72-Jährige trotz seines Alters körperlich und geistig noch immer auf der Höhe. Deswegen kam es für ihn auch nicht in die Tüte, sich auf seinem Altenteil auszuruhen. Als agiler Senior unterstützte er seinen Sohn noch regelmäßig bei der Arbeit in dessen Versicherungs-Agentur und verfolgte mit Argusaugen Katjas sportliche Karriere. Hermann war sich sicher, dass es seine Kleine noch sehr, sehr weit bringen würde. Sie musste nur ihren asketischen Weg weitergehen und durfte sich bloß nicht ablenken lassen. Auf Letzteres achtete er ganz besonders …

Tja, und genau heute vor drei Wochen war es, dass der rüstige Rentner den neuen Freund seines Augapfels mit in seine winzige Einliegerwohnung genommen hatte. Opa Hermann war richtig begierig darauf aus, dass sich Mario ein bestimmtes Foto-Album ansah. Dieses enthielt ausschließlich Aufnahmen von Katja bei Wettkämpfen, auf Siegertreppchen und den ein oder anderen ausgeschnittenen Zeitungsartikel. Zu jedem Bild oder Bericht stand in feinster Handschrift daneben vermerkt, um welches Rennen es sich dabei gehandelt hatte. Er spürte wie ungemein stolz der Greis auf seinen Liebling war. Als sich Mario echt interessiert durch das Album mit den unzähligen Aufnahmen seiner Freundin blätterte, wiederholte sein Gastgeber gebetsmühlenartig, dass Katja so talentiert und ehrgeizig, wie sie nun mal sei, zu einem großen Verein wechseln müsse und werde. Dann kam Opa, was er sehr gerne tat, auf sich zu sprechen. Er erzählte leicht prahlerisch, wie er früher als junger Mann, also vor und auch noch nach dem Krieg, beim SV Rheinland, Fußball gespielt habe. Seine Position sei die des linken Läufers gewesen. Denn flott rennen habe er damals sehr gut gekonnt!

»Und geboxt habe ich«, ergänzte Hermann energisch und deutete in Richtung von Marios Kopf eine schwungvolle Rechts-Links-Rechts -Kombination an. »Einmal«, fuhr der alte Mann beseelt fort, »einmal, ich glaube, es war Ende der Vierziger, habe ich sogar mit deinem Namenskollegen eine Sparrings-Runde auf das Parkett gelegt. Ja, so war das! Nicht viele können von sich behaupten, dass sie mit dem berühmten Herrn Adorf im Ring gestanden haben und ganz im Vertrauen, Mario hat mir kurz vor Ende der Runde einen Leberhaken verpasst, der es in sich gehabt hatte. Meine Herren, sag' ich nur! Ja, Sport ist halt nix für Mimosen. Was einen nicht tötet, macht einen nur noch härter! Nicht wahr, Mario?!« Wieder ließ Hermann in Richtung des staunenden jungen Mannes eine wilde Dreier-Kombi folgen, bei der ein Schlag dessen Nasenspitze leicht tuschierte.

Der Getroffene fasste sich reflexartig an den Riechkolben, wich mit seinem Oberkörper zurück und schaute sein grinsendes Gegenüber leicht genervt an. Er wartete allerdings vergeblich auf eine Entschuldigung des Alten. Dieser sprudelte stattdessen munter weiter, dass Katja ganz sicher seine Gene geerbt habe, um es im Sport weit zu bringen. Und er werde seinen Liebling natürlich tatkräftig unterstützen. Überall, wo es nötig sei! Mario fand es sehr auffällig, wie resolut und besitzergreifend zugleich der verdrehte Box-Opa »seinen Liebling« gesagt hatte. Obwohl er höchstens eine halbe Stunde von Hermann Jäger zugetextet worden war, keimte in ihm zunehmend der Verdacht auf, dass es dem alten Knacker überhaupt nicht in den Kram passte, dass Katja ihn als Freund hatte. Okay, der seltsame Greis sagte ihm dabei zwar nicht ins Gesicht, er habe gefälligst die Finger von seinem Augapfel zu lassen und solle sich sofort verpissen. Doch dessen zynisch durch die Zähne genuscheltes »*nimmii lang, dann moos sesch may Leevje suwisuuh ümm annere Saache kümmere, dann hat ttse och kään Zait mii füa desch, woad ahf*«, ließ in Marios Wahrnehmung keinen Zweifel daran, dass der Alte heilfroh darüber gewesen wäre, wenn es mit Katja und ihm lieber heute als morgen zu Ende wäre.

Umso erfreulicher war es dann, dass ausgerechnet Jürgen, der doch selbst fanatisch an der sportlichen Karriere ihres einzigen Kindes feilte, das Liebespärchen mit einer unerwarteten Offerte beglückt hatte. Denn er schlug den beiden letzte Woche vor, Mario dürfe, wenn sie beide denn wollten, kommenden Samstag hier im Hause Jäger übernachten.

»Dann habe ich euch wenigstens unter Kontrolle«, lachte Dschäädschääh augenzwinkernd, »denn wir können uns schon vorstellen, was abgeht, wenn ihr alleine seid. Wir leben ja schließlich auch nicht hinterm Mond. Naja, was Margot und ich damit sagen wollen, besser ihr seid hier, als irgendwo im Wald … außerdem ist es im Bett mit Sicherheit bequemer als auf der Rückbank deines Kadetts, Mario, oder?«

Und Katjas Vater sollte Recht behalten. In Katjas Bett war es bequemer als auf der engen Rückbank … Und abgesehen davon, dass ihr kauziger Opa Mario mal wieder kritisch beäugt hatte, als er ihnen abends im Hausflur begegnete, war es wirklich eine tolle Nacht. Nicht so ausschweifend wie auf Texel, weil Katja am nächsten Tag einen wichtigen Wettkampf hatte, doch wirklich schön.

»Ein Hoch auf Dschäädschääh!«, hatte Mario in Gedanken gejauchzt.

Was das Liebespärchen wusste, war, dass sie sich am heutigen Sonntag leider nicht mehr zu Gesicht bekommen würden. Dies lag zum einen darin begründet, dass die Achtzehnjährige im Trierer Moselstadion bei den Rheinland-Meisterschaften die 5000 Meter laufen würde. Und zum anderen daran, dass Mario in seiner Eigenschaft als Zivi ab zehn Uhr Dienst im Klösterchen hatte. Was die zwei nicht ahnten war, dass sein Zurückschauen zur geöffneten Haustür, aus der ihm Katja nach ihrer innigen Verabschiedung lieb zuwinkte, ihr letzter gemeinsamer Augenblick gewesen sein sollte … Mario nutzte also die Zeit vor seinem Arbeitsantritt im Altenheim, um eine lockere Runde vom Schützenplatz in den Freizeitpark und wieder zurück zu joggen. Vom tragischen Schicksal seines Vereinskameraden, der gestern Abend am Kieshügel des Brechwerks sein Leben aushauchte, hatte er bis dato keine Kenntnis … und dabei sollte es auch bleiben …

Unabhängig davon hatten sich Schlappi und Peter ihm gegenüber reichlich merkwürdig verhalten, seitdem er mit Katja liiert war. Zumindest hatte er den Eindruck, weil ihn die zwei Pappnasen mieden, als hätte er die Krätze. Außer einem flüchtigen »Hallo« und »Tschüss«, kam von den beiden nichts. Gemeinsame Läufe außerhalb des Vereinstrainings hatten nach Texel auch keine mehr stattgefunden. Der etwa gleichaltrige Peter war ihm neulich rein zufällig im »Kaufhof« begegnet.

»Hä? Was soll sein? Ist alles okay!«, hatte ihm der Industriekaufmann-Lehrling auf sein Nachfragen hin abwiegelnd geantwortet und ihn keine Sekunde später mit einem fadenscheinig anmutenden »auh Mist, ich muss noch für BWL lernen« einfach stehen gelassen. Und Bernd Gans alias Schlappi? Immer, wenn er in dessen Dunstkreis kam, tat der Knilch so, als hätte er ihn nicht gesehen. Alles sehr, sehr seltsam!

Katja war deren komisches Verhalten ihrem Freund gegenüber ebenfalls nicht entgangen. Allerdings hatte die Achtzehnjährige im Unterschied zu ihm eine starke Vermutung, woran es liegen könnte, was sie ihm jedoch verschwieg. Stattdessen meinte Katja nur, dass Schlappi sie sowieso nicht mehr alle hätte und Peter sich zu sehr von dem Blödmann beeinflussen ließe.

Die klare Morgenluft durchströmte Marios Lunge. Er mochte die frühe Stille und die angenehme Kühle im schmalen Tal der Nette. Kurz hatte er gegrübelt, ob eine Atomwolke aus Tschernobyl tatsächlich bis hierher in die Eifel ziehen und deren Niederschlag alles auf Jahre radioaktiv verseuchen könnte. Doch ehe er sich in dieses brandaktuelle Thema, welches weiten Teilen Europas heftige Sorgen bereitete versteigen konnte, ließ ihn »Cold Days, Hot Nights« von »Moti Special«, also eines von Katjas Lieblingsliedern, den GAU und seine möglichen Folgen für immer vergessen ... So trabte er leichtfüßig, den Kopf voller Bilder seiner Freundin gen Freizeitpark. Rechterhand plätscherte die Nette in ihrem steinigen Bett dahin. Nur noch wenige Schritte waren es bis zur niedrigen Betonbrücke, dann würde er das seichte Flüsschen überqueren.

Mario lächelte vergnügt. Er malte sich in Gedanken aus, was die Zukunft für Katja und ihn alles bereithalten würde. Heirat, Haus, Kinder! Jede Menge tolle Ereignisse! Doch bevor die Familienplanung ernsthaft in Angriff genommen werden konnte, musste natürlich zuvor noch eifrig »geübt« werden. Verschmitzt grinsend dachte der junge Mann an die vergangene Nacht mit seiner großen Liebe und automatisch auch daran, dass Katja zum Glück Kondome gekauft hatte. Denn verpeilt wie er manchmal war, hatte er doch glatt vergessen, sich welche in der Apotheke zu besorgen. Okay, seine Freundin nahm zwar die Pille, doch mit blanker Klinge war bei ihr trotzdem nichts zu machen.

»Doppelt gemoppelt hält besser«, war ihr fester Standpunkt bezüglich Verhütung und außerdem hatte Katja tierische Angst davor, dass sie sich mit diesem neuen AIDS-Virus infizieren könnte. Fest stand jedenfalls, dass das Pärchen letzte Nacht gerne mehr als nur eine Lümmeltüte verbraucht hätte und nach der flotten Nummer anstatt Cola und Sprudelwasser gerne etwas Alkoholisches getrunken. Doch wenn Katja tags darauf ein wichtiges Rennen hatte, mussten sie sich leider zusammenreißen. Außerdem würde es noch viele weitere heiße Nächte geben, in denen sie sich leidenschaftlich austoben können würden. Dessen war er sich gewiss. Die riesige Vorfreude auf jede Menge Sex, ließ seine Sporthose im Lendenbereich ziemlich spack werden. Frei nach dem Motto: »Frühling ist es im Kalender und ich kriege einen …«

Obwohl Mario wirklich langsam lief, also im Fachjargon noch nicht einmal in der Grundausdauer-1-Intensität, fiel ihm das Atmen unvermittelt schwerer und schwerer. Ein sehr beklemmendes Gefühl, ganz so, als würde man die Luftzufuhr abdrehen, überkam ihn. Vergleichbar mit dem Eintauchen in die Sauerstoffschuld auf den letzten knüppelharten fünfzig Metern einer irreschnellen Stadionrunde, die man vom Start weg, volle Pulle gerannt war. Doch wie der junge Jogger bald herausfinden sollte, gab es einen kleinen, aber feinen Unterschied zwischen seinem derzeitigen Befinden und dem nach der Absolvierung eines rasanten Langsprints. Denn auch wenn er nach der enormen Anstrengung quasi mausetot hinterm Zielstrich lag, erholte er sich als durchtrainierter Athlet nach der Hatz wieder fix. Dem anschließenden lockeren Auslaufen, einer Ehrenrunde im Stadion zur Entgegennahme der Huldigungen oder auch einer weiteren schnellen Einheit stand ihm dann für gewöhnlich rein gar nichts im Wege.

Nicht jedoch jetzt … Keine Erholung. Kein lockeres Auslaufen. Kein Ehrenründchen. Keine schnelle nächste Einheit. Marios Körper wollte sich partout nicht mehr aufraffen! Stattdessen fuchtelten seine Arme unkontrolliert in der Luft herum. Die Hände langten jedoch dauernd ins Leere. Nur einmal erwischte die Linke etwas und packte reflexartig zu. Unaufhaltsam schwanden ihm Sinne und Kräfte. Ein allerletztes Mal bäumte sich Mario verzweifelt auf. Hektisch griff er sich mit beiden Händen wieder an die Kehle. Suchte nach erlösender Befreiung… Doch die Schlinge um den Hals zog sich zu. Fester und fester! Tiefer und tiefer!

»Cold Days, hot Ni …« Jäh brach die schöne Musik ab. Ihr folgte nun eine schauderhafte Melodie ohne jeglichen Rhythmus, nur bestehend aus furchterregendem Gesang und begleitet von dumpfen Bassschlägen. Der Liedtext enthielt auch keine Worte von kalten Tagen und heißen Nächten. Es war nur … eine Ode … eine entsetzliche Ode an den Tod. Und er selbst war der Interpret. Beschleunigte Pulsschläge pochten in seinem Kopf so gewaltig, dass ihm die Augen vortraten. Das Bersten des Schädels musste unmittelbar bevorstehen. Und der Gesang? Der Gesang war bloß sein taktloses Japsen, in dem sich all seine Not, seine Verzweiflung und seine schiere Angst gebündelt hatten.

Die massive Betonbrücke tanzte plötzlich federleicht vor ihm herum, ehe sie bald darauf mit dem aufkommenden, schmutziggrauen Nebel verschmolz. Kurz, sehr kurz vernahm der Todgeweihte hinter sich flüsternden Backround-Gesang. Leider zu kurz, um zu erkennen, was sie sangen …

Mario öffnete den Mund. Nicht zum Singen. Nur um zu schreien. Ob schön oder schräg war ihm egal. Sein Geist befahl verzweifelt: »Schrei' Hilfe! Hilfe! Hilfe!« Seinem Körper war der Befehl völlig schnurz. Er missachtete ihn einfach. »Schrei' Hilfe! Du … kriegst … doch … keine … Luft … mehr … keine … Luft … Hilfe … Hil … fe …« Doch so sehr das in den letzten Zügen liegende Bewusstsein auch rang und kämpfte, kein erkennbarer Laut gelangte mehr über die Lippen des störrischen Leibes.

Am Ende war Mario Wild wieder vollkommen entspannt. Er musste sich nun wahrlich keine Sorgen mehr machen, denn er befand sich in guten Händen. Und diese kümmerten sich rührend um ihn. Ohne sein Zutun bettete man ihn sogleich ins saftig grüne Gestrüpp am Wegesrand, damit er sich nach der Tortur ausruhen möge. Jemand nahm das Kettchen mit dem Namensanhängerchen, auf dem »Katja« eingraviert war, fürsorglich an sich. Denn nicht, dass es ihm wohlmöglich gestohlen würde. Diebesgesindel gab es in der Eifel schließlich zu genüge. Bald darauf war Mario Wild wieder alleine. Still ruhte der junge Läufer im kühlen Tal der Nette. Er hatte das Ziel erreicht. Allerdings nur als Zweiter. Denn Schlappi war, aus welchem Grund auch immer, schneller gewesen als er.

Kapitel 18

Kommissar Weller hockte lässig in seinem Bürostuhl. Er legte den Telefon-Hörer auf die Gabel. Im Hintergrund dudelte das Kofferradio auf der Fensterbank leise vor sich hin. Zehn Uhr. Sie spielten den markanten Jingle als Vorboten der stündlichen Nachrichten. Kaum, dass das Geklimper verklungen war, wünschte die Sprecherin der geneigten Hörerschaft einen guten Morgen und startete sogleich mit dem Top-Thema dieser Tage, der Reaktorkatastrophe von Tschernobyl.

Das Interesse des Ermittlers lag allerdings aktuell nur in zweiter Linie beim GAU und dessen möglichen Auswirkungen. Vielmehr galt sein uneingeschränktes Engagement der Aufklärungsarbeit im Mordfall Bernd Gans, wenigstens solange wie er sich im Dienst befand. Im Rahmen dessen hatte er vorhin mit Polizeimeister Ernst Hamann telefoniert. Also mit einem der Mayener Schutzpolizisten, welcher nicht nur am Fundort der Leiche, dem Kieshügel am Brechwerk im Nettetal, zugegen war, sondern ihn auch später am Abend, zusammen mit dessen Kollegen Konrad Witzel zur Ehefrau des Opfers begleitet hatte. Hamann war derjenige der beiden Uniformierten gewesen, der sich an der niedrigen Kellerdecke im Haus des Ehepaars Gans den Kopf ziemlich doll angestoßen hatte und seitdem mit einer amtlichen Beule am Schädel herumspazierte. Doch Glück im Unglück, denn dieses Malheur hatte offenbar seine Sinne so sehr geschärft, dass er quasi im Anschluss daran das Döschen mit den seltsamen Tabletten in den Crosslauf-Schuhen und die rund 5000 D-Mark in den Siegerpokalen des toten Sportlers aufspürte. Sprich jene Sachen von denen Cornelia Gans anschließend vorgab, überhaupt keine Ahnung davon zu haben.

»Was macht der Kopf?« Auf Wellers Nachfrage hin hatte sich Hamann vorsichtig mit der flachen Hand über die ramponierte Stelle gestrichen und mit zischendem Einziehen der Luft durch die geschlossenen Zähne den Berührungsschmerz quittiert. Da er nicht als wehleidige Memme rüberkommen wollte, riss er sich zusammen und antwortete hörbar angestrengt: »Geht schon, Herr Kommissar, geht schon. Wir Eifeler Dickköppe sind halt unverwüstlich.«

Sodann informierte der Mayener Polizeimeister den leitenden Ermittler, dass Cornelia Gans nun endgültig von der Liste der Verdächtigen gestrichen werden könne. Seine Überprüfungen hätten ihr Alibi bestätigt. Ohne seinem Gesprächspartner von Angesicht zu Angesicht gegenüber zu stehen, war für Weller unverkennbar, dass dieser bei der darauffolgenden Detailerläuterung an manchen Stellen breit grinste: »Allerdings war die Frau des Toten nicht, wie von ihr am gestrigen Abend behauptet, mit ihren Ü-30-Tennis-Damen im Club-Haus beisammen. Nein, nein! Bei ihrer Vereinskollegin Melanie Fürst hatte sie sich am Nachmittag kurzfristig wegen Migräne abgemeldet. Tja, mit dieser neuen Erkenntnis haben wir dann Frau Gans konfrontiert. Und siehe da, unsere lustige Witwe erholte sich von der Migräne wohl so schnell, dass sie sich noch fit genug für ein paar private Tennisstunden fühlte. Sie gestand uns ziemlich kleinlaut, dass sie sich in der fraglichen Zeit mit ihrem Tennislehrer, einem gewissen Italiener Namens Luigi Scorpadoni, in dessen Wohnung getroffen hatte. Und gestern Abend, als wir ihr den plötzlichen Tod ihres Mannes mitteilten, habe sie sich uns gegenüber wegen ihrer Affäre einfach geschämt. Nur deswegen, das betonte Frau Gans mit Nachdruck, habe sie die Unwahrheit gesagt.

Auf mein Nachhaken hin gab sie immer noch sehr kleinlaut an, dass obwohl die Geschichte mit Luigi bereits ein halbes Jahr ginge, Bernd offenbar nichts bemerkt habe. Dann wich ihre Zurückhaltung. Indirekt schob sie ihrem verstorbenen Mann die Schuld für ihr Fremdgehen zu. Sie polterte munter drauf los, dass dieser sich in der letzten Zeit schließlich nur noch für die blöde Rennerei interessiert und sie und ihre Bedürfnisse vernachlässigt habe. Dass sie zum Beispiel kochen konnte, was sie wollte, doch der feine Herr habe kaum was gegessen, weil er angeblich keinen rechten Appetit habe. Vielmehr habe dieser undankbare Quast bestimmt nur Angst davor gehabt, dass er zwei Gramm zunimmt, hatte sie zynisch gezischt. Außerdem sei ihr aufgefallen, dass er seit dem Trainingslager auf Texel vor Ostern ziemlich hektisch, nervös und gereizt gewesen sei. Ein echtes Nervenbündel sei er gewesen! Und gezittert habe er ab und zu wie aus heiterem Himmel. Schlimmer wie ein Tattergreis! Doch wenn sie ihn gefragt habe, was mit ihm los wäre, hätte er sie bloß blöde angeblafft: Was soll schon sein?«

Sowie Polizeimeister Hamann dem Kommissar im Anschluss weiter berichtet hatte, hatte Scorpadoni das Schäferstündchen mit Frau Gans bestätigt: »Ääh, *Scusi, scusi Signor Poliziotto*! Abe wasse solle ike maake, wenn *de bella* Cornelia komme zu Luigi unde fragte ihn nach tu maake *tanto amore*, hää? So Luigi unde *bella* Cornelia maake *tanto amore*! ... *Tanto amore*! *Ciao Ragazzi*! Ähh, *scusi*! Auf Wiedersehen, Herr Poliziste!«

Ferner läge dazu auch die Aussage eines aufmerksamen Nachbarn des hilfsbereiten Tennislehrers vor. Der Nachbar, seines Zeichens Rentner mit Namen Adolf Hinkelsberger, bestätigte exakt die Angaben der beiden Turteltauben. Denn so wie sie sich vergewissern konnten, hatte der schneidige Aufpasser einen unverbauten Blick ins Schlafzimmer seines Nachbarn und auf die Straße: »Mir entgeht nichts, Polizeimeister Hamann. Heute nicht und früher nicht! Ja, früher, mein Jung, das waren noch Zeiten. Da herrschten noch Zucht und Ordnung! Damals war ich Blockwart. Blockwart Adolf Hinkelsberger. Mir entging nichts, mein Jung! Und ich sage es immer und immer wieder ... es war damals nicht alles schlecht ... nein, nein ...«

Zum Ende seines fernmündlichen Statusberichtes hatte Hamann den Kommissar noch wissen lassen, dass Frau Gans erst gegen Abend des heutigen Sonntags zwecks Identifikation ihres verblichenen Gatten in der Rechtsmedizin erscheinen werde.

»Sie entschuldige sich dafür, weil sie es einfach nicht schneller schaffen würde. Als Begründung gab sie an, dass sie noch eine gewisse Zeit brauche, um sich mental und emotional auf den bestimmt sehr schaurigen Anblick vorzubereiten. Und dass ihr geliebter Bernd sie so unverhofft alleine gelassen habe, dass müsse sie auch erstmal in aller Stille für sich verarbeiten.« Allerdings traute Hamann der lustigen Witwe in Punkto Trauer und deren Bewältigung nicht so recht über den Weg: »Wer's glaubt, wird selig! Sie hat doch längst ihren Trauerbegleiter gefunden ... *scusi, scusi*!«

»Mayen, interessantes Städtchen. Ein aufgespießter Läufer, eine lustige Witwe, ein liebestoller italienischer Tennislehrer und ein alter Brauner. Illustre Mischung! Bin gespannt, was mich noch erwartet!«, sinnierte Weller schmunzelnd nach. Er stand auf.

Gerade, als er das Kofferradio ausschalten wollte, las die Sprecherin die Nachricht bezüglich des toten Läufers vom Nettetal vor und dass die Polizei noch keine konkrete Spur habe.

»Na klasse«, knurrte der Kommissar und drehte der Kiste den Saft ab. »Ich frage mich, wie die Journaille so schnell von der Sache Wind bekommen hat. Denn wir haben noch keine offizielle Pressemitteilung rausgehauen. Es kann eigentlich nur einer gesprudelt haben, der gestern Abend am Kieshügel dabei gewesen ist ...« Als möglicher Presse-Informant fiel Fritz auf Anhieb nur der Finder der Leiche, also Bernd Gans Vereinskollege, ein. »Sollte ich mit meiner Vermutung richtigliegen, werde ich mit dem redseligen Seppo mal Tacheles reden müssen. So geht's ja schließlich nicht!«

Wie vor circa einer Stunde mit Rechtmedizinerin Frau Doktor Anja Hasenfurth-Kimmel besprochen, begab sich Kommissar Weller nun wie vereinbart zur KTU, deren Laboratorien im Nachbargebäude des Präsidiums untergebracht waren. Er durchquerte rasch den im Innenhof gelegenen Parkplatz für Dienstfahrzeuge und keine drei Minuten später, nachdem er die Tür seines Büros krachend zugeworfen hatte, kreuzte der Kripobeamte erwartungsvoll schauend an Lockkopfs völlig überladenem Schreibtisch auf.

»Tach Fritz«, begrüßte der Kriminaltechniker den Ankömmling und schlürfte dabei wie üblich einen dampfenden Darjeeling-Tee aus dem stilechten China-Porzellan Tässchen. Einem Erbstück von der Tante seiner Oma mütterlicherseits, deren Nachbarin.

»Herr Kommissar«, hieß auch die bereits anwesende Rechtsmedizinerin den Ermittler etwas förmlicher willkommen. Einerseits, weil es ihrer distanzierteren Art entsprach. Andererseits, weil die beiden am heutigen Morgen schon das Vergnügen miteinander hatten. Frau Doktor schälte sich gerade genüsslich eine Banane und aß die Frucht mit Wonne. Für die zwei Männer ein sehr erhebender Anblick!

»Guten Morgen zusammen!« Fritz Wellers forsche Worte beendeten abrupt alle nur möglichen erotischen Fantasien. Zudem enthielt sein Morgengruß nicht nur diese gut hörbare Botschaft, sondern auch seine nicht ausgesprochene Nachfrage an die beiden Wissenschaftler bezüglich ihrer Untersuchungsergebnisse. Dieses Ritual hatte sich in den Jahren der gemeinsamen Zusammenarbeit zwischen ihm, Lockenkopf und Gruft-Jaki eingebürgert. Hasi, als temporäre Urlaubsvertretung Gruft-Jakis, wusste von dieser informellen Regelung allerdings nichts. Zwar kannte sie inzwischen einige von Kommissar Wellers Marotten, doch bei Weitem noch nicht alle. Die promovierte Forensikerin warf die Bananenschale in den Mülleimer neben Lockenkopfs

Schreibtisch und schaute den eigenwilligen Ermittler eine gefühlte Ewigkeit erwartungsvoll an.

Lockenkopf, der wie Fritz der Rechtsmedizinerin ihre leichte Irritation angemerkt hatte, sorgte flugs für Klarheit. Er trank einen Schluck Tee, lächelte Frau Hasenfurt-Kimmel freundlich an und sagte: »Ladies First, Frau Kollegin!« Dann deutete der KTUler kurz mit dem Kopf auf Fritz, während er fortfuhr: »Hier unser Herr Weller ist mitunter kein Mann großer Worte!«

»Und auch kein Mann, der auf wissenschaftliche Details wert legt. Immer schön allgemeinverständlich bleiben, beim guten Fritz, hatte mir Dr. Jakob geraten«, entgegnete Gruft-Jakis Urlaubsvertretung munter, schaute nur Lockenkopf lächelnd an und imitierte dessen Kopfwinken in Richtung des Kommissars.

»Genauso isses, Frau Doktor. Bitte schön einfach, sonst bin ich spätestens nach dem Ypsilon-Schnitt raus«, feixte Weller locker und zwinkerte der Forensikerin zu.

»Nun gut«, antwortete Anja Hasenfurth-Kimmel aufgrund Lockenkopfs generöser Vorlage und begann mit ihren schnörkellosen Ausführungen, »unsere rechtsmedizinischen Untersuchungen an Bernd Gans Leichnam haben bisher Folgendes ergeben: Die Todesursache war, wie bereits gestern Abend am Fundort von mir prognostiziert, der Speerstoß ins Herz. Der Tod selbst trat in kürzester Zeit ein. Des Weiteren haben mein Mitarbeiter Herr Huber und ich den Inhalt des Magens exakt und die des Blutes sowie des Urins aufgrund der knappen Zeit zumindest schon einmal in etwa bestimmen können. Soll heißen: Käsekuchen mit Mandarinen und Nudeln mit Tomatensoße im Magen des Opfers, also eine typische kohlenhydratreiche Läufernahrung. Erhöhter Laktatspiegel, sprich hohe Milchsäureanreicherung im Blut, das ich dem Toten gestern vor Ort entnommen hatte. Dies lässt auf dessen entsprechend intensive Trainingsbelastung im unmittelbaren Vorfeld des Mordes schließen. Thema Blutbild: Alle

Bestandteile lagen im Normbereich, außer der Eisenwert, der etwas zu niedrig war. Das heißt, alles Werte, die für einen Ausdauersportler normal sind.

Kommen wir nun zu den Punkten, die nicht so ganz normal sind und hier wird es nun allmählich wirklich interessant. So beinhaltete das Blut wie auch der Urin des toten Läufers die exorbitant hohe Konzentration eines entzündungshemmenden Schmerzmittels. Diesbezüglich hatte ich Herrn Huber gebeten, dass er Knie, Hüfte und Fußgelenke des Toten überprüft. Und wie er mir vorhin noch rasch mit auf den Weg gab, stellte er dabei fest, dass beide Kniegelenke hochgradig entzündet waren, und sich zudem an der Hüfte eine beginnende Arthrose andeutete. Um die heftigen Schmerzen besser zu ertragen, nahm das Opfer sehr wahrscheinlich schon seit Längerem dieses hochdosierte Schmerzmittel ein.

So, meine Herren, und jetzt wird es richtig spannend. Denn wir entdeckten bei Analyse von Blut und Urin noch weitere, wie soll ich sagen, sehr spezielle Wirkstoffe und Substanzen, wie zum Beispiel Amphetamine, Ephedrine und zudem Spuren von Kokain.«

»Dieselben Bestandteile fanden sich auch in den ominösen Pillen, die ihr im Haus des Opfers gefunden habt, Fritz«, warf Lockenkopf fix von der Seite ein, ehe die Rechtsmedizinerin ihr Resümee und die damit einhergehende, logische Schlussfolgerung Kommissar Weller praktisch in den Mund legte.

»Schlussendlich weisen unsere Untersuchungsergebnisse sowie jene der KTU-Kollegen bezüglich der gefundenen Tabletten darauf hin, dass das Opfer mit der Einnahme unerlaubter Mittel seine Leistungsfähigkeit steigern wollte.«

»Einfach ausgedrückt, Bernd Gans hat gedopt. Korrekt?«, fasste Weller kurz zusammen.

»Davon ist auszugehen«, bestätigte Frau Hasenfurth-Kimmel.

»Unglaublich«, staunte Lockenkopf, »ich habe bisher immer gedacht, dass Doping in der Leichtathletik nur im Hochleistungssport und nicht im Breitensport vorkommt. Und wenn einer dopt, dann doch hauptsächlich der Ostblock.« Der KTUler hielt kurz inne und fuhr dann nach einer kleinen schöpferischen Pause fort: »Da gibt's doch diese eine Mittelstreckenläuferin … Olga, Jana wie auch immer … die die alles in Grund und Boden rennt. Die sieht doch aus wie ihr eigener Bruder … Also bitteschön, wenn da nicht nachgeholfen wurde. Oder schaut euch mal denen ihre Kugelstoßerinnen oder Schwimmerinnen an … Mensch, das sind ja wahre Untiere, denen ich sicher nicht im Dunkeln begegnen möchte … da wird einem schon beim Anblick, Angst und Bange.«

»Ganz zu schweigen davon, dass die Einnahme von Dopingmitteln bei männlichen Athleten die Potenz beeinträchtigt und den Pillemann schrumpfen lässt«, kommentierte die Forensikerin ironisch von der Seite, grinste dabei Weller und Lockenkopf schelmisch an. Direkt im Anschluss an das kleine, unverhofft humoristische Intermezzo wich das Spaßige abrupt wieder aus ihren Worten und ihrem Tonfall. Mit gesenkter Stimme fuhr sie angefasst klingend fort: »Vor einem dreiviertel Jahr berichtete mir ein befreundeter Arzt aus Süddeutschland von einer jungen Athletin, die ihnen auf der Intensivstation aufgrund von Multiorganversagen quasi unter den Händen weggestorben war. Es stellte sich heraus, dass sie über einen längeren Zeitraum diverse Präparate zur Leistungssteigerung durcheinander eingenommen hatte beziehungsweise ihr verabreicht wurden. Die Frau wurde am Vortag ihres Todes erst 22.«

Schweigen. Irgendwo läutete ein Telefon.

»Was ich damit sagen will«, ergänzte Anja Hasenfurth-Kimmel nach der kleinen Pause energisch, »es ist lebensgefährlich, sich irgendein Dreckzeug einzuwerfen!«

»Hm«, grübelte der Kripobeamte, »unser Opfer hatte laut der Aussage seiner Witwe in der letzten Zeit keinen rechten Hunger, war nervös und leicht reizbar. Wenn ich nicht komplett danebenliege, dann können diese unliebsamen Nebenwirkungen durch die Einnahme von Amphetaminen, Ephedrinen und Kokain ausgelöst werden, richtig?«

»Ich bin erstaunt, Herr Kommissar«, nickte die Rechtsmedizinerin anerkennend. »So ein paar wissenschaftliche Zusammenhänge kennen Sie ja doch!«

»Na ja«, entgegnete Weller grinsend.

»Ja, in der Tat können diese negativen Effekte auftreten und dazu noch Halluzinationen, Angstzustände, Bluthochdruck und Herzrasen bei den Betroffenen verursachen. Und wie bereits gesagt, halt eben auch bei besonders schweren Verläufen zu Multiorganversagen, sprich zum Exitus führen.«

»Okay, verstanden! Vielen Dank für Ihre Arbeit und die erhellenden Infos, Frau Doktor«, antwortete Weller, schenkte der Forensikerin ein bewunderndes Lächeln und wandte sich anschließend an Lockenkopf: »Da unser Opfer nicht an Multiorganversagen verschieden ist, sondern nur daran, dass seine Pumpe den Speerstoß nicht so gut vertragen hatte, was gibt es denn bezüglich der Mordwaffe für Erkenntnisse?«

»Ich habe schon gedacht, du fragst nie«, antwortete der Wissenschaftler leicht tuntig angehaucht und spielte den Pikierten. Die Rechtsmedizinerin quittierte die recht kindische Einlage, wie sie meinte, mit einem leicht genervten Augenrollen. Offenbar konnten die beiden gestandenen Männer selbst angesichts eines unerfreulichen Ereignisses, welcher ein Mord verständlicherweise nun mal war, ihre spätpubertären Mätzchen einfach nicht sein lassen. Fritz schmunzelte kurz und beschränkte sich seinerseits auf ein aufforderndes, simples »Bitteschön, Herr Kapellmeister«. Hans Müller, alias Lockenkopf trank den letzten, inzwischen nur noch lauwarmen Schluck Darjeeling und gab anschließend betont sachlich an, dass es sich beim Mordwerkzeug um einen 1000 Gramm schweren Wurf-Speer handele, welcher in der Leichtathletik für gewöhnlich in den Jugend-Altersklassen verwendet werde. Bei ihren Nachforschungen fänden sich am Frotteeband im zentralen Bereich des Sportgerätes, also dort wo der Speer normalerweise von den Athleten beim Wurf angefasst werde, Rückstände von Talkum, Fett und Schweiß. Zudem gäbe es auf dem gesamten Speer reichlich alte Fingerabdrücke, viele davon allerdings leider verschmiert. Doch wären auch zum Glück eine Menge neuer und zudem vollständige Abdrücke darauf vorhanden, welche aufgrund deren Anordnung die These vom tödlichen Stoß in den Brustkorb des Opfers zweifelsfrei belegten. Allerdings seien diese frischen Fingerabdrücke nicht mit denen auf den Pokalen des Opfers, den darin gefundenen Banknoten und dem Pillendöschen identisch.

»Wäre ja auch zu einfach gewesen!«, zischte der Erkennungsdienstler zynisch und schüttelte unwirsch seinen mächtigen Afro. »Auf diesen Fundstücken sind neben den Fingerabdrücken des Toten wieder andere, ebenfalls ziemlich gut erhaltene vorhanden. Zu wem diese anderen Abdrücke gehören, ist uns aktuell zwar noch nicht bekannt, doch der Abgleich mit den einschlägigen Datenbanken läuft bereits auf Hochtouren. Vielleicht bekommen wir über den Weg eine heiße Spur zum Täter. Und, Fritz, bevor du fragst, hier noch deine spezielle Gutenacht-Lektüre mit allen bisherigen Unterlagen zum Fall Bernd Gans.« Mit einem gezielten Griff fischte er sich jene graue, gut gefüllte Kartonpapier-Umlaufmappe aus dem schieren Dokumenten-Wust auf seinem Schreibtisch, welche sämtliche Untersuchungsdetails, Beschreibungen des Fundorts, Fotos et cetera beinhaltete.

»Danke dir, werde ich mir unters Kopfkissen legen«, entgegnete der Kripobeamte augenzwinkernd und nahm die Mappe an sich. Weller hatte Lockenkopf schon vorhin, als das Thema Doping erstmals in ihrer Gesprächsrunde als mögliches Mord-Motiv aufgetaucht war, angemerkt, dass dem KTUler etwas unter den Nägeln zu brennen schien. Er ahnte, was seinen langjährigen Kollegen umtrieb, wusste dieser doch wie viele andere im Präsidium um seine spitzensportliche Vorgeschichte als Moderner Fünf-Kämpfer. Ansatzlos und ohne Erklärung sagte Fritz in ruhigem Tonfall: »Wisst ihr, Doping ist so alt wie der Sport selbst. Und solange das Prinzip *höher, schneller, weiter* gilt, wird es auch Doping geben, in welcher Form auch immer das sein mag.«

Unvermittelt flog die Tür des Labors auf und Lockenkopfs stämmiger Kollege Gunther Glöbmann kam mit hochrotem Kopf hereingeplatzt.

»Es gibt schon wieder eine Leiche in Mayen. Wieder im Nettetal. Wieder ein Läufer«, japste er kurzatmig.

Kapitel 19

»Eins steht fest. Dieser Läufer wurde nicht aufgespießt«, räusperte sich Edgar Huber und deutete auf den unversehrten Brustkorb des Toten. Lässig verschränkte der Schlacks die Arme vor seiner Brust. Im weißem Zellstoffkombi und mit feuerrotem Haarschopf sah der Lulatsch, den sie im Präsidium aufgrund seiner Körpergröße von fast zwei Metern auch »de Lang«, den Langen, nannten, aus wie ein überdimensionales Streichholz. Wie zumeist überragte er auch heute Morgen hier im Nettetal hinter Mayen sämtliche andere Anwesenden um mindestens einen halben Kopf. Inklusive des Opfers. Wobei dies ehrlich gesagt keine besondere Kunst war, denn der Tote hatte es seinerseits bevorzugt, ausgestreckt auf dem Rücken liegend gefunden zu werden. Freudestrahlend schaute de Lang von oben herab in die Runde, mit einem Blick als habe er soeben eine schiere Sensation kundgetan.

Edgar Huber, seines Zeichens rechte Hand Gruft-Jakis beziehungsweise von dessen aktueller Urlaubsvertretung war zum Leidwesen Frau Doktor Hasenfurth-Kimmels wie Weller und Lockenkopf nur selten um einen mehr oder weniger passenden Kalauer verlegen. Die Forensikerin hockte am Wegesrand neben der zwischen Brennnesseln, Farnen und sonstigem Unkraut befindlichen Leiche und notierte sich diesbezüglich gerade stichpunktmäßig die augenscheinlichen Fakten. Energisch unterstrich sie das Wort »Strangulation« dick und fett. Dann stand sie zackig auf und musterte den Scherzbold von Mitarbeiter scharf.

»Und woran machen Sie ihre bahnbrechende Erkenntnis fest, Herr Huber?«, knurrte sie Edgar mürrisch an. »Na los, klären Sie uns auf!«

Der Lulatsch lief nach dem unverhofft barschen Seitenhieb der drahtigen Rechtsmedizinerin sofort puterrot an. Ehe er sich zunächst äußern konnte, funkte Kommissar Weller aus dem Hintergrund dazwischen: »Erkennt man eindeutig am sauberen T-Shirt, nicht wahr, Edgar!«

»Und durchlöchert ist es auch nicht«, krähte Lockenkopf im Vorbeieilen.

»Was für ein Kindergarten!«, murmelte Anja Hasenfurth-Kimmel bei sich und schaute die Männer streng an. Sie konnte solch einen Klamauk bei der Arbeit bekanntermaßen nicht gut ab. Insgeheim jedoch wunderte sie sich gerade etwas über sich selbst, denn tief aus ihrem Inneren heraus säuselte ihr eine umgarnende Stimme ins Ohr, dass sie sich ruhig mal ein Beispiel am lockeren Humor der Ermittlerkollegen nehmen und nicht alles so bierernst sehen solle. Und ein bisschen Quatsch zu machen, gehöre schließlich auch zur Arbeit dazu wie das Brötchen zum Frühstück. Anja musste sich tatsächlich eingestehen, dass die ominöse Stimme, die irgendwie nach jener von Fritz Weller klang, nicht so ganz Unrecht hatte. So ein kleines bisschen mehr Lockerheit würde ihr bestimmt gut zu Gesicht stehen. Denn oft, eigentlich zu oft, wurde in der Vergangenheit über sie gelästert, dass sie doch zum Lachen in den Keller ginge und einfach keinen Spaß verstünde. Zwar leicht verkrampft, doch zumindest mit einem zarten Lächeln um die Wundwinkel wand sie sich nochmals an ihren Mitarbeiter: »Entschuldigen Sie, Herr Huber, dass ich Sie angemotzt habe. Ein kleines Späßchen hi und da ist bestimmt nicht verkehrt.«

»Keine Ursache«, entgegnete Edgar lachend. De Lang hatte sich zum einen rasch wieder gefasst und zum anderen war er keinen Deut nachtragend.

Da Kommissar Weller natürlich noch die beiden Leute, welche den leblosen Körper am Wegesrand gefunden hatten, befragen wollte, drängte er Frau Doktor Hasenfurth-Kimmel und Edgar Huber, ihm rasch einen Abriss ihrer bereits ermittelten Fakten zu geben. Bekannt waren dem Kripobeamten bereits einige grundsätzliche Daten des Opfers: Mario Wild, 21, Zivildienstleistender in einem Altenheim, wohnhaft in Mayen und genau wie der Tote vom Kieshügel ein aktiver Läufer der Leichtathletikabteilung des TSV Mayen. All diese Angaben hatte er vorhin, gleich nachdem er am Fundort eingetroffen war, von Polizeimeister Konrad Witzel erhalten. Wohnte Mario Wild doch mit seinen Eltern schon immer in der Nachbarschaft des Uniformierten. Sodann brachten Hasi und de Lang den ungeduldig mit den Hufen scharrenden Kripobeamten quasi im Duett auf den momentanen Kenntnisstand aus rechtmedizinischer Sicht. Demnach war der Tod infolge Strangulation, genauer gesagt durch Erdrosseln, vor circa zwei Stunden eingetreten. Als Tatwerkzeug diente mit an Sicherheit grenzende Wahrscheinlichkeit das Kopfhörer-Kabel des Walkmans, den der junge Mann bei sich hatte. Passte es doch sehr genau zu den charakteristischen Schnür- und Würgemalen in dessen Halsbereich. Aufgrund der allgemeinen Gemengelage konnte man die ziemlich unwahrscheinliche Variante eines Suizids rasch ad acta legen. Dies lag insbesondere auch daran, dass sich in und an der linken Hand des Opfers einige Haare befanden, die aufgrund von Farbe und Länge definitiv nicht von ihm selbst stammten. Waren diese im Gegensatz zu Mario Wilds dunkelblonder Matte deutlich kürzer und schimmerten zudem in hellem Grau.

»Heißt also, der Mörder pirschte sich klammheimlich von hinten an den joggenden Mann heran. Der Sportler bemerkte seinen hinterlistigen Angreifer nicht, weil er Musik auf den Ohren hatte. Dann griff sich der Täter das Kopfhörerkabel, legte es blitzschnell wie eine Schlinge um den Hals seines arglosen Opfers und schnitt ihm damit die Luft ab. In seinem verzweifelten Todeskampf versuchte Mario, sich zu befreien. Panisch und unkontrolliert wird er nach seinem Angreifer gelangt haben. Aber der junge Mann konnte sich, so sehr er auch rang und kämpfte, nicht mehr aus seiner ausweglosen Lage befreien. Doch zum Glück für uns war sein letzter Kraftakt nicht ganz zwecklos gewesen. Konnte Wild seinem Mörder, und von Mord gehe ich in diesem Fall aus, einige Haare ausreißen.« Fritz hatte unter freundliche Mithilfe Edgars den mutmaßlichen Tathergang während seiner Zusammenfassung schauerspielerisch nachgestellt. Allerdings mussten weder »Opfer Edgar« dran glauben, noch hatte der Kommissar dem Rechtsmediziner einige von dessen roten Haaren ausgerissen. Anja Hasenfurth-Kimmel nickte bestätigend. Ein sanftes Lächeln huschte um ihre Mundwinkel. Dann ging sie in die Hocke und betrachtete sich nochmals die linke Hand des Toten.

»Ja, da sieh einer an«, murmelte Frau Doktor nur Sekunden später erfreut vor sich hin. Hatte sie doch soeben eine weitere, hochinteressante Entdeckung gemacht, mit welcher sie nicht lange hinter dem Berg hielt: »Wenn ich mich nicht täusche, befinden sich unter den Fingernägeln des Toten sehr, sehr dezente Blutspuren.«

»Okay, dann ist die Lösung des Falles ja easy. Denn wir brauchen nur den Einen mit der kahlen, zerkratzen Stelle am Kopf zu finden. Das wird ein Kinderspiel«, antwortete Weller ironisch und fuhr fort: »Doch trotz aller Euphorie, prüft bitte gleich als Erstes, wenn ihr den Knaben auf dem Tisch liegen habt, ob er das gleiche Doping-Dreckszeug intus hat wie sein toter Vereinskamerad. Und checkt auch in einem seine Laktatwerte. Diese müssten, so wie ich die Sache einschätze, deutlich niedriger sein, als jene seines Vereinskollegen. Denn mit Musikbeschallung auf den Ohren macht man für gewöhnlich keine knallharten Tempoläufe, sondern joggt nur relaxed durch die Natur.«

»Egal wie! Ein Habitus, welcher leider den Tod bedeutete«, ergänzte die Forensikerin verhalten. »Hätte er keinen Kopfhörer aufgehabt, wäre er vielleicht noch am Leben und wir hätten es nicht binnen weniger Stunden mit zwei ermordeten Läufern zu tun.«

»Wohl wahr«, antwortete der Kommissar knapp und wand sich ab. Fix stiefelte er nun hin zu den Findern von Mario Wilds Leiche, die soeben Polizeimeister Hamann ihre Aussage zu Protokoll gegeben hatten.

»Man könnte meinen, in Mayen rennen sie alle«, hatte sich Fritz gleich gedacht, sofort als er sah, dass auch diese Finder, wie schon Seppo Igel gestern Abend, in typischer Laufmontur vor ihm standen. Bei der anschließenden, kurzen Vorstellungsrunde kam zudem heraus, dass die junge Frau und der geschätzt zwanzig Jahre ältere Mann echte Insider der hiesigen Läuferszene waren. Das Schicksal meinte es also gut mit dem Kommissar.

Der Mann mit Namen Heiner Glaser war Trainer der TSV-Leichtathleten. In dieser Funktion betreute er bereits seit vielen Jahren eben die Laufgruppe, welcher auch beide Mordopfer angehört hatten. Und zu dieser Truppe zählte auch seine attraktive Laufpartnerin, Sabine Häusler. Selbstredend waren beide natürlich entsetzt vom Anblick ihres leblosen Lauffreundes. Zuerst, so gaben die Zwei unisono an, haben sie vermutet, Mario sei nur bewusstlos, weil ihm vielleicht der Kreislauf abgesackt oder er unglücklich hingefallen war.

»Doch als wir feststellen mussten, dass er nicht mehr atmete … das war schon ein riesen Schock für uns. Gestern Bernd und jetzt Mario«, sagte Sabine leise und wirkte noch immer sichtlich mitgenommen. Es war ein Zustand, der sowohl bei ihr als auch bei Trainer Glaser während der gesamten Unterhaltung mit dem Kripobeamten anhielt.

»Nur so am Rande«, warf Weller ein. »Aus welcher Quelle wissen Sie denn von Bernd Gans' Tod?«

»Aus den Nachrichten im Radio«, antwortete die blonde Läuferin.

»Mayen ist zwar offiziell eine Stadt, doch eigentlich ist es eher ein Dorf. Hier kennt quasi jeder jeden. Und so eine sensationelle Nachricht wie der merkwürdige Tod eines Einheimischen, tja, das geht rum wie ein Lauffeuer. Aufgespießt! Unglaublich! Und ausgerechnet an den Kieshügeln am Brechwerk! Also dort, wo ich ihm noch empfohlen hatte, dass er trainieren solle«, fügte der Übungsleiter kopfschüttelnd hinzu.

»Wenn wir schon mal dabei sind. Gestatten Sie mir noch ein paar Fragen zum gestrigen Opfer, ehe wir uns wieder dem aktuellen Fall widmen«, nahm der Kommissar kurzerhand den Faden auf. »Ich nehme an, Sie besitzen einen Schlüssel zum Stadion und dessen Räumlichkeiten, Herr Glaser, korrekt?«

»Korrekt!«

»Haben Sie auch Zugriff auf Bälle, Disken, Kugeln … und Speere?«

»Nein, tut mir leid. Diese Sachen sind in einem normalerweise abgeschlossenen Schrank, für den in der Regel nur unsere Mehrkampf-Trainer für technische Disziplinen einen Schlüssel besitzen.«

»Normalerweise abgeschlossen? Das heißt, es wäre auch durchaus möglich, dass der Schrank hi und da mal offen ist und sich jeder nach Lust und Laune daraus bedienen könnte, richtig?«

»Ja, könnte schon sein. Aber wer außer den Trainern und hin und wieder ein paar Aktiven, die zwischendurch allein trainieren wollen, würde sich für das Zeug interessieren?«

»Der Mörder zum Beispiel! In diesem Zusammenhang, ich nehme an, Sie beide haben Alibis für den gestrigen Abend. Korrekt?« Fritz Weller schaute Sabine Häusler und Heiner Glaser durchdringend in deren verschwitze Gesichter.

Der Trainer gab an, zum fraglichen Zeitpunkt mit seiner Frau und drei befreundeten Pärchen im Gasthaus »Zur Mühle« gekegelt zu haben.

»Ich habe den ganzen Abend gelesen. Es war aber niemand bei mir, der das bezeugen kann«, murmelte Sabine kleinlaut und zuckte ratlos mit ihren schmalen

Schultern. Sie hatte echt Angst davor, dass der Kommissar sie womöglich verdächtigen könne, Schlappi ermordet zu haben, das sah der Kommissar ihr an.

»Und welche Lektüre?«

»Das Geisterhaus von Isabelle Allende.«

»Gut, gut«, entgegnete der Kripobeamte daraufhin verhalten, nickte sachte und wies die beiden schließlich, dass sie nachher doch bitte eben diese Alibi-Infos sowie die Namen der Technik-Trainer mit Zugang zum Wurfgeräteschrank noch seinen uniformierten Kollegen geben sollen. Weil, und das wäre nur normal, alle Angaben natürlich überprüft werden müssen. Der Ermittler hatte sich an die mehreren Schuhabdrücke, welche von Lockenkopf an der Plateaukante gesichtet wurden, erinnert und daran das deren geschätzte Größe 44 bis 45 war. So war ihm vorhin aufgefallen, dass seine beiden Gegenüber zwar augenscheinlich wie in Glasers Fall zwar die dazu passende Größe, aber ein wohl wasserdichtes Alibi und bei Frau Häusler zwar ein wackeliges Alibi, doch dafür maximal Schuhgröße 38 hatten. Zudem nahm man bei Laufschuhen für gewöhnlich mindestens eine halbe bis eine Nummer größer als bei normalen Straßenschuhen. Denn keine Läuferin und kein Läufer legte gesteigerten Wert darauf, durch das Tragen zu enger Laufschuhe sich die Zehen zu ramponieren.

»So, und jetzt zu dieser Sache hier«, kam Weller dann schnurstracks wieder auf den heutigen Fall zusprechen. Auf seine Nachfrage hin, erzählte die blonde Sportlerin dann davon, dass sie sich ziemlich regelmäßig Sonntagsmorgens treffen würden, um gemeinsam eine Runde durch den Wald zu drehen.

»Eigentlich sind noch ein paar mehr dabei als nur wir zwei. Aber die hatten heute entweder keine Zeit oder starten bei einem Volkslauf im Hunsrück«, berichtete Glaser in ruhigem Tonfall und fügte hinzu, dass es überhaupt ein großer Zufall gewesen sei, dass sie Mario gefunden hätten.

»Ein Zufall?«, hakte Weller neugierig nach. Der Trainer zeigte auf eine kaum erkennbare, lichte Stelle im Gebüsch. Das hieß, von der schmalen Betonbrücke, welche die Nette überspannte, aus gesehen, befand sich der gemeinte Bereich wenige Schritte vom rechten Wegesrand entfernt. Also an jener Seite, an der die bewaldete Flanke eines Hanges steil emporragte. Interessant war, dass die winzige Lichtung von Wellers derzeitiger Position aus betrachtet, nur wenige Meter hinter dem Fundort des Toten lag. Der Kripobeamte forderte Sabine und Heiner auf, ihm zur besagten Stelle zu folgen. Dort angelangt deutete Glaser mit ausgestrecktem Zeigefinger in den Wald hinein. Fritz lugte vorsichtig durchs Blattwerk und siehe da, ein Trampelpfädchen schlängelte sich über Stock und Stein nach oben. Währenddessen erzählte der Mayener Übungsleiter davon, wie sie auch schon zu Protokoll gegeben hatten, dass Bine, also Frau Häusler, korrigierte er sich prompt, und er halt ein gemeinsames Läufchen durch den Stadtwald machten.

»Das Eiterbachtal hoch bis zum Parkplatz am Leichenweg unterhalb Kürrenbergs. Dann rechts rüber bis zum Fünfkantstein. Von da aus die Fraubach runter, an der Hammesmüll vorbei und über den Grennebach Weg durch den Wald zurück in Richtung Mayen. Allerdings, und hier kommt nun der entscheidende Unterschied gegenüber unserer üblichen Route, wollte ich mir heute Morgen genau dieses Pfädchen ansehen, welches den Grennebach Weg mit diesem, unten verlaufenden Weg an der Nette entlang verbindet. Ich dachte mir, sofern der Stich nicht zugewachsen ist, wäre er mit seinen rund 400 Metern Länge sicherlich ein ideales Terrain für Bergläufe.«

»Äh. Kurze Zwischenfrage. Parkplatz am Leichenweg? Der Name scheint wohl Programm zu sein, hier im Mayener Wald. Und Hammesmüll? Eine Müll-Deponie der Firma Hammes? Mir ist gar keine Deponie im Nettetal aufgefallen.« Fritz hatte ein wenig Klärungsbedarf bezüglich der genannten Eifler Begrifflichkeiten.

Da Glaser unbedingt so schnell wie möglich mit seinem Bericht zum Fund ihres toten Vereinskameraden fortfahren wollte, erklärte er dem Unwissenden in wenigen, knappen Sätzen, dass die Bezeichnung »Leichenweg« noch aus dem Mittelalter herrühren würde. Also aus einer Zeit, in welcher der heutige Stadtteil Kürrenberg keinen eigenen Friedhof besaß. So trugen die Dörfler damals ihre Toten über jenen Weg hinab, damit sie unten in Mayen beerdigt werden konnten. Und die »Hammesmüll«, auf Hochdeutsch »Die Hammesmühle«, sei absolut keine Müll-Deponie, sondern vielmehr ein feines Restaurant, wo man gut essen könne.

»Dankeschön und bitte fahren Sie fort.« Auch ohne, dass ihn der Kommissar nach seinem kleinen Exkurs in Sachen Heimatkunde hätte extra auffordern müssen, quasselte Heiner mehr oder weniger in einem Atemzug weiter.

»Tja, wir liefen also den Trampelpfad vom Grennebach Weg kommend hinab, und gerade, wo wir hier unten ankamen, fanden wir Mario im Gestrüpp liegend vor.«

»Wer weiß, ob er überhaupt so schnell entdeckt worden wäre, wenn wir nicht ausgerechnet heute Morgen … denn hier vom Nette-Weg aus sieht man ihn gar nicht!«, ergänzte die junge Läuferin mit immer noch zittriger Stimme.

Ihr Trainer nahm sie daraufhin für einen Moment sanft in den Arm und berichtete weiter: »Während ich dann hier bei Mario geblieben bin, ist Sabine schnell ins Kurodell gerannt und hat von dort aus die Polizei alarmiert!«

»Sorry, wohin? Ins Kurodell? Was um alles in der Welt ist denn bitteschön ein Kurodell?«, knurrte Fritz verwirrt und schaute den Einheimischen ziemlich mürrisch an. Allmählich gingen ihm die komischen Mayener Spezial-Namen mittelmäßig schwer auf den Sack. Denn auch von einem »Kurodell« hatte er bislang noch nie was gehört!

»Oh, entschuldigen Sie, Herr Kommissar«, entgegnete Sabine. Ein zartes Schmunzeln huschte durch ihr Gesicht und kleine Grübchen bildeten sich in ihren Wangen. Es war eine jener seltenen Momentaufnahmen, die Fritz nie in seinem Leben mehr vergessen würde, glich die junge, blonde Läuferin doch in genau dieser Sekunde der US-Amerikanischen Schauspielerin Farrah Fawcett, eine von Charlies Engelchen und eines der Sexsymbole der siebziger Jahre.

»Wow, da bleibt einem doch glatt die Spucke weg«, dachte er sich fasziniert, begleitet von einem wahrhaft erhebenden Gefühl.

»Das Gebäude war früher mal ein mondänes Kurhotel. Und im üblichen Gebrabbel der Einheimischen wurde daraus halt das Kurodell. Es ist der große heruntergekommene Kasten gleich da vorne.« Sabine deutete auf das graue Gemäuer unweit ihrer Position, welches sich in unmittelbarer Flussnähe befand.

»Verstehe«, entgegnete der Kommissar noch immer leicht geflashed vom Anblick der hübschen Frau. »Ja, in der Tat, an dem Schuppen bin ich vorhin tatsächlich vorbeigegangen.«

»Ich glaube, meine Eltern haben irgendwo noch eine alte Postkarte aus den Zwanzigern. Das würde heißen, dass es bis dahin auf jeden Fall ein Kurhaus war.«

»Heutzutage«, kommentierte Heiner mit abfälliger Mine und redete sich urplötzlich in Rage, »na, das sehen Sie ja selbst, ist das gesamte Areal sehr heruntergekommen. Es müsste alles von Grund auf saniert werden, aber die Stadt macht nichts, weil sie chronisch klamm ist. Für solche Sachen haben die keine Knete. Wissen Sie, ich bin Dachdecker von Beruf. Die beauftragen mich nur, wenn es mal wieder rein regnet, damit ich es notdürftig reparieren soll. Hauptsache billig! Diese Pfennigfuchser! Wie oft habe ich den Nasen vom Bauamt schon gesagt, dass das ganze Dach erneuert werden muss. Wie oft!« Heiner schwoll regelrecht der Kamm beim Gedanken an die ignoranten städtischen Sesselfurzer. »Entschuldigung für meine Abschweifung«, sagte er schließlich nach zwei, drei wortlosen Sekunden der Besinnung, in denen nur das muntere Sprudeln der Nette zu hören war. »Jedenfalls sind in der Hütte schon seit einigen Jahren bloß noch Sozialwohnungen oder so was in der Art drin. Sonst nichts.«

»Na, zumindest haben sie einen Telefonanschluss«, grinste Weller, der sich inzwischen sortiert und wieder auf den Fall fokussiert hatte. Bevor der Kripobeamte Sabine und Heiner zumindest für den Augenblick entließ, bedachte er sie noch mit jener delikaten Sache, die er sich bewusst für seinen Schlussakkord aufgespart hatte.

»Doping? Hier bei uns im TSV? In meiner Laufgruppe? Also, nicht, dass ich wüsste!«, antwortete Trainer Glaser pikiert. Die ungeheuerliche Nachfrage des Kommissars, ob in ihren Reihen mit unerlaubten Mitteln nachgeholfen wurde, hatte ihn sichtlich überrascht und auch etwas in seiner Ehre als gewissenhafter, von Grund auf ehrlicher Übungsleiter gekränkt. Heiner warf seiner Athletin, die ebenfalls ein perplexes Gesicht machte, einen verständnislosen Blick zu. »Wie kommen Sie denn auf das schmale Brett?«, fragte er Weller sichtlich angefressen.

»So schmal ist das Brett nicht«, entgegnete dieser völlig emotionslos. »Es fanden sich in Bernd Gans' Leichnam und in dessen Wohnhaus entsprechende Substanzen, die eindeutig auf Doping schließen lassen. Auch Mario Wilds Körper und so weiter wird diesbezüglich genauestens untersucht werden. Also nochmal, können Sie sich einen Reim darauf machen, woher Gans das Zeug hatte beziehungsweise wer die beiden Läufer ihrer Gruppe, die Sie doch nach eigenen Angaben schon lange Jahre betreuen, ermordet haben könnte? Und weshalb? Denn ich frage mich, ob es einen Zusammenhang zwischen den gefundenen Dopingsubstanzen und den beiden Morden gibt!«

Sowohl Glaser als auch Sabine Häusler verneinten vehement und bekräftigten wiederholt, dass sie sich also beim besten Willen nicht vorstellen können, wer für Bernds und Marios Tod verantwortlich sei, woher Gans das Dreckszeugs, wie Heiner giftig betonte, habe und Doping mit Sicherheit kein Thema bei den Leichtathleten des TSV Mayen sei.

»Dafür, Herr Kommissar, lege ich meine Hand ins Feuer«, polterte der Trainer mit hochrotem Kopf.

»Auch beide Hände?«, stichelte der Ermittler.

Obwohl Weller den zweien irgendwo abkaufte, dass sie aufgrund ihres Verhaltens tatsächlich nichts von Schlappis Dopingpraktiken wussten, hatte er provozierend nachgekartet. Fritz wollte damit bezwecken, dass Trainer und Athletin später im stillen Kämmerlein jeder für sich einmal über »unerlaubte Schnellmacher« im Allgemeinen und mögliche Dopinganzeichen innerhalb der eigenen Truppe im Speziellen intensiv nachdachte. Und das würden sie aufgrund der dramatischen Geschehnisse bestimmt, so mutmaßte er.

Und vielleicht würden sie dabei auf das ein oder andere Indiz bezüglich einer fragwürdigen Leistungssteigerung bei bestimmten Aktiven der Laufgruppe stoßen. Wie zum Beispiel eine gar wundersame Verbesserung von individuellen Bestzeiten? Oder gab es da vielleicht jemand, der oder die auf Teufel komm heraus Kilometer ohne jegliches Anzeichen auf körperliches beziehungsweise mentales Nachlassen bolzte? War also, wenn sie all diese Punkte, in Bezug auf ihre Vereinskameradinnen und Kameraden näher beleuchteten, Doping, trotz ihrer momentanen hartnäckigen Verneinung, doch auch hier bei den TSV Leichtathleten unter Umständen eine leidige Pestbeule? Oder, im Gegenschluss, blieb Schlappi die unrühmliche Ausnahme? Sprich ein ehrloser Knilch, der nur des billigen Erfolgs wegen, die Anderen und letztlich sich selbst durch sein hinterlistiges Handeln bescheißen wollte? Der hochleistungssporterfahrene

Fritz Weller wusste nur zu gut, wie groß die Gefahr war, das Naheliegende schlichtweg zu übersehen, zu ignorieren oder schlichtweg nicht wahr haben zu wollen.

»Na, lassen wir das erstmal so stehen.« Freundlich, aber bestimmt und mit einer gehörigen Portion Skepsis ließ er es für den Augenblick dabei bewenden und machte sachlich mit seiner kleinen Fragerunde weiter: »Ich hörte gestern davon, dass sich Bernd Gans, in Insiderkreisen wegen seines schleichenden Laufstils auch Schlappi genannt, seit dem diesjährigen Trainingslager vor Ostern auf der niederländischen Nordseeinsel Texel irgendwie … anders verhalten habe. Können Sie diese Aussage bestätigen? Ist vielleicht im Trainingslager irgendwas Merkwürdiges vorgefallen? Oder haben Sie eine Beobachtung gemacht, die Ihnen seltsam vorgekommen war?«

»Im Trainingslager? Auf Texel?«, wiederholte Glaser irritiert.

Der Kommissar erhielt im Anschluss an das erstaunte Nachfragen sowohl von Sabine Häusler als auch von Heiner Glaser ein einträchtiges »Nein« zur Antwort.

»Es war ein völlig normales Trainingslager wie schon die Jahre zuvor. Wir wohnten wie immer in einem schlichten Bungalowpark und haben das von mir minutiös geplante Pensum heruntergespult. Also genau das getan, weshalb wir die Woche vor Ostern auf der Insel verbrachten. Sie verstehen. Harte, konsequente Trainingsarbeit, exakt nach meinen Vorgaben, natürlich unter strikter Einhaltung von Erholungsphasen. Und alle, die dabei waren, haben im Rahmen ihrer individuellen Möglichkeiten mitgezogen. Denn ist klar, Herr Kommissar, da, wo bei mir Trainingslager draufsteht, ist auch Trainingslager drin. Schönwetter-Touristen wären in meiner Gruppe sicher fehl am Platz gewesen. Laufen ist halt nichts für Memmen.« Der Mayener Übungsleiter hatte in wenigen Sätzen deutlich gemacht, dass er sein ehrenamtliches Vereinsengagement äußerst ernst nahm.

»Naja«, ergänzte Sabine, »beim langen Lauf über die Insel haben die anderen Langstreckler dem Schlappi durch ihr hohes Tempo aber mal so richtig gezeigt, wo der Hammer hängt. Die flotten Jungs kannten einfach kein Erbarmen. Denn wenn die merken, dass einer leidet, legen sie liebend gerne noch 'ne Schippe drauf. Und Gans hatte vom ersten Meter an gelitten. Er quälte sich auf den 25 Kilometern herum, um irgendwie bis ins Ziel an den anderen dran zu bleiben. Doch leider vergeblich. Irgendwann war Schicht im Schacht. Tja, wir mussten praktisch eine halbe Ewigkeit auf Schlappi warten, bis er förmlich auf dem Zahnfleisch kriechend, endlich am Leuchtturm aufkreuzte. Es regnete inzwischen in Strömen. Bernd sah aus wie ein begossener Pudel.«

Weller kam es so vor, als wenn in Frau Häuslers Worten eine gewisse Portion Schadenfreude mitgeklungen wäre.

»Ja, stimmt, Bine. Okay, der Lauf war hart für Schlappi. Und dass er anschließend noch ein bisschen verkackeiert wurde, gut, das war nicht die feine englische Art … aber so ein bisschen Spaß gehört doch auch dazu. Das verstehen Sie doch, Herr Weller, richtig? Denn wie ich vorhin sagte, Laufen ist halt nichts für wehleidige Mimosen«, schob Heiner mit einer abwiegelnden Handbewegung nach.

»Heißt also, Bernd Gans war von seinen Bestzeiten her langsamer als andere der Laufgruppe und gierte danach, den Spieß umzudrehen. Korrekt?«, schlussfolgerte der Kripobeamte.

»Na ja, verbissen war Schlappi schon«, bestätigte der Trainer begleitet von einem nachdenklichen Kopfnicken.

Ohne dass der Kommissar es laut aussprach, war für alle Anwesende unmissverständlich klar, was er gerade dachte: »Womit wir wieder beim Thema Doping wären.«

»Und welche Art Athlet war Mario Wild?«, schwenkte er sogleich um und deutete auf den Toten am Wegesrand.

»Mario war nicht wie Bernd. Mario hatte Talent. Ein bisschen fehlte ihm der Biss, um noch mehr aus seinen

Fähigkeiten zu machen«, erklärte Heiner und philosophierte weiter, »tja, die einen sind ehrgeizig ohne Ende, haben aber kaum Veranlagung für den Sport und anderen wird es in die Wiege gelegt und sie machen zu wenig aus der Gabe. Den Athleten beziehungsweise die Athletin zu finden, bei dem oder der großes Talent und enormer Ehrgeiz vorhanden ist und zudem der unbedingte Wille, das Leben asketisch auf den Sport zu fokussieren, tja, das sind wahre Glückstreffer. Die gibt es nicht allzu oft. Nirgends.«

»Ja, Herr Glaser, da haben Sie wohl recht. Diese Erfahrungen habe ich auch schon häufig gemacht,« entgegnete Fritz. »Ich laufe ebenfalls schon seit einigen Jährchen. Übrigens war ich bei Wettbewerben hier in Mayen auch bereits einige Male am Start. Drüben auf der Aschenbahn im Stadion, im Winter bei der Cross-Serie und beim Volkslauf im Frühjahr.«

»Wusste ich es doch!«, jubilierte Heiner wie aus der Pistole geschossen. »Siehste, Bine, ich hab' es dir doch gesagt, dass mir sein Gesicht bekannt vorkommt.« Dann beugte er sich mit dem Oberkörper leicht in Wellers Richtung und flüsterte mit einem verstohlenen Fingerzeig in Richtung Frau Doktor Hasenfurth-Kimmels: »Wie übrigens auch das Ihrer Pathologin mit dem zurückgebundenen Zopf. Sie läuft doch auch Rennen, oder täusche ich mich?«

Der Kommissar spiegelte die Bewegung des Näherneigens und flüsterte: »Ich weiß nicht, fragen Sie sie doch selbst.« Dann richtete er sich wieder auf und sagte in lupenreinem Kommisston: »Aber erst, Herr Glaser, nachdem Sie mir noch ein paar weitere Fragen beantwortet haben.«

»Ja, natürlich«, murmelte dieser etwas eingeschüchtert und stand ruckzuck kerzengerade wie ein Zinnsoldat. Beinahe hätte der Übungsleiter sogar salutiert.

»War Mario Wild ebenfalls mit auf Texel?«

»Ja, das war er. Wir waren insgesamt zu fünfzehnt«, antwortete Sabine dem Kripobeamten, während sich Heiner allmählich rührte.

»Okay, dann geben Sie bitte gleich noch meinen uniformierten Kollegen die Namen aller Teilnehmer«, forderte Weller und wies auf Hamann und Witzel.

»Gerne. Und ach ja, da waren auch noch Katja Jägers Eltern, die ebenfalls für ein paar Tage auf die Insel kamen.«

»Katja Jäger? Auch eine Läuferin?«

»Nicht nur eine x-beliebige Läuferin«, sprudelte der Trainer munter drauf los und war wieder in seinem Element. »Katja mit ihren erst achtzehn Jahren ist ein echter Rohdiamant. Bei richtiger Förderung könnte wirklich was aus dem Mädel werden. Blöderweise hat sie einen überehrgeizigen Vater.«

»Überehrgeizig?« hakte der Kommissar nach.

»Überehrgeizig!«, wiederholte Glaser. »Ich gebe gerne zu, dass es mir ziemlich stinkt, wenn sich der feine Dschäädschääh, also ich meine Jürgen Jäger, allzu häufig in meine Trainingsvorgaben einmischt. Nicht nur deswegen sind wir in der Vergangenheit schon ordentlich aneinandergeraten. Bine und einige andere aus der Laufgruppe wissen, wovon ich rede.«

»Aha! Und weshalb noch? Bitte erleuchten Sie auch mich, Herr Glaser. Worum ging's in Ihrem Streit?«

»Das sag' ich Ihnen. Nach einem Rennen in Troisdorf, bei dem Katjas Leistung, ich formuliere es mal ganz vorsichtig, nicht den Erwartungen ihres allwissenden Vaters entsprochen hatte, machte er das arme Kind vor allen Anwesenden zur Schnecke. Dieser dämliche Prolet!«

»Heiner!«, mahnte Sabine ihren Vereinskollegen zur Mäßigung.

»Ist doch wahr«, entgegnete Glaser, fühlte er sich doch vollkommen im Recht, was das oftmals unmögliche Verhalten von Katjas Vater anbetraf. Doch unter den strengen Blicken seiner Laufpartnerin riss er sich zusammen, auch wenn es ihm schwerfiel und berichtete etwas gemäßigter weiter: »Kurz zusammengefasst, ich habe Dschäädschääh halt ordentlich die Meinung gegeigt, er fand meine Ansprache nicht gut, doch einige Tage nach dem Eklat von Troisdorf haben wir uns zum Wohle seiner Tochter ausgesprochen. Punkt.« Sabine nickte Heiner frei nach dem Motto »na siehste, geht doch« zu.

»Eins muss man Jäger aber lassen«, wand sie sich nun wieder an den Kommissar. »Er fördert sein Kind über alle Maßen, damit sie ihr gemeinsames, großes Ziel erreichen.«

»Soso, ein großes Ziel. Und das wäre?«

»Na, Katja soll doch zu Bayer Leverkusen wechseln. Dafür setzt ihr Vater Himmel und Hölle in Bewegung.«

»Stimmt«, pflichtete ihr Glaser bei und fuhr nachdenklich anmutend fort: »Katja hat aber nur dann eine Chance, wenn sie dauerhaft top Ergebnisse abliefert. Heute zum Beispiel ist eine gute Gelegenheit dafür. Denn sie startet im Trierer Moselstadion bei den Rheinland-Titelkämpfen über die 5000 Meter. Ich bin gespannt, ob sie sich wieder etwas berappeln kann, weil ihre Zeiten in den letzten Wochen ziemlich stagnierten. Ich meine, sie sind nicht dramatisch schlechter geworden, aber leider auch nicht besser. Na, warten wir es ab!« Dann kratzte sich der Trainer am Kopf, hob entschuldigend die Schultern und fügte hinzu, dass er normalerweise natürlich auch nach Trier gefahren wäre, um seinen Schützling zu coachen. Doch ausgerechnet heute hätten seine Frau und er ihren Hochzeitstag und deswegen würden sie heute Mittag im »Alten Fritz« lecker essen. »Also, wenn ich mir vorstelle, ich hätte Rosamunde gesagt, dass ich heute unbedingt zu einer Meisterschaft muss, tja, sie hätte mir mit Sicherheit die Hölle heiß gemacht und mich gefragt, ob ich noch alle Tassen im Schrank hätte.«

»Und wenn ich mir vorstelle, Katja rennt in Trier und ahnt nichts davon, dass ihr Freund beim Joggen ermordet wurde. Dann finde ich das schon echt krass.«

»Mario Wild und Katja Jäger waren ein Pärchen?« Bei allem Verständnis für Heiner machten Weller besonders Sabines nachdenklichen Worte hellhörig.

»Ja, seit Texel«, entgegnete sie. »Mario müsste so ein silbernes Halskettchen anhaben mit einem Anhänger auf dem *Katja* steht. Und Katja trägt eins mit *Mario.*«

»Habt ihr beim Toten ein silbernes Halskettchen mit Anhänger gefunden?«, rief der Kommissar Gunther Glöbmann spontan zu, welcher soeben eifrig einige Polaroids der Szenerie knipste.

Der korpulente Erkennungsdienstler löste sein geschärftes Auge vom Sucher und entgegnete gewohnt kurzatmig: »Ein Kettchen? Dar war kein Kettchen. Auch nicht im Areal um ihn herum!«

Es begann zu nieseln.

»Jetzt müssen wir aber schnell ins Trockene, Herr Kommissar. Sie wissen doch, wegen den radioaktiven Wolken aus Tschernobyl. Nicht, dass wir uns noch verstrahlen.« Sabine Häusler und Heiner Glaser hatten es aus besagtem Grund plötzlich ziemlich eilig. Sie schauten den Ermittler erwartungsvoll an und tippelten nervös von einem Fuß auf den anderen.

»Gut. Dann ab nach Hause mit Ihnen. Wenn Sie angekommen sind, melden Sie sich aber bitte umgehend telefonisch bei der hiesigen Polizei-Inspektion und geben den Kollegen die Namen aller Trainingslagerteilnehmer durch. Okay? Und noch was. Halten Sie beide sich bitte zu unserer Verfügung. Denn ich kann mir durchaus vorstellen, dass ich im Zuge der Ermittlungen noch weitere Fragen an Sie haben werde.« Weller zeigte den zweien gegenüber zum einen Verständnis für deren Sorge bezüglich ihrer Gesundheit, doch ließ er auch keinen Zweifel daran, was er von ihnen erwartete.

Während Fritz den zweien nachschaute, wie sie durch den leichten Regen in Richtung Stadion hektischen Schrittes davon trabten, dachte er leicht despektierlich bei sich: »Was für Memmen. Von wegen Laufen ist nichts für Mimosen, dass ich nicht lache.« Er selbst war ja schließlich gestern Abend bei strömendem Regen unterwegs gewesen und hatte sich dabei über irgendwelche komischen

Atomwolken keinen sonderlichen Kopf gemacht. Kurzerhand nahm er anschließend den schwergewichtigen Tatort-Paparazzo Glöbmann beiseite: »Gunther, bitte dehnt den Bereich zur Spurensuche noch weiter aus.« Er zeigte dem KTUler jenen verborgenen Trampelpfad, welcher steil den bewaldeten Hang hinaufführte.

»Was? Da hoch? Mir bleibt auch nix erspart!«, schnaufte dieser beim Anblick der gewaltigen Steigung und starrte den Weller mitleidserregend an.

»Im Zweifel, einfach atmen und nicht nach oben schauen«, antwortete der durchtrainierte Kommissar schmunzelnd.

»Hey, du Nurmi hast leicht reden. Wiegst locker vierzig Kilo weniger wie ich und bist fit wie ein Turnschuh«, jammerte Glöbmann herum.

»Gunther, da, wo es hoch geht, geht's auch wieder runter. Das macht die Angelegenheit nur halb so schlimm. Und außerdem, um wieder zurück auf den Fall zukommen, halte ich es für möglich, dass unser Täter über gute Ortskenntnisse verfügt. Er könnte sich über genau diesen Trampelpfad völlig unbemerkt an sein späteres Opfer herangepirscht haben. Denn wenn Glaser und Frau Häusler dieses verborgene Wegelchen kennen, weshalb soll es nicht noch andere Eingeborene geben, denen es ebenfalls bekannt ist. Und gegebenenfalls findet sich dann auch das fehlende Halskettchen. Wer weiß. Vielleicht haben wir ja Glück.«

Kapitel 20

Nach rund zehnminütiger Laufzeit mitten durch heftiger werdenden Regen hatten Sabine und Heiner schließlich das ersehnte, in der Mayener Gartenstraße befindliche Wohnhaus der Glasers erreicht. Kaum davor angelangt, hörte es abrupt auf zu schütten und die Sonne stach grell durch die graue Wolkendecke. Kühle Windböen ebbten auf und ab. Bine fröstelte.

»Typisches Hollandwetter«, zischte Heiner und drückte die Stopptaste an seiner digitalen Armbanduhr. Er strich sich über seinen nassen Haarschopf. »Hätte ruhig noch ein Weilchen trocken bleiben können, aber nein. Auf nichts ist mehr Verlass.«

»Erst recht nicht auf die Wettervorhersage«, stimmte ihm seine junge Laufpartnerin angefressen zu. Denn ihre sonst blonde, voluminöse Lockenpracht klebte nun platt in ihrem Gesicht. Sabine kam es so vor, als hätte sie einen Mopp als Frisur und keine topmodische Dauerwelle. Während sie ihr Aussehen in der Seitenfensterspiegelung von Glasers geparktem Granada äußerst kritisch musterte, wertete ihr Trainer in gewohnter Manier flugs die gerade absolvierte Einheit aus: »Zwölf Kilometer, abzüglich der Pause bei der Polizei, ergibt bei einer Endzeit von einer Stunde, sieben Minuten und drei Sekunden 'nen gemütlichen Fünffünfundreißiger Schnitt. Schönes Läufchen.«

»Ja, ein schönes Läufchen, wäre da nicht die Sache mit Mario gewesen«, konterte Sabine und schaute Heiner traurig an. Eigentlich hätten sie sich eben auf ihrem Rückweg bereits über die dramatischen Geschehnisse unterhalten und spekuliert, wer um alles in der Welt ihre Vereinskameraden ermordet haben könnte und aus welchem Gründen. Eigentlich … Doch wegen des flotten Tempos, welches sie angeschlagen hatten, fehlte ihnen für eine ausschweifende Konversation schlichtweg die Luft. Nun allerdings herrschte umso mehr enormer Redebedarf. Die zwei brannten förmlich darauf, sich auszutauschen und dass trotz der leicht verdrießlichen Stimmung aufgrund der äußeren Bedingungen und ihren feuchten Klamotten.

»Ob es ein und derselbe war, der die zwei umgebracht hat?«, fragte Sabine noch immer merklich berührt. »Und aus welchen Gründen nur wurden sie getötet? Heiner, so sehr ich auch grübele, mir fällt nichts dazu ein. Ich weiß nur, es will einfach nicht in meinen Kopf, dass Schlappi und Mario tot sind!«

»Mir geht's wie dir«, entgegnete Glaser bewegt. »Außerdem glaube ich nicht, dass der Mörder jemand aus unserer Laufgruppe ist.«

»Hm, vorstellen kann ich es mir auch nicht … Doch was ist, wenn wir uns täuschen? Sind wir dann nicht auch in Gefahr?«

»Wir? Nein, Bine. Wer sollte uns schon umbringen wollen?«, versuchte Heiner sie zu beruhigen. »Mach dir bloß keine Sorgen.«

»Oder was, wenn so ein völlig durchgeknallter Irrer es auf Läufer abgesehen hat und ihnen im Mayener Wald auflauert?«, sponn Sabine den nervenaufreibenden Faden weiter.

»Ein durchgeknallter Irrer?«

»Ja! Wie zum Beispiel … ein Förster, der sich daran stört, dass in seinem Wald gelaufen wird! Oder vielleicht … ein Hundebesitzer, den es nervt, seinen kläffenden Köter anzuleinen, wenn jemand angejoggt kommt!«

»Ein Förster? Nee, Bine, das glaube ich kaum. Vom Förster kriegst du nur einen Anpfiff, wenn er dich beim Ausbuddeln von Pflänzchen erwischt, die unter Naturschutz stehen … Ich kenne da rein zufällig jemandem, dem das schon mal passiert ist.« Mit einem schmalen Lächeln raffte sie natürlich sofort, dass Heiner selbst der ertappte Pflanzenausbuddeler war.

»Und ob ein militanter Hundenarr?«, fuhr Glaser sinnierend fort. »Ich meine, klar, viele Läuferinnen und Läufer haben leider schon ihre einschlägigen Erfahrungen mit blöden Tölen und ihren noch blöderen Besitzern machen dürfen. Aber ob Hundehalter einen solchen Brass auf uns Läufer haben, um uns eiskalt abzumurksen? Das halte ich ehrlich gesagt auch für ziemlich unwahrscheinlich. Andererseits, Jecken gibt es sicher genug auf der Welt …«

Sabine akzeptierte Heiners plausibel klingenden Zweifel bezüglich ihrer Täterspekulation.

»Dann also vielleicht doch Mord wegen Doping, wie der Kommissar vermutete«, entgegnete sie leise. »Wobei ich mir aber felsenfest sicher bin, dass sie bei Mario nichts finden werden. Dafür war er einfach zu ehrlich.« Sie legte eine kurze Atempause ein. Dann allerdings, als sie auf Bernd zu sprechen kam, änderte sich der Ausdruck in ihrem Verhalten und ihrer Sprache deutlich. Stechender Blick, verächtlich anmutende Stimme, Abscheu in Mimik und Gestik.

Glaser hatte zwar der plötzliche Wandel in Bines Artikulationsweise überrascht, verwunderlich fand er ihre Abneigung gegenüber Gans jedoch keinesfalls. Hatte er schließlich live auf Texel miterlebt, wie sich der alte Schwerenöter an die junge Läuferin ranschmeißen wollte und sie ihn abservierte.

»Schlappi, diesem schmierigen Ekelpaket, hätte ich zugetraut, dass er alles Mögliche unternimmt, um schneller zu sein als die anderen. Umso unbegreiflicher finde ich es, wie ein stinknormaler Wald- und Wiesenläufer, so wie er einer war, überhaupt auf die hirnrissige Idee kommt, mit verbotenen Mitteln nachzuhelfen. Zentnerweise hätte er das Zeug fressen können und wäre niemals ein Spitzenathlet geworden. Never. Never! Stellt sich auch die Frage, wie kommt so einer wie er überhaupt an den Dopingkram!«

»Das, Bine, frage ich mich auch schon die ganze Zeit«, stimmte ihr der Trainer augenzwinkernd zu. »Also ich kenne keinen Pillendreher, Quacksalber, Medizinmann,

Scharmanen oder sonstigen Scharlatan, der das Zeug vertickt.« Sie schmunzelte nach Heiners Aufzählung kurz und bitter. Dann legte er ernster nach: »Wie du ja auch weißt, war Bernd halt sehr verbissen und mit einem schon extrem ungesunden Ehrgeiz ausgestattet. Und ja, er hatte diesen lausigen Laufstil und kaum Veranlagung für den Ausdauersport. Doch wie wir alle liebte er es zu rennen. Aber, und das war halt sein Dilemma, mit Schwächeren zu laufen, war wohl unter seiner Würde, so hatte ich oft den Eindruck, und die Flotten waren noch zu flott für ihn. Wie sich auch beim Insellauf auf Texel gezeigt hatte. Schätze, diese schmerzhafte Erfahrung wird bestimmt sehr an seinem Ego genagt haben … Hm, offenbar sah er seine einzige Chance um etwas an der Situation zu ändern, wenn er neben knallhartem Training noch dopt. Nur so kann ich mir sein Verhalten überhaupt erklären. Tja, wer weiß, vielleicht ist ihm einer auf die Schliche gekommen? Einer der seine Dopingbescheißerei hasste und Schlappi genau deswegen ins Jenseits beförderte. Ja, so könnte es tatsächlich gewesen sein, wenn du mich fragst.«

Sabine nickte verhalten. Bei ihr war indessen noch eine weitere Variante im Hinterkopf aufgekeimt. Dummerweise war es eine risikoreiche Variante, die ausgerechnet sie selbst in den Kreis der Verdächtigen bezüglich Bernd Gans' Tod rücken könnte. Es handelte sich dabei um jene widerwärtige Sache, die sie, so gut es ging, verdrängt und worüber sie bisher noch mit keiner Menschenseele geredet hatte. Doch wenn es Menschen gab, denen die junge Frau vertraute, dann gehörte ihr Trainer in diesen erlauchten Kreis. Deswegen sah sie jetzt, also in jenen schicksalhaften Stunden des allgegenwärtigen Todes, für sie den passenden Moment gekommen, um ihm davon zu berichten, was sich vor Ostern auf Texel in Schlappis Auto abgespielt hatte.

»Ich muss dir noch was sagen«, murmelte Sabine, trotz aller Entschlossenheit, sehr zögerlich. Unbewusst hielt sie einen Augenblick inne. Mitten in die Sekundenstille hinein, antwortete Heiner ruhig und warm: »Du musst mir nichts sagen. Ich habe es mit angesehen. Das Toilettenfenster in unserem Bungalow stand auf kipp … und auch der Polizei gegenüber werde ich kein Sterbenswörtchen darüber verlieren. Das verspreche ich dir, Bine. Denn ich bin mir felsenfest sicher, dass du weder was mit Marios noch mit Bernds Tod zu tun hast. Okay?«

Die Eingangstür von Glasers Wohnhaus wurde von innen geöffnet. Knielanges, elegantes, ockerfarbenes Kleid aus glänzendem Stoff mit mächtigen Schulterpolstern. Ein breiter Gürtel gleicher Beschaffenheit oberhalb ihrer äußerst weiblichen Hüfte. Nettes Dekolletee mit Muttis Perlenkette. Perfekte Dauerwelle. Dezent geschminktes Gesicht. An den Füßen … geblümte Pantoffel. Mit kurzen flinken Schrittchen kam Heiners Frau hinaus gefegt und blieb auf halbem Weg zu ihnen stehen. Rosamunde stemmte die Hände resolut in ihre Hüften.

»Hallo Sabine, seid ihr schön gelaufen? Und du, Heiner, beeil dich, für ein Uhr haben wir den Tisch reserviert!«, rief sie ihrem Mann und dessen Lauffreundin energisch zu. Rosamunde war leicht bis mittelschwer genervt. Denn zuerst war er ausgerechnet heute an ihrem Hochzeitstag für Stunden verschwunden. Von wegen, ich geh' nur mal eben ein kleines Ründchen laufen. Und dann lungert er mit diesem blonden Laufpüppi noch eine halbe Ewigkeit draußen auf dem Bürgersteig herum. Zudem sahen die zwei und insbesondere ihr werter Gatte aus wie durch den Bach gezogen.

»Ja, Schatz, ich komme schon. Aber du bist doch auch noch nicht fertig«, frotzelte Heiner und deutete mit einem leichten Schmunzeln auf die Pantoffel seiner gar strengen Gemahlin.

»Beeil' dich. Tschüss Sabine«, winkte Rosamunde nur kurzangebunden ab und verschwand genauso schnell wieder im Haus, wie sie vorhin draußen aufgetaucht war.

Kapitel 21

Eine Weile zuvor, irgendwo in Mayen

»So, meine Liebe, das wäre nun auch geschafft.« Genüsslich steckte er sich ein Bonbon in den Mund. Der Kamellenlutscher lehnte sich mit seinem Gesäß sichtlich entspannt gegen die Arbeitsplatte der Einbauküche und grinste dabei zufrieden über alle Backen.

»Ja. Gestern Gans, die lästige Zecke … der Sausack erpresst nun niemanden mehr!«, antwortete sie ausgelassen.

»Hey, und wie überrascht Schlappi aus der Wäsche geguckt hat, wie ich ihm statt Geld einen Speer … zugesteckt habe!«, entgegnete er zynisch, worauf beide schallend lachten. »Und heute Mario. Ich habe es schon immer gewusst. Musikhören beim Laufen ist einfach nicht gesund!« Wiederrum lautes, abfälliges Gelächter der beiden. Er musste husten. Hätte er sich doch beinahe am sauren Zitronen-Drops verschluckt. »Ich hatte ja die ganze Zeit gehofft, dass die Kleine den Dödel von sich aus abserviert. Doch nachdem sie keine Anstalten dazu machte, mussten wir das halt für sie in die Hand nehmen. Unbegreiflich! Wenn ich mir vorstelle, unser Goldstück war drauf und dran ihre glänzende Aussicht auf eine sportliche Karriere wegzuwerfen. Und dass nur wegen einem Zivi, der im Klösterchen den Alten den Arsch abwischt. Nein, unser Mädchen hat Besseres verdient«, posaunte es vollmundig aus ihm heraus, nachdem er sich von der Hustenattacke erholt hatte. Er kramte das silberne Halskettchen samt Anhänger, auf dem »Katja« mit geschwungenen Lettern eingraviert war, hervor. »Das, meine Liebe, das ist unsere Silbermedaille. Und das gute Stück hat für uns den Wert einer Goldenen.« Berauscht von ihrer kürzlich begangenen, abscheulichen Tat hob er das Kettchen mit dem daran baumelnden Anhänger in Augenhöhe und ergötzte sich am Anblick ihres unschätzbar wertvollen Gewinns. Nicht so geschwollen ausgedrückt hätte man auch sagen können, dass ihm beim Betrachten des Kettchens, welches er dem toten Mario Wild geklaut hatte, gewaltig einer abging beziehungsweise es ihn tierisch aufgeilte. »Bei mir ist es gut aufgehoben.« Sich selbst beweihräuchernd ließ er es wieder in seiner Hosentasche verschwinden.

»Und du meinst nicht, dass die Polizei danach suchen wird?«, fragte sie etwas unsicher.

»Sollen sie ruhig«, entgegnete er beruhigend, »sollen sie ruhig. Ich schätze, die Bullen werden das Gebiet an der Nette danach abgrasen. Vielleicht bis ans Stadion, oder in den Freizeitpark. Doch niemals nicht bis zu uns. Dafür waren wir zu clever.« Die pure Überheblichkeit quoll ihm sprichwörtlich aus allen Poren. »Alles für unser Mädchen.«

»Alles für unser Mädchen«, wiederholte sie seine pathetischen Worte und setzte noch einen drauf: »Sie hat solch ein großes Talent. Das muss sie von dir haben.«

»Hm, vielleicht«, grinste er breit und fühlte sich mächtig gebauchpinselt. »Und von dir«, gab er das Kompliment postwendend zurück und streichelte sanft ihren Nacken.

»Die Kleine hat nur das Beste von uns beiden mitbekommen. Ja, so ist es«, antwortete sie mit einem wohligen Lächeln um die Mundwinkel und küsste die Innenfläche der Hand, die sie gerade so zärtlich berührt hatte. »Sie muss nur was daraus machen.«

»Und das wird sie, meine Liebe, das wird sie. Wir halten das Übel, egal welches, von unserem Juwel fern.«

»Fehlt also nun nur noch der Eine.«

»Keine Sorge! Die Tage auch dieses gemeinen Strolchs sind gezählt. Wie ich gesagt habe, ihn und Gans in einen Sack gesteckt und mit dem Knüppel draufgehauen. Man trifft immer den Richtigen! Allerdings werden wir auch bei ihm weder Sack noch Knüppel brauchen … nein, unser Plan bezüglich dessen ach so dramatischen Ablebens ist … eher ausgeklügelter und nicht so einfältig … außerdem ist er absolut … wasserdicht«, antwortete er in ruhigem Tonfall und nahm sie in den Arm. Beim Gedanken an ihren geplanten Hinterhalt mussten die zwei wiederum lachen. Nicht schallend laut wie zuvor, doch nicht weniger triumphierend.

»Dann wird es wieder wie vorher sein. Keine störende Ablenkung für unseren Sonnenschein. Keiner, der sich auf unsere Kosten bereichern und uns in den Dreck ziehen will«, flüsterte sie und schmiegte sich an ihn.

»Wenn er ja nicht so ein Maulheld wäre, sondern seinen markigen Sprüchen auch einmal Taten folgen lassen würde, wäre es wahrscheinlich gar nicht so weit gekommen.«

»Du kennst ihn doch. Er macht zwar alles. Doch für mal so richtig auf den Tisch zu hauen, fehlt dem Waschlappen einfach der Mumm. Das war schon in der Vergangenheit so und wird auch in Zukunft so sein.«

»Na, was soll's. Es bleibt ja in der Familie. Und in der Familie muss man sich ja schließlich … helfen, so gut es geht.«

»Sehr richtig. Jeder, der sich mit uns beiden anlegt, zahlt den Preis dafür.«

»Und zwar immer denselben«, flüsterte er ihr voller Sarkasmus ins Ohr, »und wir machen dabei auch keine Unterschiede. Arm oder reich, jung oder alt. Bekloppt oder schlau, Männlein wie Weiblein, was auch immer kommen mag.«

»Ja.«

»Wir sind halt fair, fix und stehen zu unseren … Versprechungen.«

Sie löste sich aus seiner Umarmung und angelte sich geschwind ein Bonbon aus der mitten auf dem Küchentisch befindlichen, proppenvollen Glasschale. Rasch wurde die Süßigkeit von ihr ausgewickelt. Nicht nur das

Kunststoffpapierchen knisterte. Auch die Luft zwischen ihr und ihm.

»Apropos fix und stehen«, hauchte sie frivol, schob sich aufreizend langsam die prickelnde Leckerei in ihren Mund und umspielte das kleine Naschwerk lasziv mit ihrer Zunge.

»Ja?«, fragte er schelmisch grinsend. Denn er wusste haargenau, was ihr in diesem Augenblick vorschwebte. Ein Wissen, das ihn sogleich freudig erregt emporschnellen ließ. »Ich denke, dass wir noch ein Weilchen für uns sind«, meinte er lässig abschätzend beim Blick auf die Uhr.

»Nimm mich, gleich hier auf dem Küchentisch«, jauchzte sie daraufhin, griff seine Hände und zog sie an ihre Hüften.

»Au verdammt, meine armen Knochen«. Erinnerungen an die schmerzhaften Verrenkungen ihrer letzten Küchentisch-Nummer von vor vierzehn Tagen holten ihn jäh ein. Er drückte seiner Gespielin einen flüchtigen Kuss auf den Mund und machte ihr flott einen Alternativvorschlag: »Ich bin ja für mein Alter noch ziemlich fit, doch lass' uns dieses Mal in meine Bude gehen. Da steht ein bequemes Bettchen. Wir hüpfen hinein … und ich zeige dir, du versautes, ungezogenes Luder, welches Stehvermögen ich in meinem Alter noch habe.«

»Ja. Zeig' es mir. Zeig' es!«, forderte sie gierig. Ohne die Zeit mit lästigen Vorspielchen zu vertrödeln, begaben sie sich sodann hinab, … hinab in seine Gemächer …

Kapitel 22

Rund neunzig Minuten waren vergangen, seitdem der Kommissar den Eltern des ermordeten Mario Wild die traurige Nachricht bezüglich des Todes ihres Jungen überbracht hatte. Kurz zuvor war er vom Fundort der Leiche aufgebrochen. Weller hatte Polizeimeister Konrad Witzel gebeten, ihn zu Marios Eltern zu begleiten. Eine Bitte, welcher der Uniformierte ohne zu zögern, doch mit einem ordentlichen Kloß im Hals nachgekommen war. Wohnten doch die Familien Wild und Witzel bereits seit geraumer Zeit in derselben Straße im Mayener Osten. Unnötig zu erwähnen, dass sie sich aufgrund der räumlichen Nähe entsprechend gut kannten. Weller seinerseits war froh darüber gewesen, dass ihn der Einheimische bei dieser deprimierenden Pflichtaufgabe unterstützte. Denn obwohl er inzwischen über die Erfahrung von knapp zwanzig Dienstjahren verfügte, gab es doch Aspekte in seinem Arbeitsumfeld, die ihm trotz aller Abgebrühtheit noch immer gewaltig an die Nieren gingen. Die Überbringung der Hiobsbotschaft an Eltern, dass ihr Kind, völlig egal welchen Alters, nicht mehr lebte, gehörte zweifelsfrei in diese bedrückende Kategorie. Etwas überrascht vom unerwarteten Besuch ihres uniformierten Nachbarn und dessen Kollegen in Zivil hatte Frau Wild die beiden an der Haustür freundlich begrüßt.

»Annegret, es ist was Schlimmes passiert. Mit Mario. Dürfen wir reinkommen?« Konrads Worte klangen niedergeschlagen, als er ihr den Grund für ihr Erscheinen mitteilte. Beim Anblick der ahnungslosen Frau spürte er das Wasser in seine Augen treten. Eine unsichtbare Schlinge schien sich um seinen Hals zu legen. Kreidebleich hatte sie die Beamten aufgefordert, doch einzutreten. Im Wohnzimmer hockte ihr Mann auf dem Sofa und sah fern. Mit zitternden Händen nahm sie die Fernbedienung, schaltete den Fernseher kommentarlos aus und setzte sich neben ihn.

»Konrad? Was gibt's heute am heiligen Sonntag so Dringendes? Haben wir ein Knöllchen bekommen?«, fragte Otmar Wild verwundert und machte einen Scherz. Es war dem Mann in diesem Augenblick noch nicht bewusst, dass es auf unabsehbare Zeit hin der letzte Scherz sein würde, der aus seinem Munde gelangte.

Denn nachdem sich Kommissar Fritz Weller dem Akademiker-Ehepaar, beide Ende vierzig, vorgestellt und anschließend ohne Umschweife die näheren Details für ihr Erscheinen, so behutsam er nur konnte, mitgeteilt hatte, ergriff die Eltern des getöteten jungen Mannes sogleich abgrundtiefe Bestürzung. Eben noch völlig arglos, hatte sie die plötzliche Hiobsbotschaft, so unerwartet getroffen wie ein Blitzschlag aus heiterem Himmel. Sichtlich geschockt waren die Wilds förmlich in sich zusammengesackt. Die ungeheuerliche Tatsache, dass das jüngste ihrer drei Kinder von jetzt auf gleich nicht mehr lebte, wollte einfach nicht in ihre Köpfe hinein.

»Bestimmt ist Mario bei der Arbeit im Klösterchen. Ich rufe direkt mal an!« Otmar nahm seine weinende Frau nach ihren verzweifelten Worten in den Arm. Er tröstete sie, obwohl er selbst zentnerweise Trost gebraucht hätte, in dieser vielleicht bittersten Zeit ihres Lebens.

Nüchtern betrachtet, und das mussten die beiden Polizei-Beamten, auch wenn es ihnen gerade in diesen tragischen Augenblicken nicht leichtgefallen war, zeigten Marios Eltern die erwarteten, normalen Reaktionen. Normal soll heißen: Trauer, unendliche ehrliche Trauer und eine schiere Betroffenheit. Wie krass war doch der Unterschied zu Cornelia Gans, als diese gestern Abend vom Tod ihres Ehemannes erfahren hatte, dachte sich Weller. Hatte die feine Tennisdame doch eigentlich nur Hohn und Spott für ihren verstorbenen Gatten beziehungsweise dessen Laufleidenschaft übrig. Und wenn Trauer bei ihr tatsächlich vorhanden gewesen war, hatte sie diese Emotion ziemlich gut hinter ihrer selbstmitleidigen Fassade versteckt.

Mit den farbenfrohen Bildern seines lebendigen Sohnes vor Augen, wie dieser lachte und ihm zuwinkte, beantwortete Otmar Wild, verzweifelt dabei um Contenance ringend, noch einige von Kommissar Wellers zwangsläufiger Fragen.

»Feinde? Nein. Mario hatte ganz sicher keine Feinde. Auffällig verhalten? Unser Sohn war wie immer. Es war wirklich keine Wesensänderung zu erkennen. Und wenn, seien Sie sicher, Herr Kommissar Weller, das wäre uns aufgefallen. Ob wir zufällig wissen, ob im Trainingslager auf Texel irgendwas Ungewöhnliches vorgefallen ist? Nein. Mario hat zumindest uns gegenüber nichts erwähnt.«

Der Kripobeamte hatte für einen Moment darüber nachgedacht, ob er das Thema »Doping« hier und jetzt anschneiden solle. Doch so rasch wie der Gedanke aufgekommen war, hatte er ihn wieder verdrängt. Der Grund zu dieser Entscheidung war recht banal: Fritz wollte schlichtweg die Untersuchungsergebnisse der Rechtsmedizin abwarten, welche, wie von Frau Doktor Hasenfurth-Kimmel erwähnt, höchstwahrscheinlich in den Abendstunden vorliegen sollten.

So hakte der Ermittler am Ende ihres Aufenthaltes bei Familie Wild nur noch wegen eines Punktes sachte nach: »Gestatten Sie mir für den Moment noch eine letzte Frage. Wir hörten davon, dass Mario eine Freundin hatte, Katja Jäger. Kennen Sie sie?«

»Wenn Sie uns so direkt darauf ansprechen, Herr Kommissar Weller, stimmt, es ist doch was auf Texel im Trainingslager passiert«, entgegnete Otmar. »Mario und Katja gingen seitdem zusammen.«

»Katja ist so ein nettes Mädchen. Mario hat sich sehr über ihre Freundschaft gefreut. Er trug ständig das

Halskettchen mit ihrem Namen«, ergänzte Annegret leise. Ein winziges, zartes Lächeln huschte durch ihr blasses Gesicht.

»Katja war ein paar Mal hier«, fuhr Otmar fort, während er die zitternden Hände seiner Frau hielt. »Einerseits ziemlich schüchtern, andererseits wenn die beiden in Marios Bude verschwunden waren … na, was junge Leute halt so machen. Wir waren früher genauso.«

»Kennen Sie auch die Eltern?«

»Margot und Jürgen? Nur oberflächlich«, antwortete Wild auf Wellers Zwischenfrage. »Früher, als Hermann, also Katjas Großvater, noch die Agentur führte, hatten wir so ziemlich alles bei ihm versichert. Doch als Jürgen, Hermanns Sohn, das Geschäft übernahm, änderte sich das. Wir fragten ihn mal nach günstigeren Tarifen, er konnte oder wollte uns keine anbieten und so wechselten wir halt zur Konkurrenz. Ist inzwischen auch schon bestimmt sieben, acht Jahre her.«

»Ich danke Ihnen beiden sehr. Wir wissen Ihre Mithilfe zu schätzen. Und nochmals unser tiefstes Mitgefühlt«, entgegnete Fritz ruhig, während ein sichtlich von der Situation berührter Konrad Witzel leise hinzufügte: »Auch von Helga und mir, unser aufrichtiges Beileid.« Beim Hinausgehen sagte Otmar den Polizisten zu, dass Annegret und er heute noch in die Pathologie kommen würden.

»Wir wollen unseren Jungen schließlich noch einmal sehen.«

»Ich kann euch gerne fahren.«

»Danke dir, Konrad, für dein Angebot. Ist gut gemeint. Doch ich fahre selbst.« Witzels Gesichtsausdruck zeigte Wild unmissverständlich, dass er nicht sonderlich erbaut von dessen »Selbstfahrer-Entschluss« war. Otmar erkannte die imaginären Zeichen im Antlitz seines uniformierten Nachbarn und schob nach einer kurzen Atempause beschwichtigend hinterher, dass, wenn er doch nicht in der Lage dazu sein sollte, ihre Tochter Josefa sie fahren würde.

Ein wenig später saßen Weller und Witzel wieder im Ascona des Kommissars.

»Manchmal ist unser Job echt scheiße«, murmelte der Polizeimeister konsterniert, pfefferte seine Dienstmütze auf die Rückbank und schloss kurzzeitig die Augen. Er sah nicht, dass Fritz ihm wortlos zunickte.

Im Anschluss an ihren Job bei den Eltern des ermordeten Mario Wild, war Kommissar Weller dann in der Mayener Wache gewesen. Mit Dienstellenleiter Polizeihauptkommissar Alois Rosemeier und mehreren von dessen Schutzpolizisten, unter ihnen natürlich auch die bereits zu seiner Unterstützung abkommandierten Polizeimeister Hamann und Witzel, hatte der Kripokommissar ihr gemeinsames, weiteres Vorgehen zur Auflösung der beiden rätselhaften Mordfälle abgestimmt.

Es war eine logische Absprache unter den Beamten, die Weller höchstwahrscheinlich auch angestrebt hätte, wenn »nur« einer über den Jordan gewandelt wäre. Doch bei einem Quasi-Staffellauf über besagten oft zitierten israelischen Fluss und dazu noch recht bizarren Verbrechen war die erfolgte Unterredung für ihn absolut unbedingt notwendig gewesen. Denn was für ein Horrorszenario wäre es, wenn tatsächlich ein gewisser Jemand, aus welchen perfiden Gründen auch immer, es auf die hiesige Läuferszene abgesehen hatte? Und die Mordlust dieses großen Unbekannten längst noch nicht gestillt war? Fritz Weller legte wahrlich keinen gesteigerten Wert darauf, dass ihm im Zuge der Ermittlungen von irgendwelchen sensationsgeilen Pressenasen und seinen nervigen Vorgesetzten die Hölle bezüglich Ergreifung eines läuferabmurksenden Killers heiß gemacht würde. Nein, einen Serientäter brauchte es so nötig wie einen Kropf. Um der aktuellen prekären Sachlage also rasch Herr zu werden, bedeutete es schlicht und ergreifend für alle beteiligten Polizisten, dass gleichzeitig an zwei Fronten gekämpft werden musste. Front eins: Die Aufklärung der beiden geschehenen Morde. Front zwei: Die Verhinderung möglicher weiterer Verbrechen. Zwar waren es zwei Ansätze, doch diese mündeten in einem Ziel: Den oder die Täter schlussendlich hinter schwedische Gardinen zu bringen. Nicht mehr, aber auch nicht weniger!

In diesem Zusammenhang gab es glücklicherweise schon einige frische Erkenntnisse, die Kommissar Weller halfen, ein etwas genaueres Bild der Sachlage zu skizzieren. So hatte sich Heiner Glaser, sprich einer der Finder des toten Mario Wild, telefonisch auf der Wache gemeldet und wie mit Weller vereinbart, die Namen und Anschriften sämtlicher Trainingslager-Teilnehmer sowie denen der Mehrkampf-Trainer mit Zugang zum Wurfgeräteschrank im Stadiongebäude durchgegeben. Unmittelbar im Anschluss an Glasers Anruf kontaktierte man einen der besagten Übungsleiter, um sich nur Minuten später mit ihm im Stadion zwecks Begutachtung der betreffenden Örtlichkeiten zu treffen. Wie sich dabei schnell herausgestellt hatte, waren in der Tat nur vier der ursprünglich fünf vereinseigenen Speere im Schrank vorhanden. Des Weiteren konnte notiert werden, dass es neben dem anwesenden Mehrkampf-Trainer, der übrigens für die fraglichen Zeiträume beider Verbrechen ein Alibi hatte, noch weitere Vereinsmitglieder gab, die ebenfalls im Besitz eines entsprechenden Schrankschlüssels waren. Die Namen der betreffenden Personen hatte der Übungsleiter umgehend genannt, allerdings dabei schulterzuckend hinzugefügt, dass der besagte Schrank eh die meiste Zeit offenstehen würde. So wie auch am heutigen Sonntag vorgefunden. Prompt hatte der befragende Polizeibeamte veranlasst, dass der Schrank auf mögliche Fingerabdrücke untersucht wird. Am Rande bemerkt gestaltete sich diese Überprüfung recht unkompliziert. Denn das gesamte Stadion war quasi verwaist. Der Hintergrund dieses glücklichen Umstandes war schlicht und ergreifend, dass die in der

Oberliga Südwest kickende erste Herrenmannschaft, in Begleitung des hartnäckigen Abstiegsgespenstes, bei ihrem Auswärtsspiel im Saarland gastierte. Das hieß, die Polizei hatte bei ihren Untersuchungen keine Schaulustigen abzuwimmeln beziehungsweise für umfangreiche Absperrungen zu sorgen.

Ferner gaben die eilig befragten Nachbarn des getöteten Bernd Gans unisono an, dass dieser, außer dass man ihn häufig laufen sah, was dessen hochnäsiger Gattin offenkundig ziemlich stank, eher ein unauffälliger Zeitgenosse war. Also einer, über den die Leute sagen, was für ein netter Mann er doch sei. Er habe immer so freundlich gegrüßt. Auch in den kurzfristig durchgeführten Befragungen von Gans' direkten Arbeitskollegen bei der Verbandsgemeinde wurden die Aussagen dessen Taubenberg Nachbarschaft bestätigt. Der Ermordete wäre halt das Paradebeispiel eines sehr entspannten mittleren Dienst-Beamten einer unaufgeregten Provinz-Verwaltung gewesen. Eine Kollegin vom Standesamt meinte dazu noch, dass den Bernd eigentlich nix aus der Ruhe bringen konnte. Ausgenommen, wenn er wegen seiner fanatischen Herumrennerei gefoppt wurde. Das konnte er nicht gut vertragen. Dann sei Bernd zumeist wie ein irrer Kastenteufel aufgesprungen, habe mit typischen Mayener Schimpfworten, wie »*dau schwera Seijatt*«, »*Horebangart*« oder »*Speijabölles*«, um sich geworfen und sei aus dem Büro gestürzt. Doch nur wenige Minuten danach wäre alles wieder okay gewesen. Selbige Kollegin erwähnte ebenfalls noch mit einem verschmitzten Lächeln, dass der Bernd irgendwann vor einigen Wochen mal zu ihr gesagt habe, dass wenn er nicht schon verheiratet sei, sie beide sicher ein schönes Paar abgeben würden. Sie müssten natürlich vorher kräftig üben, ob es auch klappt, knickknack, habe er noch augenzwinkernd hinzugefügt. Doch ansonsten wäre nun wirklich nichts Ungewöhnliches passiert. Was die Schutzpolizisten ebenfalls bei ihren Gesprächen festgehalten hatten, war zudem eine fast zu erwartende Erkenntnis: Alle Befragten, egal ob Nachbarschaft, oder Jene des beruflichen Umfelds, zeigten sich ausnahmslos bestürzt vom plötzlichen Tode Bernd Gans'.

Während Polizeihauptkommissar Alois Rosemeiers Mannen im Nachgang der Lagebesprechung wieder ihre aufgetragenen Klinkenputzer-Aufgaben in Angriff nahmen, drängte es den Chef-Ermittler der Kripo zu einer unaufschiebbaren Handlung: Essen fassen. Denn Fritz hing der Magen sprichwörtlich in den Kniekehlen. Also, ehe er weiterarbeitete, hieß es für ihn, frei nach dem Motto »ohne Mampf kein Kampf« schnell wieder hin zu jenem Schnellimbiss, dessen Namen so ähnlich war, wie der von Schimanskis Kollegen Tanner.

Seinen silber-metallic farbigen Opel schnell vor dem Schnellrestaurant geparkt, »Palim Palim«, schnell hinein in die Stube gefegt. Der Wurstbrater hinterm Tresen kannte ihn noch von gestern Abend und grüßte lachend mit der Wurstzange winkend. Schnell eine Bratwurst mit Senf im Brötchen und eine Dose Sprudelwasser bei ihm bestellt. Eine Minute später mit den Worten: »hier bitte«, die Fressalien vom Imbisswirt erhalten. Schnell 'nen Heiermann in die Wechselgeldschale auf dem Tresen gelegt und ihm »stimmt so« geantwortet. Schnell hinaus gestiefelt, schnell ins Auto gesetzt und … in aller Seelenruhe sich Bratwurstbrötchen und Sprudelwasser gewidmet.

»So viel Zeit muss sein«, murmelte Fritz. »Außerdem gibt's Magengeschwüre, wenn man das Essen zu schnell runterschlingt.« Als er vorhin noch in der Inspektion dem hiesigen Polizeimeister Ernst Hamann gesagt hatte, dass er Kohldampf habe, schwärmte ihm dieser von Familie Hamanns bevorzugter Mayener Pizzeria vor, welche sich unweit des Schnellimbisses befand. Wahre Lobeshymnen auf deren Pizzas und besonders auf die Lasagne hatte Ernst gehalten. So sehr das Fritz, das Wasser im Munde zusammengelaufen war. Doch sich quasi zwischen Tür und Angel leckere Italo-Kost reinziehen wollte er nicht. Dafür brauchte es nun wirklich Zeit, sonst schmeckte ihm auch das beste Essen einfach nicht. Beim Passieren der angepriesenen Lokalität, welche wie der Schnellimbiss, direkt am Stadtring, in den Räumlichkeiten eines ehemaligen Cafés gelegen war, überkam den leidlich von der Bratwurst Gesättigten eine spontane Idee: »Aufgeschoben ist nicht aufgehoben. Ein romantisches Essen bei Kerzenschein mit Frau Mayr. Das wär's.« Obwohl das Autoradio irgendwas Englisches vor sich hin dudelte, hörte er in seinen Ohren unvermittelt italienische Volksweisen a la »Ricco e Poverie«, »Al Bano und Romina Power« und »Alice« erklingen. »Erst 'ne scharfe Peperoni-Pizza und danach zum Dessert 'ne scharfe Johanna«, malte sich Fritz in den buntesten Farben aus und jubilierte schließlich voller Vorfreude: »Hey *bella, amore mio! Uno notte speciale, si! … mamma mia, mamma mia!*«

Jemand funkte ihn an. Er ging ran. Am anderen Ende der Leitung war, wie schon fast befürchtet, sein Vorgesetzter, Hauptkommissar Gero von Hübenthal. Kaum, dass er wusste, das der Lord Gesprächsbedarf hatte, platzten seine erotischen Fantasien rund um Frau Mayr wie Seifenblasen in der Luft. Fritz hatte natürlich ein gesteigertes Interesse an der baldigen Auflösung der beiden mysteriösen Fälle. Das lag auf der Hand. Neben dem allgemeinem Top-Grund, also der zügigen Einbuchtung der Mörder oder des Mörders, ehe weiteres Unheil geschah, gab es auch einen von eher individueller Natur. Dieser war für ihn jedoch stets ein ganz besonderer Anreiz, seine Fälle möglichst zeitnah zu klären. Denn von Hübenthal hatte halt die leidige Angewohnheit, umso mehr zu nerven, je länger eine Ermittlung andauerte. So lästig *be en Schessmögg* war der Lord dann. Ein Umstand, auf den der Kommissar verständliche Weise keinen Bock hatte. Außerdem trieb Fritz Weller auch bis heute noch der gleiche unbändige

Ehrgeiz an, wie damals Ende der Sechziger, als er frisch von der Polizeischule kommend ins Berufsleben gestartet war. Ein Ehrgeiz, der seinen inneren Schweinehund in der Regel gut im Griff hatte. Das galt für den Job, wie fürs Laufen. Von Hübenthal machte ihm also wie vermutet in eindringlichsten Worten deutlich, was er und der Polizeipräsident von ihrem Chef-Ermittler erwarteten: Ergebnisse. Zufriedenstellende Ergebnisse! Rasch und fundiert! Nicht mehr und nicht weniger! Hatte ihn sein Vorgesetzter bis dahin mit »Herr Kommissar« angesprochen, wurde es zum Schluss des Gesprächs hin nochmal … intim.

»Und wir freuen uns doch alle schon sehr auf das intensive Lauftraining unter deiner fachkundigen Anleitung, mein lieber Fritz. Deswegen *avanti avanti*, lieber Fritz, damit wir loslegen können mit dem Jogging. Damit ich wieder flink wie ein Wiesel werde … einszwoeinszwoeinszwo…!«

»Und deswegen muss ich jetzt schnell auflegen. Denn Dringendes steht an«, hatte der liebe Fritz nur monoton geantwortet, die Unterhaltung flugs beendet und »flink wie ein Wiesel, … ha, das ich nicht lache« ironisch gezischt. Es war beileibe keine Notlüge um das Wiesel in spe abzuwimmeln, als Kommissar Weller sagte, Dringendes würde anstehen. Führte es ihn nun im Zuge der Ermittlungen zur Familie Jäger, das hieß zur Freundin des ermordeten Mario Wild.

Kapitel 23

Sonntagnachmittag, kurz nach drei

Der klotzige Kasten von Familie Jäger, in dem neben den Räumlichkeiten für Alt und Jung auch das Büro von Jürgens Versicherungsagentur untergebracht war, lag, wie Fritz fand, in der wahrscheinlich spießigsten Ecke des Eifelstädtchens. Ein mustergültiges Wohngebiet an der Nette, wie es auf schmalzigen Bildern im Präsentationskatalog eines Immobilienmaklers nicht besser hätte dargestellt sein können: Anfang bis Mitte der Siebziger entstanden. Mit in der Frühlingssonne schimmernden Teerstraßen und penibel gekehrten Verbundsteinpflasterwegen. Mit hochglanzpolierten Autos in dampfgestrahlten Einfahrten. Mit Häusern größer und prunkvoller als jene der Nachbarn und davor üppige, mit Jägerzaun eingefasste, prächtige Gärten. Getrimmte Buchsbaumsträuchern wie Zinnsoldaten in Reih und Glied. Alles so gepflegt, alles so sauber, kein Staubkorn zu sehen. So schön, so still, so wohnlich … wahrlich ein Ort friedlicher Eintracht … hätte man leicht meinen können … hätte …

Der Kommissar wusste nur zu gut, dass, völlig egal wie schön der Schein nach außen hin auch war, so manch ein Saubermann beziehungsweise Sauberfrau die ein oder andere Leiche im Keller hatte.

»Unsere Tochter wollen Sie sprechen?«, fragte Margot Jäger sichtlich verwundert. »Sie ist mit ihrem Vater am Morgen nach Trier gefahren, für im Stadion ein Rennen zu laufen.« Die Mutter der achtzehnjährigen Sportlerin war leicht aus der Puste, verschwitzt und hatte gerötete Wangen. So geschafft, wie sie aussah, vermutete Weller, dass sein Bimmeln die Ärmste wohl vorhin in der hintersten Ecke des Hauses aufgescheucht hatte und sie daraufhin nur auf Socken zur Eingangstür hetzte, um ihm zu öffnen.

»Sorry nochmal, dass ich Sie einfach so überfallen habe«, entschuldigte er sich mit ein wenig schlechtem Gewissen und schob dann jedoch mit ernster Miene nach, dass er im Rahmen von Ermittlungen in zwei Mordfällen einige Fragen an Katja Jäger habe.

»Die Kripo ermittelt in zwei Mordfällen? Und hat deswegen Fragen an meine Tochter?«, entgegnete Margot entsetzt.

»Nur Fragen, gute Frau, nur Fragen. Machen Sie sich bitte keine Sorgen«, beruhigte der Kommissar die aufgebrachte Dame des Hauses.

»Okay, wenn Sie es sagen. Na, die beiden müssten eigentlich jeden Moment zurück sein«, antwortete sie etwas beruhigter und warf einen flüchtigen Blick zur Straße. Sie vertraute dem Beamten. Warum sollte sie auch nicht? Auch ihr Atmen normalisierte sich allmählich.

»Aber worum geht's denn genau, wenn ich fragen darf?« Neugier hatte bei ihr nun Oberwasser bekommen. Die Jeans und Sweatshirt tragende, burschikos anmutende Frau mit dem grauen Kurzhaarschnitt, sah den Kommissar mit großen Augen an. Weller nannte ihr bewusst nur ein paar knappe Oberflächlichkeiten zum gestrigen Verbrechen vom Brechwerk.

»Ich dachte eigentlich, das wüssten inzwischen alle. Zum Beispiel aus den Radio-Nachrichten«, staunte er, nachdem ihm Frau Jäger darauf geantwortet hatte, dass sie alle absolut nichts von der Sache mit Bernd Gans mitbekommen hätten.

»Und wer ist der zweite Tote?«

»Speziell deswegen bin ich hier, Frau Jäger. Es handelt sich beim zweiten Opfer um Mario Wild, den Freund Ihrer Tochter. Seine Leiche wurde heute Morgen am Weg zum Freizeitpark gefunden.«

»Mario?! Er hatte hier übernachtet und ist, kurz bevor Katja und mein Mann nach Trier sind, gegangen. Musste wohl heute im Klösterchen arbeiten und wollte wohl vorher noch ein bisschen laufen gehen. Also, Herr

Kommissar, wenn unsere Kleine hört, dass Mario tot ist … bitte bringen Sie es ihr sehr schonend bei.« Mutter Jäger machte zwar Gebrauch von durchaus fürsorglichen Worten, doch gelangten diese seltsam emotionslos aus ihrem Mund. Der Kripobeamte bemerkte es und nickte kommentarlos.

Unmittelbar darauf bog ein silberner 100er Audi Avant in die Hofeinfahrt ein. Am Steuer Jürgen Jäger, neben ihm auf dem Beifahrersitz die junge Sportlerin in markanter rot-blau-grüner Trainingsjacke der Leichtathletikabteilung des TSV Mayen. Das Garagentor öffnete sich wie von Geisterhand. Bedächtig bugsierte der Fahrer das Vehikel hinein. Die Insassen stiegen aus. Katja nahm ihre Sporttasche samt den neuen Mittelstreckenspikes aus dem Kofferraum. Jäger drückte im Vorbeigehen auf den Taster an der Außenwand der Garage. Das Tor schloss sich knarrend.

Beide Ankömmlinge schauten reichlich bedröppelt aus der Wäsche. Weller mutmaßte sofort, dass sie bereits von Marios tragischem Schicksal wussten. Aber damit lag er falsch. Denn das Katjas große Liebe vor wenigen Stunden dahingemeuchelt worden war, von diesem traurigen Fakt hatten weder Jürgen noch sie selbst irgendeine Kenntnis. Was inzwischen zu den beiden vorgedrungen war, im Gegensatz zu Margot Jäger, die vorgab, rein gar nichts davon mitbekommen zu haben, dass Schlappi gestern Abend seine Laufschuhe für immer an den Nagel beziehungsweise an den Speer gehangen hatte. Denn zum einen hatten sie bei Hin- und Rückfahrt die Nachrichten gehört und zum anderen war der mysteriöse Mord am Brechwerk im Nettetal das Gesprächsthema Numero uno bei sämtlichen Trainern, Aktiven und Funktionären im Trierer Moselstadion gewesen. Man gewann sogar den Eindruck, dass das grausame Schicksal des Sportkameraden Gans, egal ob persönlich bekannt oder nicht, für mehr Interesse im weiten Rund sorgte als die eigentlichen Gründe, weshalb man hierher kutschiert war. Gründe wie … Rheinland-Titel zu erringen und Top- Leistungen abzuliefern.

Es war kein besonderes Geheimnis, dass Katja den Schlappi nicht mochte. Bei Jürgen Jäger verhielt es sich ähnlich. Spätestens seit Gans' dämlichem Gelaber auf Texel in Huubs Imbiss konnte er dessen blöde Fresse nur noch schwer ertragen. Aber trotz ihrer Abneigung gegenüber Schlappi war überschwängliche Freude wegen seines unverhofften Dahinscheidens nicht bei den beiden aufgekommen. Genauso wenig hatten sich allerdings auch Trauer und Betroffenheit bei ihnen breitgemacht. Sie waren letztlich nur überrascht von seinem plötzlichen Tod. Mehr nicht. Punkt!

Das bedeutete also, auch Schlappis unfreiwilliges Ende war nicht schuld, dass Katja und Jürgen aktuell echt mies gelaunt waren. Nein. Es lag schlicht und ergreifend daran, dass die Jugendliche auf ganzer Linie versagt und Jäger sie deswegen mal wieder vor aller Augen angeschnauzt hatte. Weshalb kam es nun zu dem Dilemma? Die Erklärung ist einfach, sie lässt jedoch auch Raum für Spekulationen: Wie von der Tarantel gestochen war die junge Sportlerin gleich nach dem Startschuss losgerannt. Doch bereits nach den ersten Runden deutete sich anhand ihres verkrampften Laufstils an, dass das angeschlagene Tempo viel zu flott war. Zumindest zu flott für ihre körperliche Fitness am heutigen Sonntag. Mühsam zu spekulieren, woran es gelegen hatte. Vielleicht zu wenig Schlaf, was auch immer … Jedenfalls versuchte sie verzweifelt die zeitlichen Vorgaben, welche Jürgen ihr vom Rand der Laufbahn aus zubrüllte, zu befolgen und ihre Mitläuferinnen auf Distanz zu halten. Ein Unterfangen, das, wie sich leider herausstellte, ganz gewaltig in die Hose ging. So kam, was kommen musste. Nach und nach wurde sie von ihren schärfsten Konkurrentinnen überholt und bei Kilometer vier, als Höchststrafe, gar überrundet. Körperlich und mental komplett am Boden war Katja daraufhin zwei Runden vor Schluss mit Tränen in den Augen ausgestiegen. Von wegen Meistertitel und sich für höhere Aufgaben empfehlen. Besonders bitter für die Achtzehnjährige und ihren ambitionierten Begleiter war es, dass ausgerechnet jene Läuferinnen den Sieg unter sich ausgemacht hatten, die Katja allesamt bei den Cross-Rennen des vergangenen Winters locker leicht hinter sich gelassen hatte. Also wirklich ein Tag zum Vergessen, zumindest mal bis hierher, nur aus sportlicher Sicht.

Denn jene tragische Information, die ihnen der schlanke, grauhaarige Kriminal-Kommissar soeben behutsam mittgeteilt hatte, brachte das Fass für Katja Jäger endgültig zum Überlaufen. Verglichen mit dieser Hiobsbotschaft war ihr Versagen bei den Rheinland-Meisterschaften praktisch nur Kinderkacke. Die Jugendliche konnte nicht glauben, was sie soeben gehört hatte. Entsetzt ließ sie Sporttasche sowie Laufschuhe in den Flur fallen und verschwand weinend irgendwo im Haus. Jürgen Jäger bat Kommissar Weller einzutreten und schloss die Haustür. Halb Mayen, sprich die Nachbarschaft, brauchte ja nicht mitzubekommen, was sich gerade bei ihnen abspielte.

Die Tür flog auf und Opa Hermann kam in die Küche gepest.

»Na, hat unsere Kleine gewonnen? Mit wieviel Vorsprung? Und wie schnell war sie? Na los, Jürgen, raus mit der Sprache. Wie war es? Mensch, lass' dir doch nicht die Würmer aus der Nase ziehen! Wo ist unsere Meisterin überhaupt? Und wer ist der fremde Mann? Jemand von Bayer Leverkusen?« Der Alte platzte förmlich vor Neugier.

»Gewonnen? Nur an Erfahrung, Vater. Heute ging nix. Rein gar nix. Katja war völlig von der Rolle«, entgegnete sein Sohn kopfschüttelnd. »Und … Mario … ist tot. Deswegen ist Kommissar Weller von der Kripo hier«, fügte ein sichtlich von der Gesamt-Situation ergriffener Filius hinzu und schaute kurz hinüber zum Beamten. Während

Jürgens stille, am Fenster stehende Frau Margot überhaupt keine erkennbare Regung zeigte, entglitten Opa Hermanns faltige Gesichtszüge zusehends.

»Guten Tag, Herr Jäger, und sorry, mit Bayer Leverkusen kann ich nicht dienen, nur mit der Betriebssportgruppe unseres Präsidiums«, grüßte Fritz den mürrisch aus der Wäsche schauenden Greis und zuckte entschuldigend mit den Schultern. Zur Antwort erntete er vom Senior nur ein zynisch, durch die Schneidezähne gezischtes »Tzzz«.

In der anschließenden, kurzen Unterhaltung, bei welcher Katja zunächst nicht anwesend war, stellte der Ermittler eine markante Besonderheit fest. Jäger Senior schien die Sache, dass der Freund seiner Enkelin ermordet worden war, ziemlich schnurz zu sein. Der knorrige Rentner machte auf Weller einen fast schon gelangweilten Eindruck, als er den dreien einige Fakten zum Fund der Leiche preisgab. Ähnlich der komischen Reaktion seiner redefaulen Schwiegertochter von vorhin. Nur einmal änderte sich das Verhalten Hermann Jägers spürbar. Es war jener Moment, als der Kommissar auf Marios verschwundenes Halskettchen zu sprechen kam.

»Halskettchen? Sehe ich aus wie ein Juwelier?«, knurrte der Greis und schob sich ein Bonbon in den Mund. »Da müssen Sie schon Katja fragen«. Er wirkte aufgrund der Frage seltsam angefressen, gar beleidigt.

»Aus welchem Grund nur?«, fragte sich Weller nachdenklich geworden. »Das werde ich, Herr Jäger, das werde ich!«, konterte er sodann auf dem Fuße und starrte sein grimmiges Gegenüber durchdringend an. Daraufhin fegte der alte Kautz, irgendwas Undeutliches vor sich hin grummelnd und gleichzeitig die harte Kamelle zerbeißend aus der Küche. »Na, hoffentlich hältst seine Kauleiste aus«, lag Fritz auf der Zunge und verkniff sich zu grinsen. Kurz darauf hörte man das energische Zuschlagen einer Zimmertür.

Kaum, dass der miesepetrige Opa die Kurve gekratzt hatte, erschien seine Enkelin auf der Bildfläche. Kreideweis und mit rotunterlaufenen Augen war für alle unschwer zu erkennen, wie es drinnen in ihr aussah. Sie trauerte um ihre große Liebe. Trotz, dass das Mädel Weller in diesen Momenten leidtat, musste er seinem Job nachgehen. Dafür war er schließlich hier. Auch wenn ihm diese Aufgabe zugegebenermaßen schwerer fiel als beispielsweise seine Unterredung mit den beiden Leichenfindern am Vormittag. So blieb der Kommissar, wie er es Frau Jäger vorhin versichert hatte, bei der für seine Verhältnisse schon als sanftmütig zu bezeichnende Vorgehensweise.

»Katja, ich würde dir gerne noch ein paar wenige Fragen stellen, darf ich?«, wand er sich in ruhigem Tonfall an die Jugendliche. Sie wischte sich die Tränen aus den Augen und entgegnete dem Kommissar mit einem leisen »ja«.

»Alleine bitte«, ergänzte Weller sein Ansinnen und schaute dabei kurz ihre Eltern an.

»Okay, machen Sie«, nickte Herr Jäger dem Kripobeamten zu. Jürgen nahm sein Mädchen tröstend in den Arm und sagte fürsorglich, wie ein Vater es nun mal tut: »Wenn du uns brauchst, Kleines, wir sind nebenan im Wohnzimmer.« Er warf Katja einen liebevollen Blick zu, während Margot, fernab jeglicher Emotion, das Zimmer bereits verlassen hatte.

Ohne weitere Umschweife kam Kommissar Weller zunächst auf das ominöse Texel-Trainingslager zu sprechen. Die Jugendliche antwortete schluchzend und sich ihre Nase putzend, dass alles stink normal gewesen war.

»Bis zu dem Abend, wo Mario und ich ein Paar wurden.« Mario hätte ihr die Augen geöffnet für das, was wirklich wichtig sei im Leben und im Sport. »Man muss Spaß haben. Egal bei was. Der Rest kommt dann von selbst. Ohne Spaß, vergiss es! Ja, das waren Marios Worte und danach lebte er auch. Seitdem wir zusammen waren, versuchte ich es zu machen wie er.«

»Heißt, wenn ich dich richtig verstehe, Katja, die Lauferei, das Schinden bei Wind und Wetter, die nervigen

Diskussionen nach schlechten Rennen mit deinem Vater, tagein, tagaus trainieren. Dir wurde alles zu viel? Trift meine Vermutung zu?«

»Außer mit Mario habe ich bisher noch mit keinem Menschen darüber gesprochen. Aber ja, Sie haben Recht Herr Kommissar, schon seit einigen Wochen bin ich mir bewusst darüber, dass ich überhaupt keine Lust mehr auf die verdammte Rennerei habe. Eigentlich mache ich den ganzen Scheißdreck nur noch mit, weil andere es von mir erwarten. Du kannst Papa und vor allem Opa Hermann nicht enttäuschen. Die doch so viel in meine glänzende Laufkarriere investiert haben, damit ich mal groß rauskomme, habe ich mir immer und immer wieder eingeredet. Groß rauskommen … lächerlich … Dabei waren die ersten Jahre im Verein durchaus schön gewesen. Ich hatte Spaß daran, zu gewinnen und die Erste zu sein. Doch je erfolgreicher ich wurde, umso mehr stiegen Ansprüche und Druck. So sehr, dass ich irgendwann an dem Punkt angelangt war, wo mich die ständige Hechelei nach Bestzeiten, Titeln und Anerkennungen nur noch ankotzte. Dabei, Kommissar Weller, machte ich früher gerne Sport … früher … Naja, und wie gesagt, Mario hat mir durch seine liebe Art die Augen geöffnet. Mario …« Die junge Frau schaute aus dem Fenster. Ihre Rechte langte wie automatisiert nach dem Anhänger des Halskettchens, das sie trug. »Mario« war darin eingraviert.

»Dein Freund hatte auch eins mit deinem Namen. Wie ich auch erfahren habe, muss er es immer getragen haben. Allerdings fanden wir das Kettchen nicht bei ihm. Könnte es sein, dass er es reinzufällig heute Morgen bei dir liegen gelassen hat?« Katja drehte sich zum Kommissar um und ließ den Anhänger hinterm hochgestellten Kragen ihrer Trainingsjacke verschwinden.

»Mario hatte es an, heute Morgen. Ich habe es genau gesehen. Mario hat das Kettchen nie ausgezogen, selbst beim Laufen nicht. Niemals«, antwortete sie in einer Mischung aus Verzweiflung und Wut.

»Wenn es dich zumindest etwas beruhigt«, entgegnete Weller einfühlsam, »unsere Leute suchen das Areal an der Nette, dort, wo Mario gefunden wurde, nach Spuren und selbstverständlich auch nach dem verschwundenen Kettchen ab. Wenn sie es finden, sage ich dir direkt Bescheid. Du hast mein Wort.« Ein schüchternes Lächeln huschte daraufhin um ihre Mundwinkel.

Jürgen Jäger steckte den Kopf zur Tür herein.

»Alles klar, Kleines?«, fragte er besorgt klingend.

»Ja, geht schon«, antwortete sie leise. Nachdem Katjas Erziehungsberechtigter die Tür von außen wieder zu gemacht hatte, setzte Weller seine betont behutsame Befragung der jungen Frau fort.

»Okay. Ist dir denn irgendwas Merkwürdiges an Marios Verhalten in der letzten Zeit aufgefallen? Oder vielleicht auch an dem eures Vereinskollegen Bernd Gans? Waren die beiden befreundet? Oder Laufkollegen, die regelmäßig zusammen ihre Runden drehten? Oder etwas ähnliches?«

»Ob Mario merkwürdig war? Nein, Herr Kommissar, Mario war lieb wie immer!«

»War er mit Bernd Gans befreundet?«

»Also befreundet konnte man das nicht nennen. Bis vor Texel sind die zwei zusammen mit Peter Hirsch ab und zu mal durch den Wald gejoggt.«

»Danach nicht mehr?«

»Nein. Nach dem Trainingslager wollten Peter und Bernd offenbar nichts mehr mit Mario zu tun haben. Mein Freund wunderte sich sehr über deren komische Art. Einmal versuchte er, aus Peter rauszubekommen, was denn los wäre. Doch der wiegelte nur ab, dass nichts sei. Na, vielleicht war Peter nur ein bisschen neidisch auf ihn, dass Mario eine Freundin hat und er selbst halt nicht … «

»Okay. Und fällt dir noch was zu Bernd Gans ein?«

»Bernd Gans oder Schlappi, wie er oft genannt wurde«, zischte die Jugendliche abfällig aufgrund Wellers Zwischenfrage. »Hören Sie mir bloß auf mit dem. Er hielt sich für unwiderstehlich, der ekelige Schürzenjäger! Keine von uns Läuferinnen mit Ausnahme vielleicht von Sabine, Sabine Häusler, konnte den Asi ab. Obwohl, jetzt, wo Sie mich danach fragen, gegen Ende des Trainingslagers war Sabine plötzlich auch nicht mehr gut auf den Gans zu sprechen. Irgendwas muss zwischen den beiden vorgefallen sein, weil sie mir erzählte, dass ich mit meiner krassen Meinung über den alten Schwerenöter doch Recht hatte. Sie wollte mir aber nicht verraten, weshalb sich ihre Einstellung änderte. Bestimmt wollte ihr der ekelige Gans an die Wäsche. Jedenfalls war Sabine seit Texel nicht mehr beim Training gewesen. Ich nehme an, sie versuchte wohl ihm aus dem Weg zugehen … was ich gut verstehen kann.«

»Na ja, wenn es wirklich daran gelegen hat, kann Frau Häusler künftig wieder im Verein mittrainieren«, resümierte Weller und hielt einen Moment inne, ehe er mit einem rasanten Themenwechsel fortfuhr: »Oder könnte Sabine Häuslers plötzliche Abneigung noch wo anderes herrühren, frage ich mich. Könnte es was damit zu tun gehabt haben, dass sie vielleicht was mit … Doping zu tun hatte? Denn unsere Wissenschaftler fanden in Bernd Gans' Körper entsprechende unerlaubte Substanzen. Vielleicht wollte Sabine von Schlappi auf Texel ein paar Pillen abhaben und er hat nichts von seinem Zeug rausgerückt? Vielleicht war sie deswegen sauer auf ihn?«

»Sabine und Doping?«, lachte Katja spitz auf und schüttelte vehement den Kopf. »Nein Herr Kommissar, da liegen Sie nun aber völlig falsch. Sabine hasst Doping!«

»Gut. Doch vielleicht gibt es noch andere Läuferinnen und Läufer im Verein, die Doping … nicht hassen? Marios Körper wird natürlich auf unerlaubte Substanzen hin untersucht, das verstehst du sicher.« Der Kommissar wurde bewusst ketzerisch, um die Jugendliche aus der Reserve zu locken.

»Doping? Im Verein? Mario? Ich verstehe nicht! Ich meine, Schlappi, okay. Aber alle anderen aus dem TSV?

Niemals! Und mein Mario? Auf gar keinen Fall! Sie werden nichts finden!«, rief Katja entgeistert. Trotz ihrer lautstarken Verneinung wirkte sie genau in diesem einen Augenblick auf Weller, wie jemand, die soeben auf frischer Tat bei einer verbotenen Sache ertappt worden war. Der Kripobeamte hatte, was er wollte: Eine unkontrollierte, spontane Reaktion Katjas.

Wiederum öffnete sich die Küchentür. Margot und Jürgen traten ein. Aufgrund der Hellhörigkeit des Hauses hatten sie jedes einzelne laute Wort von ihrer Kleinen haargenau verstanden.

»Lassen Sie es jetzt gut sein, Herr Kommissar. Es reicht für heute. Außerdem ist Doping im Hause Jäger mit Sicherheit kein Thema. Es war es nie und wird es auch nie«, versuchte der Hausherr für klare Verhältnisse zu sorgen. Weller nickte. Es war nachvollziehbar für ihn, dass Eltern ihr Kind selbstverständlich um jeden Preis schützen wollen. Er selbst würde mit Sicherheit an deren Stelle nicht anders handeln.

»Natürlich, Familie Jäger, natürlich«, entgegnete er fix, »doch entsprechende Fragen zu stellen, gehört halt zu meinen Ermittlungen. Da kann ich nichts machen.«

»Ist klar«, winkte Jürgen Jäger lässig ab.

»Doch bitte, gestatten Sie mir noch eine Frage an Ihre Tochter und, wo Sie schon mal hier sind, auch an Sie beide, Frau und Herr Jäger«, läutete der Kripobeamte höflich, aber bestimmt die Glocke zur letzten Runde.

»Wenn es denn unbedingt sein muss«, nörgelte Margot Jäger diesmal zur Überraschung aller wie aus der Pistole geschossen.

»Danke sehr, das ist nett von Ihnen«, konterte Weller leicht ironisch. »Familie Jäger, wissen Sie rein zufällig, ob Bernd Gans, und sorry, dass ich danach frage, und Mario Wild Feinde hatten? Oder aus welchen möglichen Gründen man die zwei wohl ermordete? Und Mord war es in beiden Fällen. Das sind die Fakten. Katja, vielleicht ein eifersüchtiger Ex, der nicht verknusen konnte, dass du mit Mario zusammen bist? Oder, auch wenn Sie es nicht gerne hören möchten, wegen der angesprochenen Dopingproblematik? Na, 'ne Idee?«

»Nein! Mario hat nicht gedopt und Feinde hatte er erst recht keine! Und Lukas, mein Ex, hat längst eine neue Freundin!«, platzte es aus Katja heraus. Wütend machte sie nach ihrer Antwort ein paar eilige Schritte in Richtung Küchentür, blieb kurz stehen und drehte sich nochmal um: »Ich habe nur eine Bitte an Sie, Herr Kommissar. Finden Sie Marios Mörder! Mehr will ich nicht! Wer den Gans umgebracht hat, ist mir scheißegal!« Dann stürzte die Achtzehnjährige aus dem Zimmer.

»Den finden wir! Versprochen!«, dachte sich Weller. Er war sich seiner Sache felsenfest sicher. Bei der anschließenden Verabschiedung reichte der Kriminalbeamte der Mordkommission dem Ehepaar Jäger eine von seinen krumpeligen Visitenkarten: »Hier, für den Fall der Fälle! Man weiß ja nie! Wenn Ihnen oder Ihrer Tochter … oder gerne auch Ihrem Vater, Herr Jäger, noch was einfallen sollte: Rufen Sie mich jederzeit an.«

Der Kommissar wollte gerade in seinen Dienstwagen einsteigen, als Margot Jäger plötzlich hinter ihm auftauchte.

»Eines noch! Das könnte wirklich für Ihre Ermittlungen interessant sein«, flüsterte die Frau und sah sich verstohlen um. Leicht erschrocken von der unverhofften Ansprache schnellte Weller herum und entgegnete in vergleichbarer Lautstärke: »Okay, Frau Jäger, ich bin ganz Ohr.«

»Lukas, also Katjas Ex-Freund, ist der Sohn des Stadion-Platzwarts. Die Familie wohnt übrigens im Stadiongebäude, oben im ersten Stock, überm Kiosk und den Umkleidekabinen.«

»Okay. Und Sie denken Lukas könnte was mit den Morden zu tun haben?«

»Das habe ich nicht gesagt. Aber man wird ja mal spekulieren dürfen. Vielleicht war Lukas ja doch eifersüchtig auf Mario …«

»Vielleicht.«

»… und außerdem sagten Sie ja vorhin, wir sollen uns bei Ihnen melden, wenn uns was einfällt. So, das habe ich nun gemacht. Und Tschüss!« Nachdem Margot dem Kripomann ihre plötzliche Eingebung resolut um die Ohren gehauen hatte, stiefelte sie energisch wie eine gewisse Miss Marple auf Mörderjagd von dannen.

»Höchst interessant«, murmelte sich Weller in den nicht vorhandenen Bart und tätigte, ehe er wegfuhr, noch ein paar wichtige Telefonate. Die Begegnung mit den Jägers war für ihn wie gezieltes Doping gewesen. Genauer gesagt, Doping für seine grauen Zellen, die nun angestachelt davon auf Hochtouren liefen.

Kapitel 24

Die schier unglaubliche Neuigkeit, dass es gleich zwei Mayener Läufer binnen eines Tages bei der Ausübung ihres Sports im Nettetal dahingerafft hatte, ging im Eifelstädtchen Mayen natürlich rum wie ein Lauffeuer. Überall, so zum Beispiel in Kneipen, in diversen Wohnzimmern, beim Schaufensterbummeln in der Marktstraße, am Zigaretten-Automat, vor und in Telefonzellen, bei der Sonntagsnachmittagsandacht in der Kirche St. Veith, »im Tal der fliegenden Messer«, innerhalb der hiesigen Läufergilde und beim Gassigehen mit Pfiffi, Puffi, Rex und Co. waren die schrecklichen Morde das Gesprächsthema schlechthin. Quasi an jeder Ecke der Stadt wurde von Hinz und Kunz munter diskutiert und spekuliert. Selbst Leute, die mit Sport im Allgemeinen und Laufen im Speziellen noch nie was am Hut gehabt hatten, waren plötzlich wie von Geisterhand berührt, wahre »Dschokking«-Experten. Zumindest hielten sich die Meisten dafür.

So war auch nicht verwunderlich, dass bei dieser Gemengelage in Windeseile die abstrusesten Theorien rund um die Verbrechen ins Kraut schossen. Man hörte solch absurdes Geschwätz von mordlüsternen Gesellen aus den Untiefen des Mayener Walds und der Virneburger Heide. Gar von der Wiederkehr eines gewissen Serienmörders, Spitznamen »Stumpfarm« faselten einige. Ungeachtet der Tatsache, dass besagter »Stumpfarm« schon 1923 wegen mehrfachen Mordes hingerichtet worden war, schwadronierte man herum, der Strolch wäre bereits mehrfach des Nächtens im Nettetal gesehen worden. Sichtungen, die, von außen betrachtet, so glaubwürdig und real waren wie jene von Nessi, den Yetis, dem Wolpertinger und (über-)natürlich fliegenden Untertassen. Häufig mutmaßten die Eingebornen auch, dass sicher fahrendes Volk die beiden Männer umgebracht habe. Also irgendein verschlagenes Gesocks unbekannter Herkunft, das sicher genug auf dem Kerbholz hatte und auch vor heimtückischen Morden nicht zurückschreckte. Außerdem glaubte jemand von jemand gehört zu haben, dass erzählt worden wäre, es sei die Hand Gottes gewesen, welche die beiden eigensinnigen Frevler bestrafte, weil diese anstatt der heiligen Messe beizuwohnen, es vorgezogen hatten, durch die Gegend zu rennen. Blasphemie! Völlig zu Recht seien die Burschen zu Boden geschleudert worden!

Höchst erstaunlich war zudem jene Eigenart, dass die Mayener versuchten, sich in ihren Spekulationen noch gegenseitig zu übertrumpfen. So meinte wirklich jeder, dem eh schon haarsträubenden Gemunkel der anderen noch eigene, frei erfundene und teils komplett hirnrissige »Tatsachen« hinzu fügen zu müssen. Deren ausschweifendes Geschwafel gipfelte unter anderem darin, dass unter den volltrunkenen Gästen einer einschlägig bekannten Bierkneipe, das Gerücht in der verqualmten Atemluft grassierte, Bernd Gans habe man mit Speeren gespickt gefunden. Er soll ausgesehen haben, frisch wie ein Mettigel vom Vortag! Und, und … Mario Wilds Augen seien ihm mindestens einen halben Meter, wenn nicht noch mehr, vor den Kopf getreten gewesen. Und, und … seine Zunge hätte er sich im Todeskampf abgebissen. Und … einen Strick, so dick wie der dicke Daumen vom dicken »Schuster Schäng«, habe er um seinen Hals gehabt.

Es gab allerdings auch jene wenigen, die, warum auch immer, nicht herum zu fantasieren brauchten. Wussten sie doch, im Gegensatz zur Mehrheit der Einheimischen sehr genau, wie sich die Morde ereignet hatten. Denn sie waren in der Tat hautnah mit dabei gewesen. Eines dieser erlauchten Individuen hockte am Nachmittag alleine in seinem Kabuff. Er war nicht traurig oder bestürzt darüber, dass Schlappi und Mario nicht mehr lebten. Im Gegenteil! Mit den erhebenden Bildern von deren leblosen, geschundenen Körpern vor Augen lachte er triumphierend mit stolzgeschwellter Brust. Von diversen Glücksgefühlen berauscht fühlte er sich allen, inklusive des Kommissars der Kripo, meilenweit überlegen. Denn er war es, der die Geschicke steuerte. Sonst niemand! Er hatte seine Macht in der Vergangenheit schließlich mehrfach und in vielerlei Hinsicht eindrucksvoll unter Beweis gestellt. Wenn auch hier und da mit tatkräftiger Unterstützung eines lieben Menschen.

Er öffnete eine Tür des Wohnzimmerschranks, langte in eine der alten Biedermeier-Tassen und nahm seine am Morgen erbeutete Trophäe heraus. Dann umfasste er das silberne Halskettchen mit dem Anhänger, in den »Katja« eingraviert war, und drückte es gegen seine Brust. Der Wahnsinn bestimmte seine Gesichtszüge, während er mit irrem Lachen jubilierte: »Mein Kleines, *mei Leevje*, mein Alles, … mein Schatz. Einmal noch! Ja, dann ist Ruhe … *mei Leevje*!« Siegesgewiss und mit blanker Vorfreude auf die bevorstehende finale Aktion, ließ er das Kettchen wieder in der Biedermeier-Tasse verschwinden und drückte die Schranktür sachte zu.

Zur gleichen Zeit lag Katja Jäger auf ihrem Bett und weinte. Sie hörte, wie sich ihre Eltern eine Etage tiefer miteinander unterhielten. Worum es sich dabei drehte, verstand sie allerdings nicht, dafür redeten die zwei nicht laut genug.

»Ich hoffe, der alte Depp hat nichts angestellt«, murmelte Jürgen und schaute seine Frau nachdenklich an.

»Weißt du etwas?«, fragte er sie misstrauisch.

»Was soll ich schon wissen?«, konterte Margot monoton.

»Was hast du denn dem Kommissar vorhin vorm Haus noch erzählt?«

»Erzählt?«, reagierte Katjas Mutter gelangweilt klingend. Spontan entschied sie ihren Fingerzeig auf Lukas, den Sohn des Stadion-Platzwarts, für sich zu behalten. »Nur, dass wir uns sicher bei ihm melden werden, wenn uns noch was einfiele«, wiegelte sie stattdessen ab.

»Sonst nichts? Und deswegen bist du ihm extra hinterhergelaufen?«

»… ach ja, und ich habe mich bei ihm nochmal dafür bedankt, dass er es unserer Tochter behutsam mitgeteilt hatte.«

»… unsere Tochter …«, wiederholte ihr Ehemann bitter lächelnd.

»Unsere Tochter«, giftete Margot mit bösem Blick zurück. Ungestüm nahm sie sich eine Handvoll Bonbons aus der Schale vom Küchentisch und ließ Jürgen mit den Worten: »ich bin bei Hermann«, einfach stehen.

»War mir klar, dass du zu ihm rennst, … war mir klar«, sagte Jäger zynisch zu sich und war alleine. Er nahm ihr gerahmtes Hochzeitsfoto von der Wand und legte es ohne Hinzusehen mit der Bildseite auf den Tisch. Vom großmäuligen Dschäädschääh war nichts mehr übrig. Draußen tobten die Saupänz der Nachbarn schreiend in deren Garten herum.

»*Äääääiiiiih! Gimmi och e mooohl de Schöpp*!«, durchschnitt die bleierne Ruhe. Jürgen eilte nach oben zu seiner Tochter, trat in ihr Zimmer ein und nahm sie tröstend in den Arm. »Ich weiß, dass ich viele Fehler gemacht habe, Katja, und verspreche dir, niemals wieder werde ich dich zu irgendwas drängen. Und wenn es so sein soll, stehe ich zu meinen Taten.«

»Papa«, antwortete die Achtzehnjährige leise, »ich muss dir auch was erzählen.«

Kapitel 25

Am späten Sonntagnachmittag trafen vor den Toren der Pathologie die Eltern Mario Wilds und Cornelia, Bernd Gans Witwe, aufeinander. Die einen hatten soeben die Identität ihres ermordeten Sohnes bestätigt. Die andere musste die für sie ziemlich lästige Pflicht noch erledigen. Cornelia wäre wirklich lieber bei ihrem Tennislehrer gewesen, als dem verblichenen Gatten ihre Aufwartung machen zu müssen. Die Wilds und Frau Gans kannten sich nur vom Sehen. Mayen ist ja quasi ein größeres Dorf, wo irgendwann jeder jedem mal über die Füße stolpert. Doch miteinander gesprochen hatten sie bis dato noch nicht.

Die einzigen offensichtlichen Gemeinsamkeiten waren, dass jede und jeder einen engen Angehörigen verloren hatte. Und sowohl geliebter Sohn als auch trotteliger Ehemann im TSV war und demselben Ausdauersport frönte.

So unterschiedlich wie die Charaktere der Hinterbliebenen waren, so grundverschieden war deren Meinung und Einstellung bezüglich der Laufleidenschaft ihrer Verstorbenen. Nach den gegenseitigen Beileidsbekundungen meinte Cornelia schnoddrig, dass sie schon immer gegen Bernds blöde Rennerei gewesen sei.

Marios Mutter Annegret entgegnete ihr mit brüchiger Stimme und Tränen in den Augen: »Wenigstens sind sie bei einer Sache gestorben, die ihnen Freude machte. Wenigstens das.«

»Freude. Das ich nicht lache. Fanatisch war er! Richtig fanatisch! Schlappi und Freude. Pahhh«, verunglimpfte Cornelia Gans ihren ermordeten Mann, verabschiedete sich vom Ehepaar Wild und stöckelte ins Gebäude.

»Soweit die These, dass man über Tote nicht schlecht reden soll«, kommentierte Marios Vater Otmar die abfälligen Worte der Witwe und schüttelte irritiert den Kopf.

Währenddessen bimmelte in Mayen bei Familie Hirsch das Telefon. Mutter Hirsch ging ran. Heiner Glaser war dran. Er fragte, ob ihr Sohn auch da wäre, weil er kurz mit ihm sprechen wolle.

»Peeeter, komm' mal ans Teeelefon. Dein Trääääner ist dran«, schallte ihre Stimme schrill durch das Haus.

Ein genervtes »Jaja« vorausschickend, kam Peter in T-Shirt, schlabberiger Jogginghose und ausgelatschten Badelatschen die Treppe hinunter in den Flur gepoltert. Er griff den weinroten Hörer, welchen ihm seine Mutter entgegenstreckte und nuschelte »Moment« in die Muschel. Dann nahm sich der junge Mann das via Spiralschnur mit dem Hörer verbundene, auch in weinrot gehaltene Tastentelefon vom Schränkchen und verschwand, da die Anschlussschnur zur Telefondose lang genug war, im gegenüberliegenden Bad. Die Verbindungsschnur passte übrigens genau durch den Schlitz zwischen geschlossener Tür und gefliestem Boden hindurch. Abgeschottet von der Außenwelt hockte sich Peter, ohne Notwendigkeit zur Verrichtung irgendwelcher Geschäfte auf die Toilette.

Draußen legte Mutter Hirsch das Brokatdeckchen wieder auf den schmalen Schrank, dass ihr Sohn mal wieder, wenn er telefonierte, heruntergeworfen hatte und ging vors Haus eine rauchen.

»So, Heiner, da bin ich wieder. Ich nehme an, du rufst an wegen Schlappi und Mario, oder? Die Polizei war vorhin auch schon hier und hatte mich befragt. Unter anderem auch wegen meiner Alibis«, führte Peter das Telefonat nun wieder fort.

»Stimmt«, entgegnete Heiner, »du hattest doch Alibis für die Zeiten, oder?«

»Na klar, gestern haben wir mit Kumpels bis in den Abend an unseren Motorädern herum geschraubt, danach waren wir in der M-Box in Esch und heute Morgen bin ich mit Gregor und Winni den Höhenweg um den Laacher See gelaufen. Ist also alles in Butter, Trainer!«

»Das ist gut«, kam aus der Hörmuschel zurück. »Weißt du, Peter«, legte Glaser nach, »ich mache mir halt Sorgen und rufe alle aus unserer Gruppe an. Ihr sollt auf euch aufpassen, wenn ihr alleine an der Nette lauft. Zumindest solange bis der Täter dingfest gemacht wurde. Oder vielleicht meidet ihr die Ecke in der nächsten Zeit einfach.«

»Meiden?«, wiederholte Peter lachend. »Meiden brauche ich die Ecke nicht. Ich gebe acht und wenn einer kommt, werde ich mich schon zu verteidigen wissen. Außerdem bin ich gut zu Fuß, Trainer!«

»Ich sag ja nur, ich will nicht, dass noch jemand stirbt!«, antwortete Glaser und klang echt besorgt.

»Mach dir keinen Kopf, Heiner«, beruhigte ihn Hirsch.

»Hm, genau das meinten die anderen auch. Mach dir keinen Kopf, Heiner«, murmelte Übungsleiter Glaser, Peters letzten Satz nachplappernd.

»Also morgen früh trainiere ich im Stadion, wie üblich. Auf der Bahn habe ich sowieso alles im Blick, Chef«, schob der Industriekaufmann-Azubi nach. Sein Arbeitgeber die ortsansässige OMEG-Alu förderte nicht nur den Fußball, sondern gewährte talentierten Sportlern anderer Disziplinen, die bei ihnen beschäftig waren, auch gewisse Freiheiten was Training und Wettkämpfe anbetraf.

»Okay! Und was haben wir für morgen nochmal auf dem Plan stehen?«, grübelte der Trainer laut vor sich hin.

»Meine Power sei gut, doch an meiner Hürdentechnik müsste ich noch feilen. Besonders bei der Überquerung des Wassergrabens hätte ich noch Nachholbedarf, hast du mir letztens gesagt, Heiner.«

»Ja klar, das war's«, erinnerte sich der Übungsleiter an ihr Gespräch und klappte flugs die Mappe mit den entsprechenden Trainingsplänen seiner Schützlinge auf. »Peter … Peter … ja, hier stets … Peter, vier Mal 800 Meter in zwei Minuten dreißig Sekunden. Nicht schneller, Peter, okay? Saubere Technik! Saubere Technik! Besonders, wie du schon selber richtig sagtest, nochmal ein Augenmerk auf den Wassergraben legen. Weit und kräftig vom Balken abstoßen, dass du idealerweise nicht in die Brühe trittst, oder zumindest nicht dort hinein, wo es tief ist. Und zwischen den Tempoläufen eine Runde locker traben. Und ich sage locker, dann meine ich locker! Okay?« Trainer Glaser war in seinem Element.

»Ja, schon okay, Heiner«, murmelte Peter augenrollend, »ich sag' dir dann Bescheid, wie es gelaufen ist.« Ehe der redselige Heiner ihm nun wohlmöglich noch eine geschlagene Stunde bezüglich Trainingsgestaltung und so weiter auf die Nüsse ging, beendete Hirsch mit einem kurzangebundenen »Tschööh dann« das Telefonat und legte auf. Peter hatte keine Angst vorm Laufen im genannten Areal. Stattdessen nur ein leicht mulmiges Gefühl in der Magengegend. Wieso es Schlappi und Mario erwischt hatte, war ihm ein Rätsel. Obwohl …

»Na, mir passiert schon nix«, sagte er trotzig zu sich, ballte die rechte Hand zur Faust und klopfte mit den Fingerknöcheln auf den Rand der Badewanne: »Toi Toi Toi! Und außerdem muss sich die wochenlange Pillenfresserei schließlich auch rentieren. In vierzehn Tagen sind Meisterschaften. Da wird die Luft brennen! Ich schnapp mir den Titel, Freunde! … Wie es danach weitergeht … muss man sehen, denn die Pillen sind bald alle …«

Plötzlich tauchte, wie aus dem nichts, Dafne, mit der er auf Texel eine heiße Nacht verbrachte, vor ihm auf. Wahnsinn! Sie war splitterfasernackt!

»Hallo Pieter, willst du *lekker neuke* mit deine Dafne?«, hauchte die langbeinige Blondine.

»Öh, klar«, antwortete Peter verdutzt.

Die rattenscharfe Braut fackelte nicht lange und machte sich sogleich *lekker* an seinem Staffelholz zu schaffen. Sie legte dabei ein irres Höllentempo an den Tag. Schneller und schneller wirbelte sie. Sein Herz raste wie bekloppt. Die ultrageile Schnitte jedoch kannte keine Gnade mit ihm.

»Nicht so wild, Dafne, sonst reißt du mir noch die Nudel aus«, flehte er mit verdrehten Augen.

Doch sie ließ sich von seinem Flehen nicht beirren. Im Gegenteil! Sie drückte jetzt erst recht auf die Tube. Lüstern lachend hatte sie einen Heidenspaß an ihrer … Handarbeit. Und je mehr Peter flehte umso heftiger wurde ihr hin und her, vor und zurück, Mütze, Glatze, Mütze, Glatze, Mütze … bis Dafne das blutende Staffelholz schließlich in der Hand hielt und teuflisch kreischend wie einen Siegerpokal emporreckte.

»Nein!«, schrie der Gepeinigte in seiner Verzweiflung.

»Peter, Peter, ist alles in Ordnung?«, klopfte seine Mutter aufgrund des markerschütternden Geschreies ihres Sohnes von außen an die Badezimmertür. Der Ruf seiner Mutter beförderte ihn umgehend wieder in die Realität zurück. Von Dafne weit und breit keine Spur. Schweißgebadet und mit einem Puls unter der Zimmerdecke lugte er sicherheitshalber direkt in seine Hose, ob besagtes Staffelholz noch an Ort und Stelle war. Es war!

»Ja, Mama, alles in Ordnung!«, gab er seiner Mutter erleichtert zur Antwort. Es war nicht das erste Mal, dass er halluziniert hatte. Wenn Peter genau überlegte, hatte der Scheiß verdammt nochmal angefangen, seitdem er die Spezial-Pillen einwarf.

Kapitel 26

Für Kommissar Weller war dieser Sonntag ein langer, jedoch, was seine Ermittlungen anbetraf, durchaus vielversprechender Tag gewesen. Polizeimeister Ernst Hamann hatte ihm von den schrägen Spekulationen, die in der Mayener Bevölkerung die Runde machte, schmunzelnd berichtet. Fritz fühlte sich dabei irgendwie an Grimms Märchen erinnert, wobei bloß noch der böse Wolf oder irgendwelche lichtscheuen Hexenweiber fehlten, denen die naiven Einheimischen die Läufer-Morde andichteten. Auch damit nicht noch mehr Unfug gelabert wurde, lag es in seinem unbedingten Interesse, den Deckel so schnell wie möglich auf den Pott zu kriegen. Anders ausgedrückt, je eher er den oder die Mörder am Wickel hatte, umso weniger dummes Zeug waberte durch die Gassen der Eifelstadt. Ganz zu schweigen davon, dass die regionalen Käseblätter nach jeder spannenden Räuberpistole zur Steigerung ihrer Auflagen nur so gierten. Dabei war es den übereifrigen Pressetanten und Onkeln wohl völlig egal, ob die Story nun hundertprozentig der Wahrheit entsprach. Denn oftmals, zumindest hatte Fritz den Eindruck, bediente sich die betreffende Journaille liebend gerne des ein oder anderen Hirngespinstes, um ihre Berichte noch spannender zu gestalten. Aber vielleicht täuschte Fritz Weller sich darin ja auch … Man weiß es nicht genau.

Was der Kommissar allerdings genau wusste war, dass es bereits eine Reihe unumstößlicher Fakten zu verzeichnen gab und er dadurch mögliche Verdächtige von der Liste streichen konnte. Verdächtige wie zum Beispiel sämtliche übrigen Teilnehmer des vorösterlichen Trainingslagers auf Texel. Denn ausnahmslos alle Aktiven konnten den für diese Aufgabe abkommandierten Schutzpolizisten lückenlose Alibis für die Zeiträume beider Morde präsentieren. Außerdem hatte sich den uniformierten Beamten niemand der Befragten mit einem schlüssigen Mordmotiv oder gar unverhofftem Geständnis für die Tat beziehungsweise die Taten aufgedrängt.

Auch Lukas, der Sohn des Stadionplatzwarts machte diesbezüglich keine Ausnahme. Ihn hatte der Chef-Ermittler von den Mayener Schutzpolizisten ebenfalls überprüfen lassen. Lukas ganz speziell deswegen, weil Margot Jäger auffällig unauffällig nochmals auf den Ex-Freund ihrer Tochter hingewiesen hatte. Weller war sich zwar instinktiv im Klaren darüber, dass der Jugendliche nichts mit den Morden zu tun hat. Doch er wollte halt auf Nummer sicher gehen. Jedenfalls konnte der Teenager gemeinsam mit seiner Familie und dem besten Kumpel glaubhaft nachweisen, nicht an den Verbrechen beteiligt gewesen zu sein. Weil die Uniformierten vom Kommissar diesbezüglich gebeten wurden, fragten sie Lukas noch, weshalb seine Beziehung zu Katja Jäger in die Brüche gegangen war. Der junge Mann zierte sich zunächst mit der Sprache rauszurücken. Doch nach etwas gutem Zureden durch die beiden Polizisten, machte er schließlich eine nicht uninteressante Aussage. Demnach sei Katjas Großvater letzten Endes der Grund gewesen, weswegen er ihre Beziehung beendet hatte. So habe ihm der komische Alte 1000 Mark geboten, wenn er seine Enkelin sausen lassen würde. Da Lukas zu jener Zeit knapp bei Kasse gewesen war, habe er die Kohle genommen und Katja schweren Herzens irgendeinen Mist aufgetischt, dass es für ihn nicht mehr ginge mit ihr. Außerdem habe ihm der greise Jäger noch mitgegeben, dass er ihre Abmachung für sich behalten muss. Kein Wort darüber, sonst würde es gehörig was setzen. Denn boxen könne er trotz seines Alters noch immer gut. Und da Lukas keinen Ärger beziehungsweise eine blutige Nase, ein Veilchen oder ausgeschlagene Zähne wollte, habe er die Klappe gehalten und niemandem davon erzählt. Nicht seinen Kumpels, nicht seiner Familie und auch gewiss nicht Katja.

Kommissar Weller selbst hatte sich nach den Gesprächen mit Familie Jäger direkt nochmal ins Nettetal zum Fundort von Mario Wilds Leiche begeben. Denn eine zunächst belanglos anmutende Nebensächlichkeit in deren Küche hatte ihn beim zweiten Hinsehen auf eine Fährte geführt. Ob diese unverhoffte Fährte nun wirklich heiß war wie Frittenfett oder so kalt wie Frauenfüße unter der Bettdecke, das musste er sofort wissen. Konnte die Antwort auf diese Frage schließlich entscheidend zur Aufklärung der beiden Mordfälle beitragen. Der Ermittler duckte sich behände unter dem Flatterband hindurch, mit dem das besagte Areal noch immer abgegrenzt war.

Fritz wusste sehr genau, wo und wonach er suchen musste. Es war jene Winzigkeit, die er am Morgen als schnöden Müll am Wegesrand abgetan hatte. Nun, im Verlaufe der vergangenen Stunde, hatte diese ursprüngliche Nichtigkeit eine zentrale Rolle in seinen Recherchen eingenommen. Und ja! In der Tat! Das winzige Detail steckte noch immer im Gestrüpp, am Fuße des verborgenen steilen Pfades, welcher von der Nette den bewaldeten Hang weiter hoch führte. Also jener schmaler Rumpel-Pfad, der ihm von Heiner Glaser und Sabine Häusler gezeigt worden war.

»Soll einer sagen, ich hätte keine guten Augen«, meinte Weller grinsend.

Er tütete sein Fundstückchen vorsichtig ein. Bloß keine Fingerabdrücke zerstören, lautete die Devise. Machte dieser Pfund den Beamten sichtlich zufrieden, so erlebte er bei seiner darauffolgenden Durchforstung der Hecken und Gebüsche ringsum das Plateau, oberhalb des Kieshügels am Brechwerk einen echten Höhepunkt. In Anlehnung an den »Runners High« eines Marathon-Läufers oder -Läuferin im Ziel konnte man in seinem Fall glatt von einem »Commissionar High« sprechen. Denn, schau einer an, in einer der Weißdornhecken fand sich die identische Winzigkeit, wie vorhin am verborgenen Pfad und wie in der Küche der Familie

Jäger. Zufall? Wenn ja, war es auf jeden Fall ein Zufall, der seinen Vermutungen bezüglich Mörder und Motiven ordentlich Nahrung gab.

»Mal gespannt, welche Geheimnisse Lockenkopf den Teilen entlocken kann«, sagte Weller zu sich.

Im Anschluss an seine Expedition in die üppige Flora des Mayener Nettetals war der Kommissar nicht direkt ins Präsidium zurückgefahren. Kurzentschlossen hatte er sich aufgerafft, um auch Sabine Häusler einen Besuch abzustatten. Denn die Läuferin konnte, als eine von wenigen, bislang kein wasserdichtes Alibi vorweisen. So taugte ihre Aussage, in der fraglichen Zeit ganz alleine gewesen zu sein und ein Buch gelesen zu haben, als Unschuldsnachweis nur bedingt. Wellers spontanes Ansinnen war es daher, Frau Häusler etwas intensiver, als noch des Morgens am Fundort des Mordopfers geschehen, auf den Zahn zu fühlen. Und sportlich genug, um einen gezielten Speerstoß auszuführen beziehungsweise einem die Luft abzudrehen, schien sie allemal zu sein. Des Weiteren erwartete er von der Läuferin, dass diese ein bisschen aus dem Nähkästchen plauderte, was das fragwürdige Trainingslager anbetraf. Damit wäre er dann in der Lage, so seine Hoffnung, sich ein noch besseres Bild der Gemengelage machen zu können. Höchstwahrscheinlich hätte ihm auch Heiner Glaser, der umtriebige Trainer, eine äußerst exakte Schilderung der Geschehnisse auf Texel an die Hand gegeben, wenn er bei ihm vorstellig geworden wäre. Doch die bildhübsche Sabine »Bine« Häusler hatte schlichtweg die besseren Argumente.

»Also warum nicht mal den dienstlichen Kram mit etwas Angenehmen verbinden«, murmelte Fritz, der alte Filou, schmunzelnd in sich hinein, als er bei Familie Häusler, an der Haustürklingel läutete.

Khakifarbene Bluse, beiger knielanger Rock, blonde Löwenmähne. Aufgebrezelt in topmodischem Safarilook hatte ihm Sabine geöffnet. Zugleich verabschiedete das Raubkätzchen einen gewissen Thomas mit einem

Kuss. Der pausbackige Knilch mit Mittelscheitel und Vatis schwarzem Sakko klemmte sich hinters Steuer des vorm Haus stehenden, weinroten 2er Scirocco, kurbelte das Fenster auf der Fahrerseite hinunter, ließ den linken Arm lässig aus dem Boliden hängen und machte sich mit quietschenden Reifen vom Acker. Wie Sabine dem Kripobeamten erzählte, war der Thomas ihr neuer Freund und sie ganz frisch mit ihm zusammen.

»Wir verstehen uns wirklich gut. Nur mit dem Laufen hat er absolut nichts am Hut, aber vielleicht kann ich ihn ja noch dafür begeistern«, fügte sie lächelnd hinzu und bat Kommissar Weller hinein.

Sabine Häusler bewohnte die komplette erste Etage im Haus ihrer Eltern, welches unweit der stillgelegten Bahnstrecke zwischen Polch und Mayen, im Mayener Stadtteil Hausen, gelegen war. Bei einer Tasse Kaffee und Käsekuchen erwähnte Sabine zunächst, dass ihre Eltern heute mit Bekannten an der Mosel wären. Dann plauderte sie munter darüber wie freundschaftlich alle in der Leichtathletikabteilung des TSV Mayen miteinander umgehen würden und welche schönen Laufstrecken es in der näheren Umgebung gäbe.

»Oft jogge ich hinunter ins Nettetal, Trimbs, Welling, vorbei an der Fraukirch, Reginaris-Brunnen, dann durch die Thürer Wiesen, den Sichelberg hoch, und schwupps, bin ich wieder in Hausen.«

»Schöne Runde«, nickte Weller anerkennend. »Fraukirch ist mir übrigens auch ein Begriff, allerdings nicht durchs Laufen, sondern wegen der Kirmes. Es ist aber fast zehn Jahre her, dass ich dort gewesen bin.« Kurzfristig waren Erinnerungen an die dramatischen Geschehnisse des heißen Sommers 1976 in seinem Gedächtnis aufgeflammt.

»Ich habe davon gehört, dass man beabsichtige, aus der ehemaligen Bahnstrecke, die ein paar Meter hinter unserem Garten von Mayen nach Polch verläuft, einen Radweg zu machen«, berichtete Sabine indessen weiter,

»und auf einem Radweg lässt sich sicher auch gut laufen. Das wär's! Eine flache Strecke direkt vor der Haustür. Denn Möglichkeiten, flach zu laufen, sind hier bei uns in der buckligen Eifel dünn gesät. Außerdem hat der Bahndamm auch sehr reizvolle Abschnitte, wie zum Beispiel das hohe Viadukt und zwei lange Tunnel unweit von hier. Das sind echte Highlights, die es sicher nicht überall gibt.« Weller spürte förmlich wie sehr sich seine Gastgeberin auf die mögliche neue Laufroute freute.

»Ja, stimmt. Solch eine Strecke wäre wirklich was Besonderes. Na, wenn es soweit ist, laufe ich auch mal den alten Bahndamm«, pflichtete Weller ihr augenzwinkernd bei.

Im Anschluss an das seichte Vorgeplänkel wurde er konkreter und bat seine redselige Gastgeberin, ihm nun vom Trainingslager auf Texel zu berichten. Sabine Häusler kam seiner Bitte postwendend nach. Munter erzählte sie ihm unter anderem von den Trainingseinheiten, vom wechselhaften Nordseewetter, vom pedantischen Trainer, von der spartanischen Unterkunft und den lausigen Betten.

Fritz kamen die Schilderungen irgendwie bekannt vor. Hatte er doch in seiner aktiven Zeit als Moderner Fünf-Kämpfer ebenfalls zahlreiche Trainingslager absolvieren »dürfen«. Und logiert wurde damals Ende der Fünfziger, Anfang der Sechziger auch oftmals in Unterkünften, die eher den morbiden Charme verlassener Kasernen, denn einladender Wohlfühloasen versprühten. Doch erinnerte er sich auch daran, dass man des Abends nach getaner Arbeit zusammengesessen und die ein oder andere Flasche Bier getrunken hatte. Und an … Agnieszka, eine polnische Mittelstreckenläuferin, mit der er einmal eine Nacht … und das war eine Nacht! Heidewitzka! Agnieszka … was ging die ab … *Szybciej* Fritz! *Szybciej*! Schneller, Fritz! Schneller!

»Und was haben Sie unternommen, wenn nicht gelaufen wurde? Ich meine, so ein bisschen Ablenkung vom Trainingsalltag muss ja auch sein, oder nicht?«, hakte der Kommissar aufgrund seiner eigenen intensiven Erfahrungen nach.

»Na, was man eben so macht. Kartenspielen, lesen, schlafen, mal in einer Kneipe was trinken, oder zusammen Abendessen«, entgegnete Sabine.

»Sonst nichts?«

»Sonst nichts!«, gab sie aufgrund seiner Nachfrage zur Antwort und schüttelte ihre blonde Mähne. Obwohl die junge Frau verneint hatte, wirkte sie auf Weller, als ob sie selbst nicht zu hundert Prozent hinter ihrer eigenen Aussage stehen würde. Quasi so, als wenn doch noch mehr passiert wäre und sie nun nicht wüsste, ob sie davon berichten soll oder besser schwieg.

Weller setzte diesbezüglich nicht direkt nach, sondern wartete geduldig ab, wie sich die Unterhaltung weiterentwickelte. Außerdem hatte er noch andere Themen auf der Pfanne, die unbedingt angesprochen werden mussten. Wie zum Beispiel das Thema »Doping«, welches er nun in Spiel brachte. Vehement hatte seine Gesprächspartnerin daraufhin beteuert, wie sehr sie Doping verabscheue.

»Okay, und wie stets mit den anderen aus dem Verein? Teilen die Lauffreunde und -freundinnen Ihre Meinung? Wissen Sie, Frau Häusler, ich könnte mir gut vorstellen, dass man bei gemeinsamen Läufen, in der Umkleidekabine und natürlich in einem Trainingslager, wo man sich mehr oder weniger ständig auf der Pelle hängt, etwas aufschnappt, das einen stutzig macht, oder? Na, was denken Sie?«, blieb er energisch am Ball.

Sabine, etwas eingeschüchtert vom barschen Tonfall des Kommissars, lag als prompte Antwort schon auf der Zunge, dass ihr beim besten Willen nichts, aber auch rein gar nichts aufgefallen sei, was mit Doping in Verbindung gebracht werden könne. Dann jedoch kehrte eine Begebenheit in ihr Bewusstsein zurück, die sie kurz innehalten ließ. Sie trank einen Schluck Kaffee und antwortete betont ruhig: »Eine Sache war da doch. Obwohl, nein … ist bestimmt ohne Belang.«

»Na, kommen Sie. Raus damit«, forderte sie der Kripobeamte auf.

»Na ja, Katja, also, Katja Jäger war zu Beginn der Woche auf Texel echt sauer, nur weil sie ihre tollen Vitamintabletten daheim vergessen hatte. Ich hatte versucht, sie zu beruhigen, doch sie wollte sich partout nicht von ihrer miesen Laune abbringen lassen. Katja lachte mich aus, weil ich nach dem Laufen meine Magnesiumbrause getrunken habe. Ob ich sicher sei, dass das reiche, um schneller zu werden, fragte sie skeptisch. Ich antwortete ihr, dass ich natürlich auch viel Salat, Obst und Gemüse esse oder Mineralwasser trinke. Doch irgendwie schien sie meine Art der Zuführung von Mineralien und Vitaminen nicht so richtig zu überzeugen. Hatte ich zumindest den Eindruck. Na, jedenfalls haben ihre Eltern ihr die Wunder-Pillen wohl mitgebracht.«

»Tolle Vitamintabletten. Wunder-Pillen. So so«, wurde Weller hellhörig, »und Katja war dann im Laufe der Woche nicht mehr so mies drauf, korrekt?«

»Ja. Glaube ich. Zumindest kann ich mich nicht mehr daran erinnern, dass sie wegen den Vitamintabletten nochmal herumgemeckert hätte«, erklärte Sabine nachdenklich.

Der Kommissar betrachtete das aufgeschlagene Buch, welches vor ihnen auf dem Couchtisch lag und warf einen flüchtigen Blick auf das Cover: »Das Geisterhaus«. Soll heißen, er hielt soeben Sabines wackeliges Alibi bezüglich des gestrigen Abends in den Händen.

»Ihr Alibi, Frau Häusler, ist wesentlich dünner als Frau Allendes Roman.« Die Angesprochene wurde blass. Sabine kämpfte mit sich. Ihre Hände wurden schwitzig. Sie trank ihren Kaffee aus und stellte die Tasse zittrig beiseite. Ob es letztlich daran gelegen hatte, dass ihr Gegenüber eine gehörige Portion Vertrauen auf sie ausstrahlte oder ob etwas anderes der Auslöser gewesen war, Sabine rang sich durch.

Kleinlaut erzählte sie Weller, was zwischen ihr und Bernd Gans auf Texel in dessen Wagen vorgefallen war. Bei der Wiedergabe des Geschehnisses kamen die verdrängten Einzelheiten Bernds aufdringlichen Anmachversuchs noch einmal in ihr auf: Sein widerliches Angrabschen. Seine ekeligen Versuche, ihre Brüste zu betatschen. Seine dummen Sprüche.

»Aber ermordet habe ich ihn nicht. Ich bin ihm seit der Rückkehr von Texel aus dem Weg gegangen. Das habe ich gemacht! Sonst nichts!«, beteuerte sie am Ende des Geständnisses ihre Unschuld. Seltsamerweise fühlte sich Sabine nun sogar erleichtert, da alles raus war. Der Kommissar bedankte sich für ihre Offenheit.

»Ich weiß, sich wohlmöglich selbst zu belasten, ist alles andere als leicht«, nickte er anerkennend. Nur zu gerne wollte Weller den Aussagen der blonden Läuferin Glauben schenken. Fügten sich doch einige ihrer getätigten Angaben wie Puzzleteile zu einem langsam entstehenden Bild zusammen. Ein Bild, in welchem die Figuren und deren Gesichter allmählich Konturen annahmen. Konturen, die nach und nach die Rollen der abgebildeten Personen preisgeben sollten. Wer darin die Rolle des heimtückischen Mörders oder der heimtückischen Mörderin letztlich für sich beanspruchte und ob die todbringende Gestalt das grausam verzerrte Abbild des Antlitzes von Sabine Häusler hatte, das würde sich ihm gewiss bald offenbaren.

Die Randerscheinungen, die Weller bis dato in dem Bild bereits zu erkennen konnte, zeigten zu Sabines Glück weder ihre blonde Löwenmähne noch ihre hübschen Wangengrübchen. Ob es dabei blieb? Die Zeit brächte es totsicher ans Licht. Der Kommissar fragte sich: War die junge hübsche Frau im trendigen Safarilook nun die schiere Unschuld vom Lande oder ein blondes, hinterlistiges Gift? Denn eines hatte Sabine Häusler wie auch schon Margot Jäger, ob bewusst oder unbewusst, erreicht: Jemand anderes in den Kreis der

Verdächtigen zu bugsieren. Das hieß in Sabines Fall, Katja Jäger als mögliche Doperin darzustellen. Unter Umständen sogar noch deren Eltern mit in den Schlamassel hineinzuziehen, weil sie ihre Tochter vielleicht mit den verbotenen Substanzen versorgten. Fritz Weller war gespannt darauf, welche erstaunlichen Ergebnisse seine Untersuchungen im Rahmen der Mordermittlungen zu Tage fördern würden.

Unmittelbar danach hatte der Kripobeamte sich von der Verdächtigen mit der Anweisung verabschiedet, dass sie sich bis auf Weiteres nicht aus Mayen beziehungsweise Hausen entfernen dürfe.

»Bis wir die Fälle aufgeklärt haben, was meines Erachtens nicht mehr allzu lange dauern dürfte«, hatte er noch mit aufgesetztem Pokerface hinzugefügt.

Kapitel 27

Bald zwanzig Uhr an diesem ereignisreichen 4. Mai 1986. Fritz Weller war endlich daheim. Er parkte seinen Ascona direkt vom Haus. Er hatte Hunger, die Bratwurst und das Stückchen Käsekuchen waren längst verpufft. Er hatte Durst, seit der Tasse Kaffee bei Frau Häusler hatte er keinen Tropfen mehr getrunken. Er hatte Bock auf eine heiße Dusche, wie immer nach Feierabend. Der Kommissar hatte zuvor, als er von Mayen zurückkam, wie beabsichtigt den vorgesehenen Abstecher zur KTU gemacht. Dort übergab er Lockenkopf rasch seine beiden Fundstückchen von den Tatorten. Die KTUler, so seine Bitte, müssten diese Indizien unbedingt und am besten sofort auf mögliche Fingerabdrücke erkennungsdienstlich untersuchen.

»Diese beiden Winzigkeiten, mein Freund, sind unter Umständen die Schlüssel zur Lösung der Fälle. Daher ist es echt eilig! Sorry!«, hatte Weller gehörig Dampf gemacht.

»Alles klar, Fritz«, bestätigte Lockenkopf daraufhin nickend, »Kollege Glöbmann gibt sich gleich ran. Es wird aber nicht leicht werden, was darauf zu finden, so verknittert wie deine Fundstückchen sind«, dämpfte der Wissenschaftler die Erwartungen des Kommissars. Doch im selben Atemzug versprach er dem geschäftigen Kripobeamten, dass der Erkennungsdienst natürlich wie immer alles Menschenmögliche versuchen werde.

»Apropos Fingerabdrücke«, hatte Lockenkopf anschließend noch nachgeschoben, »identische Fingerabdrücke zweier Personen auf dem Walkman des heutigen Opfers, auf der Tür des Wurfgeräteschranks im Stadion und auch auf dem Speer vom Kieshügel. Das heißt, Fritz, du hast es allem Anschein nach mit zwei Tätern zu tun. Zur Zwei-Täter-Theorie würden auch die Schuhabdrücke der Größe 44 bis 45 und die etwas kleineren, in geschätzter Größe 38 passen, welche wir heute Morgen am Fundort des erdrosselten Läufers entdeckten.

Genauer gesagt am Fuße des verborgenen Trampelpfads und auf dem Weg an der Nette.«

»Eine Frau und ein Mann, würde ich mal tippen«, schlussfolgerte Weller. Er überlegte kurz. »An der Plateaukante des Kieshügels waren doch ebenfalls Abdrücke der Größe 44 bis 45, wenn ich mich recht entsinne. Ihr habt das Areal doch sicher auf 38er hin abgesucht, oder?«, setzte er flugs nach.

»Haben wir!«, entgegnete Lockenkopf. »Sogar mehrfach! Doch Fehlanzeige. Nur die in der Größe 44 bis 45 und jene von den Laufschuhen des Opfers. Aber keine anderen!«

»Das würde ja bedeuten, gestern Abend noch Einzeltäter und heute mit Verstärkung. Wenn es mit den Morden weitergeht, hat die Kanaille am Ende eine ganze Fußballmannschaft zur Verstärkung dabei«, zischte Weller ironisch.

»Na, das wollen wir ja mal nicht hoffen, dass es soweit kommt«, antwortete Lockenkopf grinsend. »Ach ja, Fritz, eins gibt's noch zu bedenken, was die Sache mit den Schuhabdrücken etwas schwammig macht.«

»Und das wäre?«

»Klar, Größe 44 bis 45 fanden wir an beiden Tatorten. Aber ob sie tatsächlich von ein und derselben Person stammen? Schwer zu sagen. Denn es gibt daran leider keine markanten Besonderheiten, wie zum Beispiel ein auffälliges Profil, oder eine krasse Fehlstellung der Füße. Und außerdem hat es seit Tagen immer wieder geschifft, was eine fundierte Analyse nicht unbedingt einfacher macht.«

»Deswegen ist es halt so wichtig, dass ihr meinen Fundstückchen ihre versteckten Geheimnisse entlockt. Denn die Teile habe ich haargenau am Fuße des Trampelpfads und in einem Gebüsch am Plateau gefunden«, antwortete Weller in eindringlichem Tonfall.

Anschließend hatte der Kommissar noch ein dringendes Telefonat mit Rechtsmedizinerin Frau Doktor

Anja Hasenfurth-Kimmel geführt. Ihm ging es dabei im Grunde genommen nur um die Beantwortung einer Frage: »Wurden auch in Mario Wilds Körper, wie beim gestrigen Mordopfer, verbotene Dopingsubstanzen gefunden, oder nicht?«

»Ganz klar, nein!«, entgegnete ihm die Pathologin daraufhin gewohnt geradlinig. »Der junge Mann war sauber.« Nüchtern fügte die gewissenhafte Forensikerin weitere, bereits vorliegende Obduktionsergebnisse ihren Antworten hinzu. So sei unter den Fingernägeln des Opfers nur sein eigenes, getrocknetes Blut gewesen.

»Ein typisches Merkmal, aufgrund dessen Abwehrreaktion gegen das Abschnüren der Luft«, entgegnete Weller daraufhin. Er hatte sich an die Kratzspuren an Mario Wilds Hals erinnert.

»Tja, und das graue Haar …«

»Wie lang ist das Haar?«

Frau Doktor wollte gerade berichten, dass sie das Haar aus der Hand des Opfers bislang noch niemandem zuordnen konnten, als sie vom Kommissar kackfrech mit einer Zwischenfrage unterbrochen wurde. Eigentlich ging es ihr mittelmäßig heftig gegen den Strich, wenn jemand, völlig egal wer, sie rüpelhaft unterbrach. Doch hier und heute war sie einfach zu müde, um sich über Wellers Reinruf aufzuregen. Sie zollte den vergangenen intensiven Stunden am Obduktionstisch allmählich Tribut. Daher knurrte die Rechtsmedizinerin nach einem schnellen Blick in ihre Aufzeichnungen bloß: »Rund drei Zentimeter«. Prompt erntete sie mit dieser Aussage ein erfreut klingendes »Dankeschön, diese Info hilft mir weiter!« von ihrem Gesprächspartner am anderen Ende der Strippe.

»Das freut mich aber«, knurrte es nochmal sarkastisch in Wellers Ohr. Danach leierte Frau Hasenfurth-Kimmel noch monoton runter, dass der Mageninhalt des Toten auf den Verzehr von Pizza und Gummibärchen schließen lässt. Sowie, dass der junge Mann ein paar

Stunden vor seinem jähen Ableben mit einer Frau Sex hatte. Die Medizinerin gähnte laut und wenig ladylike in die Sprechmuschel und verabschiedete sich murmelnd: »Tschuldigung, es war ein langer Tag und bis morgen dann, Herr Kommissar.«

»Ja, bis morgen dann, Frau Doktor. Danke nochmal!«, hatte er geantwortet und den Hörer auf die Gabel gelegt.

Fritz hockte noch immer in seinem, vorm Haus geparkten Dienstboliden. Es begann mal wieder zu regnen. Wie bestellt spielte das Autoradio »Rain in May«. Fritz fand den Song geil und drehte ordentlich auf. Die Bass Drum des Schlagzeugs dröhnte mächtig. Ihr »Bummbumm, Bummbumm« ging ihm durch Mark und Bein. Mit geschlossenen Augen lehnte er sich entspannt zurück in den Fahrersitz. Trotz der irre lauten Musik konnte er sich voll auf seine aktuellen Fälle und die damit verbundenen, offenen Fragen konzentrieren.

»Was würde der morgige Tag tatsächlich bringen? Hoffentlich nicht eine weitere Leiche unter den Mayener Läufern. Völlig egal, ob der oder diejenige zu Lebzeiten dopte oder nicht!«

Beim Kommissar hatte sich im Laufe des Tages mehr und mehr der Verdacht erhärtet, dass Doping nicht allein das ausschlaggebende Motiv für die beiden Morde war. Nein! Er war sich inzwischen sehr, sehr sicher, weit mehr musste hinter den Todesfällen stecken. Er hegte auch keinen Zweifel an der Herkunft der Täter oder des Täters. Logisch, dieser beziehungsweise diese mussten nach seiner Auffassung Einheimische sein. Einheimische, da gute Ortskenntnisse zur Ausführung der Verbrechen nötig waren. Außerdem kannten sie auch die Trainingsgewohnheiten ihrer Opfer. Ein Fakt, der Wellers Augenmerk zwangsläufig wieder auf den Läuferkreis des TSV Mayen beziehungsweise auf dessen Umfeld lenkte. Obwohl und das war das vertrackte an der Angelegenheit, alle möglichen Betreuer, Funktionäre und Aktive, mal abgesehen von Sabine Häusler, offenbar wasserdichte

Alibis und keine Mord-Motive aufweisen konnten. Echt blöd war auch, dass es bislang noch keine Zeugen gab. Anscheinend hatte, verflixt noch eins, niemand was von den Taten mitbekommen. Oder man hatte was gesehen, hielt das Geschehnis aber für nicht interessant genug, um es sich in der Rübe abzuspeichern. Auf jeden Fall herrschte diesbezüglich bis dato Ebbe. Fritz Weller hoffte daher sehr darauf, dass ihm Lockenkopf und Glöbmann verwertbare Ergebnisse lieferten. Glasklare und eindeutige Beweise, welche ihm die Aufklärung der Fälle praktisch auf dem silbernen Tablett servierten.

»Und wenn die Erkennungsdienstler wirklich doch nichts auf meinen Fundstückchen finden sollten …, dann muss ich mir halt was anderes überlegen … was ich zu gegebener Zeit machen werde … na ja, warten wir mal ab!«, legte er seine Gedankenspiele die Mordfälle betreffend für heute at acta.

Jemand klopfte von draußen kräftig im Takt der Musik gegen das Fenster auf der Fahrerseite. Der Insasse öffnete die Augen, brachte sich in eine aufrechte Sitzposition, drehte das Radio leise und kurbelte das Fenster hinunter.

»Oh, Herr Kommissar! Sie sind es! Meine Frau und ich dachten schon, es wären wieder die Rowdys von neulich, die diesen grässlichen Lärm veranstalten!«

»Oh, Verzeihung, Herr Bohnstengel! Ich war mit meinen Gedanken woanders. Tut mir leid, wenn ich Sie beide gestört habe«, entschuldigte sich der Kripobeamte kleinlaut beim mürrischen Nachbarn von vis a vis.

Fritz hechtete das Treppenhaus hinauf zu seiner im obersten Stock gelegenen Wohnung. Auf dem Weg dorthin stoppte er vor der Bleibe Johanna Mayrs. Unschlüssig, was er machen sollte, steuerte sein Zeigefinger auf den Klingelknopf zu und zuckte wenige Zentimeter davor wieder zurück. Einerseits freute sich Fritz inklusive seines aufrechten Kumpels unterhalb der Gürtellinie natürlich auf die in Aussicht gestellte heiße Nummer mit der scharfen Schnitte. Andererseits fand er es irgendwie auch blöde, mehr oder weniger wie aus heiterem Himmel, mit heruntergelassener Hose bei Johanna um Einlass zu begehren. Was sollte er überhaupt zu ihr sagen? Etwa: »Tach, ich geh' mal schnell duschen, dann würde ich gerne mal bei dir reinschnuppern!« Oder: »Tach, ich habe gehört, dein Flötenkonzert soll erhebend und beglückend zu gleich sein?«

Dann jedoch erinnerte er sich an seine gestrige Begegnung mit Svenja, Johannas Tochter und daran, wie sie ihm vom angeschlagenen Gesundheitszustand ihrer Mutter erzählt hatte. Es lag also die Vermutung nahe, dass es ihr einen Tag später noch immer nicht besserging. Fritz beschloss daher, Frau Mayr nur einen schönen Abend und gute Genesung zu wünschen. Einen Termin für ihr Date würden sie sicher finden, wenn sie wieder fit wäre. Gesagt, getan.

Johanna öffnete ihm die Tür. Unschwer für Fritz zu sehen, dass die Frau litt. Kreideweis, tiefe Augenringe, heftiger, rauer Husten, leicht gekrümmte Körperhaltung. Ihr geschwächtes Lächeln wirkte angestrengt. Mit heiserer Stimme wünschte sie ihm ebenfalls einen schönen Abend, und dass er auf sich aufpassen solle. Fritz hatte beim Anblick der leidenden Frau einen Kloß im Hals. Sichtlich geschockt von ihrer schlechten Verfassung brachte er nur ein lapidares »Ich wünsche dir alles Gute, Johanna. Werd' wieder gesund« heraus.

Wiederrum schenkte ihm die Kranke ein Lächeln, bedankte sich und ehe sie die Tür schloss, meinte sie leise: »Fritz, das Leben ist halt wie ein Roulette …« Es waren die letzten Worte, die er von Johanna Mayr hören sollte. Auch bekam er sie nicht mehr zu Gesicht. Wenige Tage danach stand plötzlich ein Möbelwagen vorm Haus. Mutter und Tochter verließen die Stadt an Rhein und Mosel. Wie es der Zufall oder das Schicksal wollte, sollte Fritz einige Jahre später Johannas Tochter Svenja noch einmal treffen. Auf seine lockere Nachfrage hin, wie es denn ihrer Mutter ginge, antwortete die junge Frau nur, dass sie tot sei.

»Sie hatte AIDS. Am Ende war meine Mutter zu schwach. Sie starb an einer Lungenentzündung.«

Eine Flasche Sprudelwasser quasi auf Ex. Duschen. Weiße Tennissocken und dunkelblauer Jogginganzug übergestreift. Leckere Spagetti »aglio e olio« mit ein bisschen Knoblauch, Peperoni und getrockneten Chilistückchen zubereitet. Dabei Sprudelwasser getrunken. Sich das Gericht mit einem Glas Chianti schmecken gelassen. Schmutziges Geschirr im Spülbecken deponiert. Hoffnung, dass eine gute Fee den verdreckten Trödel über Nacht wegspült gleich null. Den Fernseher eingeschaltet: Tschernobyl, Tschernobyl, Tschernobyl … auf allen Kanälen. Den Fernseher ausgeschaltet.

Fritz saß endlich in seinem alten Ledersessel und schaute durchs Panorama-Fenster hinaus in die Nacht. Regen prasselte gegen das Glas. Er trank einen Schluck Chianti. Die Begegnung mit Johanna Mayr hatte ihn in eine nachdenkliche, leicht melancholische Stimmung versetzt. Er stellte das Weinglas beiseite. Auf Socken schlich er zum Wohnzimmerschrank und zog eine der unteren Schubladen weit heraus. Darin befand sich jede Menge Papierkram. Fritz durchforstete den Inhalt. Dann, zack, ein gezielter Griff und schon hielt er das Objekt der Begierde in Händen. Es war ein Foto-Album, dass er sich mindestens fünfzehn Jahre nicht mehr angesehen hatte. Fritz legte noch rasch die A-Seite von »The Works« auf den Plattenteller und machte es sich bei gedämpfter »Queen«-Musik mit Foto-Album und Chianti im sanften Lichtschein der Stehlampe wieder im Sessel bequem. Er nahm einen ordentlichen Schluck und stellte das Glas vor sich auf den Tisch.

Fritz blätterte das Album auf. Darin auf teils angegilbten Seiten eine illustre Ansammlung einiger Fotos seiner sportlichen Karriere als Moderner Fünf-Kämpfer. Viele Bilder, gerade aus den Anfangsjahren noch in schwarz-weiß. Erinnerungen an tolle Wettkämpfe, harte

Fights, lustige Anekdoten und an seine Mitstreiter kamen auf und ebbten ab. Oftmals musste Fritz beim Betrachten der Bilder schmunzeln. Besonders bei jenem, wo er auf dem Siegerpodest stand und er eine Schmalztolle wie Elvis hatte, lachte er lauthals auf.

»Mensch, wie ich damals nur ausgesehen habe. Irre!«

Er blätterte weiter. Unvermittelt blieben seine Augen an einem Gruppenfoto mit ihm in zweiter Reihe stehend hängen. Das Lachen verschwand aus seinem Gesicht. Mit ernster Miene beäugte er die Aufnahme, welche während eines Trainingslagers an der Ostsee geknipst wurde und alle daran beteiligten Trainer, Betreuer und Sportler zeigte. Einige Namen der abgebildeten Personen hatte er längst vergessen. Andere jedoch waren noch beziehungsweise wieder in seinem Bewusstsein vorhanden. Auslöser für das Aufflammen der verborgenen Erinnerungen war das Thema Doping in seinen aktuellen Ermittlungen gewesen.

»Natürlich gab es Doping auch schon früher«, zischte Fritz zynisch und trank das Weinglas aus. »Du musst es nicht nehmen. Ist allein deine Entscheidung. Aber, wenn es alle machen … dann hast du keine Chance … keine Chance … keine Chance.«

Fritz war mit teils schönen, teils bitteren Erinnerungen an damals eingenickt. Irgendwann wachte er wieder auf. Der Regen hatte aufgehört. Das Album lag aufgeschlagen auf seiner Brust. Die Musik war selbstredend schon längst verklungen. Träge raffte Fritz sich auf und verfrachtete das Fotosammelsurium samt seinen Erinnerungen an Früher zurück in die Schublade des Wohnzimmerschranks. Er knipste das Licht aus und schlurfte umgeben vom schieren Dunkel der Nacht ins Schlafzimmer.

»Noch ein paar Stunden pennen«, murmelte er schlaftrunken vor sich hin und haute sich in die Koje. Er war sich gewiss, der neue Tag würde sicher ähnlich herausfordernd werden wie der Vergangene.

Kapitel 28

05. Mai – Montag

Kurz nach fünf. Noch hatte die Dunkelheit der Nacht den jungen Tag in Beschlag. Fast alle in Mayen schliefen noch. Zwei von denen, die bereits hellwach waren, tuschelten in ihrer Behausung leise miteinander. Es durfte ja schließlich keiner von den Mitbewohnern etwas von ihren geheimen Unternehmungen mitbekommen. Sie beide waren es, die nach dem ganzen leidigen Theater die Geschicke der Familie in ihre Hände genommen und entschieden hatten, dass bestimmten Subjekten der Garaus gemacht werden musste. Ein für alle Mal! Nur zu ihrem Besten, verstand sich von selbst. Zwei der drei unerwünschten Individuen waren schon aus dem Weg geräumt. Selbst der hartnäckige Bulle, dieser Kommissar Weller, hatte scheinbar keine Ahnung, dass sie beide hinter den Geschehnissen steckten. Geschehnisse, die für beide rein gar nichts Verwerfliches an sich hatten. Im Gegenteil! Sie empfanden es vollkommen richtig, den Schweinepriestern für deren dreiste Einmischungen in ihre ureigensten Familienangelegenheiten die Lichter auszuknipsen.

»So! Ich bin vorhin im Stadion gewesen und habe mir sicherheitshalber noch mal alles angesehen, damit nachher auch bestimmt nichts schiefgeht.«

»Und? Bleiben wir beim ursprünglichen Plan?«, fragte sie ihn leise.

»Ja, das bleiben wir«, entgegnete er siegesgewiss, »die Alternativen sind mir zu unsicher. Wir können nicht darauf vertrauen, dass er von einem eingeseiften Balken abrutscht und sich sein verdammtes Genick bricht. Aus selbem Grund taugt auch die Variante *angesägter Balken* nichts. Außerdem war mir das Risiko zu groß, dass mich jemand bemerkt, wenn ich mitten in der Nacht am Balken herumfuhrwerke. Ganz zu schweigen von den Sägespänen! Um deren Beseitigung hätte ich mich auch noch kümmern müssen, damit unsere Falle nicht auffliegt. Nein, meine Liebe, unser ursprünglicher Plan ist perfekt. Totsicher, sozusagen!«, jubilierte er leise. »Ist wirklich gut, dass wir die Schrotflinte und ein paar Schuss Munition haben.«

»Das stimmt«, entgegnete sie sachte, »unser altes Familienerbstück. Und dass mich mein Onkel früher als Jugendliche mit zur Karnickeljagd genommen hatte, ist nun auch von Vorteil. Ich meine, an der Schießbude auf dem Lukasmarkt ein paar Rosen abballern kann jeder Heini. Doch Ziele, die sich bewegen zu treffen, das ist was ganz anderes.«

»Na, du schaffst das schon. Ist wie Fahrrad fahren. Das verlernt man auch nicht.«

»Ja, du hast bestimmt recht. Schade nur, dass ich nicht noch ein bisschen üben konnte. Außerdem hoffe ich, dass sich der Lauf der Knarre nicht über die Jahre verzogen hat.«

»Wird schon klappen, meine Liebe, wird schon klappen. Du schaffst das. Da bin ich mir sicher. Also, ich bin ja wahrlich kein guter Schütze, doch auf diese kurze Distanz und dann noch mit Schrot, das Karnickel würde selbst ich treffen und das soll schon was heißen. Daher triffst du, meine Liebe, das Ziel erst recht«, lachte er aufmunternd. »Ist auch sowieso besser, wenn ich mich heute Morgen nicht verdünnisiere. Mein Fehlen würde bei bestimmten Leuten zu viel Misstrauen erregen. Genügt schon, dass er wegen Mario irgendwas ahnt. Doch bei dir meine Liebe, sehe ich da überhaupt kein Problem. Wie besprochen verabschiedest du dich einfach ein bisschen früher als sonst zur Arbeit. Gegen sieben Uhr sollte vollkommen genügen. Du gibst ihm einfach vor, ihr hättet noch eine Besprechung. Er wird es dir schon abkaufen. Keine Sorge! Wenn danach alles wie immer abläuft, wovon ich ausgehe, bist du rechtzeitig im Stadion und kannst dich in aller Ruhe auf die Lauer legen. Du wirst dann allein mit ihm im weiten Rund sein und wenn er angerannt kommt, Paff! Ein Schuss! Nichts Außergewöhnliches in der Nähe des Mayener Stadtwalds. Die, die den Schuss hören, denken nur, ein Jäger hat im Wald 'ne Wildsau erlegt oder die Soldaten aus der General-Delius-Kaserne halten mal wieder bei Kürmeresch eine ihrer Schießübungen ab. Es wird für dich, meine Meisterschützin, ein Kinderspiel werden.«

»Ich schaffe es«, pflichtete sie ihm begeistert bei, »und die Flinte hast du in den Wohnwagen gelegt?«

»Jawohl! Gereinigt und geladen! Du nimmst das gute Stück. Paff! Job erledigt! Anschließend legst du sie wieder zurück und nur ein paar Minütchen später erscheinst du auf der Arbeit, als wenn nichts wäre.«

»Okay. Und sollte er noch zucken wie früher das ein oder andere Karnickel, brate ich ihm eins hiermit über.« Sie zog ein Staffelholz hervor und fuhr damit herumfuchtelnd fort: »Habe ich neulich auf dem Dachboden gefunden. Ich denke, dass Teil passt sehr gut zu unserem letzten Kandidaten. Damit zieh' ich ihm, wenn es sein muss einen Scheitel, dass er aus dem Wassergraben nicht mehr rauskommt!«

»Mensch, du! Du denkst auch an alles! Hey, dann ereilt den Knaben nicht der Mann mit dem Hammer, sondern die Frau mit dem Holz! Du bist wirklich gerissen. Und deswegen liebe ich dich!«, grinste er verzückt und streichelte ihren Nacken.

»Wir beide sind echt ein gutes Team!«

»Das Beste, meine Liebe, das Beste!«

»Gesehen hat dich diese Nacht doch keiner?«, wurde sie trotz der überschäumenden Euphorie nochmal ernst.

»Niemand! Ich habe aufgepasst«, entgegnete er augenzwinkernd. »Es war kalt heute Nacht und regnete. Ein richtiges Pisswetter sag' ich dir, bei dem man nicht mal den Hund vor die Tür jagt. Und bei Regen geht nach Tschernobyl eh keiner mehr vor die Tür, der nicht unbedingt muss. Nein, vertrau' mir. Ich war vorsichtig. Stickum schlich ich mich vom Wohnwagen aus an und schlüpfte durch *unsere* Lücke im Zaun. Im faden Schein der Straßenlampe bin ich wie ein Schatten am Seitentor vorbei gehuscht, hin zum Wassergraben und wieder zurück. Also, wie gesagt, im Gebüsch am Zaun bist du erstklassig getarnt, kannst die komplette Laufbahn einsehen und hast absolut freie Schussbahn, sobald er sich oben vom Balken am Wassergraben abstößt. Paff! Nur schade, dass ich nicht dabei sein kann, wenn du den gedopten Knilch erlegst.« Sie gab ihm daraufhin einen dicken Kuss und lächelte ihn trunken vor Glück an. »Das machen wir schließlich alles für meine Kleine. *Mei Leevje*. Mein Schatz«, zischte er triumphierend mit weit aufgerissenen Augen. Er wirkte plötzlich wie besessen.

»Du meinst unsere Kleine. Unser *Leevje*. Unser Schatz«, entgegnete sie leicht verwundert aufgrund seiner komischen, besitzergreifenden Worte. Sie fürchtete sich sogar ein wenig vor ihm.

»Natürlich! Unsere Kleine. Unser Leevje. Unser Schatz!«, korrigierte er sich postwendend in ruhigem Tonfall und wirkte zumindest wieder normal. Er nahm sie fest in den Arm und hauchte ihr ins Ohr: »Mit mir sind nur die Gäule etwas durchgegangen, entschuldige. Wenn alles vorbei ist, dann machen wir beide es uns erstmal schön gemütlich. Versprochen!«

»Ja, das machen wir«, antwortete sie beruhigt mit geschlossenen Augen, während er teuflisch grinsend auf den Wohnzimmerschrank starrte.

Knappe zwei Stunden später brach sie auf. Genüsslich lutschte sie eines der sauren Bonbons, wovon sie noch einige mehr in ihrer Jackentasche hatte. Aus einem gekippten Fenster des Nachbarhauses drang eine schrille, weibliche Stimme nach draußen: »*Hää-iiih! Et es Zei-iit! Ofstoohn i-e Schloohfmötsche, sos kumm de adschunn wieda tze spääht en de Schull!*«

Kapitel 29

»Der frühe Vogel fängt den Wurm«, oder wie sein jüngst verstorbener Vereinskollege Mario Wild zu scherzen pflegte, »früh vögeln wärmt den Wurm«, munterte sich Peter Hirsch auf, als er seine Sporttasche in die Umkleidekabine im Stadion brachte. Blöd war nur, dass ihm für zweiteres aktuell eine Freundin fehlte. Und dass nun schon seit Texel, wo seine letzte Nummer jene mit der langbeinigen Dafne gewesen war. Doch irgendwann würde er wieder eine feste Freundin haben, ganz sicher.

»Ob ich es mal bei Katja versuchen soll? Jetzt, wo Mario nicht mehr da ist …« Bei dem Gedanken huschte ein schelmisches Grinsen durch sein Gesicht. »Mensch, was bin ich doch manchmal für ein riesen Arschloch, dass ich an sowas überhaupt denke. Mein Laufkumpel wurde ermordet und ich will direkt seine Freundin flachlegen«, ärgerte sich Peter nur Millisekunden darauf über sich selbst. »Deswegen, höchste Konzentration auf das anstehende Training, denn bald sind Meisterschaften. Jetzt also bloß keinen Schlendrian aufkommen lassen!«, spornte er sich an. Um seinen Fokus auf den Sport zu schärfen, gab er sich noch ein paar leichte Backpfeifen.

Schon vorhin auf dem Weg zum Stadion hatte er beim Gedanken an das bevorstehende harte Bahntraining ein leicht widerwilliges Gefühl in der Magengegend gehabt. Viele Grüße, dein innerer Schweinehund! Andererseits wusste der junge Ausdauersportler jedoch aus eigener Erfahrung auch, dass sich Begeisterung und Freude am Laufen oftmals wie von Geisterhand einstellten, sobald man mal die ersten Kilometer absolviert hatte. Tschüss, du Schweinehund! Du innerer!

Peter Hirsch als eines der Aushängeschilder des Vereins genoss gewisse Privilegien. Wie Katja Jäger, so hatte auch er einen eigenen Schlüssel fürs Stadion und den meisten der darin befindlichen Räumlichkeiten.

Dadurch konnte er, wann er wollte, seine Einheiten abspulen und war nicht an feste Trainingszeiten gebunden. Zudem gestattete ihm sein ortsansässiger Arbeitgeber OMEG-Alu, als sportbegeisterter Förderer hiesiger Talente, Montagmorgens für sich zu trainieren. Das hieß für den Industriekaufmann-Azubi: Laufen von halb acht bis halb zehn. Frischmachen. Antritt in der Firma um zehn. Als besonderen Bonus für Titel oder gute Platzierungen steckte ihm der Leiter der Marketingabteilung auch regelmäßig 'nen Hunni oder mindestens 'nen Fuffi unter der Hand zu. Eine echt nette Auffrischung seines Lehrlingsgehaltes. Damit dieser kleine Nebenverdienst auch hübsch weitersprudelte, hatte er sich auf Schlappis nicht ganz koscheren »Vorschlag« eingelassen und bei der zwielichtigen Sache mitgemacht. »Top-Kohle für Top-Leistung«, war ihm dabei im Kopf herum gewabert. Peter warf sich eine der Letzten jener Spezial-Pillen ein, die sich Schlappi und er mit fragwürdigen Methoden organisiert hatten und spülte mit einem Schluck aus der Sprudelwasser-Pulle nach. Was nun folgte, war Routine: Ordentlich Rülpsen wegen der Kohlensäure. Checken der Laufschuhe sowie der Digitaluhr. Toilettengang. Anschließend lockeres Warmlaufen.

Der ambitionierte Frühsportler hatte vorhin für einen Moment überlegt, ob er dazu nicht wie üblich in den Freizeitpark und zurück joggen könnte. Doch nach kurzem Abwägen erinnerte er sich an Heiner Glasers mahnende Worte Bernds und Marios Tode betreffend.

»Vorsicht ist die Mutter der Porzellankiste«, sagte sich Peter daraufhin und entschied stattdessen zweimal jene Runde zu drehen, auf der sie an Winterabenden für gewöhnlich brummten. Denn auf der sogenannten Winterrunde war man im Gegensatz zur Strecke in den Park nie allein. Er trabte also locker leicht entlang des Schwimmbads, hinweg über die rote Brücke, unterm Viadukt durch und zum Stadion. Er benötigte rund zwanzig Minuten für die insgesamt gut vier Kilometerchen.

Was Hirsch nicht wusste, war, das im Stadion versteckt hinter einem Gebüsch jemand Bonbons lutschend mit der geladenen Schrotflinte im Anschlag, sehnsüchtig auf ihn wartete. Auch war ihm weder bekannt, dass sie in Gedanken an ihre bevorstehende Aufgabe, die Plastik-Papierchen mit den Kamellen eingewickelt waren, einfach neben sich zu Boden fallen gelassen hatte. Noch dass sie mit Erleichterung registrierte, wie er ins Stadion zurückgekehrt war.

In völliger Unkenntnis der bedrohlichen Sachlage brachte der unbedarfte Hirsch nun das ungeliebte, doch besonders für sein anstehendes Hindernistraining enorm wichtige Gymnastik-Programm hinter sich. Unter den geschärften Blicken seiner zu allem entschlossenen Beobachterin absolvierte er anschließend drei, vier Steigerungsläufe über achtzig Meter in normalen Joggingschuhen, ehe er diese für die anstehenden Tempoeinheiten gegen seine Mittelstreckenspikes tauschte. Zum Simulieren der Hindernisse stellte er, wie schon häufig praktiziert, drei Hürden auf die Innenbahn. Je eine in der Mitte der beiden Geraden und eine im Scheitelpunkt der ersten Kurve. Einzig der Wassergraben mit Balken war an seinem angestammten Platz im Bereich der Kurve vor der Zielgeraden im Original vorhanden. Wie Trainer Glaser ihn angewiesen hatte, sollte er bei der heutigen Einheit besonders auf eine saubere Technik achten. Also nicht drippeln vor den Hindernissen, flüssiges Überqueren der Hürden ohne Berührung und weites Abstoßen vom Balken, um möglichst nicht ins tiefe Wasser zu latschen.

Lukas, der Sohn des Stadionplatzwarts, hatte ihm von oben aus deren Wohnzimmer zugewunken, als er die Hürden auf der Aschenbahn positionierte. Wie so oft, wenn Peter montags in aller Herrgottsfrühe im Nettetal-Stadion trainierte, war ihm der graue Kombi mit dessen Eltern am Schützenplatz entgegengekommen. Denn Lukas Vater war nicht nur Platzwart und Hausmeister, sondern er und seine Gattin betrieben auch den gut frequentierten Stadion-Kiosk. Gerade vom Frühjahr bis in den Herbst hinein, wo im Stadion neben den diversen Trainings von Fußballern, Leichtathleten und Hockeyspielern auch jede Menge deren Spiele und Wettkämpfe in der Mayener Arena ausgetragen wurden, musste Montag für Montag für die kommende Woche eingekauft werden. Galt es doch die immer durstigen und hungrigen Eifler Zuschauer und Aktive entsprechend zu versorgen. Für die Belieferung mit Getränken, vornehmlich Bier, sorgte zwar ein örtlicher Händler, doch um die Beschaffung der Fressalien, wie Brötchen, Würstchen, Steaks, Pommes, Eis und sonstigen Süßkram hatte sich das Betreiber-Ehepaar selbst zu kümmern. Lukas hingegen hatte heute noch Zeit, denn sein Schulunterricht begann erst zur dritten Stunde. Entsprechend relaxed betrachtete er Peter bei dessen Vorbereitungen. Er grübelte ein wenig über dessen ermordete Vereinskollegen nach. Unweigerlich musste er an Katja denken und daran, dass die Polizei ihn gestern zu seinem Alibi bezüglich des Zeitpunktes von Marios Tod befragt hatte. Glaubten die Bullen doch allen Ernstes, er hätte den neuen Freund seiner Ex kalt gemacht. Was natürlich kompletter Blödsinn war. Lukas schüttelte seinen Kopf, trank den Kakao aus und schlappte ins Bad.

Unten auf der Aschenbahn waren die Vorbereitungen beendet. Es regnete ausnahmsweise einmal nicht. Peter Hirsch stellte seine Stopp-Uhr am Handgelenk auf null. Langsam lief er auf die Startlinie zu. Dabei sorgte er noch geschwind für die professionelle Entleerung seine Nase nach rechts und links. Die Regenschauer der vergangenen Tage hatten dafür gesorgt, dass der rote Untergrund überhaupt nicht staubig, sondern schön griffig war. Vier Mal zwei Runden mit einer Runde Trabpause zwischen den schnellen Läufen standen nun an. Wie immer vor einer harten Trainingseinheit war Peter aufgeregt. Beinahe so sehr wie vor einem Wettkampf. Immer im Hinterkopf die Frage, ob und wie ihm die Läufe wohl gelingen würden.

Blick nach unten. Den Zeigefinger am Startknopf seiner Stoppuhr. Überqueren der Startlinie, gleichzeitig den Startknopf drücken. Ankeulen: Gragg, Gragg, Gragg … Blick nach vorne. Aufs Tempo achten. Die erste Hürde in der Kurve: Drüber. Weiter. Lange Schritte. Alles auf den Ballen. Zweite Hürde, auf der Gegengeraden: Drüber. Weiter. Lange Schritte. Alles auf den Ballen. Die Dornen der Spikes bissen in den Sand: Gragg, Gragg, Gragg … Kontrolliertes, zügiges Tempo. Nicht überziehen. Kurve. Peter näherte sich dem Wassergraben samt Balken. Rasch. Er wurde verfolgt. Von Kimme und Korn. Vorhalten. Er wurde anvisiert. Peter steuerte auf den Wassergraben zu. Gragg, Gragg, Gragg … Er visierte das Hindernis an. Flinke Schritte. Nicht Drippeln. Hindernis. Rechter Fuß auf den Balken. Arme mitnehmen. Hoch in einer fließenden Bewegung. Oben! Freie Schussbahn! Abdrücken! Paff! Sturz in den Wassergraben. Der Schuss verhalte im Nettetal.

Das Wasser im Wassergraben beruhigte sich langsam. Es verfärbte sich: Blutrot. Nichts regte sich mehr, dort drüben im Wassergraben. Mit Genugtuung beschloss sie, dass der Einsatz des Staffelholzes nicht nötig war. Nochmal ein kurzer Blick über die Schulter zum Wassergraben. Ruhe. Stickum verschwand sie durch ihre Lücke im Zaun. Sie verstaute Gewehr und Staffelholz im Wohnwagen und war nur wenig später an ihrem Arbeitsplatz. Genauso wie immer.

»Lief alles wie am Schnürchen«, ließ sie ihn telefonisch wissen, »der Hirsch ist erlegt.«

Drüben im Stadion tat sich nichts. Noch nichts. Niemand mehr da, der früh morgens seine Spuren in die Aschenbahn brannte. Niemand, der die Stoppuhr drückte. Niemand, der nach einer Anstrengung einen Schluck aus der Pulle nahm. Im Wassergraben herrschte Stille. Jedoch noch keine Todesstille. Aus dem gekippten Badezimmerfenster der Platzwartwohnung drang das sonore Summen eines Haarföhns leise nach draußen.

Kapitel 30

Kommissar Weller hatte es schon früh am Morgen wieder zurück in die Eifel getrieben. Nicht aus Jux und Dollerei, sondern wegen für ihn durchaus einleuchtenden Gründen. Denn zum einen wollte er sich unbedingt mit den beteiligten Kollegen der Mayener Polizei-Inspektion bezüglich ihrer gemeinsamen Ermittlungsarbeit weiter abstimmen. Zum anderen hatte er keinen Bock darauf gehabt, im Präsidium seinem Vorgesetzten Hauptkommissar Gero von Hübenthal über die Füße zu stolpern. Es reichte ihm vollkommen, wenn der Lord am Telefon mit seinen Fragen die Mordfälle betreffend nervte oder übers »Laufen« palaverte.

»Na, wie werden sehen, wie flink du bist. Du Wiesel«, schmunzelte Fritz beim Gedanken an das ausstehende, gemeinschaftliche Läufchen der Präsidiumsbetriebssportgruppe unter seiner Anleitung. Vor Ort setzte sich der Kripokommissar zunächst mit den beiden Polizeimeistern Ernst Hamann und Konrad Witzel sowie deren rührigem Dienststellenleiter Polizeihauptkommissar Alois Rosemeier im Besprechungsraum der Dienststelle zusammen. Rosemaiers persönlicher Adjutant, ein gewisser Polizeiobermeister Anton K. Leppe, servierte den Vieren frischaufgebrühten Kaffee und belegte Brötchen vom Bäcker um die Ecke. Der uniformierte Beamte verbeugte sich anschließend, ein Butler hätte es bei seinen Herrschaften nicht besser machen können, und trollte sich seiner Wege. Fritz grinste und langte mit knurrendem Magen ohne zu zögern zu. Denn zu Hause war sein Frühstück heute mangels Masse ausgefallen. Er hatte gerade in ein knuspriges Käsebrötchen gebissen, welches wirklich echt lecker war und einen großen Schluck des, »Pfui Teufel«, seichten Kaffees getrunken, als sich die Tür des Besprechungsraums öffnete. Nochmals erschien Anton K. Leppe auf der Bildfläche und verkündete, dass Kommissar Fritz Weller doch dringend ans Telefon kommen möge. Der Angesprochene folgte dem Polizeiobermeister in eines der Büros.

Das Brötchen kauend meldete er sich mit vollem Mund: »Wewwer!«

»Fritz? Bist du das?«

Es dauerte etwas, bis er »Wer sonst?«, entgegnete.

»Hey sorry, ich hab' noch rasch was gegessen. Außerdem dachte ich schon, am Telefon ist der Lord und will mir wieder die Taschen vollmachen mit seinem Geschwafel.«

»Die Taschen vollmachen? Das kann ich auch, Fritz. Kein Problem! Und ich kann auch gerne dem Lord Bescheid sagen, dass du dich über einen Anruf von ihm sehr freuen würdest!«, frotzelte der Mann am anderen Ende der Strippe.

»Nee du, lass' mal«, lehnte Weller dessen Angebot dankend ab, »aber komm', schieß los, was gibt's Neues?« Der Anrufer, es war natürlich der KTUler Hans Müller ließ sich nicht lange bitten. Allerdings war seine Information, Kommissar Wellers gestrige Fundstückchen von den beiden Tatorten betreffend, ziemlich ernüchternd.

»Tja Fritz, mit dem Bisschen was von den Fingerabdrücken auf den Plastik-Papierchen noch übrig war, konnten wir leider, leider nichts mehr anfangen. Kollege Glöbmann hat sich die halbe Nacht um die Ohren gehauen und versucht, irgendwas rauszukitzeln, was uns vielleicht weiterbringt. Doch es war absolut nichts zu machen. Du musst was anderes finden, Fritz, um die Täter zu überführen.«

»Mist! Hätte so einfach werden können. Aber okay, trotzdem vielen Dank für eure Arbeit«, grummelte Weller und verabschiedete sich mit einer Floskel: »Wir sehen uns.«

»Klar sehen wir uns«, entgegnete Lockenkopf und legte auf. Was beide zu diesem Zeitpunkt nicht ahnten war, dass ihre nächste Begegnung schon sehr bald und wieder im Mayener Nettetal sein würde.

»Dann muss ich mir halt eine Finte einfallen lassen, um die Beiden zu überführen. Aber wie könnte diese Finte aussehen? Wie nur?« Das angestrengte Grübeln des Kommissars brachte seine Synapsen zum Glühen und das Hirn zum Kochen.

Mitten in sein intensives Nachdenken mischte sich plötzlich lautes Gebrabbel. Das Stimmengewirr kam von nebenan. Dort befand sich der Empfangsraum der Polizeiinspektion, wo deren geneigte Kundschaft zum Beispiel Anzeigen erstatten konnte. Neugierig lugte Fritz durch den Spalt der geöffneten Tür und sah eine Oma in pinken Jogginganzug sowie Frottee-Stirnband um ihre graue Löckchen-Frisur. In einer Hand hielt sie eine schmale, moosgrüne Kunstledersporttasche mit weißer Aufschrift: TRIMM-TRAB. Genauso ein Teil hatte sein Sohn Tom, Mitte der Siebziger für den Sportunterricht der Grundschule gehabt, erinnerte sich Weller sogleich.

»Wer ist denn das Paradiesvögelchen?«, fragte er Polizeimeister Hamann, der sich soeben zu ihm gesellt hatte.

»Dass, Herr Kommissar, das ist *Dat Kamellsche*. Also eigentlich heißt sie Gertrud Wilhelmine von Hohlgass. Aber hier bei uns in Mayen ist sie nur *Dat Kamellsche*. Die Gute kommt uns quasi jeden Tag besuchen, weil sie haargenau weiß, dass sie immer Kamellen bei uns abstauben kann. Und ihren Spitznamen hat sie ganz einfach deswegen, weil sie halt scharf auf Kamellen ist.«

»Scharf auf Kamellen«, wiederholte Weller lachend und wollte sich schon abwenden. Doch just in dem Moment traf ihn ein Geistesblitz wie aus heiterem Himmel. »Komm', Ernst, dann stell mich der schrulligen Schateke mal vor. Ich habe zwar keine Kamellen, dafür jedoch eine Idee.« Wunschgemäß machte ihn der Polizeimeister mit der Oma in Pink bekannt. Weller zögerte nicht und kam direkt zur Sache.

»Ja, Herr Kommissar, wenn ich es Ihnen doch sage, seine geschiedene Frau Marlene war meine beste

Freundin. Wir haben viel zusammen unternommen und auch damals als Marlene und er noch verheiratet waren, gab es bei ihnen die sauren, holländischen Bonbons. Heutzutage bin ich natürlich nicht mehr so oft bei denen. Doch jedes Mal, wenn ich die Familie besuche, bekomme ich von ihnen eine Handvoll der leckeren Zitronenkamellen«, antwortete das Eifler Unikum mit leuchtenden Augen.

»Und diese besonderen Zitronenkamellen gibt es hier in Mayen tatsächlich nur bei denen?«

»Nur bei denen, Herr Oberkommissar. Glauben Sie mir! Wenn eine so was weiß, dann ich, Dat Kamellsche. Ich bin so was wie die Kamellen-Expertin der Stadt.« Die alte Frau zog den Reisverschluss ihrer Sporttasche auf und durchwühlte sie. »Hier, Herr Kriminalrat, probieren Sie mal. Die sind wirklich sehr sauer und wirklich sehr lecker«, beseelt reichte sie Weller eine der besagten Köstlichkeiten.

»Und das Bonbon ist auch von denen?«

»Natürlich! Wie ich schon sagte, hier bei uns in Mayen gibt es die Sorte nur bei denen.«

»Dankeschön! Sie haben mir sehr geholfen«, antwortete Weller freundlich und wollte sich bei der netten, alten Dame für ihre erhellenden Informationen erkenntlich zeigen. »Welche Bonbons mögen Sie denn am allerliebsten?«

»Egal, ob süß, sauer, Lakritz, Pfefferminz … mir schmecken alle gleich gut«, hatte sie zunächst abgewunken, sich dann jedoch besonnen: »Obwohl, es gibt da so schöne Sahne-Bonbons. Die sind aber nicht ganz billig, Herr Polizeipräsident!«

»Ach, das macht nix, Frau Kamellsche. Sie haben mir mit Ihren Erzählungen sehr geholfen, deswegen gebe ich Ihnen als kleines Dankeschön gerne einen aus«, entgegnete Fritz gönnerhaft. Er war dem Irrglauben aufgesessen, dass eine Tüte dieser Sahnebonbons maximal 'nen Heiermann kosten würde.

»Ich weiß, in welchem Laden man die Bonbons bekommt. Wenn Sie wollen, besorge ich ein Tütchen, Herr Kommissar«, bot sich Anton K. Leppe direkt an.

»Dankeschön, Kollege«, meinte Weller freudig nickend bei so viel Entgegenkommen.

»25 Mark, bitte«, grinste dieser breit und hielt die Hand auf. Alle Umherstehenden, inklusive der alten Schateke schauten ihn erwartungsvoll an.

»25 Mark?«, wiederholte Weller und machte große Augen.

»Ja ja, Herr Kommissar. Die erlesenen Bonbons werden hier in Mayen schließlich in Handarbeit gefertigt. *Manufaktür de Kamäll* heißt der Laden.«

»Manufaktür de Kamäll! Schau an, diese gerissenen Eifler«, dachte sich Weller etwas überrumpelt. Er ließ sich jedoch nichts anmerken, gab dem Uniformierten einen Fünfziger-Schein und antwortete lässig: »Okay, wenn die Bonbons so lecker sind, dann eine Tüte für Frau Kamellsche und eine für mich, bitte.«

Es schrillte. Der Telefondienst habende Beamte ging ran.

»Verstanden!« brummte er in den Hörer und legte auf. »Leute! Herhören!«, unmissverständlich bat er um Aufmerksamkeit. »Es wurde schon wieder ein Läufer angegriffen. Dieses Mal im Nettetal-Stadion. Das Opfer lebt noch. Der Notarzt ist bereits unterwegs. Alles Weitere vor Ort!«

»Rasch Kollegen, jetzt geht's ans Eingemachte!«, forderte Weller die Uniformierten auf und fegte zur Tür hinaus. Dicht gefolgt von Hamann, Witzel, Rosemaier und weiteren Beamten der Inspektion. Polizeiobermeister Anton K. Leppe indessen ging besagte Kamellen kaufen.

Weller parkte seinen silbernen Ascona am Haupt-Eingang des Stadions, gleich neben den Fahrzeugen der Rettungs-Sanitäter und des Notarztes. Wieder zog er seine olle, schwarze Kunstlederjacke über. Das ramponierte Teil, dass er eigentlich längst in die Tonne gekloppt haben wollte, erlebte seit ihrem unverhofften Einsatz am Samstagabend aufgrund der anhaltenden Kühle im Nettetal eine echte Renaissance. Schnellen Schrittes eilte er hinein in die Mayener Arena. Rechte Hand das Stadiongebäude, links der Fußballplatz mit Aschenbahn. Rasch hatte er die Notfall-Mediziner im Scheitelpunkt der Kurve vor der Zielgeraden erspäht. Fritz sprang die Stufen der Zuschauer-Tribüne hinab und steuerte geschwind auf die Leute zu. Er sah, dass sich Sanitäter und Notarzt um einen reglosen Mann in nassen, kurzen Laufsachen kümmerten, der in unmittelbarer Nähe des Wassergrabens lag. Wenige Meter davon entfernt stand ein junger Mann mit verschränkten Armen am Fußballtor und beobachtete die eifrigen Hilfsmaßnamen.

Kommissar Weller ging zu ihm hin, stellte sich kurz vor und wollte wissen, ob er derjenige war, der vorhin die Polizei alarmiert hatte. Sichtlich ergriffen von der Situation bestätigte der Jugendliche dies sogleich und erklärte in hektischen Worten, was sich abgespielt hatte: »Unfassbar! Eben winkt mir der Peter, also Peter Hirsch, noch zu, als er die Hürden für sein Training auf die Bahn stellt. Dann bin ich ins Bad gegangen und als ich wenig später wieder ins Wohnzimmer komme und nochmal aus dem Fenster schaue, hatte ich eigentlich erwartet, dass Peter wie immer Montagmorgens auf der Bahn am Rennen ist. Doch nein! Stattdessen sehe ich ihn der Länge nach im Wassergraben liegen. Nicht, dass er ertrinkt, war mir direkt durch den Kopf gegangen! Ich also nix wie runter und hin zu ihm. Peter rührte sich nicht. Ich dachte, er sei irgendwie am Balken hängengeblieben und blöd aufgeschlagen. Zum Glück lag sein Kopf auf dem Trocknen. Ich zog ihn ganz aus dem Wassergraben. Er atmete zwar, war aber bewusstlos. ›Peter! Peter!‹ Ich habe seinen Namen gerufen und versucht ihn wachzurütteln. Aber nichts zu machen! Und auf einmal war da überall Blut! An seinen Klamotten, an meinen Händen, im Wasser.

Dann bin ich direkt hoch in unsere Wohnung im Stadiongebäude und habe den Notarzt und die Polizei angerufen. Und das Blut habe ich auch abgewaschen.« Der Jugendliche warf einen Blick auf seine Hände und schaute dann wieder den Kommissar an.

»Gut gemacht. Wirklich gut gemacht. Vielleicht hast du durch dein beherztes Handeln Peter Hirsch das Leben gerettet«, entgegnete Weller in ruhigem Tonfall. Der junge Mann nickte und lächelte. »Ist dir heute Morgen irgendwas Merkwürdiges im Stadion aufgefallen?«, hakte der Kommissar nach.

»Heute Morgen?«, grübelte der Teenager. »Heute Morgen, nein … obwohl, aber das hat bestimmt nichts zu heißen … hinten bei den Wohnwagen zwischen Nette und Stadion habe ich jemanden gesehen. Muss wohl einer von denen gewesen sein, die ihre Wohnwagen dort überwintern.«

»Und wie hat derjenige ausgesehen?«

»Auh, das kann ich gar nicht genau sagen. Es ist einfach zu weit weg und es waren auch nur ein paar Sekunden. Er war nicht sehr groß, dunkel gekleidet … und graue kurze Haare hatte er, … ja graue kurze Haare.«

»Na, das ist doch was! Danke dir«, antwortete Weller. Ein paar Minuten nach dem Kripobeamten waren die uniformierten Polizisten der Mayener Inspektion nun ebenfalls im Inneren des Nettetal-Stadions angekommen. Der Kommissar deutete in deren Richtung und sagte zu seinem Gegenüber: »Ich informiere einen meiner Kollegen, dass er gleich deine Aussage protokolliert. Und nochmals vielen Dank für deine Hilfe, Lukas.«

»Woher kennen Sie meinen Namen?«

»Na, ich bin der Chefermittler bezüglich den beiden Morden der vergangenen Tage. Und in dieser Eigenschaft muss ich natürlich wissen, was abgeht. Daher weiß ich auch, dass du der Sohn des Platzwarts und Katja Jägers Ex-Freund bist und für die Zeitpunkte der beiden Verbrechen ein Alibi hast.«

»Nicht schlecht«, staunte Lukas.

»Ja, ab und zu hat auch ein alter Sack wie ich ein paar lichte Momente«, antwortete Fritz schmunzelnd, verabschiedete sich vom Jugendlichen und schenkte nun dem Opfer sowie den geschäftigen Notfall-Medizinern seine Aufmerksamkeit.

Auch den, neben dem Sportler knienden Rettungskräften machte er sich rasch bekannt und lugte neugierig über deren Köpfe hinweg zum Liegenden. Er stellte ihnen zunächst eine Frage, die zwar nur aus einem einzigen Wort bestand, aber angesichts der Situation unmissverständlich war: »Und?«

Der Notarzt drehte sich zu ihm um und zahlte mit gleicher Münze zurück: »Schrot!«

»Kommt er durch?«, wurde Weller etwas gesprächiger.

»Zum Glück für den Läufer hat der Schütze nicht gut genug gezielt, denn das Meiste der Schrotladung steckt in seinem Allerwertesten. Soweit wir aktuell einschätzen können, wurden keine lebensnotwendigen Organe verletzt. Er hat allerdings reichlich Blut verloren und deswegen muss der Junge direkt ins Krankenhaus. Und um auf Ihre Frage zurückzukommen. Ja, ich denke, er kommt durch!«, erklärte der Notarzt Optimismus bezüglich der Genesung des Getroffenen versprühend. Unterdessen wurde der verwundete Sportler sehr behutsam von zwei Rettungssanitäter auf eine Trage gelegt und hoch zu ihrem Einsatz-Fahrzeug bugsiert. Unten im Oval hörte Weller, wie vor dem Stadioneingang die Autotüren des Rettungswagens krachend zugeschlagen wurden und dieser schließlich davonfuhr.

Fritz Weller als erfahrener Kenner der Materie, sowohl was das Laufen auf der Aschenbahn als auch die Ermittlung in schwierigen Mordfällen anbetraf, simulierte vor seinem geistigen Auge, wie sich der hinterlistige Anschlag auf den nichtsahnenden Sportler zugetragen haben könnte: »Peter Hirsch rennt am Start los, Kurve, Gegengerade, dann der Wassergraben, wo ihn von hinten eine Ladung Schrot erwischt. Hm, Lukas sagte doch vorhin, dass er drüben bei den abgestellten Wohnwagen zwischen Nette und Stadion einen Grauhaarigen gesehen habe. Einen oder … vielleicht doch Eine mit kurzen grauen Haaren … mit einer Frisur wie *Igel Mecki*.«

Der Kommissar peilte die Lage und ging in die Richtung, aus welcher die Schrotladung sehr wahrscheinlich gekommen sein musste. Er kreuzte die Aschenbahn beim 200 Meter Start, hüpfte elegant über die dahinter befindliche, hüfthohe Werbebande und marschierte geradewegs auf ein Gebüsch zu.

»Ja, da sieh' mal einer an. Als wenn ich es geahnt hätte«, murmelte Weller erfreut vor sich hin. Seine Vermutung hatte sich bestätigt.

»Was gefunden?«, wollte Polizeihauptkommissar Alois Rosemeier wissen, der ihm flugs hinterher gestiefelt war.

»Kann man so sagen«, entgegnete der Kripobeamte. »Schauen Sie, hier liegt nicht nur die Patronenhülse, sondern auch, was ich noch interessanter finde, wieder diese ominösen Bonbonpapierchen wie auch an den beiden anderen Tatorten. Dieses Mal allerdings nicht bloß eines, sondern gleich mehrere. Daher nehme ich stark an, der Täter oder die Täterin war schon vor dem Sportler im Stadion. Versteckt hinterm Gebüsch lag er oder sie auf der Lauer und lutschte zum Zeitvertreib einige Kamellen. Solange, bis Peter Hirsch endlich angerannt kam. Dann, als dieser den Wassergraben überwinden wollte, drückte die Person aus dem Hinterhalt ab.

»Freie Schussbahn!«, ergänzte Rosemeier nickend, nachdem er mit prüfendem Blick hinüber zum Hindernis und wieder zurück zum Gebüsch geschaut hatte.

»Freie Schussbahn«, wiederholte Weller bestätigend. Längst hatte er sich weiter umgesehen und erspäht, dass die äußere Maschendraht-Umzäunung des Stadions keine zwei Meter von einem dahinter abgestellten Wohnwagen entfernt, nur lose zusammen gefriemelt war. In Nullkommanix hatte der Kommissar den Zaun an der besagten Stelle geöffnet. Im matschigen Untergrund vor der seitlichen Tür des Wohnwagens erkannte er nun fuschneue, kleinere Schuhabdrücke, die etwas ältere, größere überlagerten. Alle Abdrücke gingen sowohl in Richtung des Wohnwagens als auch hin zur Lücke im Stadionzaun.

»Öffnen bitte!«, forderte Kommissar Weller vom hinter ihm stehenden Dienststellenleiter der Mayener Polizeiinspektion und zeigte auf die verschlossene Wohnwagentür. Der Angesprochene rief rasch einen seiner Leute herbei und orderte ein Stemmeisen: »Und beeil' dich damit!« Bald darauf kam der Beamte mit dem gewünschten Werkzeug in der Hand angetrabt. Dann ein kräftiger Ruck und schon stand die Tür des Wohnwagens offen.

Weller und Rosemeier traten ein und ließen zunächst ihre geschärften Blicke durchs Innere des Vehikels schweifen. Alles wirkte recht aufgeräumt. Beinahe so, als wenn jemand darin leben würde. Beide Polizisten bemerkten schnell, dass sie hier drinnen auf der richtigen Fährte waren. Lagen doch auf dem schmalen Holztisch ebenfalls einige der besagten Bonbons sowie ein paar leere Plastik-Papierchen herum. Zudem führte eine unübersehbare Dreck-Spur vom Eingang hin zu einer hölzernen Sitzbank. Der uniformierte Polizeibeamte klappte die mit beigem Stoff überzogene Sitzfläche sachte hoch.

»Treffer!«, jubilierte er lauthals. Weller kam hinzu. Im Stauraum des Möbelstücks lag nur eine Schrotflinte und ein Staffelholz. Rosemeier ging in die Hocke und beschnupperte das Gewehr.

»Ja, in der Tat. Mit der Knarre wurde erst vor Kurzem geballert«, konstatierte er schließlich und erhob sich wieder.

»Ich würde mal sagen, unser Schütze hat angenommen, dass der Schuss tödlich gewesen war. Gut möglich, dass das Staffelholz dafür gedacht war, um dem Getroffenen den Rest zugeben, falls er sich noch bewegt hätte. Zumindest scheint auf dem Staffelholz kein Blut zu sein«, kommentierte Weller die vorliegenden Tatsachen.

Unvermittelt streckte Lockenkopf seinen Afro zur Tür hinein: »Tach' zusammen! So schnell sieht man sich wieder!«

»Tach«, grüßte Fritz den Erkennungsdienstler zurück, »tja, so geht's! Bist du allein?«

»Nee du, Gunther ist auch hier, wieso?«

»Komm' mit. Erzähle ich dir auf dem Weg. Kollege Glöbmann soll in Abstimmung mit Polizeihauptkommissar Rosemeier hier im Stadion die Spuren sichern. Dich und dein Notfallköfferchen hingegen brauche ich an anderer Stelle. Denn beim heutigen Anschlagsopfer handelt es sich schon wieder um einen Läufer, wieder ist er im TSV Mayen und wieder war er mit im Trainingslager auf Texel. Wie seine beiden toten Vereinskameraden. Doch im Gegensatz zu ihnen wird unser heutiger Kandidat wohl nicht an seinen Verletzungen sterben, der Glückspilz. Nichtsdestotrotz ist es jetzt allerhöchste Eisenbahn, dass ich dem Spuk ein für alle Mal ein Ende setze.«

Während Kommissar Fritz Weller, der KTUler Hans Müller sowie die beiden Polizeimeister Ernst Hamann und Konrad Witzel unter der Führung des Kripobeamten sodann abdampften, kümmerten sich alle anderen unter der Regie des rührigen Dienststellenleiters Alois Rosemeier um die Erledigung der notwendigen Arbeiten im Bereich des weiten Runds.

Kapitel 31

»Guten Morgen, die Herren, was kann ich für Sie tun?« Jürgen Jäger zeigte sich etwas verwundert darüber, dass die Polizei schon wieder vor seiner Haustür stand.

»Herr Jäger, es gibt Dringendes, lassen Sie uns bitte reingehen«, antwortete Kommissar Weller mit ernstem Blick.

»Selbstverständlich, kommen Sie«, stimmte der Hauseigentümer zu und stiefelte voraus in die Küche. »Wollen Sie was trinken?«, fragte er seinen unerwarteten Besuch, »einen Kaffee oder Wasser?«

»Vielen Dank, Herr Jäger, heute nicht. Denn uns treibt nicht der Durst zu Ihnen, sondern andere Anliegen«, winkte der Kripoermittler ab.

Jürgen Jäger hatte es geahnt. Sicher waren die Beamten hier, weil seine Beschaffung der unerlaubten Dopingmittelchen aufgeflogen war. Einerseits beschlich ihn ein mulmiges Gefühl bezüglich der möglichen strafrechtlichen Konsequenzen, ganz zu schweigen davon, dass Katja wohl für mehrere Jahre gesperrt würde und ihre sportliche Karriere vorüber wäre, noch ehe sie richtig begonnen hatte. Andererseits hatte er seiner Tochter versprochen, reinen Tisch zu machen, wenn es an der Zeit wäre. Dass die besagte Zeit allerdings so schnell kommen würde, tja, damit hatte er nicht gerechnet. Mit gesenktem Haupt wollte der Reumütige den Polizisten schon ihre Dopingvergehen gestehen, als ihm der Kommissar mit völlig ungeahnten Themen in die Parade fuhr.

»Herr Jäger, zunächst ein paar Fragen. Ist Ihre Familie anwesend? Wir müssen nämlich unbedingt auch mit Ihrer Frau und Ihrem Vater sprechen. Gehört Ihnen reinzufällig ein Wohnwagen, der zwischen Nette und dem Stadion abgestellt ist? Wenn ja, wann waren Sie das letzte Mal dort? Vielleicht heute Morgen? Und last but not least, welche Schuhgröße haben Sie?«

Der Angesprochene schaute zunächst aufgrund der komischen Fragen etwas perplex aus der Wäsche, gab dann jedoch ordnungsgemäß die gewünschten Antworten: »Mein Vater ist im Büro, Katja in der Schule und …«

»Sorry, welche Schule besucht Ihre Tochter?«, grätschte Weller dazwischen.

»Das Gymnasium oben am Knüppchen.«

Der Kommissar warf Polizeimeister Ernst Hamann einen fragenden Blick zu, weil er mit der Ortsbezeichnung »am Knüppchen« nun gar nichts anfangen konnte. Der uniformierte Beamte sagte zwar nichts, doch sein Kopfnicken vermittelte Weller, dass er haargenau wusste, wo sich Katjas Schule befand.

Nach diesem kleinen Intermezzo setzte Jäger die Beantwortung der Fragen fort: »Und Margot ist arbeiten. Sie ist Bademeisterin im Mayener Hallenbad. Die Ärmste musste heute schon Gott weiß wie früh dort sein. Wesentlich früher als üblich. Wegen einer Besprechung oder so. Soll ich sie anrufen?«

»Nein, Herr Jäger, darum kümmern wir uns«, konterte der Kommissar streng. Sogleich wies er Polizeimeister Witzel an seine Kollegen anzufunken. Eine Streife solle Margot und Katja Jäger umgehend hierhin bringen.

»Bitte weiter.« Begleitet von einer entsprechenden Handbewegung forderte er Jäger auf fortzufahren.

»Der alte Wohnwagen gehört meinem Vater. Ich war schon ewig nicht mehr da drin, und heute erst recht nicht. Bis eben war eine Kundin hier, die ihr Haus versichern will. Können Sie gerne überprüfen. Und meine Schuhgröße ist je nachdem, wie die Schlappen ausfallen, 41 oder maximal 42. Aber wieso wollen Sie das denn alles wissen?«

»Na, weil heute Morgen im Nettetal-Stadion auf einen trainierenden Läufer namens Peter Hirsch geschossen wurde. Entsprechende Hinweise und Spuren wie zum Beispiel auch Schuhabdrücke, zum Glück für Sie nicht in Ihrer Größe, führten uns rasch zu einem abgestellten Wohnwagen. Darin fanden wir eine einläufige Schrotflinte mit der kürzlich geschossen wurde, ein Staffelholz und, tada, jede Menge kugelrunder Zitronenbonbons. Übrigens haargenau von derselben ganz speziellen Sorte wie jene in der Schale dort auf Ihrem Küchentisch. Doch lassen wir die Bonbons erstmal ungelutscht. Darauf komme ich gleich wieder zurück, wenn Ihr Vater und Ihre Frau mit in der Runde sind. Bleiben wir für den Moment noch beim Thema Schrotflinte. Haben Sie eine derartige Waffe beziehungsweise vermissen Sie eine?«

Der Angesprochene kratzte sich grübelnd am Kopf und antwortete: »Ja, ja, es gibt da dieses olle Ding von Margots Onkel. Aber ich habe beim besten Willen nicht den geringsten Schimmer, wo der Schießprügel steckt, ganz zu schweige davon, ob er fehlt oder nicht. Wissen Sie, ich konnte der Ballerei nie was abgewinnen. Ich bin so ein dermaßen mieser Schütze, dass reicht nicht mal für 'ne Plastik-Rose an der Schießbude auf dem Lukasmarkt. Margot hingegen hat echt ein Händchen dafür. Bei zehn Schuss an der Bude hat sie bestimmt acht Treffer. Es liegt wohl daran, dass Ihr Onkel sie als junges Mädchen schon mal zum Schießen mitnahm. Ich meine, er hatte damals irgendwo hinter Virneburg eine Jagd gepachtet. Aber Sie glauben doch nicht allen Ernstes, Margot hätte auf Peter Hirsch geschossen?«

»Ich bin nicht gläubig, Herr Jäger«, entgegnete der Kommissar, dessen Täterbild immer klarer wurde, »ich halte mich nur an Fakten und Beweise. Aber okay, bitte bringen Sie uns jetzt zu Ihrem Vater!«

Im Versicherungsbüro hockte ein hemdsärmeliger Hermann Jäger mit der Brille auf der Nase hinterm Schreibtisch und beendete soeben ein Telefonat.

»Vater, die Polizei muss wieder mit uns sprechen«, erläuterte ihm sein Sohn die nochmalige Anwesenheit der Beamten in ihrem Haus.

»Mit uns?«, entgegnete der Alte barsch. Er lehnte sich im Bürostuhl zurück und verschränkte die Arme vor seiner Brust.

»Korrekt, Herr Jäger!«, bestätigte Weller. »Wir warten nur noch auf ihre Schwiegertochter. Sobald sie hier ist, legen wir los.«

»Gut! Wenn Herr Kommissar das so wünscht. Dann warten wir. Ich weiß zwar nicht wieso, aber wenn Herr Kommissar sagt, wir sollen warten, dann machen wir das«, nörgelte der Greis herum und zog in Wellers Richtung eine abfällige Grimasse.

Es vergingen wortlose fünf Minuten. Eine Zeit, in welcher die innere Anspannung bei den anwesenden Personen langsam, aber stetig angestiegen war. Das Telefon bimmelte. Einige erschraken leicht. Hermann Jäger ging ran und blaffte »jetzt nicht« ins Mikro. Sichtlich genervt pfefferte er den Hörer krachend auf die Gabel. Plötzliche Geräusche von draußen drangen dumpf ins Büro. Man hörte, wie die Haustür aufgeschlossen wurde. Dann die Schritte mehrerer Personen. Die Tür fiel scheppernd ins Schloss. Sonores Stimmengewirr im Flur. Der Kommissar bat Polizeimeister Hamann, bitte nachzuschauen, ob es die beiden Frauen in Begleitung der Streifenkollegen waren. Wenn ja, solle er nur die Mutter zu ihnen ins Versicherungsbüro bringen. Die Tochter nicht beziehungsweise nicht zum jetzigen Zeitpunkt. Die Gymnasiastin solle in der Obhut der Kollegen warten, bis er sie rufen würde. Weller hatte sich für dieses Vorgehen aus zwei Gründen entschieden. Erstens: Er hielt Katja definitiv für unschuldig. In seinen Augen war sie sogar ein Opfer. Gottlob nicht tot. Dennoch ein Opfer. Zweitens: Es sollte genügen, wenn die Schülerin das Endergebnis erfuhr, nicht jedoch jede drastische und ekelhafte Einzelheit, wie es zustande gekommen war.

Es waren die Frauen. Doch Hamann führte nicht nur die Mutter, sondern auch entgegen Wellers Aufforderung die Tochter zu den Wartenden ins Büro. Sein gutgemeintes Ansinnen bezüglich Katjas nicht erforderlicher Anwesenheit stieß bei ihrer Mutter nur auf wenig Gegenliebe.

»Unsere Tochter kann ruhig mit dabei sein. Wir haben keine Geheimnisse vor ihr. Und außerdem muss sie in ihrem Alter lernen, auch mit schlechten Erfahrungen umzugehen«, machte sie ihren Standpunkt dem Kommissar gegenüber unmissverständlich klar. Ergo war die komplette Familie Jäger beim Showdown zugegen.

Eingerahmt vom riesen Ficus auf der einen und Jürgen Jäger auf der anderen Seite, kauerte Katja blass und still vor dem Fenster. Die Jugendliche lehnte sich sachte mit ihrem Po gegen die Fensterbank. Margot Jäger hatte sich wie selbstverständlich hinter dem sitzenden Senior der Familie in Position gebracht. Weller bemerkte aus den Augenwinkeln heraus, wie die Frau ihre rechte Hand sehr zärtlich anmutend auf Hermanns Schulter gelegt hatte. Dann jedoch, kurz darauf, wieder zurückzog und genau wie ihre Linke oben auf der Rückenlehne platzierte. Margot schaute dabei verstohlen hinüber zu ihrem Ehemann. Jürgen, der die seltsame Aktion seiner Gattin ebenfalls bemerkt hatte, wich ihrem Blick allerdings aus. Polizeimeister Witzel schloss die Bürotür. Der Kommissar, die beiden Schutzpolizisten und KTUler Hans Müller positionierten sich davor.

Hamann flüsterte Weller etwas ins Ohr.

»Okay, danke für die Info«, entgegnete dieser leise. »Frau Jäger, wo wollten Sie denn vorhin so schnell hin? Ich habe soeben erfahren, dass Sie sich mit dem Fahrrad verdünnisieren wollten, als unsere Streifenkollegen im Hallenbad nach Ihnen fragten. Könnte es vielleicht sein, dass Ihnen ein Vögelchen gezwitschert hat, dass wir hier sind?«, sprach der Kripobeamte die Dame des Hauses auf ihr fluchtartiges Verhalten an. Er schaute kurz zu Hermann, dann wieder zu Margot.

»Mir hat keiner was gezwitschert und ich wollte mich auch nicht verdünnisieren, sondern nur rasch beim Bäcker Fuhrmann Brötchen kaufen. Sonst nichts! Das habe ich Ihren Kollegen doch schon gesagt«, beteuerte die Frau mit dem grauen Igel-Haarschnitt vehement.

»Gut, lassen wir das erstmal so stehen«, entgegnete der Ermittler, behielt sich diese fragwürdige Begebenheit jedoch im Hinterkopf. »Warum sind wir also heute Morgen wieder im Hause Jäger und weshalb habe ich Sie alle hier haben wollen? Das fragen Sie sich bestimmt!« Kommissar Weller legte eine beabsichtigte Pause ein und ließ seine Blicke geheimnisvoll tuend durch die Gesichter der Jägers wandern. Katja wirkte verängstigt. Ähnlich Jürgen, ihr Vater. Margot schien mit ihren Gedanken ganz woanders zu sein und Opa Hermann grinste hämisch. »Tja, und da jetzt alle hübsch beisammen sind, will ich Sie natürlich auch nicht länger auf die Folter spannen. Wir haben hier eine junge, talentierte Läuferin namens Katja Jäger. Und dazu einen ziemlich ehrgeizigen Vater, der alles dafür tut, um seine Tochter zu fördern und sie weit nach oben zu bringen. Wie ich erfahren habe, mit teilweise fragwürdigen Methoden, wozu unter anderem auch verbale Entgleisungen gehören, wenn Katja schlechtere Leistungen bei Wettkämpfen abgeliefert hatte.«

Ertappt sank der Angesprochene leicht in sich zusammen. Katja warf ihrem ehrgeizigen Trainervater einen unsicheren Blick zu.

»Weiter im Takt«, legte Weller nach, »wie ich im Laufe der Ermittlungen in den Mordfällen Bernd Gans und Mario Wild erfahren habe, gab es vor Ostern dieses ominöse Trainingslager auf Texel. Ich gewann sehr schnell den Eindruck, dass neben dem Lauftraining irgendwas anderes, was Tiefgreifendes geschehen sein musste. Etwas, das der eigentliche Grund für alles war, was in den letzten Tagen geschah. Ich hörte in meinen Gesprächen mit Zeugen von speziellen Vitaminen, die Katja brauchte. Sie hatte die Vitamine wohl zuhause vergessen, doch ihre Eltern würden sie ihr mitbringen. Kein Problem! Denn das Ehepaar Jäger reiste ebenfalls nach Texel. Kurzfristig, wie ich hörte. Sie machten sich ein schönes Wochenende am Meer, kauften ein paar typisch holländische Leckereien für daheim und versorgten nebenbei ihre Tochter mit den heiß ersehnten Vitaminen, damit sie das knallharte Trainingslager auch durchsteht. Oder soll ich besser sagen, sie versorgten Katja mit unerlaubten Dopingsubstanzen!«

»Blödsinn«, zischte Margot.

Jürgen schwieg.

»Ich schätze, Bernd Gans ist Ihnen durch einen dummen Zufall oder was auch immer auf die Schliche gekommen«, legte Weller nach. »Daher liegt für mich der Schluss nahe, dass Sie, Herr und Frau Jäger, von Bernd Gans erpresst wurden. Ich nehme an, er drohte damit, Ihre Dopingpraktiken auffliegen zu lassen. Und um die glänzenden Karriere-Aussichten Ihrer talentierten Tochter nicht zu gefährden, zahlten Sie dem Erpresser Schweigegeld und gaben ihm auch einige der verbotenen Tabletten. Denn es fanden sich sowohl in seinem Leichnam entsprechende Substanzen als auch versteckt in dessen Haus jene Tabletten und dazu noch eine Summe von insgesamt rund 5000 Mark. Eine Summe, von der selbst Bernd Gans' Witwe nichts wusste und sich auch nicht erklären konnte, woher ihr ermordeter Mann die Kohle hatte. Immerhin sind 5000 Mark für einen kleinen Verbandsgemeindeangestellten ein nettes Sümmchen. Nebenbei, Preisgelder durch Lauferfolge konnten es auch nicht gewesen sein, denn dafür war Bernd Gans, genannt Schlappi, schlichtweg zu langsam. Wie ich vermute, wurde Gans irgendwann gierig und wollte mehr, immer mehr. Sie sahen also keinen anderen Ausweg, haben die Sache, sprich den Speer, in die Hand genommen und diesen gemeinen Hund bei seinen Hügelläufen am Brechwerk ermordet.« Beim letzten Satz schaute der Kommissar nicht Jürgen Jäger, sondern für alle überraschend dessen Vater an.

»Lächerlich«, zischte dieser prompt und winkte genervt ab.

»Kleine Zwischenfrage: Welche Schuhgrößen haben Sie beide?«

»Was soll denn das jetzt?«, schnauzte der Alte den Kommissar an, während Margot zum wiederholten Male ihre Augen verdrehte.

»Ihre Schuhgrößen, bitte! Sonst sehen wir selbst nach!«, konterte Weller humorlos.

Widerwillig gab der Sitzende 45 und die hinter ihm Stehende 38 an.

»Danke sehr«, antwortete der Kripobeamte mit einer Portion Ironie in der Stimme, »Sie müssen wissen, wir fanden nämlich eindeutige Schuhabdrücke der Größe 45 auf dem Plateau am Kieshügel. Doch weiter. Kommen wir nun zu Mario Wild, Katjas großer Liebe. Offenbar war deren Beziehung jemandem ein gewaltiger Dorn im Auge. Dieser geheimnisvolle Jemand befürchtete wohl, dass Katja den Sport nun nicht mehr ernst nehmen würde. Vorm geistigen Auge sah er oder sie die aussichtsreiche Karriere der talentierten Läuferin quasi schon den Bach runtergehen. Eine Karriere, wofür sie doch bislang alles Menschenmögliche getan hatten. Wie groß muss die Ernüchterung gewesen sein, als diese Jemands spürten, dass sich ihre Befürchtungen offenbar bewahrheiteten. Sie waren wahrscheinlich außer sich vor Wut auf Mario Wild. Was erlaubte sich dieser Schnösel überhaupt, fragten sie sich erbost. Gut möglich, dass diese Jemands zu Beginn noch glaubten, es wäre nur eine kleine Schwärmerei zwischen zwei Jugendlichen und dass die Episode spätestens nach vierzehn Tagen zu Ende sei. Doch genau das Gegenteil passierte. Die beiden liebten sich verdammt nochmal wirklich! Ich vermute, man hat sogar versucht, Mario die Beziehung mit Katja irgendwie madig zu machen. Doch der Ignorant ließ sich weder mit guten Worten noch mit Geld überzeugen, dass er sich bitteschön von ihr trennen soll. Wie ich auch erfahren habe, hatte diese schäbige Methode bei Lukas, Katjas erstem Freund, noch funktioniert. Denn der Junge war zu diesem Zeitpunkt ziemlich abgebrannt. Schweren Herzens machte er Schluss mit ihrer Enkelin und nahm die 1000 Mark

Trennungsgeld von ihnen an, Herr Hermann Jäger. Na, was sagen Sie dazu?«

»Jemandem Geld zu schenken ist nicht verboten, falls ich mich nicht irre. Und wenn Lukas anschließend die Kurve kratzt, war das seine Sache. Dafür konnte ich doch nichts!«

»Haben Sie Mario Wild auch Geld geboten, damit er die Biege macht?«

»Und wenn es so wäre! Nochmal, es ist nicht verboten und wenn ich es tatsächlich gemacht hätte, wäre es wie immer nur zum Wohle unserer Kleinen geschehen«, ereiferte sich der Greis. Er musste sich sehr beherrschen, dass er diesem neunmalklugen Bullen nicht an die Gurgel ging.

Dieser hingegen fuhr völlig ungerührt mit seinen dreisten Behauptungen fort: »Also überlegten sich diese Jemands krampfhaft, wie und wann sie Mario Wild nur loswerden könnten. Und vorgestern Abend kam ihnen dann die zündende Idee. Denn Mario übernachtete zum ersten Mal bei seiner Freundin. Er muss davon erzählt haben, dass er nächsten Morgen vor der Arbeit noch ein bisschen an der Nette entlang in den Freizeitpark joggen wolle. Sie wussten inzwischen auch, dass Mario immer seinen neuen Walkman anhatte, wenn er ein lockeres Läufchen machte. Von Vorteil für ihre Planungen war zudem, dass Jürgen und Katja schon früh am Sonntag aus dem Haus sein würden und so schnell auch nicht wieder zurückkämen. Schließlich hatte Katja doch ein wichtiges Rennen im Trierer Moselstadion zu absolvieren. Ergo hatten Sie genug Zeit für die Tat. Ja, Sie beide, Margot und Hermann Jäger, lauerten Mario Wild also im Nettetal auf! Versteckt am Fuße des verborgenen Pfads kurz vor der Betonbrücke und des alten Kurodells. Als Ihr Opfer, abgelenkt von der Musik auf seinen Ohren vorbei gejoggt kommt, haben Sie gnadenlos von hinten zugeschlagen. Mario wehrte sich verzweifelt. Panisch schlug er in höchster Not um sich. Er schaffte es sogar einem seiner Angreifer ein circa drei Zentimeter langes, graues

Haar auszureißen. Wem das besagte Haar seitdem wohl fehlt, frage ich mich?« Weller legte eine schöpferische Pause ein und sah Margot Jäger durchdringend an.

Die Dame des Hauses stützte die Hände energisch in ihre Hüften und entgegnete gereizt: »Tzzz! Graue Haare gibt's wie Sand am Meer. Ich habe meine auf jeden Fall noch alle!«

»Na, wir haben unsere wissenschaftlichen Methoden, um herauszufinden, zu wem das ominöse Haar passt. Ist ein Kinderspiel«, zog der Kripobeamte die Zügel weiter an und setzte seine Beschreibung des Tathergangs fort: »Letzten Endes erwürgten Sie beide Mario Wild mit dem dünnen Kopfhörerkabel dessen Walkmans. Anschließend bugsierten Sie den Leichnam runter vom Weg und hinein ins Gestrüpp. Zu unserem Glück fanden wir auch an diesem Tatort wieder Schuhabdrücke. Dieses Mal nicht nur in 45, sondern in 45 und 38! Außerdem entdeckte ich noch was, aber dazu gleich mehr. Ein Gegenstand den Mario in der letzten Zeit nachweislich immer trug, war allerdings verschwunden. Glauben Sie mir, Frau und Herr Jäger, wir haben wirklich den kompletten Fundort von Mario Wilds Leiche danach abgesucht. Doch Fehlanzeige! Marios silbernes Halskettchen mit dem Anhänger, worauf *Katja* eingraviert war, schien wie vom Erdboden verschluckt. Folglich lag der Verdacht nahe, dass die Mörder das besagte Kettchen, vielleicht als eine Art Trophäe an sich genommen haben. Ich gehe sogar noch einen Schritt weiter und wage zu behaupten, dass sich Marios verschwundenes Halskettchen just in diesem Moment hier in diesem Büro oder zumindest hier in diesem Haus befindet.«

»Humbug, völliger Humbug! Sie haben sie ja nicht alle!«, gifteten Margot und Hermann wie aus einem Mund.

Den Kommissar ließen deren Beschimpfungen kalt. Gänzlich unbeeindruckt davon legte er in seiner eingeschlagenen Marschroute stoisch nach: »Bliebe also noch der hinterlistige Angriff auf *Peter Hirsch*, heute Morgen im Nettetal-Stadion. Um es kurz zu machen, gehe ich in seinem Fall davon aus, dass auch er um ihre Dopingpraktiken wusste. Vielleicht hatte er auf Texel was aufgeschnappt. Vielleicht machte er mit Bernd Gans gemeinsame Sache. Vielleicht hat er auch ein paar der erpressten Dopingpillen abbekommen. Vielleicht sah er die einmalige Chance, dadurch seine Leistungen zu steigern. Ob er die verbotenen Mittelchen tatsächlich eingenommen hat, werden erst die medizinischen Untersuchungen ergeben. Am Rande bemerkt, Mario Wild war sauber! Fest steht, Sie beide, Herr Hermann und Frau Margot Jäger, sahen Peter Hirsch als Gefahr an. Eine Gefahr, dass er Bernd Gans nacheifern und sie weiter erpressen würde. Oder dass er in seinem jugendlichen Leichtsinn ausplaudern könnte, dass Katja dopt. So planten Sie beide, in Kenntnis dessen Trainingsgewohnheiten eine totsichere Lösung des Problems Peter Hirsch. Ich nehme an, Frau Jäger, Sie erinnerten sich an die alte Schrotflinte Ihres Onkels, die auf dem Speicher oder im Keller eingemottet herumdümpelte und an Ihre vortrefflichen Schießkünste. Ihr Mann erzählte uns übrigens, dass Sie eine gute Schützin seien.«

»Du Depp musst auch alles heraus posaunen«, pflaumte sie ihren Gatten ungehalten an.

»Ich habe mir nichts dabei gedacht. Wie konnte ich ahnen …«, entgegnete Jürgen leise und schüttelte den Kopf. Zu einer Entschuldigung für seine unbedarfte Plauderei gegenüber der Polizei konnte oder wollte er sich beim Anblick seiner Frau nicht durchringen. Sie war ihm in den letzten Minuten fremd geworden. Sehr fremd.

»Na, jedenfalls, Frau Jäger, Ihr Plan war es, Peter Hirsch heute früh beim Bahn-Training im Stadion zu erschießen«, fuhr Weller energisch fort. Langsam bekam er von der vielen Rederei und der stickigen Luft im Büro einen trockenen Mund. Aber jetzt unterbrechen nur um einen Schluck aus der Pulle oder dem Kranne zu nehmen, kam für ihn nicht ihn die Tüte. So machte er konsequent weiter: »Doch zum Glück für Ihr vermeintliches Opfer hat die abgefeuerte Schrotladung hauptsächlich nur Peter Hirschs Gesäß getroffen, Frau Jäger. Denn Sie waren es, die geschossen hat! Sie, die früher schon als Kind mit Ihrem Onkel zur Jagd gegangen sind. Wahrscheinlich kungelte Ihr Schwiegervater mit Ihnen aus, dass er besser heute hierbleibt. Nicht, dass Jürgen von Ihrem perfiden Plan Wind bekommt und versucht, die Aktion im letzten Moment noch zu verhindern, sagten Sie sich.

Sie, Frau Jäger, gaben also bei Ihrem Ehemann vor, heute Morgen einen frühen Besprechungstermin im Schwimmbad zu haben. Doch es gab keine frühe Besprechung! Dies war eine glatte Lüge! Stattdessen radelten Sie zunächst zum Stadion. Sie schossen auf Peter Hirsch und erschienen zur üblichen Zeit an Ihrem Arbeitsplatz, genauso wie immer. Und um nochmal auf Ihre kleine Fahrradtour von vorhin zurückzukommen. Als wir zu Ihnen, Herr Jäger, ins Versicherungsbüro kamen, legten Sie gerade den Telefonhörer auf. Piep, piep, macht das Vögelchen!« Weller konnte sich eine kleine Frotzelei nicht verkneifen. Die beiden Polizeimeister und Kriminaltechniker Lockenkopf mussten sich zusammennehmen, dass sie wegen Fritz' lockerem Spruch nicht laut drauf loslachten.

»Bei Ihnen piept's!«, erzürnte sich Jäger Senior. »Wieso soll ich im Schwimmbad anrufen und Margot warnen? Ich habe doch bis dahin gar nicht gewusst, dass Sie im Haus sind!«

»Nicht gewusst? Bei der Hellhörigkeit des Hauses? Das bezweifele ich!«

»Meinetwegen! Ich habe Margot jedenfalls nicht angerufen und ihr gesteckt, dass Jürgen in der Küche schon wieder mit dem Bullen quatscht, der erst gestern genervt hat.«

»Aha, so ist das. Sie haben uns also doch durch die Wände reden gehört.«

»Mir doch egal!«

»Der Zeitpunkt, Herr Hermann Jäger, wo es Ihnen egal sein kann, was passiert, tja, meines Erachtens haben Sie diesen längst überschritten. Doch weiter im Takt, ich bin mit meinen Schilderungen noch nicht ganz fertig. Denn welch Ironie des Schicksals, Herr Jäger. Seine Rettung hat Peter Hirsch jemandem zu verdanken, den sie gut kennen. Es war Lukas, der Sohn des Platzwarts und gehasster Ex-Freund Ihrer Enkelin, der geistesgegenwärtig sowohl die Polizei als auch den Notarzt gerufen hatte. Dadurch wird Peter Hirsch Ihre hinterlistige Attacke überleben. Frau Jäger, was schätzen Sie, werden wir finden, wenn wir Ihre Hände untersuchen? Schöne Schmauchspuren!«

Die Angesprochene blieb stumm wie ein Fisch. Nervös versuchte sie Hermanns Blick zu erhaschen.

»Überhaupt, was denken Sie beide eigentlich, wie oberflächlich die Polizei heutzutage arbeitet?«, spielte Weller etwas den Beleidigten. »Denn auch heute Morgen machten Sie, sorry für meine Direktheit, weitere, zum Teil dumme, haarsträubende Fehler, die mir meine Arbeit ziemlich erleichterten. Mensch, Frau Jäger, Sie ließen die Patronenhülse an der Stelle liegen, von wo aus sie den Schuss abfeuerten. Dann waren da wieder Ihre Schuhabdrücke, Größe 38. Die kaputte Stelle im Stadionzaun. Ein kurzer Trampelpfad zwischen Zaunlücke und dem abgestellten Wohnwagen Ihres Schwiegervaters. Einem Blinden mit Krückstock wäre die Dreckspur im Inneren des Wohnwagens von der Tür hin zur Sitzbank aufgefallen. Jene Sitzbank, worin wir unter anderem eine alte einläufige Schrotflinte fanden, mit der erst vor Kurzem geschossen wurde. Ich gehe wirklich jede Wette ein, dass darauf Ihre Fingerabdrücke und die Ihres Schwiegervaters sind. Wie auch auf Mario Wilds Walkman, dem Wurfspeer in Bernd Gans Körper und dem Wurfgeräteschrank im Stadion. Das Stadion, zu dem Sie Zugang hatten. Denn Katja besitzt als eines der Aushängeschilder des Vereins einen eigenen Stadionschlüssel, damit sie trainieren kann, wann sie will. Und mit diesem Schlüssel gelangt man auch in Umkleidekabinen, Toiletten und in den Raum mit den Wurfgeräten. Und diesen Schlüssel haben Sie sich für

Ihre Aktionen einfach mal ausgeborgt. Zudem verfügen Sie als Einheimische über genaue Ortskenntnisse und wussten von Katja oder Jürgen über die besonderen Laufgepflogenheiten sämtlicher Opfer genauestens Bescheid.«

»Alles Bockmist! Das sollen Beweise sein? Lächerlich!«, tobte Hermann Jäger vor Wut.

»Beweise, Herr Jäger, Sie wollen weitere Beweise, sehr gerne!«, entgegnete Kommissar Weller ruhig. »Wissen Sie, Familie Jäger, und hier schließe ich nun niemand von Ihnen aus. Zu viele Zitronenbonbons sind einfach schlecht für die Zähne.« Dann wandte er sich wieder direkt an Margot und Hermann: »Und speziell für Sie beide kommt dann noch Umweltverschmutzung hinzu. Einfach die leeren Bonbon-Papierchen an den Tatorten herumliegen lassen. Unglaublich! Unsere Techniker, wie zum Beispiel hier der Herr Müller, sind echte Cracks in Ihrem Fach. Die finden selbst kleinste Spuren. Ist echt irre. Da staune sogar ich manchmal, was die alles finden. Und was soll ich sagen, Herr und Frau Jäger, Sie entdeckten Fingerabdrücke auf den Bonbon-Papierchen. Haargenau dieselben wie auf dem Speer, dem Walkman und dem Wurfgeräteschrank. Tja, was soll ich sagen, eben im Stadion lagen viele der leeren Bonbon-Papierchen, genau dort, wo wir auch die Patronenhülse entdeckten. Und noch einige mehr in Ihrem alten Wohnwagen, Herr Jäger.«

»Ha! Wegen den blöden Kamellen denken Sie, wir hätten die Läufer ermordet. Solche Kamellen kann doch jeder haben und jeder kann die verdammten Papierchen irgendwo liegen lassen.«

»Kann schon! Doch wir verfügen über eine protokollierte Zeugen-Aussage, dass diese besonderen sauren, spritzigen, kugelrunden, holländischen Zitronenbonbons es hier in Mayen nur an einer Stelle gibt: bei Familie Jäger. Daher, Herr Hermann und Frau Margot Jäger, um endgültige Klarheit zu bekommen, wäre ich Ihnen sehr verbunden, wenn Sie unserem findigen Kriminaltechniker Herrn Müller Ihre Fingerabdrücke zwecks Abgleichs geben würden. Bitte!«

Stille … Drei Sekunden … Luftholen …

»Die miesen Typen hatten den Tod verdient! Basta!«, schrie Hermann Jäger mit hochrotem Kopf. Er sprang auf, warf die Brille auf den Schreibtisch und ballte die Hände zu Fäusten. »*Unn dir schwärem Maulaff hauen esch jeleisch fue de Tabernakel! Dann stähs dau Seijatt och nimmi of! Dau Masick! Dau ahler Häckebangard! Dau glauvs ja net be flott dir dai Grinse vejäht, dau dähmleje Maggariensfrääse! Dau Sackjesicht! Wenn esch met dir fäddesch sein, kannste desch mit deine Zänn am Stroßeflasta festhahle, dau Böllesefrääse! Esch hann nähmlesch fröe füe de SV Rheinland jeboxt!*« Während er den Kripobeamten mit der Mayener Mundart vertraut machte, tänzelte der Senior, Jabs und Aufwärtshaken andeutend, zwei Armlängen von Weller entfernt herum und schnitt dabei seltsame Grimassen.

»Und ich bin im Geheimdienst Ihrer Majestät unterwegs. Also bitte, Herr Jäger, beruhigen Sie sich wieder. Außerdem sind Sie weder Schmeling noch Ali«, blieb Weller cool wie 007. Er hatte kurz mit der Linken seine Lederjacke gelüftet und dem erbosten Mayener einen Blick auf seine Dienstwaffe im Schulterholster gewährt.

Hermann Jäger gehorchte nicht direkt. Erst als sein Sohn, »Vater, Vater« und Katja »Opa, Opa« entsetzt geschrien hatten, riss sich der Alte am Riemen. Er sank wieder in den Bürostuhl, rieb seine Augen und senkte den Kopf.

»Herr Kommissar, Sie haben recht mit Ihrer Vermutung, dass wir Katja mit Dopingmitteln versorgen«, gestand ein wieder gefasst wirkender Jürgen Jäger. »Bestzeiten rennen. Titel gewinnen. Für einen großen Verein starten. Olympia! Als ich merkte, dass ich letztlich nur durch Katja zu erreichen versuchte, was ich selbst nie geschafft hatte, war es schon zu spät. Die Sache ist aus dem Ruder gelaufen. Auf Texel habe ich wie immer von meinem Lieferanten die Doping-Pillen bekommen. Bernd Gans, diese Schmeißfliege, hat es mitbekommen und mich daraufhin erpresst. Erst wollte er nur ein paar Pillen, damit er die Klappe hält und nicht herumerzählt, dass Katja dopt. Dann jedoch wurde er immer unverschämter. Er wollte noch mehr Pillen und Geld. Ich gab ihm beides. Du kannst so viele Pillen fressen, aus dir wird nie was, hab' ich Gans ins Gesicht gesagt. Doch er hat nur blöde gelacht und gemeint, er würde sich schon auf die nächste Lieferung freuen.«

»Ja, und nur, weil du jämmerlicher Schlappschwanz immer schön weiter geblecht hättest, haben Margot und ich die Sache geregelt. Wir haben Schlappi das gezahlt, was er verdient hat! Punkt«, zischte der Alte abfällig, sah seinen Sohn mitleidig an und ergriff die Hand seiner Schwiegertochter. »Wir haben dich bewusst nicht eingeweiht, weil du sicher gekniffen hättest. Du elender Weichling! Ja, und wir zwei waren es auch, die sich gestern Morgen um Mario kümmerten. Wir konnten doch nicht zulassen, dass so ein dahergelaufener Schluri, der als Zivi im Altenheim arbeitet und überhaupt keinen Elan hat, unsere Tochter verdirbt.«

»Sorry, Sie meinen doch bestimmt Ihre Enkelin«, hakte Weller leicht verwundert ein.

»Wenn ich Tochter sage, dann meine ich auch Tochter!«, zischte der Alte angepisst.

Katja verstand die Welt um sie herum schon lange nicht mehr. Opa Hermann und ihre Mutter sollen Mario und Schlappi auf dem Gewissen haben? Doch die letzte Aussage ihres geliebten Großvaters brachte das Fass zum überlaufen. Total verwirrt starrte die Jugendliche in die Gesichter ihrer Familienmitglieder. In das teilnahmslose ihrer Mutter. In Jürgens, von dem sie doch Zeit ihres Lebens dachte, dass er natürlich ihr leiblicher Vater war … und jetzt sollte er ihr Bruder sein? Und in das … ihres … Opas … oder … Vaters? Gestern erst hatte sie ihren Freund verloren. Und heute ihre Familie?!

Hermann wandte sich direkt an sein verstört schauendes Kind: »Katja, ich liebe dich doch! Du bist doch mein Eigen. Mein Alles. *Mei Leevje*. Mein Schatz! Nur für dich, meine Tochter, habe ich das alles getan. Mein Sohn, diese Blindschleiche ist nicht nur ein Waschlappen, er kann auch keine Kinder zeugen. Also habe ich das übernommen. Und ich habe es gerne getan. Denn Margot ist doch eine so liebe Frau, gute Mutter und treue Gefährtin.«

»Würdest du nicht mit Platzpatronen schießen, wäre es nie so weit gekommen«, keifte Margot Jürgen unflätig an.

»Bitte! Bleiben Sie ruhig!«, versuchte Weller, die Wogen nach diesen völlig unerwarteten Neuigkeiten etwas zu glätten. Die Angesprochenen hörten auf den Kommissar, auch wenn es Ihnen schwerfiel. Bewusst lenkte der Kripoermittler nun deren Aufmerksamkeit auf eine andere Sache. Denn ihn hatte ein spontaner Einfall überkommen. Er sah den sitzenden Hermann Jäger durchdringend an, streckte ihm die offene Hand entgegen und sagte auffordernd: »Mario Wilds Halskettchen, bitte!« Weller rechnete damit, dass sein Gegenüber natürlich wieder Palaver machte. Doch welch' positive Überraschung! Seine Befürchtungen waren umsonst.

Ohne zu zögern, langte der alte Mann in seine Hosentasche und zog tatsächlich das vermisste silberne Kettchen hervor. Gebannt, beinahe als wäre er von Sinnen, klebte der Blick Hermanns an seiner Trophäe.

»Lassen Sie los, Herr Jäger, es ist vorbei«, forderte der Kommissar ihn in ruhigem, gar fürsorglich klingendem Tonfall auf. Er spürte förmlich, wie der Greis mit sich rang.

Der Schweiß stand auf Hermann Jägers Stirn. Er kämpfte mit sich und litt Höllenqualen. Das Atmen fiel dem über Siebzigjährigen schwer. Er warf seiner Tochter einen Blick zu, die sich jedoch abgewandt hatte. Dann ließ er los. Weller reichte Lockenkopf das Kettchen zur Beweissicherung.

»Frau Margot Jäger, Herr Hermann Jäger. Ich verhafte Sie unter dem dringenden Tatverdacht, die heimtückische Ermordung von Bernd Gans und Mario Wild geplant und ausgeführt zu haben. Zudem gehen Planung und Durchführung des versuchten Mordes an Peter Hirsch auf Ihr

Konto.« Dann drehte der Kommissar sich zu den Polizeimeistern Hamann und Witzel um: »Kollegen, bitte führen Sie die beiden Verdächtigen ab.« Und an Lockenkopf gerichtet fügte er hinzu: »Fingerabdrücke nicht vergessen.«

Weller war nun mit Jürgen und Katja Jäger allein im Versicherungsbüro.

»Herr Kommissar, ich lege ein umfassendes Geständnis ab und mache reinen Tisch. Ich sage alles, was ich zum Thema Doping weiß. Die Namen meiner Lieferanten, Ablauf der Übergaben, Art der Dopingsubstanzen und alles, was sonst noch dazu gehört«, wandte sich Jürgen sogleich mit fester Stimme und klarem Blick an den Kripobeamten.

»Das ist schon mal ein guter Anfang, Herr Jäger«, entgegnete dieser, »denn Sie werden sich für Ihr verbotenes Handeln verantworten müssen. Ich nehme an, dessen sind Sie sich bewusst.«

»Bin ich, Herr Kommissar, bin ich«, antwortete der Reumütige, »wissen Sie, trotz aller Tragik empfinde ich doch so was wie Erleichterung, dass nun alles raus ist. Denn die andauernde Geheimniskrämerei ums Doping haben Katja und mich schon sehr belastet.«

Weller nickte nur. Er sagte dazu zwar nichts, konnte Jägers Aussage aus der Sicht eines Sportlers durchaus nachvollziehen.

»Wieso habt ihr mir nie gesagt, dass du nicht mein Vater bist?«, murmelte Katja leise und sah Jürgen fragend an.

»Ich weiß es nicht. Vielleicht habe ich, haben wir, immer auf einen passenden Zeitpunkt gewartet …«

»Ich bin in Ihrer speziellen Familienangelegenheit nur ein Außenstehender«, brachte sich der Kommissar behutsam ein, »doch wenn ich einen Rat geben darf, kümmern Sie sich bitte umeinander. Sie werden sich beide in der nächsten Zeit sicher mehr denn je brauchen. Bleiben Sie Tochter und Vater. Sie müssen es nur beide wollen.« Ehe sie das Büro verließen wandte sich Weller nochmals an Katja: »Ich sorge dafür, dass du Marios Halskettchen so schnell wie möglich bekommst, versprochen.«

Kapitel 32

Fritz Wellers weiterer Arbeitstag war ohne besondere Vorkommnisse abgelaufen. Im Präsidium hatte er den üblichen, lästigen Schreibkram erledigt. Seinem ungeduldigem Vorgesetzten Hauptkommissar Gero von Hübenthal erstattete er natürlich Bericht und zwar wunschgemäß detailliert, damit dieser beim Polizeipräsidenten glänzen konnte. Wie Weller befürchtet hatte, kam der Lord natürlich darauf zusprechen, dass einem baldigen Läufchen der Präsidiumsbetriebssportgruppe unter der fachlichen Anleitung eines gewissen ehemaligen, modernen Fünf-Kämpfers namens Fritz, nun da die Fälle aufgeklärt seien, nichts mehr im Wege stehen würde. Man solle die Möglichkeit einer körperlichen Ertüchtigung gar nicht erst auf die lange Bank schieben, sondern schon kommenden Donnerstag loslegen. Er, der Gero, habe den Termin schon mit allen Interessierten abgestimmt. Und da Fritz auf die Schnelle kein triftiger Grund eingefallen war, warum es bei ihm am Donnerstag nicht klappen sollte, hatte er kurzerhand zugestimmt. Bald darauf machte er sich vom Acker. Feierabend, lautete das Zauberwort. Er hatte schließlich in den letzten Tagen reichlich Stunden gekloppt.

Fritz erinnerte sich an Seppo Igels Einladung zum gemeinsamen Training mit der Laufgruppe des TSV. Da die mutmaßlichen Mörder nun hinter schwedischen Gardinen hockten, sah er keinen Grund diese auszuschlagen. Außerdem fand er es nett, auch mal eine andere Runde als seine Übliche den Rhein entlang, zu drehen. Fritz packte also rasch seine Sporttasche, zog die Laufklamotten an und fuhr wieder nach Mayen. Punkt achtzehn Uhr zum Trainingsbeginn war er im Nettetal-Stadion. Die anfängliche Verwunderung der anderen Läuferinnen und Läufer bezügliches ihres heutigen Gastes legte sich schnell, nachdem Trainer Glaser der versammelten

Truppe erklärte, um wen es sich bei ihm handelte, dass die Verbrechen aufgeklärt seien und Fritz nur wegen des Laufens in der Gruppe durch die schöne Mayener Landschaft hier wäre.

Eine Überraschung der besonderen Art hatte der langjährige Übungsleiter für seine Schäflein noch in Petto. So teilte Heiner den Aktiven mit, dass er aufgrund der dramatischen Geschehnisse der letzten Tage sich dazu entschieden habe, seine Trainertätigkeit sofort zu beenden. Es sei aber nicht sonderlich tragisch, da mit dem kürzlich zugezogenen ehemaligen, polnischen Top-Läufer Jakub Miralowski sein Nachfolger bereits feststünde. Der neue Übungsleiter trat aus der Gruppe heraus, kam nach vorne und sagte kurzangebunden: »Leute, ich freue mich und heute wir machen Dauerlauf durch Wald.«

Gesagt, getan. Sechszehn Grad Celsius. Kein Regen. Frische Luft. Also ideale Bedingungen für einen tollen Lauf durchs Mayener Unterholz. Der rund dreißig Athletinnen und Athleten umfassende Tross setzte sich palavernd in Bewegung. Raus aus dem Stadion, links, links, 200 Meter flach, dann rechts ab und hoch in den Wald. Fritz kannte einige der Sportlerinnen und Sportler vom Sehen, mit manchen hatte er bei Wettkämpfen schon mal ein paar Worte gewechselt, andere Gesichter sagten ihm nichts. Doch es gab auch jene mit denen er zuletzt einen besonders intensiven Kontakt gehabt hatte. Wie Heiner Glaser und Sabine Häusler, die heute nach längerer Abwesenheit auch wieder mit dabei war. Etwas schüchtern hatte sie Wellers Gruß erwidert und gemeint, dass sie sich sehr darauf freue, endlich wieder mit der Gruppe zu laufen. Ganz vorne gab Jakub, der neue Trainer, zunächst ein moderates Tempo vor. Dadurch blieb die Gruppe kompakt zusammen und niemand wurde bereits auf den ersten Kilometern aus den Schuhen gelaufen. So ging es in Zweier- oder Dreier-Reihen gemächlich durch den Wald.

Fritz trabte locker neben Seppo und Winni, den er wie Igel auch von diversen Bahnrennen her kannte. Gequatscht wurde eigentlich über alles Mögliche. Nicht jedoch über die Ereignisse der letzten Tage. Darüber fiel, zumindest soweit Weller es mitbekommen hatte, kein Wort. Hier und da schnappte Fritz Bruchstücke von Unterhaltungen der anderen auf. Meistens waren es irgendwelche Storys von vergangenen Volksläufen. So hörte er davon, dass das »Setzei«, weil er nicht rechtzeitig abbremsen konnte, einen kompletten Getränkestand an der Strecke abgeräumt hatte. Wie »Gräte« letztens einen Lauf mit einer Beinlänge Vorsprung gewonnen hatte. Dass ein übereifriger Läufer, der offenbar bei allen nur möglichen Volksläufen in der Region am Start ist, den wenig charmanten Titel »de Laufnutt'« verpasst bekam. Dass das gemeinsame Duschen von Männlein und Weiblein nach einem Lauf immer wieder ein Erlebnis sei und es leider, leider viel zu selten angeboten würde. Worauf einer der Läufer antwortete, dass bis zu zwei Stunden nach einem anstrengenden Rennen bei ihm unten rum sowieso keinerlei Regung zu verspüren sei. Was zwei freche Läuferinnen auf den Plan rief, die prompt meinten, dass sie dies beim nächsten Mal überprüfen würden.

So ging es eine ganze Zeit lang kreuz und quer, bergauf und bergab, rechts rum und links rum über breite Waldwege oder schmale Wurzelpfade durchs Eifelgebüsch. Immer, wenn sich Richtungswechsel anbahnten, vernahm Fritz Orts- oder Wegebezeichnungen, die ihm schon im Rahmen seiner vergangenen Ermittlungen zu Teil geworden waren: Eiterbachtal, Leichenplatz, Fünfkantstein, Fraubach, Hammesmüll, Grennebach Weg, Altärsche, um nur einige davon zu nennen. Irgendwann begann man die Laufgeschwindigkeit stickum zu steigern. Nach und nach purzelten die Langsameren aus der Gruppe und joggten in ihrem Trott für sich weiter. Fritz konnte auch beim schneller werdenden Tempo gut schritthalten.

»Alles im Lack«, gab er Winni lässig zur Antwort, denn der Endzwanziger hatte gefragt, ob es ihm zu flott sei. Dann geschah es! Auf einem flachen, breiten Waldweg wenige Kilometer vor dem Stadion haute einer der Kanonen, ein gewisser Rainer, einen lockeren Spruch raus: »Hey, ihr Leut', können wir nicht etwas schneller laufen? Meine Beine werden kalt!« Was nun folgte, lag auf der Hand: Die letzte Viertelstunde bis ins Ziel bretterte man ohne Rücksicht auf Verluste durch die Pampa. Da sich Fritz im Mayener Gestrüpp nicht so gut auskannte, blieb ihm nichts anderes übrig, als mit aller Macht an den Cracks dran zu bleiben … was ihm zum Glück auch gelang.

Dann war es vollbracht!

»Geschafft«, schnaufte er und musste kräftig durchatmen. Das letzte Teilstück war doch ziemlich rasant ans Eingemachte gegangen. Während er sich noch erholte, sprudelte Seppo bereits wieder munter in der Gegend herum. Nach und nach trudelten alle ein. Wie die meisten anderen sprang Fritz, bevor er heimfuhr, noch unter die altersschwache Dusche, bei deren Wassertemperatur man heute nur zwischen kochend heiß oder eiskalt wählen konnte. Fritz nahm die kalte Variante und beeilte sich. Er hatte sich bereits bei einigen für den schönen Lauf bedankt und den Abschiedsgruß auf der Zunge, als Heiner Glaser ihn zum Kiosk winkte. Weller kam der Aufforderung nach und hatte ruckzuck wie die anderen Läuferinnen und Läufer ein Stubbi in der Hand.

»Tja, Fritz, so sieht unser Doping aus«, lachte Heiner und stieß mit ihm an.

»Bier ist genehmigt«, entgegnete Weller, »dann mal Prost!«

Nach einer weiteren Runde, die er ausgegeben hatte, diversen Aufforderungen aus der Gruppe doch regelmäßig zum Training zu kommen und dem Erhalt eines Mitgliedantrages verabschiedete sich Fritz und fuhr in Begleitung von »Madonna«, »Modern Talking«, »Bruce und Bongo«, »Sandra« und vielen mehr schließlich nach Hause.

Kapitel 33

08. Mai – Donnerstag, achtzehn Uhr

Hauptkommissar Gero von Hübenthal, genannt das Wiesel, Rechtsmedizinerin Frau Doktor »Hasi« Anja Hasenfurth-Kimmel, Kriminaltechniker Hans Müller alias Lockenkopf, Regina Weber, die Sekretärin, Edgar Huber »de Lang« aus der Gerichtsmedizin, Kurti Marschall, der Haustechniker, Kommissar Fritz Weller und noch einige mehr. Unerwartet viele Laufbegeisterte aus dem Polizeipräsidium hatten sich in ihren teils schrillen, teils altmodischen Sport-Klamotten auf einem der Parkplätze am Stadion Oberwerth, wie vorher abgemacht, versammelt. Nachdem Gero zunächst einige markige Worte an die Teilnehmerinnen und Teilnehmer des ersehnten, ersten Läufchens der Präsidiumsbetriebssportgruppe gerichtet hatte, übergab er das Wort an den »Trainer«. Hatte Fritz noch am Nachmittag wenig Bock darauf gehabt, am Abend den Vorturner zu spielen, freute es ihn nun umso mehr, dass erstaunlich viele seiner Kolleginnen und Kollegen mit von der Partie sein wollten.

In der Tat, Laufen ist ein Sport, den eigentlich jede und jeder im Rahmen der eigenen Möglichkeiten ausüben kann. Egal ob alt oder jung, groß oder klein, Weiblein oder Männlein, dick oder dünn. Das Joggen bietet Möglichkeiten in Hülle und Fülle. Und genau solch ein zusammen gewürfelter Haufen sah ihn nun gespannt an.

Fritz erinnerte sich an die knappe Ansprache des neuen Trainers des TSV Mayen. Wie Jakub hielt auch er sich nicht mit langen Vorreden auf: »Leute, ich freue mich. Heute laufen wir die kleine Wasserwerkrunde, zweimal, das sind zusammen fünf Kilometer. Okay!«

Er erntete leises Gemurmel und unterdrücktes Lachen. Das Wiesel friemelte sich ein verblasstes Stirnband um die Rübe. Regina schnäuzte in ein Taschentuch. Edgar nahm noch einen kräftigen Schluck aus der Wasserflasche.

»Und weil ich mir erstmal ein Bild davon machen muss, was ihr laufmäßig so draufhabt, steht zum Einstieg folgendes auf dem Programm: Drei Minuten locker laufen, zwei Minuten gehen, drei Minuten locker laufen und so weiter und so weiter. Das Wichtigste bei der Sache ist, dass ihr Spaß habt und euch nicht gleich beim ersten Mal den Zahn zieht. Okay?« Einträchtiges Nicken. »Also dann: *Vamos*!«

Die Gruppe startete. Schon nach kurzer Zeit spürte Fritz, dass sein Trainingsplan bei seinen Schützlingen ankam. Sie zogen alle mit. Niemand meinte, er oder sie müsse schneller rennen als die anderen und niemand lief sich die Augen vor den Kopf. Gemeinsam bewältigten sie die Trimm-Trab Einheit frei nach dem Motto »Laufen ohne zu Schnaufen«. Fritz hatte widererwartend seine helle Freude an der für ihn neuen Funktion als Übungsleiter. So sehr, dass, kaum nachdem sie ohne Verluste wieder am Parkplatz angekommen waren, er die Werbetrommel für das nächste Training rührte.

»Klasse! Danke euch! Deswegen kommenden Donnerstag, dieselbe Zeit, derselbe Ort! Okay?«

Alle stimmten enthusiastisch zu. Eines war für Fritz auch klar, denn dafür war er lange genug im »Laufgeschäft«. Man muss abwarten, wie sich die Gruppe entwickelt. Soll heißen, solange bei den Leuten Euphorie und die Begeisterung zum Laufen vorhanden waren, würden sicher alle zu den abgemachten Terminen erscheinen. Entscheidend würde die Zeit danach werden. Wenn mal irgendwo was zwickt. Das Wetter vielleicht nicht so schön ist oder man einen langen harten Arbeitstag hatte. Wenn der innere Schweinehund einem ins Ohr säuselt, sich doch lieber gemütlich in ein Café zu setzen, als durch die Gegend zu rennen.

»Tja, die nächsten Monate werden es zeigen, wie viele tatsächlich bei der Stange bleiben«, dachte Fritz bei sich, als er ihnen nachblickte, wie sie der Reihe nach davonfuhren.

Einzig Anja Hasenfurth-Kimmel, die Rechtsmedizinerin, war noch da. Am geöffneten Kofferraum ihres Wagens entledigte sie sich soeben ihres mausgrauen Jogging-Anzuges. Fritz rieb sich erstaunt die Augen. Denn plötzlich stand in hautenger Radlerhose und Funktionsshirt eine absolut durchtrainiert wirkende Athletin vor ihm.

»Also, Herr Kommissar, ich hänge noch ein paar Kilometer dran. Wie wär's, sind Sie dabei?«

Natürlich war Fritz dabei. Keine Frage! Schließlich wurde er nicht jeden Tag von einer jungen, adretten Frau zum gemeinsamen Läufchen aufgefordert. Wie Anja es vorgeschlagen hatte, nahmen sie den schönen Waldweg hoch zum Fernmeldeturm »Kühkopf« in Angriff. Fritz kannte die herausfordernde, rund sieben Kilometer lange Strecke und wusste, dass es gerade hinten heraus richtig steil wurde. Doch er war sich sicher, dass er fit genug war, um mit Hasi bequem mithalten zu können. Er hatte diesbezüglich keine Bedenken. Weshalb auch? Er war ja schließlich der erfahrene Crack und sie bestenfalls eine Joggerin, die gerne etwas im Wald herumhüpft. Einzig, dass die hüpfende Wald-Joggerin trotz des von Anfang an ordentlichen Tempos nicht müde zu werden schien, machte ihn etwas stutzig. Aber okay.

»Irgendwann wird sie langsamer«, war sich Fritz sicher. Doch weit gefehlt. Das Gegenteil war der Fall. Je steiler es wurde, umso mehr forcierte sie die Geschwindigkeit mit ihren kleinen, schnellen Schritten. So sehr, dass er an der vermeintlichen Waldjoggerin im letzten Hammeranstieg unterhalb des Fernmeldeturms nicht dranbleiben konnte. Einfach ausgedrückt: So sehr sich Fritz auch mühte, er verlor Hasis knackigen Po aus den Augen. Als er den Turm deutlich nach ihr mit brennenden Oberschenkeln erreichte, machte sie bereits ein paar Dehnübungen.

»Erstaunlich, wie schnell eine Frau zum Höhepunkt kommt, nicht wahr, Herr Kommissar!«, hieß Frau Doktor Hasenfurth-Kimmel den nach Luft ringenden Ankömmling locker leicht willkommen. Entgegen seinen üblichen Gewohnheiten konnte dieser nicht direkt antworten. Erst, als sich Fritz nach ein, zwei Minuten berappelt hatte und die beiden den Berg wieder hinunter zum Parkplatz trabten, entgegnete er mit einem bewundernden Lächeln: »Mann lernt echt nie aus.«

Am Morgen darauf saß Weller an seinem Schreibtisch im Kommissariat. Das Telefon klingelte. Dran war Heiner Glaser: »Ich weiß jetzt auch, woher ich eure Rechtsmedizinerin kenne. Sie ist eine erstklassige Bergläuferin. Ich habe vor ein paar Jahren bei einer Meisterschaft im Schwarzwald mal miterlebt, wie sie den Berg hochgebrettert ist. Sie hatte ihre Konkurrenz einfach stehen gelassen. Wahnsinn, wie die anderem ihrem Höllentempo zum Opfer gefallen waren!«

»Danke, Heiner, für die Info!«, entgegnete Fritz. »Doch leider kommt sie für mich einen Tag zu spät. Denn gestern Abend hoch zum *Kühkopf* war ich ihr Opfer!«

Kurz vor Feierabend erhielt Kommissar Weller eine weitere, hoch interessante Information. Was war geschehen? Noch am Montag hatte man die brisanten Einzelheiten aus Jürgen Jägers Doping-Geständnis an die niederländischen Kollegen übermittelt. Es stellte sich dabei heraus, dass diese Huub und Jaap von der Grashoek sowie deren Cousin schon länger auf dem Kieker hatten. Den Ermittlern fehlte bis dato nur noch etwas Handfestes, um das Trio einbuchten zu können. Doch mit den neuen Hinweisen aus *Duitsland* stand der Verhaftung der Doping-Dealer nichts mehr im Wege. Heute erwischte man die Galgenvögel in flagranti. Auf Zeeland. Im historischen Zug auf dem Brouwersdamm zwischen Ouddorp und Scharendijke. Huub hatte soeben eine neue Ladung der verbotenen Tabletten von seinem Cousin in Empfang genommen, als die Handschellen klickten.

2019 – März

Kapitel 34

Anfang März, ein Montag, spät am Abend

Das alte Ehepaar lag im Bett. Sie waren noch wach.

»Von diesen bizarren Mordfällen hast du mir nie was erzählt«, sagte Karin leicht vorwurfsvoll zu ihm. Der Achtzigjährige hatte ihr von seiner heutigen Wanderung am Nordseestrand berichtet und welche Erinnerungen dabei in ihm aufgekommen waren.

»Na, du hast nie danach gefragt«, entgegnete er augenzwinkernd.

»Und das ist alles genau so passiert?« Sie schaute ihn etwas skeptisch an.

»Natürlich«, entgegnete er. Müde löschte er das Licht.

»Schlaf gut«, flüsterte er ihr zu und gab seiner Frau einen sanften Kuss. Karin erwiderte den Kuss und antwortete leise: »Schlaf du auch gut, Fritz.«

Übersetzung:

Mayener Mundart / Hochdeutsch

Kapitel 6

schwäre Maggriensfrääääßer	großer Verzehrer von Margarine
be dol	wie verrückt
ahl Böllesefrääääßer	alter Popel-Verzehrer
dat	das
be en Ettringe Dilledapp	wie ein Ettringer Brummkreisel
lauwa	laufen
breja	sich übergeben
unn batt hann	und was habe
jeschammt	geschämt
be der Döllpes	als der Tollpatsch
de Moadstroos	die Marktstraße
su	so
tzomm Jespött	zum Gespött
na, na, naaah dau	nein, nein, nein du

Kapitel 17

Och, wenn dat Sophia Loreen ankumme däät, esch däät heuttzedaach sescha nimmi heiroda. Naa, naa dau, hüe me bluus of, met dänna Weiwa. De Sauläähda woollen ähnem bluus de letzte Grosche aus de Tösch zehja!
Selbst wenn Sophia Loreen käme, ich täte heutzutage sicher nicht mehr heiraten. Nein, nein du, hör' mir nur auf mit den Weibern. Diese Biester wollen einem nur den letzten Groschen aus der Tasche ziehen!

… nimmii lang, dann moos sesch may Leevje suwisuuh ümm annere Saache kümmere, dann hat ttse och kään Zait mii füa desch, woad ahf.
… nicht mehr lange, dann muss sich mein Liebes (Liebchen) sowieso um andere Sachen kümmern, dann hat sie auch keine Zeit mehr für dich, wart ab.

Kapitel 22

dau schwera Seijatt	du großer Urinierer
Horebangart	uneheliches Kind einer Prostituierten
Speijabölles	Popel
be en Schessmögg	wie eine Schmeißfliege

Kapitel 24

Saupänz	ungezogene Kinder

Äääähiiiih! Gimmi och e mooohl de Schöpp!
Äääähiiiih! Gib mir auch einmal die Schaufel!

Kapitel 28

Hää-iiih! Et es Zei-iit! Ofstoohn i-e Schloohfmötsche, sos kumm de adschunn wieda tze spääht en de Schull!
Hää-iiih! Es ist Zeit! Aufstehen, ihr Schlafmützen, sonst kommt ihr schon wieder zu spät in die Schule!

Leevje Liebes, Liebchen

Kapitel 31

Unn dir schwärem Maulaff hauen esch jeleisch fue de Tabernakel!
Und dir großem Maulaffen haue ich gleich gegen den Kopf!

Dann stähs dau Seijatt och nimmi of!
Dann stehst du Urinierer auch nicht mehr auf!

Dau Masick!
Du Blödmann! Du Idiot! Du Depp!

Dau ahler Häckebangard!
Du alter, unehelich im Gebüsch Gezeugter!

Dau glauvs ja net be flott dir dai Grinse vejäht, dau dähmleje Maggriensfrääse!
Du glaubst ja nicht wie flott dir dein Grinsen vergeht, du dämlicher Verzehrer von Margarine!

Dau Sackjesicht!
Du mit einem Gesicht so hässlich, dass man es besser mit einem Sack verhüllt!

Wenn esch met dir fäddesch sein, kannste desch mit deine Zänn am Stroßeflasta festhahle, dau Böllesefrääse!
Wenn ich mit dir fertig bin, kannst du dich mit deinen Zähnen am Straßenpflaster festhalten, du Popel-Verzehrer!

Esch hann nähmlesch fröe füe de SV Rheinland jeboxt!
Ich habe nämlich früher für den SV Rheinland geboxt.

Literaturverzeichnis

Kapitel 5

»Und Jedermann richten nach seinem Teil. Wo bist du Tod, mein starker Bot? Tritt vor mich hin …«
Hugo von Hofmannsthal – »Jedermann«